日本近現代文学史への招待

An Invitation to Modern Japanese Literature from 19th to 21st Centuries

〔編〕
山﨑義光
尾崎名津子
仁平政人
野口哲也
村田裕和
森岡卓司

ひつじ書房

はじめに　日本近現代文学史への招待

日本の近現代文学に関心があって、作品や作家の名前を聞いたことはあっても、読むきっかけがなかった。難しそうで敬遠していた。大学で教えているとそんな声を聞きます。そうした声に応え、漫然と読んでも興味が持てないと思っているみなさんを、読んでみることへいざなうのが本書のねらいです。大学一－二年次の一般教養科目、国語科教員免許関連科目、人文学、日本文学の基礎科目の教科書・参考書として用いてもらえたら、また広く日本の近現代文学に興味をもっている方に手に取ってもらえたら、と思っています。文学には、書かれた時代の環境に制約されながらも、その時代の関心事をはじめ、その時想像され考えられた過去や未来から空想された世界までもが描かれてきました。実録的な事実から空想までを包括した虚構としての言説ジャンルが文学です。

これまでにも日本の近現代文学の概説書は、高校の国語便覧なども含め、数多く出されてきました。作家の紹介を柱に作品を概説すること、時代ごとの文芸思潮や流派・傾向でまとめて概説すること、作品や評論の一部を抜粋して概説することなどの組み合わせによって文学史を講述するのが標準的でした。取りあげるものの年代は、明治、大正、昭和といった和暦で区分されることが通例で、多くは昭和、二〇世紀半ばまでで終わっています。

本書はそうした先行する類書とはちょっと違う方針で編集しました。本書で取りあげた作品や事項には、概説書や国語や歴史の教科書・参考書などでよく知られていながら取りこぼされた作家・作品、文芸思潮や流派などの用語、文学史上の事項があります。逆に、あまり知られていないことに言及しています。既成の知識の見取り図をもとに固有名や事項を網羅的に取りあげ「これだけは知っておこう」と事典的に解説することよりも、当の文学テクストが産まれてきた歴史や社会的文脈との葛藤を重視し、「この観点で読んでみよう」「これを関連づけて読んで考えてみよう」といった、読むときの観点や背景との関連づけとセットで紹介したためです。

作者がある時代の社会的制約のなかで生きたこと、そのなかで何を考え意図して書いたのかということは重要な観点の一つです。しかし、本書では、作家という人に焦点をあてることよりも、言葉の社会性と歴史性を重視しました。言葉は社会的なもので、用いられてきた経緯と歴史をになって用いられます。そうした言葉の持つ社会性や歴史性をふまえながら織り上げられたものが「テクスト」です。「文学」テクストは、言葉の社会性歴史性という制約と葛藤し現在的な意味を問うことで創造され、読まれてきました。こうした「文学」への理解から、本書ではそれぞれのテクストが書かれた時代の法や制度、規範や関心、メディアの形態や流通の仕組みといった社会環境をはじめ、時事的社会問題的な言説、先行するテクストや同時代の文学、そして歴史・哲学・芸術からサブカルチャーにいたるまでの諸言説との関連を考慮して読むことを重視しました。

本書は、一九世紀半ば以降二一世紀に至る近現代を、およそ二〇年間隔で区分した全八部で構成しています。西暦を用いたのは、「日本」という枠組み、「近現代」という時代が、国際関係の中で日本が近代国家化した動向と深くかかわるためで、世界史的動向との接続を意識しました。年代で区分した「部」のもとに、各時代の社会的動向や関心とかかわるテーマを立てて作品を取りあげ読むための観点を述べた「章」と、一作品をピックアップして読みどころを解説した「作品紹介」を柱としました。加えて、時代区分をまたがるトピックを立てた「コラム」を置きました。時代を俯瞰する章、一作品に特化した紹介、文学に関連する多角的なコラムという構成です。

とはいえ、取りあげたものは小説にかたより、詩歌、演劇などに関する言及は少なく、植民地主義や世界文学の視点から日本文学をとらえることの重要性についても、まとまったかたちの言及はありません。これらは、できれば盛り込みたかった要素ですが、今回は実現できませんでした。ただ、各項目には、そうした視点からの読解がいくつも準備されています。本書で示した観点を手がかりに、本書の内容を超え出て、ぜひ読書の範囲や関心の幅を広げてください。本書をとば口に、多角的な観点から、言葉の織物としての文学テクストが読み直されることを期待しています。

（編者一同）

目次

第3部　近代文学の成立期（1900〜1920）　67

第4部　世界大戦の戦間期（1920〜1940）　123

第7部　高度消費社会（1980〜2000）　259

第8部　21世紀の文化状況（2000〜2020）　305

第1部

前近代と近代

～1890

明治維新　文明開化　立身出世　儒学　俗の文学　虚と実　功利主義　社会進化論　「三条の教則」「著作道書キ上ゲ」　和装本と洋装本　木版印刷と活版印刷　速報性　大新聞と小新聞　戦争報道　画と文　毒婦　講談速記本　「立川文庫」「翻訳者の使命」　飴玉とマクロン　翻訳《トランスレーション》と翻案《アダプテーション》　豪傑訳と周密訳　漢文脈と欧文脈　「自主自立して、他人の力に倚らざる事」　宇宙ロケット　催眠術《メスメリズム》と心霊学《スピリチュアリズム》　三遊亭円朝　「細密ナル脳髄ヨリ生シタル文体ヲ手本トスルヨリ外ナカルヘシ」　天保老人　壮士　青年　著作権　フランス革命　パリ万博　ベルヌ条約　福沢諭吉　海賊版　版権《コピーライト》　借用か剽窃か　クリエイティブ・コモンズ　自由党と立憲改進党　言論闘争　革命とアナキズム　騒擾《テロリズム》・擾乱　官民融和　高額納税者　参政権要求　地主とブルジョワジー　植民地の独立　「国破レ家壊レ窮厄万状辛酸ヲ嘗メ尽ス」

1章　明治初期の戯作・実録

―菊池庸介

前代の文学観と戯作

江戸時代（近世）において文学は、それ以前から行われている伝統的な文学（和歌、連歌、物語文学、あるいは漢詩文など）が第一のものとされ（「雅」の文学）、近世に起こったあるいは発達を遂げた各種の小説類や俳諧（俳句）などは、「俗」の文学として一段低いものと見なされていた。近世後期に盛んに作られ流布した「戯作《げさく》」もまた、本来知識人の手すさびとして行われたものであったから、当然ながら「俗」文学の一つである。

戯作として作られた近世小説類は、その中でさらに細かいジャンルに分けられるが（読本《よみほん》や人情本、滑稽本、草双紙と呼ばれる絵本のうち黄表紙《きびょうし》や合巻《ごうかん》など）、それらは本の格や様式がある程度決まっていた。本の大きさ（書型）や造本、文体などはその典型であり、内容面にもジャンルのおおよその特徴が表れる。多くは身の回りにありそうなテーマを扱う、親しみやすい内容のもの（人情本や滑稽本、黄表紙・合巻）は中本《ちゅうぼん》とよばれる、縦一八～九センチ×横一三センチ程度の大きさであり、時代がかった、合戦や決闘などの場面も少なからず含まれる、文体も和漢混淆《こんこう》の硬い文体で書かれた読本は半紙本や大本と呼ばれる、中本より一回りもしくは二回り大きいサイズのものが多く、格上に位置していた。

このような形式に対する意識は、一八七〇年代後半以降、これまでの和装本から洋装本へ、木版による整版印刷から金属活字を用いた活版印刷へと、本作りが変わっていくことと並行して消失していった。

江戸末期から明治初年の戯作

江戸幕府が瓦解し明治新政府が立ち上がるといっても、それに足並みを揃えて全てが新しく変わるわけではない。文学のあり方も同様であり、前代のものは依然として受け継がれ、そこに新時代の事象・文物・思想、あるいは制度などが作用して、ゆるやかに質的変化を遂げていったわけだ。ただし、幕末から明治初期にかけての戯作及び戯作者にとっては、必ずしもその道は平坦ではなかったのである。

話は少し遡る。江戸時代の天保年間（一八三一－四五）、幕府老中水野忠邦による改革（天保の改革）によって、江戸の戯作界、およびそれを製作・販売する出版界は大打撃を被った。水野の失脚後は、改革に対する気分もややゆるみが見られるが、戯作の刊行点数は減少していく。

それまで戯作界を支えていた山東京伝、式亭三馬、十返舎一九、曲亭（滝沢）馬琴などが、天保前後に相次いで世を去っていることも、後年、それ以降の戯作が（とくに質的に）低調とされた一因であった。ただし、当時はこれらも広く享受されており、内容面の検討を含め、改めて意義を考えていくことが求められる。

明治に入ってからも、幕末から刊行されていた合巻や読本の続編が作られてはいたが、いっぽうで新風俗を取り入れた新作も刊行されるようになる。仮名垣魯文《かながきろぶん》の手になる『万国航海西洋道中膝栗毛』（一八七〇－七六）や『牛店雑談安《あ》愚楽鍋《ぐらなべ》』（一八七一－七二）は、当時まだ民間には情報が乏しかった西洋の様子や、文明開化を象徴する牛鍋店の様子を描き、読者へ向けて紹介する側面を持っていた。ただし、最新の流行や風俗を作品に取り入れることは江戸戯作の姿勢の一つでもあり、小説としての様式も、これらは近世の「滑稽本」の範疇に属するものであった。このころ盛んに執筆を行っていた作者には、魯文のほか、二世為永春水（染崎延房《そめざきのぶふさ》）や笠亭仙果《りゅうていせんか》など、幕末から戯作に手を染めていた者たちが主であったから、江戸戯作の方法が踏襲されるのは当然と言える。なお後年、自由民権運動の高まりとともに作られた政治小説と呼ばれるジャンルにも、たとえば代表的な末広鉄腸《すえひろてっちょう》『政治小説雪中梅《せっちゅうばい》』（一八八六）のように人情本や読本の手法が見受けられるものがある。

「三条の教則」と戯作者

新政府の樹立といわゆる「文明開化」により、時代は新たな局面を迎える。福澤諭吉や明六《めいろく》社に代表されるような実学・実用主義、あるいは功利主義・啓蒙主義が知識人を中心に支持され、戯作への風当たりも強くなる。明治政府は当初から民衆の教導を進めていたが、一八七二年には政府・教部省から「三条の教則（三条の教憲）」が出された。これは敬神愛国、天理人道を明らかにすること、天皇を敬い朝廷の意向に沿った国家体制とすることを国民に向けて諭したものであり、これも一種の教化政策であった。その手段として、芸能や文学も組み入れられ、戯作者は教導師として加わることとなる。

政府の方針に対し、戯作界では仮名垣魯文と条野採菊《じょうのさいぎく》（山々亭有人《さんさんていありんど》）が連名で「著作道書キ上ゲ」を政府に提出した。そこでは、江戸時代に起きたことを鎌倉・室町時代のことと設定するなどのこれまでの作風を改めて、三条の教則の趣旨に従って著述を行う旨を上申して、政府の方針に従う姿勢を示している。ただしこのとき採菊は既に新聞記者に就いていたし、魯文もまた戯作で生計を立てるのが難しく、同様に転身を見越していたから、この「書キ上ゲ」は、とくに魯文にとっては戯作から手を引く口実にもなったようだ。加えて、従来の作風を改めることは、江戸戯作の本質を否定することにもなり、近世以来の戯作はひとまずの区切りをつけることになった。

「三条の教則」にまつわる教化運動は、戯作者を「虚」よりも「実」を重んじる姿勢へと変質させ、結果的には、このころ困窮状態にもあった戯作者を、実用的な書物や実録の執筆、新聞といった戯作以外の方面に積極的に進出させるようになる。魯文についてみれば、一八七二年に地理教科書『首書絵入世界都路《せかいみやこじ》』を執筆、一八七四年に「横浜毎日新聞」の記者になり、翌年には「仮名読新聞《かなよみしんぶん》」を立ち上げる。

新聞は幕末から刊行されるようになった新しいメディアであった。中でも一八七〇年に創刊された「横浜毎日新聞」は、初の日刊新聞であり、それまでの主流だった木版印刷ではなく活版印刷で発行され、以後、多くの新聞が創刊されるようになる。新聞界で筆を振るうようになる戯作者は、魯文のみならず、条野採菊が「東京日日新聞」を立ち上げ（一八七二）、染崎延房《そめざきのぶふさ》も「平仮名絵入新聞」（一八七五）に入社するなど少なくなかった。

新時代を受け入れ、対応していった戯作者たちがいるいっぽうで、万亭《まんてい》（服部）応賀《おうが》のように時勢を批判的に見る戯作者もいた。『青楼半化通《せいろうはんかつう》』（一八七四）、『日本女教師』（同）など、戯作の出版が底を打っている一八七四―七五年ごろに多作している。魯文とは対照的な姿勢ではあるが、既に世にあまり受け入れられず、長くは続かなかった。

江戸末期から明治初期の実録

実録（実録体小説・近世実録とも）とは、同時代の社会の注目を集めるような事件を題材にして、その発端から結末にいたるまでの経緯を綴る、江戸時代中期以降盛んに作られた読み物ジャンルを指す。その呼称は「事実を記録すること、あるいは記録したもの」を意味する一般語彙としての「実録」に由来する。ストーリーには実在の人物が登場し、書かれている内容も「事実」であることを標榜するが、小説的な、あるいは荒唐無稽ともいえる娯楽的な虚構を含むものも少なくない。幕府に都合の悪いことが書かれている場合も多いため、出版が憚られ、基本的には手書きの写本として作られたのが大きな特徴である。事件の情報を得る手段の乏しかった江戸時代にあって、読み物として楽しいながらも、事件の実態をある程度伝えてくれるものとして広く読まれた。版本の小説と異なり、本の形や内容についての共通する様式はあまり見出せず、戯作に備わるような挿絵や口絵もほとんど見られない。

明治に入ると、幕府が消滅したことによって、実録は広く出版されて流通するようになった。形式面についても、挿絵や口絵を持つものや草双紙形式のものもある。作者も、たとえば条野採菊や仮名垣魯文のような戯作者あるいは戯作者上がりの新聞記者も少なくない。「著作道書キ上ゲ」の影響もあり、事実性を強め、大幅な脚色は少ない。「実録物」という呼び方で括る場合があるように、より内容面の性質を重視した分類の仕方である。

「著作道書キ上ゲ」提出の翌年に、実録『近世紀聞《きんせいきぶん》』（染崎延房著）初編が刊行されるのは象徴的である。『近世紀聞』は黒船来航から西南戦争までの政権交代期を通覧したもので、「諸侯の建白、横浜開港、其他所有《あらゆる》風評等見聞の侭《まま》を普《あまね》く記せど原来《もとより》実事なるからに枝葉も飾れる色なければ」と、虚を排し実を記すことを強調する。延房は幕末に大当たりした長編合巻『北雪美談時代加々美《じだいかがみ》』の作者・二世為永春水として戯作で腕を鳴らした人物であり、本名で『近世紀聞』を著したことは、執筆態度も戯作の場合とは異なると言え、まさに「実」への転向であった。同様に維新期を見渡したものには他に松村春輔『復古夢物語』（一八七三－七六）、村井静馬『事情明治太平記』（一八七五－八〇）などがある。

いっぽう一八七四年二月に起きた佐賀の乱を扱う『佐賀電信録』（仮名垣魯文著・同年九月）のような、この時期に起きた個々の士族の反乱を報道するものも刊行され、実録には速報性を意識するものも作られるようになる。

新聞の雑報記事と実録・戯作

当時の新聞には、政治や海外についての記事を載せ、挿絵を添えずに文語体で論じる大《おお》新聞と、もっと身近に起きた事件を挿絵なども用いて口語体で報道し、大新聞の約半分の紙型で作られた小《こ》新聞とがあった。主要な小新聞には「読売新聞」（一八七四年一一月創刊）、「仮名読新聞」（一八七五年一一月創刊）、「平仮名絵入新聞」（一八七五年四月創刊、のち「東京平仮名絵入新聞」、「東京絵入新聞」と改題）などがある。とくに小新聞に顕著にみられる雑報記事が、実録や戯作とも深く関わる。

雑報記事とは現代の新聞における社会面に近いものであり、大新聞では政治や経済、海外事情などを取りあげる傾向にあるのに対し、小新聞では警察沙汰――犯罪・喧嘩・痴情等々――や花柳界の噂話など、市井のトピックを取りあげる傾向があった。

戯作者もまた新聞記者として、雑報記事の執筆を担当する者が多かったが、そこには、民衆に記事の内容をわかりやすく面白く読ませるために、戯作の筆法がしばしば見られた。一八七四年から世に出始めた新聞錦絵（錦絵新聞とも）には、絵の周りに事件のあらましを書き入れるスタイルのものがあるが、そこにも草双紙の方法が表れている。新聞錦絵は雑報記事を錦絵にしたもので、大新聞の「東京日日新聞」が民衆向けに行ったのが始まりだが、新聞錦絵の記事の執筆は条野採菊（山々亭有人）や高畠藍泉《たかばたけらんせん》（三世柳亭種彦）といった戯作者が、絵は落合芳幾《おちあいよしいく》や大蘇《たいそ》（月岡）芳年《よしとし》（「郵便報知新聞」の錦絵を手がける）といった浮世絵師が担当していた。この記事と絵の分担執筆方法もまた、江戸時代の草双紙制作スタイルを踏襲している。

西南戦争と報道・実録

一八七七年に起きた西南戦争は半年以上続いた大事件であった。世上の関心は高く、記者として従軍していた福地源一郎（桜痴）は、彼が属する「東京日日新聞」に記事を提供し、人々はこぞって記事を求めた。その効果は他の新聞にも及び、新聞全体の読者数を底上げしたとも言われる。

西南戦争がこの時期の文学に与えた影響は大きい。戦況の報道が次々と行われたが、それは雑報記事の連載という現象となり、このことは後の新聞の「続き物」の発生にも影響を与える。また、新聞記事を利用した数々の実録類が戦時中から作られ、草双紙の形式でも盛んに刊行されたことも注目できる。これより後、新聞の続き物を草双紙化することが広く行われるようになるが、その先鞭《せんべん》を付けたのが、西南戦争にまつわる草双紙であった。これらの多くは本文にルビを付けた漢字が用いられ、ひらがな主体だった江戸時代の草双紙とは大きく異なっている。また、本文と挿絵とが一体化せずずれているものもある。このことは従来、絵を見ることに主眼を置き、画文一体の意識で制作されていた草双紙が、文を読むことに重点が移り、画文別々の意識で作られるようになったことを意味する。後に確立する明治式草双紙形式の萌芽が見出せるのである。

西南戦争関係の草双紙は一八七七年に刊行されたものだけでも、明治初年以来の新作合巻の点数を上回るほどであった。新聞の読者層など、従来の草双紙読者以外も手に取るようになったからである。以降、新聞の続き物と、それを踏まえる草双紙の制作が徐々に盛んになってくる。

「続き物」の生成・発展と明治戯作の行く末

単発で掲載された新聞の雑報記事は、分量が増えると日をまたいで分載されるようになる。その始まりは一八七五年一一月、「東京絵入新聞」に二日にわたって掲載された「岩田八十八の話」であり、高畠藍泉執筆とされている。

一八七七年一二月一〇日の「仮名読新聞」に掲載された「鳥追ひお松の伝」は、自分の容色を利用して悪事を重ねる、毒婦お松の罪を報じたもので、「前号の続き」と受けて、「何《いず》れ明日」のように次号へ続く文言で結ぶ形であり、翌年一月一一日まで一四回にわたって連載された（ただし未完）。いわゆる「続き物」と呼ばれる連載記事の始まりである。以後、こういった続き物形式の雑報は増えていき、それらが潤色を施され、あるいは心理描写や風俗描写などに筆が費やされるようになるが、ストーリーも創作されるようになると、新聞小説と呼ばれるものになってくる。続き物は新聞小説の前身と位置づけられる。

「鳥追ひお松の伝」は一四回で中絶したが、その後、結末まで加え本文を修正して挿絵を付け、『鳥追阿松海上新話《とりおいおまつかいじょうしんわ》』（久保田彦作《くぼたひこさく》作、仮名垣魯文閲、橋本周延《はしもとちかのぶ》画）として草双紙の形で刊行され、明治戯作の復興を招いた。この作品はさらに、明治の木版草双紙の典型ともなっている。このような長期連載の続き物や、その草双紙化ということについては、西南戦争時の新聞記事の連載やそれらを利用した草双紙に影響されたものである。お松の物語は人気を博し、同類の話を新聞・戯作界にもたらすことになり、「毒婦物《どくふもの》」と呼ばれる一群を形成するようになった。

一八七九年一月三一日に処刑された毒婦高橋お伝については、多くの新聞が取りあげ、中でも「東京絵入新聞」が速報性で勝っていた。「仮名読新聞」と「東京新聞」は記事の草双紙化で対抗しようと、いずれも短期間で連載を打ち切り、それぞれ『高橋阿伝夜叉譚《たかはしおでんやしゃものがたり》』（仮名垣魯文作・二月一二日初編刊）、『其名（そのな）も高橋毒婦の小伝　東京奇聞』（岡本勘造作・同一一日初編刊）を先を争うように刊行した。なお『高橋阿伝夜叉譚』は、初編は当時新たに広まっていた技術である活版印刷が、二編以降は従来の木版印刷が用いられており、本造りの面で近世と近代の過渡期を体現している。

毒婦物以外にも好評を得た続き物はある。たとえば、草双紙化はされなかったが、「東京絵入新聞」に連載された「金之助の話説《はなし》」（一八七八）は、道具屋息子の金之助と彼に献身的につくす芸者小蝶の恋愛譚であり、幕末の人情本を思わせる展開である。また、「芳譚雑誌《ほうたんざっし》」に連載されその後草双紙化された高畠藍泉『巷説児手柏《こうせつこのてがしわ》』（一八七九）は、戊辰戦争時に行方不明になった幕臣とその家族の人間模様を描くものであった。大阪で行われていた活版印刷の影響を受け、活版で制作されており、東京における活版印刷草双紙の典型となった。

新聞紙上に定着した続き物は、その後表題や作者名を記すもの、同時代の事件に限らず江戸時代の話題を連載するものも出てくる。新聞記事からさらに小説に近づいたのである。

一八八六年正月、「読売新聞」に日本新聞史上初めて小説欄が設けられた。これは坪内逍遙の意見を取り入れたことによる。最初はフランス小説の翻訳から始まったが、続いて三月には饗庭篁村《あえばこうそん》『当世商人気質《とうせいあきうどかたぎ》』が連載開始、以降新聞小説として定着する。すでに前年には坪内逍遙が『小説神髄』を発表、尾崎紅葉らも硯友社を結成するなど、近代文学は次の段階に移りつつあった。新聞小説欄は他紙にも影響を与えることになり、多く雑報記事を素材としていた明治戯作も結果として新聞小説へ吸収されていく。雑報の草双紙化に経営を頼っていた草双紙の版元も衰退し、戯作は終焉を迎える。いっぽう実録もまた、その本質の一つである報道性は主として新聞に取って代わられ、小説性はその後ルポルタージュ文学やノンフィクションへ、娯楽的な面は大衆小説へと発展的解消をしていく。

江戸時代の戯作・実録翻刻の流行

明治初期にあって、戯作や実録は、新作のものばかりが読まれていたわけではない。戯作は、江戸時代に制作した版木を用いて明治に入ってから印刷したもの（後刷本・後印本）が流布していたし、実録も同様に、江戸時代に作られたものが明治に入っても書写され続けていた。そのような中、一八八二年ごろから、版元や活版印刷所の増加などを背景に、活版印刷による、江戸時代の戯作や実録の翻刻（活字翻刻本）が盛行した。

とくに実録は、この当時盛んに行われた演芸である講談にも、種本《たねほん》として密接に関わっている。講談の口演に基づくいわゆる講談本・講談速記本は明治中期には大量に作られ、一九一一年には「立川文庫」が刊行を開始し、広く親しまれた。江戸時代の実録や講談本はその後の大衆小説の源流となるが、近代における民衆層の読書を支えた一領域として記憶されて良い。

参考文献

・興津要『転換期の文学――江戸から明治へ』（早稲田大学出版部、一九六〇）
・前田愛『近代読者の成立』（有精堂出版、一九七三、のち岩波現代文庫、二〇〇一）
・本田康雄『新聞小説の誕生』（平凡社、一九九八）
・須田千里「解説　『近世紀聞』における実録・歴史・文学」、松本常彦「解説　明治実録の二例」（須田千里・松本常彦『新日本古典文学大系明治編13　明治実録集』岩波書店、二〇〇七）
・佐々木亨『明治戯作の研究――草双紙を中心として』（早稲田大学出版部、二〇〇九）
・高木元「十九世紀の草双紙――明治期の草双紙をめぐって」（『文学』二〇〇九・一一）
・山本和明『近世戯作の近代――継承と断絶の出版文化史』（勉誠出版、二〇一九）

2章　明治初期の翻訳文学

―野口哲也

翻訳の意義

正宗白鳥が明治という時代の文壇は欧米思想の「殖民地文学」に過ぎなかったと回顧しつつ、自身もそれを喜んで摂取して思想感情を培ったと述懐したように（「明治文壇総評」『中央公論』一九三二・四）、近代文学の初発期に西洋文学の翻訳が果たした役割の大きさは圧倒的なものがあった。特に白鳥の口ぶりには、優位な文化圏から劣位な文化圏へテクストが翻訳を介して移入されるとき、宿命的に本質的な何かが失われてしまうのではないかという意識も読みとれる。「西洋模倣」という白鳥の認識は翻訳をめぐる伝統的な議論の中で特に悲観的な側面を強調したものだが、近年の研究動向においてに、むしろ翻訳の過程で獲得されるものに注目し、テクストに与えられる新たな可能性を掘り起こす方向性が示されている（デイヴィッド・ダムロッシュ『世界文学とは何か？』原著二〇〇三、邦訳二〇一一）。つまり翻訳という作業を介して他者の言語や文化を読み解き、自らのそれに再構成していく過程に目を向けることで、何か新しい価値観や表現方法が発見されるような側面を明らかにすることである。

翻訳によって明治初期の文学史に開かれた新生面とは、第一に功利主義、改良主義や社会進化論といった文明開化のイデオロギーである。たとえば、儒学の教養基盤をもった洋学者である中村正直が訳した『西国立志編　原名自助論』（一八七〇－七一、原著スマイルズ）は福澤諭吉の『学問のすゝめ』と並んでベストセラーとなった。

天は自ら助くるものを助くと云へる諺は、確然《シカト》経験《タメシココロミ》したる格言なり、僅に一句の中に、歴《アマネ》く人事成敗の実験《タメシ》を包蔵《コメテアル》せり、自ら助くと云事は、能く自主自立して、他人の力に倚《ヨラ》ざる事なり、自《ミズカラ》助くるの精神《タマシヒ》は、凡そ人たるものの才智の由て生ずるところの根源なり、推てこれを言へば、自助くる人民多ければ、その邦国必ず元気充実し、精神強盛なる事なり、他人より助けを受て成就せるものは、その後、必ず衰ふる事あり、

明治維新による身分の流動化を背景に、国家有用の人材として「立身出世」する上昇志向の典型であるが、それは文学者を含む様々な名士偉人を紹介する同書において、儒学的な行動規範にも合致している。このように、翻訳文学は同時期の啓蒙論説と並行して出発したが、維新前までに形成されていた価値観に対して、新しく流入する様々な西洋文化を接続・融合させる媒体であったし、後の政治小説とも接点を持っていくようになる。

ＳＦ・冒険譚と政治思想

西洋文学の翻訳が流行した明治一〇年代によく読まれたのは、人情もの（恋愛小説）、ＳＦや冒険譚、奇事異聞、政治小説といったジャンルであり、作家でいえばリットン、シェイクスピア、ヴェルヌ、ユゴーであったが、それらを広く手がけた翻訳家に井上勤がいる。ヴェルヌの『九十七時二十分間月世界旅行』（一八八〇、英訳本からの重訳）は、アメリカの武器製造集団のプロジェクトとして、南北戦争が終結して大砲の需要がなくなったため、三人の男を乗せた巨大弾丸を月に打ち込んで踏査し、合衆国の新たな州に加えようと目論むという筋書きである。

天地風なく見物の万衆は皆な息を呑て寂として声なく只だ偏へに発射の時を待つのみ機械師にして放火を司る所の「マーチソン」氏は時辰儀針の進むを注視してありしが俄然大呼して数へ来て曰く

三十五秒、三十六秒、三十七秒、三十八秒、三十九秒、四十秒　放火

一発の砲声、天地も為に粉末となりたるかと訝るばかりの大振動にして其振動は古今天地間に於て譬ふるに物なく亦た固より之が景況の一端を名状《ママ》たるも言辞の適すべきなし弾丸天に冲《ちう》するの後火煙一帯天地を蔽ひ恰も火煙の一世界を現出したるに似たり

作品終盤（第二六回）、砲弾の発射を待つ群集の様子と、製造責任者がカウントアップする緊迫感、発射直後の大爆発の振動と迫力が簡潔な文体によって表現されている。蒸気船や機関車ですら文明の乗り物であった時代に、宇宙ロケットならぬ有人砲弾の新奇さは、人々の素朴な驚きを呼んだに違いない。正確に時を刻む時辰儀の針とともに、進歩する近代科学への夢をかき立てたと想像されるが、ヴェルヌの原作が発表された一八六五（慶応元）年は日本では幕末の動乱期であった。外圧によってようやく鎖国を解いて間もない頃、欧米列強の帝国社会は既に地球の外を見据えていたことを訳者は伝えたかったのかもしれない。

なお、ジャーナリストの多くが翻訳家を兼ねていた当時にあって、井上もまた硬派な政治思想の持ち主であった。徳島で洋学教師として自由民権運動家と交流するなかで出版した『民権国家破裂論』（一八八〇）では、イギリス自由政府の成功とフランス君主政府の圧政を対比して紹介し、民衆の暴動が国家を破壊する危険性に警鐘を鳴らしている。これは翻訳書ではないが、井上が手がけたSFやユートピア物語の多くには政治的な諷刺が込められている。民権運動が昂じて全国各地で騒擾事件と弾圧が激化していた状況に照らせば、翻訳文学の流行期は政治熱の時代であったとも言える。井上による『白露革命外伝 自由廼征矢《じゆうのそや》』（一八八四、原著ヴェルヌ、一八八七再版『政治小説 佳人之血涙』）の他にも西欧の革命やアナキズム運動への関心と国内の擾乱事件が重ね合わされた翻訳・翻案小説があるし（第1部コラム2参照）、後述する森田思軒訳「探偵ユーベル」（一八八九、原著ユゴー）も同様の背景を持っている。

奇事異聞と合理主義

読者のニーズに合ったジャンルを網羅した井上勤の訳業には、『開巻驚奇 龍動《ロンドン》鬼談《きだん》』（一八八〇、原著リットン）という怪奇小説もある。ラフカディオ・ハーンが帝国大学で行った英文学講義でも「英語による最もすぐれた怪奇物語」として「悪夢の経験を驚くべき忠実さをもって描いている」と賞賛した作品である。

あらすじは主人公がロンドンの幽霊屋敷に好奇心をもって従僕と愛犬を伴って訪れ、様々な怪異現象の只中に取り残されるも、迷信や恐怖心を退けて理知的な解釈を試み、空き部屋の床下に秘められた謎を突き止めて解決を図るという内容である。大筋においては原文に忠実に沿うが、大幅な省略や圧縮のほか、話法の変換、細かな描写の補足、原文にないせりふの付加といった改変も目立つ。それは、聞き慣れない事物を読者に分かりやすく伝え、関心を引きつけようとする工夫であろう。たとえば長らく借り手の付かない幽霊屋敷で管理人を務めている老婆が主人公に怪事を伝える場面では、その不気味な表情や雰囲気が原文よりも具体化されている。

> 彼れ等とは誰にもあれ此の家《ヤ》を悩ます怪物《バケモノ》を指して申なり。（中略）斯く長く住み居たれば何日《イツ》か彼れ等は竟《ツイ》に我が身を殺害するは必定なりと合点しながらも我が身は已に老の身の焔魔の庁の主簿《チヤウメンカタ》筆取上て今日明日と吾が送籍《ソウセキ》を待かぬる短かき命惜からねば今も猶此の家にあり。若し殺さるゝ其のちは猶又彼れ等と同居して此の家に留まるべしと声緩《ユル》やかに語るを聞くも何となく身の毛立ちて肌寒く股戦栗《オノヽ》きて止み難く女の顔も恐ろしげなるやうに覚へければ尚ほ精密《クハシ》く問ひも得ず

傍線部分は原文にない加筆であるが、その描写は、この老婆が後に怪死して幽霊となって再来する場面の姿と重なることになる。また、未亡人となって没落した彼女の身の上話も相当に拡大して補われており、結果的にミ

ステリ仕立ての筋書きを補ってサスペンスの効果をより高めている。

主人公の人物造形で一貫しているのは、「世に理外の理と称すべきものなし (the Supernatural is the Impossible)」という態度である。この信念から、欧米各地で報告される交霊会や遠隔操作、催眠術などに思考をめぐらせ、怪事の正体は特異体質を持った人間の物質的作用に他ならないと結論づける。そこに巨大な人影が現れて恐怖感が高揚する場面で硬直した主人公は「妖怪《バケモノ》に身体を不自由ならしめられたりとも決して恐怖の念なきものから (This is horror, but it is not fear)」と自身を鼓舞しようとする。このような知性・感性をもった主人公を描いた訳書に対して、訳者の父である井上不鳴が付した序文もまた興味深い見方を示している。

> 往年余東都に在り。屡ばしば蘭人西婆兒多《シーボルト》に接す。話次我が邦天狗の怪に及ぶ。西氏嘲けり笑ふて妄誕と為す。頃ごろ兒勤が訳する所ろの龍動《ロンドン》鬼談を閲すれば。奇々怪々愕ろくべく畏るべし。歐洲現に此の怪有り。而して其の邦人無鬼論を執つて移らず。豈に笑べきの甚ならずや。嗚呼茫々たる坤輿之際。人智の測かる能はざる事有る固より知るべし。後世其の理を講究して疑団を氷釈するも亦た知るべからざるなり。然れば則ち遊戯怪談の小冊子未だ必ずしも後ちの学者に益無んばあらざるなり。尼聖怪を語らず。而して必ず之無しと言はざる故へ有るかな。

不鳴は徳島藩医であったが、怪異を退けたシーボルトへの反論として、西欧にも怪事が存在することを伝える本編を紹介する体裁で、人智の及ばぬ領域があることを主張する反合理主義的な姿勢が読みとれる。一見、作中の主人公の人物像と矛盾するようにも見えるが、実はリットンの原著にも長い序文が付されており、「To doubt and to be astonished is to recognize our ignorance (疑うことと驚くことは、私たちの無知を認識することだ)」というエピグラフに続いて、人間にとって超自然の力こそ欠かせないと説いている。それは科学や唯物論に対する単純な反動ではなく、驚異や不可思議が理性との間で葛藤している状態を描くことによって、詩や物語が芸術の域に届くという主張である。リットンが政治小説や教養小説、冒険小説といったジャンルに加えてオカルト色の強い怪奇小説まで手がけていたことは、たとえばディケンズのような同時代作家にも共通する特徴である。

本作の怪奇は、ヴィクトリア朝時代のメスメリズム（動物磁気説）やスピリチュアリズム（心霊学）などを背景にしている点で前世紀のゴシック・ホラーと異なっている。日本でも古くから「化物屋敷」を題材にした怪談は親しまれており、たとえば江戸時代中期の『稲生物怪録』は近現代の作家たちにも刺激を与えてきたが、国学者・平田篤胤の門下生らによって流布本が作られたのが奇しくもリットンの原著と同じ一八五九（安政六）年のこととされている。一九世紀後半とは、日本でも西洋でも合理と非合理がせめぎ合い、その狭間に知的好奇心や娯楽的関心が向けられた時代であった。井上の訳した海外奇談は他に『全世界一大奇書　原名アラビヤンナイト』（一八八五）もあるが、やはりＳＦやミステリ（たとえば饗庭篁村訳「西洋怪談黒猫」『読売新聞』一八八七・一一・三／九、原著ポー）と隣接するジャンルとして、時代の想像力に対応したテクストと考えることができるだろう。

翻訳と文体

翻訳文学は、特に明治二〇年前後になると、それまでにも様々な規範を持っていた日本語そのものの語彙や文体に大きな葛藤や変化をもたらすようになった。具体的には内容本意の自由訳・抄訳から厳密な逐語訳へ、そして日本語としても洗練された表現といった流れの中で、言文一致のヒントが得られていくということである。

森田思軒は慶應義塾で英語を学んで『郵便報知新聞』の記者を務め、矢野龍渓の外遊に同行してから同誌の翻訳小説欄で活躍し、「翻訳王」と呼ばれた人物である。益田克徳訳『夜と朝』（一八八九、原著リットン）に寄せた序文で、明治前半期の翻訳史を文体面から整理している。第一の画期が丹羽純一郎訳『欧洲奇事花柳春話』四編＋附録

（一八七八―七九、原著リットン）で、翻訳文学流行の端緒となったものの、漢文を基礎とした旧文体にとどまる。第二が藤田茂吉・尾崎庸夫《やすお》『諷世嘲俗繫思談』（一八八五、原著リットン）で、「造句措辞」が一新し、原文を尊重した精緻な「周密文体」が始まる。そして第三として『夜と朝』は、益田が口述したものを若林玵蔵が筆記したこともあって、さらなる変化の兆候が見えてきたという把握である。若林は三遊亭円朝の速記本『怪談牡丹灯籠』（一八八四）を刊行して二葉亭四迷らの言文一致体に影響を与えた人物だが、思軒の「三変説」を継承した柳田泉は第三期を『夜と朝』ではなく二葉亭四迷『あひびき』（一八八八、原著ツルゲーネフ）に見ている。同様に坪内逍遙も自らのシェイクスピア訳を振り返って、最初期の『該撒奇談自由太刀《じゆうたち》余波鋭鋒《なごりのきれあじ》』（一八八四）などは「浄瑠璃まがひの七五調で、至つてだらしのない自由訳」だったが、次第に注釈を基盤にした逐語訳を志向し、「文語口語錯交訳時代」を経て「現代語本意訳の時代」へと五段階に推移したという（「自分の翻訳に就いて」『シェークスピア研究栞』早稲田大学出版部、一九二八）。
『花柳春話』はリットンの『アーネスト・マルトラバーズ』（一八三七）と続編『アリス』（一八三八）をまとめたものだが、分量も大幅に圧縮され、奔放な意訳を含むダイジェスト版である。ブルジョワ青年の主人公が庶民女性と障害を越えて結ばれる筋書きだが、このように原作を換骨奪胎した大胆な翻案は「豪傑訳」とも呼ばれた。

妾縦令《たと》ひ君が家を去るも日に君の幸福安全を祈り以て鴻恩萬分の一に報ぜんのみ。言了《をは》つて忽ち戸を開き去らんとし首を回らしてマルツラバースを一顧し恰かも離別の情を表するが如くなりしが忽ち往事を追懐して愁思胸に鐘《あつ》まり情切に悲迫り覚へず倒れて悶絶す。マルツラバース忙《いそが》はしく起《たち》てアリスの側らに疾走し之を抱えて呼び回《か》へすこと数声、且つ謂つて曰く余復た離別のことを言はずと。右手にアリスの左手を執り左腕《わん》に其頭《かうべ》を抱き冷水を口に含んで朱唇《しゆしん》に灑《そゝ》ぎ去る。此時アリス漸くにして眼を開き繊手《せんしゆ》を伸ばしてマルツラバースの頸辺《けいへん》を抱擁し瞳《どう》を正《ただし》ふして顔を見る。マルツラバース密語して曰く余実に卿《けい》に恋着す。焉くんぞ離去するを得んや。

（傍線原文）

主人公のマルツラバースが一時の別れを告げて辞去しようとした際に身分の違いを気にするアリスが気を失って倒れたため、慌てて冷水を口移しにして（原文では瞼へのキス）抱き起こす挿絵入りの場面である。こうした西洋の上流社会を背景とする恋愛小説（人情もの）が、日本では知識階級の文体であった漢文直訳体で翻訳されたことで清新さをもって受け入れられたとも考えられるが、『通俗花柳春話』として再版（一八八三－八四）された際には馬琴流の七五調に改められており、格調高い異国情緒とは異なる方向に翻案されることになった。

これに対し、『繫思談』の忠実な逐語訳を評価した森田思軒は、自らも「元来翻訳なる者は原文の思想意趣を邦文に言ひかへる事にあらすや」（「翻訳の心得」『国民之友』一八八七・一〇）と述べている。その主旨は原文の表現方法そのものを翻訳に反映させようとすることであり、日本語の慣用句類などに置き換えることで原文が持っている文化的含意を変えてしまうような弊害を避けようとする徹底的な態度である。「紐密なる考へを写すには紐密なる脳髄より生したる文体を手本とするより外なかるへし」「我々か脳髄の手本とする西洋人の文体に由るより外なかるへし」（「日本文章の将来」『郵便報知新聞』一八八八・七・二四－二八）と考える思軒にとって、原文を尊重する意志は極めて強いものであった。その一例として、「探偵ユーベル」（『国民之友』一八八九・一－三）を見てみよう。ヴィクトル・ユゴーの遺稿集『見聞録』の英語版から抜粋して訳したものと考えられている。

ユーベルは太きキレ〲の声を発して述べたてり　其声はキレ〲ながらも一種タシカなる処あり　且つうたてや(sad to say)其中に誠実の気を含めるなり　ユーベルは述ぶるやう　己れは未だ曾て何人にも害を為せることあらず　己れは共和党なり　己れは己れの過ちにより共和党員の髪一本を毀損することあらんよりは　寧ろ先づ己れが万たび死することを欲すべし　又た巴里にて新たに捕はれたるものありとて己れは少しも与かり知らず　人々は己れがユールの知事に与へたる第一の手紙に　未だ十分意を留め呉れざるなり　又たモーパスにあてたる手紙は　是れ徒だに草案のみ　稿本のみ　又た「共和党の共和政治をなす能はざる所

以を論ず」と題せる小冊は成程己れ之をかけり　然れとも竟《つひ》に印行せざりきと

引用はフランスから英国領ジャージー島に亡命してナポレオン三世を弾劾していたユーベルが、仲間たちからスパイの嫌疑をかけられて釈明する場面である。思軒の「周密文体」は日本語の文法とは大きく異なる欧文脈の要素を忠実に訳出しようとした試みだと言われるが、ここで特徴的なのは話法の転換である。英文では間接話法で語られ、ユーベル自身がhe / hisと三人称代名詞で繰り返し指示されるところ、「己れ」という特徴的な一人称によって焦点化している。I / myなどに対応する場合は一貫して「余」を用いていることから、話法や人称についても思軒が極めて意識的だったことを示しているだろう。さらに思軒は、引用文中の「うたてや」を当初は「浅ましや」としていたが適当でないと考え、やむを得ず原文の「sad to say」を挿んで訳出したと付記している（「訳文探偵ユーベルの後に書す」『国民之友』一八八九・三・一二）。ユーベルが話し出す前に語り手が介入して示す同情を再現する苦心が窺われるが、後に二葉亭四迷が原文のコンマやピリオドの切り方から語数や音調まで忠実に写そうと試みたこと（「余が翻訳の標準」『成功』一九〇六・一）や、森鷗外がイプセンの翻訳でノラが食べるマカロンを「飴三」と書くべきだと指摘されて困惑したという話（「翻訳に就いて」『現代二十名家文章作法講話』萬巻堂、一九一四）などにも通ずる、翻訳者の宿命とも言えようか。

翻訳書とその波及

『国民之友』の主宰者として思軒に翻訳を依頼した徳富蘇峰は、明治一〇年代末までに衰退した自由民権運動を踏まえて「政党の時代」から「教育の時代」への転換を主張していた（『新日本之青年』集成社、一八八七）。「旧日本」を代表してきた「天保の老人」「壮士」に変わって新たな階層として誕生しつつある「青年」が社会を担っていくという展望である。混沌とした初期の翻訳から原文に忠実な逐語訳を志向するまでの訳者が主にジャーナリストだったのに対して、アカデミックで本格的な語学の素養を持つ訳者によってさらに洗練された翻訳が日本語の言文一致に影響を与え、それを享受する読者層が現れてくることも、こうした時代の推移に対応すると言えよう。

さらに蘇峰が言うような新旧の世代で異なっていた環境として、政治運動の挫折や内面への志向といった問題のほかに、当時どのような外国語学習の機会が与えられていたのかということを考える余地もある。例えば、幕末維新期に外遊した福澤諭吉らによって持ち帰られた英語リーダー（教科書）や明治一〇年代に始まるそれらの翻刻書に関連して、自習書の類も数多く出版されて用いられたことが指摘されている。リーダーにはイソップ寓話のほかマザーグースやアンデルセン、グリムといった児童文学が多く収められ、それを底本とした翻訳も明治二〇年前後に増加していくといったジャンル上の動きがある。自習書には平易な口語文による「意訳」が英文の「直訳」と対照されるように示されており、本格的な文体革新とその普及を可能にする端緒が潜在していた。文学の読者層を初学者にまで広げてみた場合にも、明治初期の翻訳をめぐって明らかにすべき問題は奥深い。

参考文献

- 柳田泉『明治初期翻訳文学の研究』（春秋社、一九六一）
- 山本良『小説の維新史――小説はいかに明治維新を生き延びたか』（風間書房、二〇〇五）
- 川戸道昭・榊原貴教編『図説　翻訳文学総合事典』全五巻（大空社、二〇〇九）
- 井上健編『翻訳文学の視界――近現代日本文化の変容と翻訳』（思文閣出版、二〇一二）
- 齊藤美野『近代日本の翻訳文化と日本語――翻訳王・森田思軒の功績』（ミネルヴァ書房、二〇一二）
- 高橋修『明治の翻訳ディスクール――坪内逍遙・森田思軒・若松賤子』（ひつじ書房、二〇一五）

コラム 1

著作権と文学

世界で初めてのまとまった著作権に関する法律は、一七八九年にフランスで成立した。フランス革命と同年である。著作者の著作物に対する権利や著作者の経済的利益の保護を規定すると同時に、著作物を「共和国の公立図書館または同図書館版画室に登録」(第六条)することを定めた。これは、近代国家における公共の所有物という意味を著作物に付与することを意味する。

しかし、問題は解決されなかった。偽造者は海外に拠点を移し、勢いを増した。そこで、国際条約の制定が目指された。契機となったのが、一八七八年にパリで万国博覧会が開催された際に開かれた会議である。ここで国際文芸協会が設立され、その名誉会長となったのが、自身も海賊版に悩まされたヴィクトル・ユゴーだった。

これを経て、一八八六年九月に「文学的及び美術的著作物の保護に関するベルヌ条約」が制定された。日本は一八九九(明治三二)年にこの条約を締結した。

日本でも、これ以前に著作物の権利をめぐる問題が起きていなかったわけではない。海賊版は近世から問題になっていた。明治改元を迎えて早々、この問題に取り組んだのは、福澤諭吉だった。

『西洋事情』(初編一八六六年)など福澤の著作の多くは、明治初期のベストセラーだった。しかし、福澤は海賊版の横行に苦慮し、さまざまな対応をとった。

一八六八(明治元)年には自著『西洋旅案内』の偽版者の情報を求める広告を『中外新聞』に出し、七〇(明治三)年になると『西洋事情二編』の海賊版取締り要望書を大阪府知事に提出し、行政にもアプローチするようになった。さらに、一八七三(明治六)年には文部省に海賊版取締りを要求することに加え、京都府に『版権論』を提出した。

福澤が主張した「版権」とはコピーライトの訳語で、図書専売の権利である。現在の排他・独占的出版権を指す。これが、出版条例(一八六九(明治二)年公布)が一八七五(明治八)年に改正された際、既存の「出版届」の提出に加えて「版権願」の制度として取り入れられた。

このように、世界的な動きと連動しながら日本の著作権に関する様々な規定が作られていった。しかし、それはあくまで司法や行政の出来事で、社会の動向やコモンセンスとは距離があり、実際の創作の場ではさまざまな問題が起こっていた。

まずは、剽窃が問題化する。たとえば、文壇への入口としても機能していた新聞の投書欄では、しばしば「借用」か「剽窃」かという議論が起きたという。一八八三(明治一六)年、『読売新聞』に「枕水漁史」というペンネームの投書家が現れた。この人物の投稿内容に元ネタがあることが、別の投稿者によって指摘されて問題となる。一連の出来事を論じた甘露純規は、「江戸時代と違い、明治時代の剽窃問題は多くの人々をまきこみ、そしてメディア上で事件化されることで、人々の注意をより広く惹くことになった」と述べている。

「代作」すなわち原稿を書いた者とは別人の名前で作品を発表することもあった。たとえば、徳田秋声と三島霜川の関係が挙げられる。この二人は互いに了解したうえで、そうした関係を築いたようだ。

戦後には、「盗作」を描いた小説も生まれた。大岡昇平「盗作の証明」がそれである。一九七八(昭和五三)年に起きた実際の事件を、かなり忠実になぞっている。だが、盗作した側・された側は明確に架空の人物として描かれていて、小説では盗作したとされる青年が、先行作を読んでいないと主張しながら自ら命を絶つというストーリーになっている。

メディア環境が劇的に変わった、インターネット登場以降の今日においては、あらためて、著作物とはなにか、著作者とは誰かといった問題が問われている。

著作権に関する新しい動きとして、クリエイティブ・コモンズ(以下CC)ライセンスがある。作品の利用に関わる四つの条件——原作者のクレジット表示、非営利、改変禁止、二次利用を行う場合にオリジナルのCCライセンスを継承すること——を組み合わせたもので、著作者は自分の創作物がどれに該当するかを示し、享受者はその内容を守れば作品を自由に利用できる。

これは、著作者が自身の意向を自発的に示し、著作者の権利と享受者の自由を決める、著作物の新たなあり方である。

(尾崎名津子)

参考文献　宮澤博明『著作権の誕生』(太田出版、二〇一七)、甘露純規『剽窃の文学史——オリジナリティの近代』(森話社、二〇一一)、紅野謙介『投機としての文学』(新曜社、二〇〇三)、栗原裕一郎『〈盗作〉の文学史——市場・メディア・著作権』(新曜社、二〇〇八)

コラム 2 ― 自由民権運動と政治小説

一八七四（明治七）年一月、「民撰議院設立建白書」が提出された。自由民権運動の始まりである。この運動の理論的支柱となった天賦人権論は、今でいう基本的人権や生存権、あるいはその土台となる自由や平等を尊重する思想であった。しかし同時に、「建白書」を出した板垣退助らのグループが「愛国公党」や「愛国社」を名のり、「建白書」そのものにも「愛国ノ情」といった言葉が記されていたことに端的に表れているように、自由民権運動はナショナリズム（国家主義）の運動でもあった。

一八八一（明治一四）年一〇月に「国会開設之勅諭」が発布され、一〇年後に国会を開設することが約束された。その直後、板垣退助らが「自由党」を結成し、翌八二年には、大隈重信らが立憲改進党を結成するなど、自由民権運動は最高潮に達する。こうした動きの中から生まれたのが「政治小説」であった。国会開設によって国権＝政府と民権＝人民が融和一致するさまを描いた戸田欽堂『民権演義情海波瀾《じょうかいはらん》』（一八八〇）は政治小説の嚆矢《こうし》とされる。

自由民権運動は言論闘争であり、メディアの戦いでもあった。一八八二年創刊の自由党機関誌『自由新聞』には、桜田百衛《ももえ》訳「仏国革命起源西の洋《うみ》血潮の暴風《さあらし》」（一八八二）や宮崎夢柳《むりゅう》訳「仏蘭西革命記自由の凱歌《かちどき》」（一八八五－八六）などが掲載された。さらに、一八八四（明治一七）年創刊の小新聞『自由燈』には、ロシア虚無党によるテロリズムを描いた宮崎夢柳訳「鬼啾啾《きしゅうしゅう》」（一八八四－八五）などが掲載された。これらは翻訳・翻案小説であり、同時に政治小説でもあった。自由民権思想を宣伝するための道具として小説が利用されたのである。

こうした自由党のメディア戦略に対して、立憲改進党側では、大隈重信が提出した憲法草案の起草者でもあった政治家・ジャーナリストの矢野龍渓《りゅうけい》が、一八八一年に『郵便報知新聞』を買い取り、立憲改進党の実質的な機関紙とした。さらに、龍渓みずからも筆を執り、古代ギリシアの都市国家テーバイを舞台として自由民権を説く『斉武（せーべ）名士（めいし）経国美談《けいこくびだん》』（一八八三－八四）を出版した。

この立憲改進党の人脈に連なっていたのが坪内逍遙である。逍遙自身は政治運動に熱心ではなかったものの、シェークスピアの『ジュリアス・シーザー』を翻訳した『該撒（しいざる）奇談（きだん）自由太刀餘波鋭鋒《じゆうのたちなごりのきれあじ》』（一八八三）の冒頭には、「政《まつりごと》、自由なれば、国民《くにたみ》和《わ》し、国民《くにたみ》和《わ》すれば国治まる」

と、自由民権運動のエネルギーがはっきりと表れていた。また、『一読三歎当世書生気質《とうせいしょせいかたぎ》』（一八八五–八六）の登場人物守山友芳は魁進党に入党したと作中で噂されている。

　こうして全国の士族や富農の若年層を巻き込んで同時代の社会・文化に広く影響を及ぼした自由民権運動であったが、政府側からの厳しい弾圧にさらされ、一八八四年には自由党が解党、立憲改進党も事実上活動不能となった。このような運動退潮期に書かれた政治小説が、末《すえ》広鉄腸《ひろてっちょう》『政治小説雪中梅《せっちゅうばい》』（一八八六）とその続篇『政治小説花間鶯《かかんおう》』（一八八七–八八）である。国会開設から一五〇年後の二〇四〇（明治一七三）年に発見された石碑が機縁となって『雪中梅』『花間鶯』という古書が上野の書籍館（図書館）で見出され、民権運動家・国野基《くにのもとい》の事蹟が語られていく話である。未来記という斬新な枠組みを持ちながらも、自由民権が行き渡って官民融和の「社会改良」が成し遂げられるという結末は『情海波瀾』を大きく越えるものではない。このような予定調和的結末は、自由民権運動が、実態においては高額納税者の参政権要求であり、民権家の多くが国会開設後、全国の地主や都市ブルジョワジーの代弁者として国政に参加していったことからすれば当然のことであった。

　『当世書生気質』と同じ年に刊行が開始された東海散士《とうかいさんし》（柴四朗）の『佳人之奇遇《かじんのきぐう》』（一八八五–九七）は、旧会津藩士の「東海散士」が、アメリカ・フィラデルフィアの「独立閣」でスペイン・カルロス党の「幽蘭」、アイルランド独立党の「紅蓮」、明朝の遺臣「范卿」と出会って意気投合するところから始まり、ポーランド、エジプト、アイルランド、トルコなど亡国の危機に瀕した国々の現状を述べつつ、二人の佳人（幽蘭・紅蓮）との交流や、幽蘭の父「幽将軍」の救出劇などを語る未完の長編である。大国の植民地主義的な支配を拒絶し、抑圧されている小国の自由と独立を求める主人公の熱情が、漢文訓読調の文章によって綴られている。根底には、東海散士自身の「国破レ家壊レ窮厄万状《きゅうやくばんじょう》辛酸ヲ嘗《な》メ尽ス」という苛酷な「亡国」体験があった。しかし、諸民族の自由と独立への願いは、東海散士自身が閔妃《びんひ》暗殺事件（乙未事変）に関与するなど次第に帝国主義的欲望へと変質していく。自由民権運動は、日本における最初の民主主義運動であると同時に独善的な愛国主義を内包してもいたのである。

（**村田裕和**）

参考文献　『新日本古典文学大系明治編16・17　政治小説一・二』（岩波書店、二〇〇三、二〇〇六）

第２部

近代文学の黎明期

近代国家の確立　言文一致運動　国家の下で平等な国民　坪内逍遙『小説神髄』　小説の理念　「人情」と「世態風俗」　模写小説　artistic novel　草双紙体　雅俗折衷体　近代文体　二葉亭四迷『浮雲』　固有の〈私〉　江戸から東京へ　人力車夫と学生なり　坪内逍遙『一読三歎当世書生気質』　学生　立身出世　女学生三宅花圃「藪の鶯」　良妻賢母　小杉天外『魔風恋風』　自転車にのる女学生　新しい女　人力車夫　樋口一葉「十三夜」　社会層　ロマン主義　ナショナリズム　東海散士『佳人之奇遇』　故郷喪失　国家との同一化　徳富蘇峰『国民之友』　平民主義　自由民権運動　宮崎湖処子「帰省」　ナショナリストへの変貌　北村透谷　想世界　山路愛山『楚囚之詩』『蓬莱曲』　国木田独歩「忘れえぬ人々」　徳冨蘆花『不如帰』　泉鏡花『高野聖』　正岡子規　写生説　風景画　スケッチ　情景描写

1890~1900

1章　言文一致と小説

――山﨑義光

近代国家の確立と言文一致の要請

欧米諸国家を模範として近代国家を確立するにあたり、様々な社会制度が改まり、また社会基盤が形成された。なかでも身分からの解放は大きな変化だった。武士・町人・農民といった身分に階層化されていた人々は、華族・士族に秩禄が与えられ（秩禄処分）平民と区別された族称は残されたものの、国家の下での平等な国民として位置づけられた。

言語についても、平等な国民にふさわしく、誰にでも通じる標準化された言語を整えることが求められた。それまで、同じ日本語といっても地域ごとの方言もあれば、身分による違いもあり、また話し言葉と書き言葉の違いも大きかった。そこには教養知識の違いも表れた。こうした言語の差を標準化することが、近代社会の形成にあたって求められたのである。このうち書き言葉の標準化が求められたところに言文一致運動が起こった。

言文一致は、話し言葉（言）と書き言葉（文）との差異を少なくした新たな書き言葉をつくり定着させることをいう。外国語を公用語とする案から、漢字廃止、ローマ字による表記など様々な案が出されたが、表記は漢字仮名交じり文に落ちつくことになる。とはいえ、書き言葉も多様であり、法令には漢文訓読体が用いられていた一方、小説には古典に由来する雅文体やくだけた戯作調の文体が用いられていた。

坪内逍遙『小説神髄』の小説理念

こうした近代国民国家の形成にともなう言語改良の要請を背景としながら、物語や詩を近代社会にふさわしい文化・芸術として再編する動きが現れる。国民という公衆に通用する新たな文体による表現への志向である。そのために、貴族や武士といった社会層の文化として用いられてきた漢文訓読体や平安時代以来の雅文と、町人文化として戯作に用いられていた俗文とを折衷した雅俗折衷体《がぞくせっちゅうたい》を手がかりに近代文体が試みられはじめる。

その中心的な役割を果たしたのが坪内逍遙だった。逍遙は、江戸の戯作に精通して育った一方、西洋文学を学び、シェークスピアの作品などを翻訳紹介した。そして、小説『当世書生気質《とうせいしょせいかたぎ》』とともに、小説の理念を説いた『小説神髄』を刊行した。一八八五年九月から八六年四月に九分冊で松月堂より刊行され、合本が一八八六年五月に上下二冊で刊行された。このなかで「小説」を「美術」の一種として位置づけ、小説の性格を次のように述べた。

> 小説は仮作物語《つくりものがたり》の一種にして、所謂《いわゆる》奇異譚《きいたん》の変体なり。奇異譚とは何ぞや。英国にてローマンスと名づくるものなり。ローマンスは趣向を荒唐無稽《こうとうむけい》の事物に取りて、奇怪百出《きかいひゃくしゅつ》もて篇をなし、尋常世界に見《あら》はれたる事物の道理に矛盾するを敢《あえ》て顧みざるものにぞある。小説すなはちノベルに至りては之《こ》れと異なり。世の人情と風俗をば写すを以《もっ》て主脳となし、平常世間にあるべきやうなる事柄をもて材料として而《しか》して趣向を設くるものなり。

「小説」は「奇異譚」「ローマンス」に連なる「仮作物語」の一種だが、「荒唐無稽の事物」「奇怪百出」を排して、「尋常世界」の「世の人情と風俗をば写す」ことを主眼とする物語であるとした。そして、小説が主として描くべきことについて、次のように述べた。

小説の主脳は人情なり。世態風俗《せいたいふうぞく》これに次ぐ。人情とはいかなるものをいふや。曰《いわ》く、人情とは人間の情慾にて、所謂百八煩悩《ひゃくはちぼんのう》是《こ》れなり。夫《そ》れ人間は情慾の動物なれば、いかなる賢人、善者なりとて、未《いま》だ情慾を有《もた》ぬは稀《ま》れなり。賢不肖《けんふしょう》の弁別なく、必ず情慾を抱《いだ》けるものから、賢者の小人《しょうじん》に異なる所以《ゆえん》、善人の悪人に異なる所以は、一《いつ》に道理の力を以て若《も》しくは良心の力に頼《よ》りて情慾を抑へ制《とど》め、煩悩の犬を攘《はら》ふに因《よ》るのみ。（中略）されば人間といふ動物には、外に現《あらは》るる外部の行為《おこない》と、内に蔵《かく》れたる思想と、二条の現象あるべき筈《はず》なり。而《しか》して内外双《ふた》つながらその現象は駁雑《さまざま》にて、面《おもて》の如くに異なるものから、世に歴史あり伝記ありて、外に見えたる行為の如きは概《おおむ》ね是れを写すといへども、内部に包める思想の如きはくだくだしきに渉《わた》るをもて、写し得たるは曾《かつ》て稀《ま》れなり。この人情の奥を穿《うが》ちて、賢人、君子はさらなり、老若男女、善悪正邪の心の中の内幕をば洩《もら》す所なく描きいだして、周密精到《しゅうみつせいとう》、人情を灼然《しゃくぜん》として見えしむるを我が小説家の務めとはするなり。

小説は、「賢人、君子」のみならずあらゆる社会層の「老若男女」を対象とし、世態風俗の中で「外に見えたる行為」とともに、外にあらわれない「内に蔵れたる思想」「人情の奥」までを、実際にあることを「写す」ように描くものだとした。逍遙は、しばしば江戸時代後期、一八一四年から四二年にかけて刊行された読本《よみほん》である曲亭馬琴『南総里見八犬伝《なんそうさとみはっけんでん》』など近世の戯作を事例としながら説明している。戯作が描いてきたとする勧善懲悪の物語と対照しながら、「模写小説」(artistic novel) の理念を論じた。それは「偶人師《にんぎょうつかい》」が「機関人形《あやつりにんぎょう》」を操るように「作者」が人物を語るのではなく、「作者」とは別人格の他人のように、登場人物の固有性を「内部に包める思想」にいたるまで描くものだとした。

逍遙は、こうした小説を書くためには、それにふさわしい「文体」が必要だとも論じた。古来の文体を「雅文」「俗文」「雅俗折衷体」に分けて説明し、雅俗折衷体によって小説を書くのがよいとした。さらに雅俗折衷体を二通りの文体に区別して論じた。『源氏物語』など平安朝の物語以来の「倭文」や「漢語」などの雅言を基調とした「稗史体《よみほんたい》」と、近世の世話物のように日常用いられている「通俗の言語」を指す俗言を基調とした「艸冊子体《くさぞうし》」である。そして「地の文」と人物たちの「詞」との間をどう調整しながら物語るかというところに難しさと工夫の余地があると述べた。稗史体は上流階層の優美さを、艸冊子体は下流の情態を写すのに適している。身分がなくなり平等化へ向かう近代社会の情態を写すことを主眼とする小説は艸冊子体を基調とすべきだとして「我が将来の小説作者はよろしくこの体を改良して完美完全の世話物語を編成《あみ》なさまく企つべし」と述べた。すなわち、雅俗折衷体のなかでも艸冊子体を「改良」するのがよいとした。

逍遙自身は『小説神髄』と同じ頃、一八八五年六月から八六年一月にかけて『一読三歎当世書生気質』（晩青堂、全一七冊）を発表した。この小説は地口に富んだ戯作調の文体で「作者」が地の文を語り、会話を基調とした書生たちの詞で叙述される場面もあれば、擬古文体（雅文）で回想が叙述される場面もあるなど、異なる文体が混淆していた。それに対して、『小説神髄』の理念を受けて新たな言文一致体で書くことを試みようとする人物たちが現れた。山田美妙《やまだびみょう》、嵯峨の屋《さがのや》おむろ、二葉亭四迷《ふたばていしめい》などである。なかでも二葉亭四迷は、ロシア語を学ぶなかでツルゲーネフの作品などに接して小説執筆の意欲をもち、逍遙を訪ねてアドバイスを受けた。

後年、二葉亭はその頃を振り返って「余が言文一致の由来」（『文章世界』一九〇六・五）に次のように記している。小説の文章をどう書いたらよいかわからず逍遙に相談したところ、三遊亭円朝の落語を参考にしてはどうかと言われた。とくに腐心したのが地の文で、山田美妙は敬語調の「です」を用いたが、自分は「だ」調にしたという。だが、文章が「俗」に傾くため、逍遙からは「も少し上品にしなくちゃいけぬ」と言われた。それでも「自分の規則」として、「国民」的に定着した漢語以外の表現は使わず、「成語、熟語」を用いないことにした一方で、「深川言葉」のような俗語を「下品」ながら「ポエチカル」だと感じて取り入れようとしたという。逍遙からは「美文素を取り込めといはれた」が、「自分はそれが嫌ひ」でむしろ「排斥しようと力《つと》めた」のだと回想している。逍遙と意見の相違があったことも記しているが、しかし、幅広い社会層に通用する用語を基本としたことは『小説神髄』が示した方向性だった。

二葉亭四迷『浮雲』の試み

こうした小説理念に導かれて書いたのが『浮雲』である。第一篇が一八八七年六月、第二篇が一八八八年二月に金港堂から刊行され、第三篇は一八八九年七、八月号『都の花』に掲載された。ただし、第三篇は中絶した。『浮雲』には、言文一致体で小説を書くことに格闘した痕跡が残る。第一篇には戯作調の文体が残るが、第二篇、第三篇になると主人公自身の言葉で「内に蔵れたる思想」を表現することが試みられた。

『浮雲』は次のように書き始められている。失業した内海文三が、元の職場の建物から退勤する人々の様子を見ている場面である。

千早振《ちはやぶ》る神無月《かみなづき》も最早跡《もはやあと》二日の余波《なごり》となッた二十八日の午後三時頃に、神田見附《かんだみつけ》の内より、塗渡《とわた》る蟻、散る蜘蛛の子とうようよぞよぞよ湧出《わきい》でて来るのは、いずれも顋《おとがい》を気にし給う方々、しかし熟々《つらつら》見て篤《とく》と点検するとこれにも種々《さまざま》種類のあるもので、まず髭《ひげ》から書立《かきた》てれば、口髭《ひげ》類髯《ほおひげ》顋《あご》の鬚《ひげ》、暴《やけ》に興起《おや》した拿破崙髭《ナポレオンひげ》に狆《ちん》の口めいた比斯馬克髭《ビスマルクひげ》、そのほか矮鶏髭《ちゃぼひげ》、貉髭《むじなひげ》、ありやなしやの幻の髭と濃くも淡《うす》くもいろいろに生分《はえわか》る髭に続いて差《ちが》いのあるのは服飾《みなり》　白木屋《しろきや》仕込みの黒物《くろいもの》ずくめには仏蘭西皮《フランスかわ》の靴の配偶《めおと》はありうち、これを召す方様《かたさま》の鼻毛は延びて蜻蛉《とんぼ》をも釣るべしという。

「なり」「たり」「し」など擬古文的な雅言の文末表現を避けている一方、「千早振る神無月」と始まるなど戯作調の語りの調子が色濃く残る。これは、単なる用語の問題に止まらない。

「余が言文一致の由来」で二葉亭は、「です」調ではなく、「だ」調にしたと述べていた。「です」のような敬語は、相手との関係を示す待遇表現の一つで、話す人と受け手との関係を表立たせることになる。小説においては、語っていること、語り手を前景化することにつながる。二葉亭の文章表現の工夫の一つは、語っていること（ナレーション）を表立たせず後景化させて、語られている登場人物その人が現在進行的に感じ考えているかのように受けとめられる叙法だったと理解できる。実際には、地の文に「だ」はそれほど多用されていない。「だ」調という言葉で意識されたのは、語り手が語っていることを表立てることなく、登場人物自身の感覚思考を前景化する表現上の工夫を指したのだったといえよう。

加えて、二葉亭は「今の言葉」だけしか使わない、「成語、熟語」なども使わないとも述べていた。それは、成語・漢語が通用する知識人層のみならず、「国民」的な広がりをもった公衆へ向けて表現すること、そうした人々に近しい世界（世態風俗）として表現することへの配慮があっただろう。唯一「参考にしたもの」が、江戸以来の下町で庶民が用いていた「深川言葉」だったとも述べていた。広く通用する平明で標準化された言語で表現することを目指した一方、庶民の用いてきた「深川言葉」によって登場人物を生き生きと表現する詩的（ポエチカル）な効果を活かそうとしたのであったろう。

冒頭ではナレーションが前景化していたが、物語が進行するにつれて、登場人物たちをナレーションで描写する傾向は弱まり、その代わりに文三自身が思い考えているかのように「地の文」と「詞」が混成して叙述される場面が現れる。語り手（ナレーター）による地の文ではなく、また会話の詞でもなく、語られている人物（文三）

自身の感覚・視点に準拠した表現になっていくのである。

このことは、物語られる世界のなかで、文三が孤立していくことと関連している。『浮雲』は次のように物語が展開する。父を失い母に育てられた文三は、東京の叔父宅に居候しながら、学校を出て役所に勤めていた。しかし、人員整理のため役所を免職になる。冒頭の場面は、勤めていた役所から出て来る人たちの容姿を、失業した文三と同僚の本田昇の目線で捉えたナレーションによる描写だった。母からは、文三が独立して一緒に暮らせることを楽しみにしているとの手紙が届く。文三は、叔父の娘お勢《せい》に思いを寄せ、思いを打ち明けようとするができないでいる。また、上司に頼み込んで復職願いを出すこともできず苦悶する。その一方で、要領のいい同僚本田昇は出世していたのだった。文三は免職されたことを隠していたが、お勢の母お政《まさ》に知られてしまう。すると、それまで文三と娘の結婚を望んでいたようだったお政は、しばしば家に出入りする本田とお勢を結婚させようと考えはじめ、文三には冷淡になる。文三の影響でにわか西洋主義だったお勢もよそよそしくなり、口もきかなくなってしまう。文三は頼れる親も財産もなく、仕事も失い、叔父の家族たちからもよそよそしくされて孤立する。ただ、孤立したがゆえに、お勢が周囲におだてられて自分を見失っていることが客観的に見える。本田と交際することの危険をお勢に忠告したいが、それもできず、様々な思いをめぐらして煩悶するのだった。

このように展開して、第三篇には次のように文三がお勢のことを考えている場面が現れる。お勢が本田と仲良くなり、周囲からおだてられていい気になっているのを、文三は距離をおいて見つめ、心配してあれこれ考えている場面である。

お勢は今甚《はなは》だしく迷っている、豕《いのこ》を抱いて臭きを知らずとかで、境界《きょうがい》の臭みに居ても、おそらくは、その臭味《くさみ》がわかるまい。今の心の状《さま》を察するに、譬えば酒に酔ッた如くで、気は暴《あれ》ていても、心は妙に昧《くら》んでいるゆえ、見るほどの物聞くほどの事が眼や耳やへ入ッても底の認識までは届かず、皆中途で立消《たちぎえ》をしてしまうであろう、またただ外界と縁遠くなったのみならず、我内界《わがないかい》とも疎《うと》くなったようで、我心《わがこころ》ながら我心の心地はせず、始終何か本体の得《え》知れぬ、一種不思議な力に誘《いざな》われて言動作息《さそく》するから、我にも我が判然とは分るまい、今のお勢の眼には宇宙は鮮《あざや》いで見え、万物は美しく見え、人は皆我一人《われいちにん》を愛して我一人のために働いているように見えよう、もし顔を皺《しか》めて溜息《ためいき》を吐《つ》く者があれば、この世はこれほど住みよいに、何故《なにゆえ》人はそう住み憂く思うか、殆《ほとん》どその意《こころ》を解《かい》し得まい、また人の老《おい》やすく、色の衰え易いことを忘れて、今の若さ、美しさは永劫続くように心得て未来の事などは全く思うまい、よし思ッたところで、華《はなや》かな、耀《かがや》いた未来の外《ほか》は夢にも想像に浮ぶまい。昇《のぼる》に狎《な》れ親《したし》んでから、お勢は故《もと》の吾《われ》を亡くした、が、それには自分も心附くまい、お勢は昇を愛しているようで、実は愛してはいず、ただ昇に限らず、総《すべ》て男子に、とりわけて、若い、美しい男子に慕われるのが何となく快いのであろうが、それにもまた自分は心附いていまい。これを要するに、お勢の病《やまい》は外《ほか》から来たばかりではなく、内からも発したので、文三に感染《かぶ》れて少し畏縮《いじけ》た血気が今外界の刺《し》戟《げき》を受けて一時《いちじ》に暴《あ》れだし、理性の口をも閉じ、認識の眼を眩《くら》ませて、おそろしい力を以て、さまざまの醜態に奮見《ふんけん》するのであろう。もしそうなれば、今がお勢の一生中で尤《もっと》も大切な時、能《よ》く今の境界を渡り課《おお》せれば、この一時《ひととき》にさまざまの経験を得て、己《おのれ》の人と為《な》りをも知り、いわゆる放心を求め得て始《はじめ》て心でこの世を渡るようになろうが、もし躓《つまづ》けばもうそれまで、倒《たおれ》たままで、再び起上《おきあが》る事も出来まい。物のうちの人となるもこの一時《ひととき》、人の中《うち》の物となるもまたこの一時、今が浮沈の潮界《しおざかい》、尤も大切な時であるに、お勢はこの危《あやう》い境を放心《うっかり》して渡ッていて何時《いつ》眼が覚めようとも見えん。

「お勢は今甚だしく迷っている」と、思い語っているこの場面の声の主は誰だろうか。ふいに「文三に感染れて」と入るなど、ナレーターらしき声も混じるが、それでもナレーションの声は後景化し、文三自身が考えているることだと読める。こうした登場人物の心のなかの声までを、いかにもありえそうに地の文のなかで描写したことが、先に坪内逍遥が「内に蔵れたる思想」「人情の奥」と言っていたことにあたる。
文三は、失業し家のなかでの立場も失ったことで、逆に社会的な立場の拘束を離れて、いわばよく見える高見から、浮き足だったお勢を客観的俯瞰的に見て心のなかでたしなめ、正気に戻し導いてやらなければならないと考え始めている。お勢に対して「今が浮沈の潮境」というところなどは、ふいに語り手（ナレーター）の声が漏れている印象もあるが、文三自身が失業して失恋し、いわば世間から沈没していながら、お勢に対して「一生中で尤も大切な時」など浮き上がった目線で考えている。世俗的な立場とは別の立場に立ち始めているといってもよい。

この引用部のように、登場人物自身が見たり聞いたり考えたりすることに即して描き出したところに、逍遥が述べた小説理念の目指した表現があったといえよう。文三は、失業を契機に社会的立場を失い、お政やお勢といった身近な人たちから遠ざけられたとともに、社会的成功という価値尺度から身を引き離しお勢たちを対象化して認識している。社会の尺度ではなく自分自身に立脚した立場で物事を見る〈私〉が表現されていると言えよう。固有の〈私〉に立脚した人物形象の萌芽といってよいだろう。

参考文献

- 安田敏朗『「国語」の近代史』（中公新書、二〇〇六）
- 野村剛史『日本語スタンダードの歴史』（岩波書店、二〇一三）
- 坪内逍遙『小説神髄』（岩波文庫、改版、二〇一〇）
- 亀井秀雄『「小説」論――『小説神髄』と近代』（岩波書店、一九九九）
- 坪内逍遙『当世書生気質』（岩波文庫、改版、二〇〇六）
- 二葉亭四迷『浮雲』（岩波文庫、二〇〇四）

２章　小説に描かれた社会層

―　山﨑義光

「学生」と立身出世

坪内逍遙は「人情」と「世態風俗」を描く小説を、どのような場所や人物を設定して描いたのだったか。小説に描かれた社会背景や人物たちの社会的属性に着目して、小説『一読三歎当世書生気質《とうせいしょせいかたぎ》』を読んでみよう。次の引用は冒頭の一節である。

さまざまに移れば変《かわ》る浮世かな。幕府さかえし時勢《ころおい》には、武士のみ時に大江戸の、都もいつか東京と、名もあらたまの年ごとに、開けゆく世の余沢《かげ》なれや。貴賤上下の差別《けじめ》もなく、才あるものは用ひられ、名を挙げ身さへたちまちに、黒塗馬車にのり売の、息子も髯《ひげ》を貯《たくわ》ふれば、何の小路《こうじ》といかめしき、名前ながらに大通路《おおどおり》を、走る公家衆《くげしゅ》の車夫《くるまや》あり。（中略）十人集《よ》れば十色《といろ》なる、心づくしや陸奥人《みちのくびと》も、慾あればこそ都路《みやこじ》へ、栄利もとめて集《つど》ひ来る、富も才智も輻湊《ふくそう》の、大都会とて四方より、入《いり》こむ人もさまざまなる、中にも別《わけ》て数多きは、人力車夫と学生なり。

「幕府さかえし時勢」の「大江戸」から「東京」と改まった都市風景が、「貴賤上下の差別」もなく「才」によって出世する人々の集まる場として語られている。出世した人は「黒塗馬車」や「車夫」に引かれた人力車に乗って「大通路」を行く。そうした「大都会」へ集まって来た様々な人々の中で、数も多く目立つ存在として「人力車夫と学生」を挙げた。

明治初期のベストセラーに、福澤諭吉『学問のすすめ』（一八七二－七六）、サミュエル・スマイルズ著、中村正直訳『西国立志編』（一八七〇－七一）がある。それらは、身分ではなく能力を身につけることで世に出て身を立てること、立身出世が近代社会で求められる生き方だと説いた。この時代におけるキャリア教育である。その考え方は「学問は身を立《たつ》るの財本」と説く学制序文、太政官布告第二一四号「学事奨励ニ関スル被仰出書《おおせいだされしょ》」（一八七二）に取り入れられた。ただし、立身出世は青年男子の規範だった。女性の生き方の規範は良妻賢母となることであるとされ、女学校の多くはこれを教育指針とするようになる。

『当世書生気質』には、「学生」（書生）たちをおもな登場人物として新時代の世態風俗が描かれた。学生の小町田粲爾《さんじ》と芸者の田の次の恋愛を物語展開の中心的な筋として描いた。粲爾は、官吏だった父浩爾が職を失い母は病で亡くなるなか、学によって身を立てようとしている。粲爾がまだ十代半ばの頃、両親と出かけた先で一人の少女お芳と出会う。確かな身寄りもない孤児だったので、小町田家で養われることになった。しかし、お芳は小町田家の没落とともに浩爾の権妻《ごんさい》（妾）だったお常に育てられ、芸者となり田の次と呼ばれていた。幼い頃には一緒に暮らし、別れて成長したのち再会した粲爾と田の次の恋愛が描かれた。幕末から明治に変わった「浮世」を背景に、立身出世を志す学生たちから、遊郭の芸者、人力車を引く車夫までの幅広い社会層が集まり近代化しつつあった東京の「世態風俗」を描いたとともに、二人の恋愛を通じて「人情」を描こうとした。

学問を通じて能力を身につけ立身出世しようとする生き方が、この時代の小説のなかに多く描かれた。二葉亭四迷『浮雲』の内海文三も、旧幕府に仕えた武士だった父が維新によって身分を失い貧苦の中で亡くなり、叔父を頼って東京へ出て学んだ人物として描かれていた。文三は、叔父の家で最初は肩身の狭い立場だったが、「給費」を得て就学できることになり、「寸陰を惜《おし》んでの刻苦勉強に学業の進みも著るしく、何時《いつ》の試験にも一番と言ッて二番とは下《さが》らぬほどゆえ　得難い書生と教員も感心する」ほど学問に励んだ。その甲斐あって「或人の周旋で某省の准判任御用係《じゅんはんにん》」に就き「本官」にも昇任した。しかし、この小説は、その職を文三が失ったところから始まっていた。身分の保証されない世への移り代わりのなかで学問で身を立てようとしながら、他方では、職に固執することだけでは満足できない主人公の心のうちの葛藤が描かれた。

同じ頃に書かれた森鷗外「舞姫」(『国民之友』一八九〇・一)の主人公太田豊太郎も、「学問」によって身を立てた人物として描かれていた。

余は幼き比《ころ》より厳しき庭の訓《をしへ》を受けし甲斐《かひ》に、父をば早く喪《うしな》ひつれど、学問の荒《すさ》み衰ふることなく、旧藩の学館にありし日も、東京に出でゝ予備黌《よびくわう》に通ひしときも、大学法学部に入りし後も、太田豊太郎《とよたらう》といふ名はいつも一級の首《はじめ》にしるされたりしに、一人子《ひとりご》の我を力になして世を渡る母の心は慰みけらし。

豊太郎は「学問」に励み大学を出て官僚となった。そして、母を東京へ呼び迎えた後、ドイツに留学した。ところが、留学して三年ほど経った頃、それまで父の教えを守り、母の期待に応え、上司のいうままに仕事をしてきた半生を振り返って、自分は「ただ所動的、器械的」に生きてきたと思うようになる。そういう自分を「我ならぬ我」と自覚したとき、ベルリンの大路から逸れた路地で、貧しい少女エリスと出会い恋が芽生える。官職を捨て新聞に記事を書いてわずかな稼ぎとしエリスと暮らし始める。そこへ大臣の秘書としてやってきた旧友相沢が通訳の仕事をもちかける。その仕事をきっかけに豊太郎は大臣の信頼を得て誘われるまま帰国を決意した。しかしその時、エリスは身ごもっていた。そのエリスを置き去りに出世コースに戻るまでの回想として描かれた。

これらの小説では、立身出世という規範が男性主人公の考え方や身の振り方を規制するものとして描かれた。ただし、小説に描かれたのは、立身出世という規範からはみ出してしまう主人公たちの思いと葛藤だった。

女学生と新しい女

これらの小説では男性の人物たちに焦点をあてて女性との恋愛・結婚をめぐる葛藤が描かれたことでも共通する。この時代の女性はどう描かれただろうか。『浮雲』のお勢は、子煩悩な両親に育てられ「やんちゃ娘」に育つ。「隣家へ引移《ひきうつ》ッて参ッた官員」の娘に「薫陶《かぶ》れ」て「私塾」へ入り「三味線を擲却《ほうりだ》して」「学問」をはじめる。しかし、「根がお茶ッぴい」で、「英学を始めてから」は洋装へ変え、「漢学」を習っていた塾は退塾して家へ戻ってきた。大人びたお勢に文三は胸のうちが「蠢動《うごめ》く」ようになる。お勢は文三を通じて西洋の新知識や価値観に触れた一方で、経済的社会的に確かな足場のある本田との結婚に惹かれるなど、新旧価値観の間で木の葉のようにゆれうごく女性として描かれた。

『当世書生気質』に触発されて書かれた三宅花圃《みやけかほ》『藪の鶯』（金港堂、一八八八・六）は、女学生を描いた早い時期の作品である。冒頭、鹿鳴館の舞踏会に集まる一〇代の少女たちが描かれる。他方、篠原子爵家の養子で、子爵家の娘浜子との結婚を期待され、五年間の洋行から帰ったばかりの篠原勤と学生時代の同窓生たちが描かれる。浜子は英語を教わっていた官吏の山中と結婚するが、山中とその愛人お貞に財産まで奪われる。他方、篠原勤は「道徳」を見失った軽佻浮薄な洋風かぶれに批判的な見方をもっていた。そして、両親を失い長屋に住んで士族に与えられた金禄公債の利子と内職で弟を学校に通わせて支えた相沢秀子と結婚する。勤と秀子の結婚披露宴は冒頭の鹿鳴館とは対照的な和風の宴会として描かれた。

女子の高等教育、高等女学校が制度として確立されたのは、一八九九（明治三二）年の高等女学校令によって男子の中学校に対応するかたちで制度化されてからである。それまでにも私塾や公立女学校、教員養成を目的とする女子師範学校、ミッション系私立の女学校などがあった。高等女学校は一般普通教育を目的とした女子の教育機関として制度化され、二〇世紀に入る頃から各地に設立されて就学者数も拡大した。多くの女学校は良妻賢母を教育の指針とした。国語や外国語、歴史、数学などの一般教育科目に、家事、裁縫、音楽などが女子特有の科目として加えられてカリキュラムを構成した学校が多かった。一九〇一（明治三四）年には日本女子大学校も設立された。そうした高等教育を受ける女学生も小説に描かれた。

小杉天外『魔風恋風』は、女子大学校に通う萩原初野《はぎはらはつの》が主人公である。『読売新聞』（一九〇三・二・二五－九・一六）で連載後、春陽堂より前編（一九〇三・一一）、中編（一九〇四・二）、後編（一九〇四・五）が刊行された。冒頭は「東洋屈指の大学校」「帝国女子学院」の「創立十周年祝賀会」に、皇后陛下をはじめ皇族が臨席するとの報道で集まった人々が学校までの沿道を埋め尽くしている場面である。人力車に乗ってやってくる男は巡査に止められ通行を規制される。そこへ初野は自転車に乗ってやってくる。「鈴《ベル》の音高く、現れたのはすらりとした肩の滑り、デートン色の自転車に海老茶の袴、髪は結流《ゆひなが》しにして、白リボン清く、着物は矢絣の風通《かぜとおし》、袖長けれど風に靡《なび》いて、色美しく品高き十八九の令嬢である」。ところが、曲がり角で「書生」と衝突して転倒してしまう。「デートン色の自転車」はアメリカ製で、この頃にはまだ高価で珍しく、「海老茶袴」に「白リボン」という高等教育を受ける女学生は憧れと嫉視を集める存在だった。大怪我をした初野は入院するが三週間の療養費の捻出と異母兄が戸主である実家との折り合いに悩まされる。もともと反対を押して入った学校だったため、ケガをきっかけに出費が増え生活費にも窮してしまう。そこへ下心をもった金持ちの画家殿井が下宿の主婦と諮って援助を申し出る。そんな折、実家を飛び出してきた妹の面倒もみなければならず、初野は脚気《かっけ》を患って、いよいよ追いつめられるのだった。一方、学校の友人で夏本子爵家の娘である芳江は、初野を姉と慕う。芳江には夏本家の養子で許婚の帝国大学生東吾がいた。しかし、東吾は初野に恋して、入院費用を密かに払う援助をしていた。東吾の様子を嗅ぎつけた子爵家では、東吾と芳江の結婚を急ぎ、初野を遠ざけようとする。だが、東吾は離籍してでも初野と一緒になろうとする。親友芳江と東吾の間で初野は葛藤する。一度は結婚の約束をした東吾と初野であった。が、子爵家と実家の親たちから翻意を促された東吾は、子爵家にとどまると約束する。それを物陰で聞いた初野は悲嘆と恨みから、芳江に東吾が房州（千葉県房総半島）にいるから会いに行くようウソを伝える。心から初野を信用していた芳江は船に乗る前、初野に手紙をよこす。東吾に拒絶されてもいいから一目会っておきたい、初野に感謝をしていると記されていた。初野はそれを読んで我が身を悔い、霊岸島の船着き場へ人力車で急ぐ。出航前に芳江に会うが、そこでばったり倒れ病院へかつぎ込まれる。駆けつけた東吾と芳江に手を握らせながら息を引き取るのだった。

この時代、女学生のライフコースは、良妻として結婚し賢母として子どもを産み育てること以外に、社会での立身出世を求められることはなかった。日露戦争後には、小栗風葉『青春』（『読売新聞』一九〇五・三・五－〇六・一一・一二）が、学生どうしの恋愛物語を描いた。一方、田山花袋「蒲団」（『新小説』一九〇七・九、〇八・三）は、広島県出身、神戸女学院の女学生で小説家を志望して上京した若い女性に、既婚中年の男性文学者が恋をする様を赤裸々に描き、自然主義の代表作とみなされた。夏目漱石の諸作品にも学生主人公と女性との恋愛が描かれた。『三四郎』（『朝日新聞』一九〇八・九・一－一二・二九）は、九州の高等学校を卒業して帝国大学へ進学するために東京へ向かう汽車の場面から始まる。近代化する都市のなかで三四郎は新しい生き方や価値観に出会う。なかでも美禰子《みねこ》は三四郎には謎めいたところをもつ〝新しい女〟に見える。彼女がつぶやく「ストレイ・シープ」（迷える子羊）は、立身出世・良妻賢母という規範には収まらない、この時代に生きる男女の姿を言い当てているだろう。

「人力車夫」の形象と大衆化

先に引用した『当世書生気質』冒頭には、「学生」とともに「人力車夫」が東京に数多く溢れていたと記されていた。人力車は、幕末に現れ、明治の始めに、馬車とともに爆発的に普及した乗り物だった。一八九五（明治八）

年に全国で一一万台と急増し、日清戦争後の一八九六年には二一万台に達してピークを迎えたが、その後は鉄道や路面電車の整備が進むと馬車とともに衰退し、自動車も普及してタクシーやバスが現れたことで、一九三八（昭和一三）年には一万三〇〇〇台余にまで減少したという。

尾崎紅葉『金色夜叉』（一八九七－一九〇五）の冒頭は、資産家の跡継ぎでダイヤの指輪を光らせた富山唯継《とみやまただつぐ》が、年始の東京で人力車を走らせる場面から始まる。一方、泉鏡花「夜行巡査」（『文芸倶楽部』一八九五・四）冒頭には、股引きもはけず裸同然の老車夫が皇居近くを見回る巡査に叱責されたことが描かれた。この時代の貧しい暮らしをしていた社会層を取材して記録した松原岩五郎『最暗黒の東京』（民友社、一八九三・一一）や横山源之助『日本の下層社会』（教文館、一八九九・四）には、富裕な家のお抱え車夫もいたが、車夫にも階層があり、多くは生活に窮した人たちが就いた仕事だったことが記されている。そうした人力車夫たちは、この時代を舞台とした小説のなかで、ほとんどの場合名もなき脇役として描かれた。

樋口一葉「十三夜」（『文芸倶楽部』一八九五・一二）には、人力車夫となったヒロインの幼友達が描かれている。東京の下町に住む貧しい士族の娘お関は、高級官吏に見そめられて嫁いだが、夫はしだいに学もなく貧しい育ちだったお関につらくあたるようになった。その仕打ちに我慢できず、お関は離縁を覚悟して実家へ帰ってくる。両親は幸せに暮らしているとばかり思っていたのに意外なことに驚かされ、お関に同情する。しかし、弟の行く末や子どものこと、これからの暮らしのことを話され、お関は自分が我慢をするほかないと思い直して帰るのだった。夜遅くなって人力車に乗る。するとその途中、お関は車夫が幼なじみの録之助だと気づく。かつてお関は彼との結婚を淡く夢みていた。しかし、お関が今の夫と結婚した後、録之助は放蕩で身を落としていたのだった。学を通じて立身出世を志す層とは異なる、市井の男女の悲哀を描いた。

坪内逍遙は『小説神髄』や実作『当世書生気質』によって、市井の庶民の玩弄物だった戯作を「美術」としての「小説」へ改良することを唱えたのだった。その時、新時代の「世態風俗」として焦点を当てたのが、学を通じて立身出世を志す「学生」だった。「人力車夫」もまた江戸から近代都市に変わりつつあった東京にあふれた社会層だった。一葉が活躍した一八九〇年代には、貧困や不条理にあえぐ人々を描いた観念小説、悲惨小説と呼ばれた作品が現れ始めていた。「小説」はしだいに多様な社会層を主要な人物として描くようになる。

参考文献

・竹内洋『立身出世主義——近代日本のロマンと欲望（増補版）』（世界思想社、二〇〇五）
・小山静子『良妻賢母という規範　新装改訂版』（勁草書房、二〇二二）
・稲垣恭子『女学校と女学生——教養・たしなみ・モダン文化』（中公新書、二〇〇七）
・斉藤俊彦『くるまたちの社会史』（中公新書、一九九七）

3章　ロマン主義とナショナリズム

――村田裕和

故郷喪失

政治小説『佳人之奇遇』(一八八五―一八九七)の作者・東海散士は、数え年一七歳で戊辰戦争に参戦して敗北。「亡国ノ遺臣」となった。しかし後に彼は福島県選出の衆議院議員として、また、対外強硬派のナショナリストとして「日本」のために働いた。このことは、以下に考察する故郷喪失とナショナル・アイデンティティ獲得の不可思議な連続性を――極端なかたちではあるが――象徴的に表しているように思われる。

思えば坪内逍遙『一読三歎当世書生気質』(一八八五―八六)は、一八六八(明治元)年の上野戦争に巻き込まれて生き別れになった兄妹の再会物語という一面をもっていた。いち早く出世する兄(守山友芳)は静岡県士族で彼の父は幕臣であった。また、二葉亭四迷『浮雲』(一八八七―九〇)の内海文三も静岡県出身で彼の父もかつて幕臣であったが没落、維新の負け組の子弟である上に文三自身も立身出世の道からこぼれ落ちたところに社会の「余計者」としての文学的リアリティがあった。

明治維新によって、多くの武士たちが父祖代々の土地や仕事を失った。学問による「立身出世」は家を再興するために与えられたほとんど唯一の道であった(東海散士はアメリカの名門大学を卒業している)。ただし、「立身出世」を強く求められたのは、敗者の子弟ばかりではない。前章で述べられている通り、森鷗外「舞姫」(『国民之友』一八九〇・一・三)の太田豊太郎も、国家にとって「有為の人物」となることだけを考えて生きてきた。この「舞姫」では、「故郷」という言葉が二つの意味で用いられている。「故郷なる母」というときの「故郷」は出身地(旧藩）のことであり、「ベルリンの都」に来てからは母のいる日本が「故郷」と呼ばれているのだ。都に呼び寄せられた豊太郎の母は、「故郷」（出身地）との断絶と、新たな「故郷」（日本）との結合の象徴であった。したがって、母の死は二重の意味での故郷喪失であり、豊太郎がコスモポリタン（世界人）として生きる可能性がそこでわずかに示されることになるわけだが、エリスとの束の間の「愛」と「自由」の生活も「天方伯」の登場であっけなく終わる。豊太郎は足を縛られた鳥にみずからをたとえ、「足の糸は解くに由なし」と語る。母の死＝故郷喪失は、自由への跳躍台であるかのように見えて、実は天方伯という象徴的な父（国家）の手中に全存在が絡め取られるきっかけにすぎなかった。「舞姫」は、国家との同一化が、故郷との断絶や喪失というプロセスを経て引き起こされることを『佳人之奇遇』とはまた別のかたちで象徴的に表す物語であった。

『国民之友』の初期ロマン主義

津和野藩（石見国《いわみのくに》）出身の森鷗外は、死に臨んですべての肩書きを捨て、「余ハ石見人森林太郎トシテ死セント欲ス」と遺言した。国家が自己にとって決定的に重要な意味を持つからといって、故郷が現実世界から消え失せるわけではない。むしろ立身出世し、「有為の人物」となった人間にとって、故郷は何よりかけがえのない空間として「発見」されるものである。

故郷の発見――その普及にもっとも貢献したのは「民友社」であった。民友社は熊本藩出身の徳富蘇峰《とくとみそほう》が設立した思想結社・出版社である。同志社英学校などに学び、自由民権運動に参加した蘇峰は、体制側に吸収されていく民権派には与《くみ》せず、在野の言論人として政治批判や啓蒙活動を続けた。蘇峰の主張は、「平民主義」と呼ばれる穏健な改良主義的ナショナリズムであり、国粋主義の立場に立つ政教社の『日本人』（一八八八年創刊）などに対抗した。

蘇峰は、『将来之日本』（一八八六）や『新日本之青年』（一八八七）などの著作において、自由民権運動に遅れてやって来た同時代の若者たちを「青年」と規定した上で、彼らに積極的な社会参加を呼びかけた。文部省編『学制百年史』（一九七二）によれば、『当世書生気質』や『佳人之奇遇』が刊行され始めた一八八五（明治一八）年における官公立学校は五七校、教員数六六一人、生徒数七二〇九人、私立学校は四五校、教員数一七八人、生徒数四三二一人であった。こうした学生（書生）たちの中には多くの地方出身者が含まれていたはずである。蘇峰は、一八八七（明治二〇）年に民友社を設立して総合雑誌『国民之友』を創刊し、一八九〇年には『国民新聞』を創刊して明治二〇年代の「青年」たちに多大な影響を及ぼした。蘇峰のもとで、竹越与三郎《たけこしよさぶろう》、宮崎湖処子《みやざきこしょし》、内田魯庵《うちだろあん》、山路愛山《やまじあいざん》、国木田独歩《くにきだどっぽ》らが記者・編集者として活躍し、蘇峰の弟で、後に『不如帰』（一九〇〇）（第2部作品紹介参照）がベストセラーとなる徳冨蘆花《ろか》も編集を手伝った。『国民之友』は急速に読者を増やし、第三七号（一八八九・一・二）から月三回の刊行となった。同号の自称発行部数は二万部とされている。

蘇峰の主張はどのようなものだったのか。「新日本の詩人」（『国民之友』一八八八・八・一七）において蘇峰は、詩人は上帝（神）・人類・万有（自然／天然）の混合した「宇宙の美妙」を感知し表現する者であると主張している。「インスピレーション」という言葉を紹介したのも蘇峰である。キリスト教的世界観と東洋思想が渾然一体となった神秘主義的な思想であり、美的観念《イメージ》の獲得を通して身分や職業にとらわれない〈個人〉の出現を語ろうとするところにロマン主義的思想の先駆けをみることができる。しかし同時にそれは、人間社会と自然とを対立的に捉えて、後者（自然）の側から前者（文明）を批判するという目的のための文学論――言い換えれば実用主義的な文学論――でもあった。

国会が開設された一八九〇（明治二三）年、民友社の宮崎湖処子は汚れた都会＝東京に対して、故郷の村を「エデン」や「桃源郷」にたとえながら美化・礼讃する長篇小説『帰省』を発表した。六年ぶりに帰省した故郷の父はもう亡くなっているが、自分（「我」）を温かく迎え入れてくれる家族・親族・友人たちに癒される。恋人や祖母とも再会を果たし、「我」は繰り返し故郷を礼讃するが、最終的に東京に戻ることに迷いはない。故郷はすでに過去の世界であり、自己の生活世界とははるか昔に断絶していたのである。

また別の角度からみれば、『帰省』は蘇峰の文芸理論の忠実なる実践篇でもあった。故郷世界は、すなわち蘇峰のいう自然（天然）の世界である。『国民之友』には地方出身学生に訴えかける「故郷礼讃キャンペーン」と呼べるような記事がいくつも掲載されていた。『帰省』の前年に湖処子自身が書いた小説とも随筆ともつかない文章「故郷」（『国民之友』一八八九・三・二二、四・二二、五・二）もその一つである。ただし、語り手「余」が訪れるのは実際の故郷ではなく、縁あって親しくなった家族の住む「第二の故郷」である。冒頭に「故郷の思想は、凡《すべ》ての幻影の裡《うち》、最も優美なる最も高尚なる幻影」とあり、連載末尾近くには「慈愛深き他人の裡に故郷を得たり」ともあった。「故郷」とは、つまるところ観念（幻影）であって、創造／想像された美的イメージだったのである。

明治二〇年代、社会秩序が急速に確立されていく中で、民友社は国家の中央に集まった知的予備軍に向けて、故郷への甘い感傷を誘いつつ、一方では誠心誠意、真面目に働くことを呼びかけた。評論「インスピレーション」（『国民之友』一八八八・五・一八）の中で蘇峰は、「至誠は神明に通ず、凡《およ》そ人真面目になり、純粋になり、一生懸命になる時に於ては、弱き人も強く、愚なる人も智に、無用の人も有用となるなり」と説いていた。「無用の人」という言葉が、不安に満ちた青年たちの胸に重く響いたことであろう。

『帰省』の末尾近くには、東京に帰る前夜の宴で、老いた琵琶法師が「我」への餞《はなむけ》に源義朝の遺臣が源氏再興を誓うくだりを歌う場面がある。それを聞いた「我」は、「忠臣の腸、義士の魂、亡国亡君の怨、四絃一声の裡に裂け了《おわ》りぬ」と感動する。〈亡国ノ遺臣〉の声を胸に留めて、「我」はふたたび国家の中心へと旅立つのである。

このように、『国民之友』を舞台とする徳富蘇峰のロマン主義は、地方出身者を社会に適合化するという功利的・実用的な役割を果たしつつ、一方ではその社会の不正や物質至上主義を正し、〈個〉としての国民を創出しようとするエネルギーを放っていた。ところが、日清戦争（一八九四－九五）とその後の三国干渉を経て、蘇峰自身が平民主義を捨てて、対外強硬派ナショナリストに変貌してしまう。オピニオン・リーダーとしての民友社の時代はわずか一〇年で終わりを迎えたのである。

北村透谷の詩と評論

一八六八（明治元）年生まれの北村透谷は、一八八四（明治一七）年、数え年一七歳で自由民権運動に関わった。しかし、翌年七月頃、運動が過激化する中で資金獲得のための強盗に加わるように誘われ、苦悩した末に運動から離脱する。各地で強盗をくりかえした同志たちは逮捕され、透谷は運動を捨てたことに深い心の傷を負うことになる。運動離脱時点で満一六歳の少年にすぎなかった透谷は、国家と対峙して敗北することの意味を全身で受けとめるところから人生を再出発することになった。

透谷の『楚囚之詩』（春祥堂、一八八九）は、「政治の罪人」として囚われの身となった「余」の獄中記の体裁をとった文語体自由律の長詩である。同志と共に投獄された「余」であったが、いつの間にか一人となり、獄窓から闖入した蝙蝠《こうもり》を「自由の獣」と呼ぶような孤独の生活を送る。「楽しき故郷」を「想像」したり、飛び入った一羽の鶯を「自由、高尚、美妙なる彼れ〔許婚者〕の精霊《たま》」と考えたりするが、「大赦」の「大慈《めぐみ》」によってあっけなく出獄するところで詩物語は終わる。全体の構成や人物形象は稚拙であるが、「故郷」や「都」に思いを馳せながら、運動の敗北を追体験し、恋愛の力を手がかりに〈想像世界〉の構築を試みているところに日本におけるロマン主義文学の新たな展開を見ることができる。

蘇峰や湖処子の自然賛美・故郷賛美は、立身出世の正当化であり、その限りにおいて民友社が表現したロマン主義は当時の藩閥政治に対抗するきわめて功利主義的な側面をもった文学観でもあった。一方、「身を抛《なげう》ちし国事」の敗北を経験した透谷にとって、立身出世を通して国家に希望を託すことは、もはやナンセンスでしかなかった。それゆえ、透谷の代表作『蓬莱曲』（養真堂、一八九一）では、都会と故郷という対立構造そのものが失われることになる。

『蓬莱曲』は、漂泊の修行者「柳田素雄」が、蓬莱山（富士山）の裾野から頂上へと遍歴して、大魔王との対決に敗れるまでを描く文語体自由律・戯曲形式の長篇叙事詩である（ただし前半のみで未完。後半の一部「蓬莱曲別篇」が附されている）。イギリス・ロマン主義の詩人バイロンの劇詩「マンフレッド」（一八一七）からの直接的な影響が指摘されている。

素雄は、死んだ恋人「露姫」の幻を追いつつ裾野を歩き、「このわれも、／世の形骸《むくろ》だに脱ぎ得たらんには、／姫が清《き》よき魂《たま》の翻々《ほんぽん》たる蝴蝶《こてふ》をば、／追ふて舞ふ可《べ》し空高く」（／は改行を示す）と、露姫を慕って魂を飛翔させることを願う。しかし、現実世界に肉体がある以上、〈想像世界〉に羽ばたくことはできない。したがって、「形骸《むくろ》をば／世に捨てゝ行かんや。」「死」とも「滅《ほろび》」とも／世の名を付けて、われを忘れさせ、／彼方の御山《みやま》の底の無き／生命《いのち》の谷に魂《たま》を投げいれん。」と、身体（形骸）を死滅させてしまおうと考える。この蓬莱山世界の「自然」は、「死す可《べ》き者こ、何《な》ど夙《と》く死なぬ」と、「われ」に向かって「どうしてさっさと死なぬのか」と問うてくる。崇高ではありながら人間に都合よく美化された民友社的「自然」とは異なり、饒舌で能動的で悪魔的な力を秘めた「自然」なのである。

蓬莱山を経巡った素雄は、いよいよ山頂で大魔王と対決するが、その圧倒的な力の前になすすべもない。大魔王は素雄の故郷でもある「みやこ」を焼き払う。そのさまをありありと目撃させられた素雄は、「嗚呼、わがみやこ！　あれ、あれ、みやこ！／捨てたりとは言へ、還《か》へるまじとは言へ、／わがみやこ、悲しきかな、あの火！／無残、限りなき人を／晩《おそ》からず尽《み》な灰にす可《べ》きぞ。」と叫ぶ。「還へるまじ」と誓った「みやこ」の焼失は、立身出世物語の土台である都会と故郷の二項対立構造そのものを崩落させると同時に、いよいよ素雄を一切の後ろ盾を失った〈個〉として山頂に立たせることになる。この孤絶の中で、樵夫《きこり》によって芸術の象徴としての「琵琶」

が届けられるが、素雄はその琵琶すら投げ棄てて、「いま去らん、消え失《う》せん、世の外に」という願いを貫徹して息絶える。現実世界のあらゆるしがらみを否定して、魂のみを美と崇高の極致にまで飛翔させようとする試みは、決して成功することはない。だがその試みなしには〈想像世界〉が生まれることもないだろう。柳田素雄の死は、芸術の逆説的本質を表しているのである。

北村透谷は、巌本善治が編集する女性啓蒙雑誌『女学雑誌』(一八八五年創刊)や、同誌から派生した文芸雑誌『文学界』(一八九三年創刊)に依拠して評論家としても活躍した。民友社の山路愛山が「頼襄《らいのぼる》を論ず」(『国民之友』一八九三・一・一三)で示した功利主義的な文学観――「文章即ち事業なり」――に対して透谷は、「人生に相渉《あいわた》るとは何の謂《いい》ぞ」(『文学界』一八九三・二・二八)や「内部生命論」(同前、一八九三・五・三一)を発表して、文学の価値は現実世界の役に立つかどうかには一切かかわらないことを明言し、「想の領分」すなわち〈想像世界〉の絶対性を主張した(人生相渉論争)。「サブライム」(崇高)、「Idea」(理想)、「インスピレーション」といった、民友社がさかんに用いた文芸用語を換骨奪胎することによって、実世界と想世界の切断を断行したのである。しかし、想世界への跳躍を試みる透谷の孤独な戦いは長くは続かなかった。一八九四(明治二七)年五月一六日、透谷は自宅の庭先でみずから死を選んだからである。

ロマンから抒情へ

一八八七(明治二〇)年、数え年一七歳で政治への情熱を抱いて上京した国木田独歩は、法律学校や東京専門学校で学び、植村正久の麹町一番教会で受洗、民友社系の団体「青年協会」で徳富蘇峰の知遇を得る。若き独歩は、『国民之友』が読者として想定した明治二〇年代の典型的な「青年」であった。宮崎湖処子編『抒情詩』(民友社、一八九七)に収録された独歩の詩「山林に自由存す」は、民友社的自然観の一つの到達点を示している。

山林に自由存す／われ此句《この》を吟じて血のわくを覚ゆ／嗚呼《ああ》山林に自由存す／いかなればわれ山林をみすてし／／あくかれて虚栄の途にのぼりしより／十年の月日塵のうちに過ぎぬ／ふりさけ見れば自由の里は／すでに雲山千里の外にある心地す／／眥《まなじり》を決して天外を望めば／をちかたの高峰の雪の朝日影／嗚呼山林に自由存す／われ此句を吟じて血のわくを覚ゆ／／なつかしきわが故郷は何處ぞや／彼處にわれは山林の兒なりき／顧みれば千里江山／自由の郷は雲底に没せんとす

ここに示された「山林」の自然には、自由民権運動からはるかに続く「自由」への希求が流れ込んでいる。山林＝故郷＝自然が、「虚栄の途」（都会、立身出世）という位置から顧みられる構造であるのも『帰省』などと同様である。だが注意したいのは、「山林に自由存す」と吟じて血がわく今現在の「われ」にとって、故郷の山林はもはや消えて久しく、それと反対に、固有名をもたない一般名詞としての〈山林〉が想像世界に立ち上がり始めていることである。

同じ独歩の短篇小説「忘れえぬ人々」（『国民之友』一八九八・四・一〇）では、「僕」が三人の「忘れえぬ人々」を紹介する。その一人目は、「国」（故郷）に帰る途中の船の中から目撃した男である。背景の自然に溶け込むような人物を、「僕」はあたかも美しい絵画を見るように鑑賞する。二人目は、故郷の実家で正月を過ごした後に旅した阿蘇山で俗謡を歌っていた馬子《まご》の一青年である。三人目は、旅行先の魚市で誰からも注目されずに琵琶を奏でていた琵琶僧である。歌う声と琵琶の音色に市のさまざまな音が重なって「自然の調べ」を奏でている。「僕」は、こうした人々＝光景を思い出し、「我もなければ他《ひと》もない」という境地になって、この時ほど「自由を感ずることはない」と話す。

この語り手は、都会と故郷の中間、あるいは故郷の周辺、そして縁もゆかりもない市における無名の人々に詩興を感じているが、実際はそれらの人々の人生には無関心で、自身の「生の孤立」に感傷的になっているだけである。ここには透谷が『蓬莱曲』で表現した孤絶とはまったく異なる感覚がある。それはひと言でいえば、大衆に埋没する感覚から来る「抒情」である。この感覚は彼も我も同じ「国民」であることを疑わないところから来る安堵感とも言いかえられるだろう。故郷と切断され、都会を漂泊し、そしてふたたび、〈故郷〉――どこにもなくどこにでもある観念としての故郷――の無名の人々の間に卑小な我を見出し、自身の状況を〈運命〉として甘受するところから来る悲哀感、それがすなわち「抒情」である。

　民友社の文学を「実」から「想」へ革命的に転倒したのが北村透谷だったとすれば、独歩は透谷が切り開きそして敗北した蓬莱山の〈想像世界〉を、誰もが自由に散策できる雑木林のごときものに仕立て直した。独歩は――あるいは独歩以後の文学者たちは、ロマンを抒情のレベルに押し下げることによって、透谷が直面しなければならなかった精神的危機を回避したともいえる。たとえば、島崎藤村のよく知られた詩「椰子の実」（『新小説』一九〇〇・六）は、「故郷《ふるさと》の岸」を離れて漂う椰子の実に「孤身《ひとりみ》」の自己を重ねることによって「流離の憂《うれい》」を歌う。自己と自然の相克・葛藤に全生命を賭して敗北した透谷に対して、波に漂う自己のみに関心を抱いて「詩興」を感じるような意識がここに成立したのである。ロマンの抒情化はすなわち「自然」の世俗化であると同時に、「国家」の自然化であった。「国家」は対決すべき相手ではなくなり、私たちの〈生〉の前提となる。これに代わって問題となったのが、内なる「自然」としての性欲や血である。こうして、明治二〇年代のロマン主義は、明治三〇－四〇年代の自然主義へと移行する。

　この後、ナショナリズムとの対峙の中に現れるロマンは、たとえば徳冨蘆花『不如帰』（一九〇〇）の大衆的メロドラマの中に、与謝野晶子の反戦詩「君死にたまふこと勿れ」（『明星』一九〇四・九）における「すめらみこと」と「旧家」の対立の中に、あるいは、石川啄木の評論「時代閉塞の現状」（一九一〇・八稿）における「一切の「既成」〔の国家〕をそのままにして置いて、その中に、自力をもって我々が我々の天地を新に建設するという事は全く不可能だ」という国家主義批判の中に見え隠れすることになる。

参考文献

・『国民之友』第一号〜第二七六号（日本語史研究資料（国立国語研究所蔵））
https://dglb01.ninjal.ac.jp/ninjaldl/bunken.php?title=kokuminnotomo
・中村光夫『日本の近代小説』（岩波新書、一九五四）
・『日本近代文学大系9　北村透谷・徳冨蘆花集』（角川書店、一九七二）
・『日本近代文学大系10　国木田独歩集』（角川書店、一九七〇）
・『新日本古典文学大系明治編26　キリスト者評論集』（岩波書店、二〇〇二）
・『新日本古典文学大系明治編28　国木田独歩・宮崎湖処子集』（岩波書店、二〇〇六）
・柄谷行人『定本 日本近代文学の起源』（岩波現代文庫、二〇〇八）

作品紹介

徳冨蘆花『不如帰』

＊初出：『国民新聞』
一八九八（明治三一）年一一月二九日～九九年五月二四日

不動祠の下まで行きて、浪子は岩を払うて坐しぬ。この春良人《おっと》と共に坐したるもこの岩なりき。その時は春晴《しゅんせい》うらうらと、浅碧《あさみどり》の空に雲なく、海は鏡よりも光りき。今は秋陰暗《しゅういんあん》として、空に異形の雲満ち、海はわが坐す岩の下まで満々と湛《たた》えて、その凄《すご》きまで黯《くろ》き面《おもて》を点破する一帆《ぱん》の影だに見えず。

浪子は懐《ふところ》より一通の書を取り出《いだ》しぬ。書中はただ両三行、武骨なる筆跡の、しかも千万語にまさりて浪子を思に堪えざらしめつ。「浪さんを思わざるの日は一日もこれなく候《そろ》」。この一句を読むごとに、浪子は今さらに胸迫りて、恋しさの切らるるばかり身に染《し》みて覚ゆるなりき。

いかなればかく枉《まが》れる世ぞ。身は良人を恋い恋いて病よりも思いに死なんとし、良人はかくも想いていたもうを、いかなれば夫妻の縁は絶えけるぞ。良人の心は血よりも紅《くれない》に注がれてこの書中にあるならずや。現にこの春この岩の上に、二人並びて、万世《よろずよ》までもと誓いしならずや。海も知れり。岩も記《き》すべし。さるをいかなれば世は擅《ほしい》ままに二人が間を裂きたるぞ。恋しき良人、懐かしき良人、この春この岩の上に、岩の上――。

（中略）

雨と散る飛沫《しぶき》を避けんともせず、浪子は一心に水の面《おも》を眺め入りぬ。かの水の下には死あり。死は或は自由なるべし。この病を懐いて世に苦《くるし》まんより、魂魄《こんぱく》となりて良人に添うは優らずや。良人は今黄海にあり。よし遥なりとも、この水も黄海に通えるなり。さらば身はこの海の泡と消えて、魂《たま》は良人の側《そば》に行かん。

〔概要〕

片岡陸軍中将の娘・浪子には、継母との不和から解放され、夫で海軍少尉男爵・川島武男との幸せな新婚生活が待っているはずだった。武男が遠洋航海に出た留守中、姑であるお慶の癇癪に耐えていたが、半年ぶりに夫と再会するも結核を患って逗子の片岡家別荘に転地する。武男の従兄・千々岩安彦は浪子に求婚したが破れ、利害の一致する紳商の山木兵造と結託して武男の母お慶に取り入って不治の伝染病が家を断絶させる恐ろしさを唆し、浪子を離縁させて実家に戻す。折しも日清戦争が開戦し、黄海で負傷した武男は佐世保の病院で浪子からの荷物を受け取り、浪子が療養する逗子に愛を綴った手紙を送る。心の結びつきを保ちながらも浪子の病状は悪化し、武男とともに散策した不動堂下の岩場から身投げを試みるが、キリスト者の小川清子に助けられ、霊魂不死の教えに慰められる。陥落後の旅順上陸に復帰した武男は千々岩の死に遭遇し、片岡中将を助け、平和条約締結後に一時帰国し、逗子を訪ねるも死期の近づいた浪子は父と京都旅行に出ていて不在だった。再び台湾に出征する途中の山科駅で車窓から一瞬の邂逅を果たすが、その後浪子は一九歳の生涯を終える。訃報を聞いた武男が帰京し青山墓地に詣でると、偶然にも片岡中将の姿があり、二人は涙ながらに握手を交わすのであった。

〔読みどころ〕

経営難に陥った国民新聞社と民友社が組織改革と紙面改革の一環として既存三誌を廃刊吸収して大衆路線に踏み切って再出発した『国民新聞』に連載された際には大きな脚光を浴びなかったが、翌年の一九〇〇年に大きな改稿を経て同社より単行本化されてからは〇九年までに百版を重ねた。尾崎紅葉の『金色夜叉』(一八九七－一九〇二)

と並んで、明治期の一大ベストセラー小説である。人気の要因は病と健康、戦争、家庭道徳などにわたる大衆的な社会状況を盛り込んでおり、方法としても噂や風聞を含む真偽・虚実にまみれる通俗的な感性やイデオロギーのレベルで写し出していることにある。主な登場人物にはモデルがあり、陸軍大将大山巌（＝片岡）とその娘信子（＝浪子）、後妻の捨松（＝繁子）と、子爵三島通庸の子息弥太郎（＝武男）とされているが、日清戦争後の勲功によって列せられた新華族として設定された人物像はほとんど類型的である。それらが織りなす分かりやすい対立軸や偶然的な要素を用いて物語を推進するメロドラマ的な構成は、たとえば舞台化に際して様々な脚色を許容する土台にもなった。他にも新体詩や講談・浪花節・歌謡曲、絵画や絵葉書、活動写真に至るまで様々なメディアによって商業的な付加価値を与えられ、戦後まで息の長い需要を得ていった。

　継母と姑、結核という病、戦争といった外的要因に妨げられてヒロインが離縁され命を落とす悲恋の物語であるが、浪子と武男を主人公とするストーリーは、封建的な家の観念と自由な夫婦の愛情という新旧の対立する倫理を主題として提示するものであり、明治民法の施行直後にあたるこの時期に流行を見る家庭小説の先駆をなす。ひたすらに待ち続ける浪子と、遠洋や戦地から常に遅れて帰着する武男のすれ違いが繰り返されることで高められる悲劇性は、女性を中心とした多くの読者層の感傷の涙を誘った。「病気したッて、死んだッて、未来の未来の後《さき》までわたしは良人《あなた》の妻ですわ！」と気丈にふるまっていた浪子の臨終の言葉はしかし、「ああ辛い！　辛い！　もう――もう婦人《おんな》なんぞに――生れはしませんよ」というものであった。一方で浪子の訃報を聞いて帰京し墓参した武男が偶然にも元義父の片岡中将と再会し、「武男さん、わたしも辛《きつ》かった！」「浪は死んでも、な、わたしはやっぱいあんたの爺《おやじ》じゃ」と涙ながらに握手を交わす結末は、出来すぎと言いたくなるほど鮮やかに照応している。作者も後に自伝小説の中で「武男の始末」の付け方に苦慮して「自殺させては、常套の悲劇に終る」「武男は死んではならぬ。武男は生きねばならぬ」「男を男にするには、女の愛の外、更に男の力を要する。横に養ふ力の外に、縦に伝はる力は男から男へでなければならぬ」と述べているとおり（『小説 冨士』第二巻、福永書店、一九二六）、夫婦の純愛を保存したまま、あるいはそれを忘却するようにして新たな男同士の絆に主題が昇華（消化）されるというべきか。結局は私的な領域に閉ざされたまま死んでいくヒロインと、公的な領域に開放されて生きていくヒーローとの非対称なジェンダー編成が、近代国民国家を支える家父長制のイデオロギー的基盤に回収されるものであったか、それとも彼らの葛藤に制度的な抑圧や境界を揺るがす契機が見いだされるのかという評価については、あまりにも過剰な要素を多分に含む作品の細部や同時代の読書の実態に即して慎重に検討する余地があろう。

一八八二年に結核菌を発見したコッホの元で学んだ北里柴三郎が帰国したのが九二年、本作発表当時はまさに全国で結核による死亡者が激増し、本格的な月別統計が開始された時期であった。啼いて血を吐くというホトトギスにちなんで号した正岡子規が喀血し死に至った（一九〇二年）のも同時期のことであり、治療法が確立していない、不治にして未知の病というイメージは作中にも影を落としている。浪子の肺病は、「殆んど一月に亘るぶらぶら病の後、いよいよ肺結核の忌わしき名をつけられて、眼前に喀血の恐しきを見るに及び」と曖昧な病状から確定的な診断に至る過程として描かれ、それも不吉な暗雲から暴風雨に至るメタファーに彩られている。また、結核が家の存続に害を及ぼす伝染病であるという危惧にとどまらず、「病気が病気じゃから、よく行けばええがの、武どん――医師《おいしゃ》の話じゃったが、浪どんの母御《かさま》も、やっぱい肺病で亡《なく》なッてじゃないかの？」という姑お慶の方言によるせりふは、伝染説だけでなく遺伝説にも覆われた通俗的な発想の表れと見ることができる。さらに、日本的な美人であった浪子や浪子の実母が結核を患って落命したのとは対照的に、西洋的で溌剌として行動的な継母の繁子や妹の駒子は一貫して健在であり、美しさや儚さを通して悲劇を強調する構図となっている。加えて、結核によって浪子が離縁され、実家の別荘に転地して大気療法を行うことは、結果として婚家／実家という抑圧的な家の空間から解放されて純粋に武男との愛の時間に生きることを可能にさせたという側面もある。家の論理に対抗して夫婦愛を貫徹させせようとする武男の「是非癒《なお》るという精神がありさえすりアきっと癒る」「愛するならきっと癒るはずだ」という悲痛なせりふもまた、この病がむしろメロドラマを支える機能に他ならないことを示していよう。小説における結核は、科学的に治療されるべき病というよりは、ロマンチックな死を表象する美的装置である。西欧の言説においても、若く美しい女性や才能ある芸術家が儚く死んでいくという甘美な結核表象の系譜があるが、本作は紛れもなく日本近代における結核のロマン化の先駆である。

（野口哲也）

＊『蘆花全集　第五巻』（蘆花全集刊行会、一九三〇）、『徳冨蘆花集　第三巻』（日本図書センター、一九九九）所収、引用は岩波文庫（二〇一二改版）。

参考文献

・スーザン・ソンタグ（富山多佳夫訳）『隠喩としての病い』（みすず書房、一九八二、改版二〇一二）
・藤井淑禎『不如帰の時代――水底の漱石と青年たち』（名古屋大学出版会、一九九〇）
・福田眞人『結核の文化史――近代日本における病のイメージ』（名古屋大学出版会、一九九五）
・真銅正宏『ベストセラーのゆくえ――明治大正の流行小説』（翰林書房、二〇〇〇）
・ピーター・ブルックス（四方田犬彦・木村慧子訳）『メロドラマ的想像力』（産業図書、二〇〇二）
・関肇『新聞小説の時代――メディア・読者・メロドラマ』（新曜社、二〇〇七）

作品紹介

泉鏡花『高野聖』

＊初出：『新小説』一九〇〇（明治三三）年二月

（こう身の上を話したら、嬢様を不便《ふびん》がって、薪を折ったり水を汲む手助けでもしてやりたいと、情《なさけ》が懸《かか》ろう。本来の好心《すきごころ》、可《いい》加減な慈悲じゃとか、情《なさけ》じゃとかいう名につけて、一層《いっそ》山へ帰りたかんべい、はて措《お》かっしゃい。あの白痴殿《ばかどの》の女房になって世の中へは目もやらぬ換《かわり》にゃあ、嬢様は如意自在、男はより取《ど》って、飽けば、息をかけて獣《けもの》にするわ、殊にその洪水以来、山を穿《うが》ったこの流《ながれ》は天道様がお授けの、男を誘《いざな》う怪《あや》しの水、生命《いのち》を取られぬものはないのじゃ。

天狗道《てんぐどう》にも三熱の苦悩、髪が乱れ、色が蒼ざめ、胸が痩せて手足が細れば、谷川を浴びると旧《もと》の通り、それこそ水が垂るばかり、招けば活きた魚《うお》も来る、睨《にら》めば美しい木《こ》の実も落つる、袖を翳《かざ》せば雨も降るなり、眉を開けば風も吹くぞよ。

然《しか》もうまれつきの色好み、殊にまた若いのが好《すき》じゃで、何か御坊にいうたであろうが、それを実《まこと》とした処《ところ》で、軈《やが》て飽かれると尾が出来る、耳が動く、足がのびる、忽《たちま》ち形が変ずるばかりじゃ。

いや軈て、この鯉を料理して、大胡坐《おおあぐら》で飲む時の魔神《ましん》の姿が見せたいな。

妄念は起さずに早《はよ》う此処《ここ》を退《の》かっしゃい、助けられたが不思議な位、嬢様別してのお情じゃわ、生命冥加《いのちみょうが》な、お若いの、きっと修行をさっしゃりませ。）

〔概要〕

高野山の和尚として大成した旅僧である宗朝《しゅうちょう》が若き日に体験した物語。帰省する汽車の中で宗朝と出会い、同宿することになった学生の「私」が聞き手として設定されている。未熟な修行僧だった宗朝は飛騨から信州へ山越えする途中で下品な薬売に挑発されて道に迷い、美女と白痴の亭主が住む孤家《ひとつや》に宿を取る。大蛇や山蛭の群に遭遇して疲れ切った身体を水浴で癒やしてくれる妖艶な女に魅了された宗朝は、そのまま彼女と暮らすことを夢想する。

抜粋部分は小説の末尾で、孤家に出入りする老爺（親仁）が市場に売ってきた馬が実は宗朝の先を行った薬売だったことを明かし、好色な魔神という女の正体を暴露する箇所である。彼女の出自は医者の娘で、難病を治す不思議な手で評判を呼んでいたが、洪水で村が沈んでからはその神通力で男たちを誘惑しては滅ぼすようになったという。正気を取り戻した宗朝は慌てて下山したのだった。

〔読みどころ〕

言文一致に対して慎重な態度を取っていた尾崎紅葉のもとで文章修行をした泉鏡花は、「夜行巡査」「外科室」（ともに一八九五）など〈観念小説〉と評された初期の作品群によって、日清戦争後の時代不安を反映した問題提起を特色とする社会派の作家として注目を浴びる。この頃には森田思軒（一八六一－九七）の翻訳文体に影響を受けた生硬な漢文脈を用いていたが、ほどなく「龍潭譚」「照葉狂言」（ともに一八九六）など、幼少期を追懐して亡き母を思慕する抒情的な作風に転じ、曖昧模糊とした文体も相俟って厳しい批評に晒されることになる。今日では「高野聖」は鏡花の代表作として知られるが、ここに至るまでに例えば幼児のたどたどしい口調で叙述した「化鳥」（一八九七）など、様々なスタイルを模索した時期であり、本作の評価が定まるには相当の時間を要したようだ。発表直後には、作者が「怪奇」と「写実」の両域で迷っているせいで「寓意譚」なのか「小説」なのか定めがたいと批判されているし（「鏡花氏の『高野聖』」『中央公論』一九〇〇・三）、別の評者は「講談師の余流」のようで「小供だましの修身談」か「天生峠冒険の怪談」に過ぎないと見ている（「鏡花の近業」『文庫』一九〇〇・四）。作品末尾に「高野聖はこのことについて、敢て別に註して教《おしえ》を与えはしなかったが」「ちらちらと雪の降るなかを次第に高く坂道を上る聖の姿、恰《あたか》も雲に駕《が》して行くように見えたのである」と記されるのとは裏腹に、立身出世の物語を変奏した時代錯誤の名僧伝といった趣があることは否めない。

しかし、本作の魅力は劣情を克服した宗朝の姿が示す教訓よりも、その話芸の妙にあると言うべきだろう。「私」を語り手とした外枠の中に宗朝の物語が置かれ、さらにその内側に女の出自をめぐる親仁の語りがあるという三層の入れ子型をなす構造上の特徴は「（　）」で括られた抜粋箇所にも示されているが、三者の語りは截然と区別されているというよりは、むしろ互いに溶け込むような形で進められ、山中に迷い込んでいく宗朝の歩みと同じように読者も現実離れした物語世界に誘われていく。グロテスクな生物への嫌悪感から身体の異変を感じ、世界の終末のありようを妄想するに至る過程や、水辺で背後から纏わりついて宗朝を恍惚とさせる女の官能描写など、真に迫るものがある。その一方で、話が佳境に入ると思わず「私」が遮ったりするかと思えば、宗朝自身が聞き手に注意を促すような箇所も散見する。先を急ぐ読者にはノイズのようにも感じられるかもしれないが、現実と非現実を往還させる独特のリズムを生んでいるのである。

孤家で宗朝に応対しながら「今夜はお客様があるよ」と言って獣たちや魑魅魍魎を拒む妖しい女は一方で、彼女の父親が執刀した手術の失敗がもとで障害者となった少年を夫として以来、献身的に支えている。その造形は白鬼女《しらきじょ》（福井県日野川の伝承）や飛縁魔《ひのえんま》（一八四一年刊『絵本百物語』に描かれた妖怪）を踏まえるほか、西欧芸術における世紀末の女性表象（ファム・ファタル）に通ずる性格も備えている。加えて小説が時代を映す鏡でもあるという意味では、女は近代国家の基礎をなす良妻賢母というイデオロギーの反面、あるいはその堕落・退廃した姿とも言えようか。

本作に一貫する重要な構造的機能は、まさにこのようなイメージの落差や緊張感を孕む両義性にあると考えられる。まず、主人公が警告をよそに非現実的な世界に迷い込み、不思議で魅惑的な体験をしたうえで帰還するという、典型的な異郷訪問譚の枠組みがある。そもそも男を獣に変える魔女の形象は古今東西に伝わるところで、作品成立の影響源としてもアプレイウス「黄金のろば」や「アラビアン・ナイト」、唐代伝奇小説の「板橋三娘子」から国内の民間伝承に至るまで広く指摘されている。そうした説話的要素がある一方で、本作には所々に当時の社会背景に即した現実的な事物も書き込まれている。冒頭で宗朝が携えている「参謀本部編纂の地図」は一八八四年に旧陸軍の陸地測量部によって着手された輯製図《しゅうせいず》であり、文字どおり国防や用兵のための手段であった。また、新橋から出発した東海道線の掛川で「私」と宗朝が乗り合わせ、名古屋から北陸へ抜けて敦賀の旅籠屋で一夜の物語を共有し、翌朝に若狭と永平寺とに別れていく道行きも、急速に整備された交通網が可能にしたものである。整備された新道ではなく廃れた旧道を選んだことで異世界へと逸脱しつつある宗朝はいったんは地図を開いてみるもののすぐに無用のものとして懐に戻すことになり、「私」が耳を傾ける物語の時空も現実から次第に離れてゆくが、失われた過去を山奥に見出すようなロマン主義的なまなざしが、現実の社会基盤のうえに成り立っていることは見逃せない。孤家で女と暮らす白痴の夫もまた、会話すら困難な弱者でありながら「冥土から管でそのふくれた腹へ通わして寄越《よこ》す」かのような清らかな唄声で涙を誘うという、ある意味では差別的な偏見に満ちた幻想を表出するとともに、兵役逃れのために戸籍上の年齢を偽っているなど、日清・日露戦間期におけるナショナリズムの負の側面も写し出す歴史的存在である。宗朝は職業柄、日頃から自身の体験を様々な相手に語っていると思われるが、低俗な獣性の象徴として描かれる富山の売薬とは別の意味で、ここにも抑圧された近代人の陰画があるのではないか。

（野口哲也）

＊『鏡花全集　第五巻』（岩波書店、一九七四）、『新編泉鏡花集　第八巻』（岩波書店、二〇〇四）所収、引用は岩波文庫（二〇二三改版）。

参考文献

・五来重『高野聖』（角川書店、一九六五、増補版一九七五）
・W・シヴェルブシュ（加藤二郎訳）『鉄道旅行の歴史――19世紀における空間と時間の工業化』（法政大学出版局、一九八二、新装版二〇一一）
・マリオ・プラーツ（倉智恒夫・草野重行・土田知則・南條竹則訳）『肉体と死と悪魔――ロマンティック・アゴニー』（国書刊行会、一九八六、新装版二〇〇〇）
・若桑みどり『象徴としての女性像――ジェンダー史から見た家父長制社会における女性表象』（筑摩書房、二〇〇〇）
・田中励儀編『泉鏡花『高野聖』作品論集』（クレス出版、二〇〇三）

コラム 3 ― 写生と情景描写

一九〇〇年前後の散文には、情景描写、とくに山や川、雑木林、田園などの風景描写をともなうことが多く、描写そのものを主題としたものもある。この傾向は西洋絵画における風景の写生・スケッチに触発されていた。風景は一六世紀頃から中心的なモチーフとして現れ、一七世紀にジャンルとしての風景画が隆盛した。一九世紀には印象派も現れる。対象とそれを観察し描く主体との相関関係にもとづく写生の手法は、工部美術大学校の講師だったフォンタネージにより、浅井忠や小山正太郎ら日本の画家に影響を与えた。正岡子規は浅井や中村不折との交流から写生を俳句の創作理念に取り入れた。

一八九七（明治三〇）年に「明治二十九年の俳句界」で、河東碧梧桐の句を評して「印象明瞭とは其句《そのく》を誦《しょう》する者をして眼前に実物実景を観《み》るが如く感ぜしむるを謂ふ。故に其人《そのひと》を感ぜしむる処恰《あたか》も写生的絵画の小幅を見ると略々《ほぼ》同じ。同じく十七八字の俳句なり而《しか》して特に其印象をして明瞭ならしめんとせば其詠ずる事物は純客観にして且つ客観中小景を択《えら》ばざるべからず。」（三）と述べた。ただし、詠み手の主観や連想、時間的推移などをともなった余韻ある句も認め、「印象明瞭といふ事と両立せざる所の者を仮に名づけて余韻といふ」（八）とした。一八九八年一〇月号『ホトトギス』には虚子「浅草のくさぐさ」、子規「小園の記」が掲載され、写生の理念は散文にも適用されて、のちに写生文と呼ばれた。

徳冨蘆花は一八九五年頃から絵に凝り写生をして歩いたことを『青山白雲』（一八九八）の序に記している。小説『不如帰』で人気を博したのち、風景を描写した散文を収載した『自然と人生』（一九〇〇）を刊行。「大海の出日」では、「明治二十九年十一月四日の早暁」「銚子の水明楼」から見た刻々と変化する日の出の光景を描写した。「暫《しばら》くする程に、暁風冷々《ぎょうふうれいれい》として青黒き海原を掃《はら》い来《きた》り、夜の衣は東より次第に剥げて、蒼白き「暁《あかつき》」の波を踏みて此方《こなた》へ々々《こなたへ》と近寄る状《さま》も指点《してん》す可《べ》く、磯の黒きに濤《なみ》白く打《うち》かゝるさまも漸《ようや》く明《あきらか》になり来りぬ」。同書には一九世紀フランスのバルビゾン派の「風景画家 コロー」を論じた評論も収載され、「死せる自然の繁瑣《はんさ》なる目録標本」ではなく「活ける変化ある自然の意、自然の詩、自然の情態、自然の相を活写したる者なり」（六）と論じた。

国木田独歩は「武蔵野」（『国民之友』一八九八・一、二）で

「秋から冬へかけての自分の見て感じた処を書《かい》て自分の望みの一小部分を果したい」とし、二葉亭四迷の翻訳「あいびき」に触発されて武蔵野の「詩趣」を書いた。「あいびき」（『国民之友』一八八八・七、八）は二葉亭が『浮雲』執筆の間にツルゲーネフ『猟人日記』中の一篇を翻訳したもので、言文一致体による叙景の手本として以後の作家たちに影響を与えた。

独歩「忘れえぬ人々」（『国民之友』一八九八・四）は、多摩川べりで同宿した二人の会話で描かれた小説である。「大津は無名の文学者で、秋山は無名の画家で不思議にも同種類の青年がこの田舎の旅宿《はたごや》で落合ったのであった」。大津は「スケッチ」のような文章の内容を秋山に語る。それは旅する途中に見て「忘れえぬ」情景だった。

「親とか子とかまたは朋友《ほうゆう》知己そのほか自分の世話になった教師先輩の如きは、つまり単に忘れ得ぬ人とのみはいえない。忘れて叶うまじき人といわなければならない」。それに対して「恩愛の契《ちぎり》もなければ義理もない、ほんの赤の他人であって、本来をいうと忘れてしまったところで人情をも義理をも欠かないで、しかも終《つい》に忘れてしまうことの出来ない人がある」。それが「忘れえぬ人々」だという。「人情」も「義理」もない「赤の他人たち」を「周囲の光景」のうちに捉えた情景が忘れ難いのは、自他ともに通じる「生の孤立」に裏打ちされた情景だったからである。

独歩が近時画報社・独歩社で編集者をした一九〇二年から亡くなった一九〇七年頃、独歩の交流圏にいた歌人の窪田空穂《うつぼ》は『わが文学体験』（一九六五）の「同人雑誌『山比古』」でその頃を回想している。この雑誌には中澤臨川《りんせん》、水野葉舟、吉江喬松《たかまつ》（孤雁《こがん》）らがかかわった。柳田国男、田山花袋、島崎藤村らの間で『猟人日記』が英訳（『スポーツマン・スケッチス』）で読まれたことを記した。島崎藤村は一八九九年から長野県小諸《こもろ》に住んで人や風景を写生して文章を研究し『破戒』（一九〇五）に活かした。差別される新平民の主人公を風景の中に包摂して描いた。美術としての風景画を参照し写生を手がかりに、固有の身体に準拠して物を精細に見た印象を新しい文体で描こうとした情景描写が、この時代の一つの傾向として現れた。

（山﨑義光）

参考文献　松井貴子『写生の変容——フォンタネージから子規、そして直哉へ』（明治書院、二〇〇二）、黒岩比佐子『編集者国木田独歩の時代』（角川選書、二〇〇七）

近代文学の成立期

第3部

「ありのまま」の人間　**新しい自分だけの〈家〉**　大逆罪　思想弾圧　個人を統制、抑圧する国家　社会対個人　道徳対自由　石川啄木「時代閉塞の現状（強権、純粋自然主義の最後および明日の考察）」「自己の君主であり、自己のみの臣下である」　偽の記憶と欲望　「ここは日本だ」　**Life の訳語としての「人生」**　社会的属性や他者との関係の中で生きる主体としての〈私〉／定めない心象を抱えた虚無としての〈私〉　俸給生活者　都市人口　旧来の詩の存立を支えていた根拠の喪失　〈声〉の表象／意味志向的な散文性の解体　遊蕩文学撲滅論　近代書簡体小説の金字塔　「蠱惑力《チャーム》」　民謡の危うい両義性　〈直接行動〉の美学

1900～1920

1章　自然主義文学と〈家〉

——岡英里奈

「人生」を描くための〈家〉

日露戦争の終結後、文学界では島崎藤村『破戒』（一九〇六）、田山花袋『蒲団』（一九〇七）が相次いで発表され、自然主義文学が台頭する。その際、キーワードの一つとして語られたのが、lifeの訳語としての「人生」という言葉であった。例えば島崎藤村は、『破戒』の翌年に刊行された『緑葉集』の序文で、『破戒』の執筆を始めた頃の心境を以下のように語っている。

日露戦争が始まってから、予の知人の多くも招集された。同僚の教師も兵役に就いた。予が教えた二三の青年も出征した。田舎教師としての予は屡々《しばしば》小諸の停車場に出征の人々を見送って、多くの戦士と家族との悲壮な別離を目撃した。予は遠く山家にあって都の友人等が観戦の企てを聞き、自分も亦《ま》た筆を携えて従軍したいと考えたが、遂にその志は果されなかった。そこで予は『破戒』の稿を起した。人生は大いなる戦場である。作者は則ちその従軍記者である――斯《こ》う考えて、遠く満洲の野にある友人等も、小説に筆を執りつつある予も、同じ勤めに服して居ると思い慰めた。

ここで「人生」は、実際の戦場に匹敵する、書くべき価値のあるものとして捉えられている。小説を書くことは、その「人生」という「大いなる戦場」に「従軍」する命がけの行為なのであり、娯楽や遊戯などでは決してない。日本の自然主義文学とは、このように「人生」に向き合う「真面目」な態度を問題とするものとして始まったのである。

では、その「人生」とは具体的にどのような個人の生の局面が想定されているのか。田山花袋は、回想集『近代の小説』（一九二三）の中で、小説家として名を揚げる以前の国木田独歩との以下の会話を書き留めている。

国木田と私とは、時にはそうした新しい時代について話した。彼の説では、今の新進作家には、到底重きを置くに足る者はないということであった。鏡花でも、風葉でも、乃至《ないし》は天外でも、抱月でも、宙外でも、旨いには旨いが、ことに風葉など旨いが、人生に対しての深い経験がないから、とても本当の芸術を作り出すことは出来ないということであった。誰が人生をツルゲネフやトルストイのように見たか。また誰が人生をドストイエフスキイやモウパッサンのように見たか。誰が深い男女の苦闘を嘗めたか。誰が人間の矛盾性のあさましさを解剖したか。また誰がこの悠々とした自然を見たか。そういうものがはっきりしていずに、何うして本当のものが書けるか。

先の藤村と同様に、ここでも「新しい時代」にふさわしい文学には、作家自身の「人生に対しての深い経験」や、トルストイやモーパッサンなど西洋のリアリズム文学のように「人生」を「見る」ことが必要だとされている。そして、その際に見られ、また経験される「人生」とは、恋愛の苦悩、夫婦間の相克などの「男女の苦闘」や「人間の矛盾性のあさましさ」といった、道徳的とは言い難い人間の〈内面〉があらわれる局面として捉えられている。花袋や独歩らが目指した「本当の芸術」としての文学には、道徳や理想を排した「ありのまま」の人間が描かれなければならなかったのである。

このように、「人生」を「ありのまま」に、「真面目」に描くことを追求した自然主義の作家たちは、文学の素材を自身やその身辺に求めることになった。そこで度々描かれることになるのが〈家〉である。〈家〉は、ある隠されるべき〈内面〉を抱えた個人が生活する空間であり、また〈家〉そのものが、明るみに出されるべき何かを秘めた存在でもある。一八八九年発布の大日本帝国憲法、一八九八年施行の明治民法によって整備されていく近代日本の家制度は、〈家〉を地域の共同体から切り離し、公的空間とは区別されるプライベートな空間に変貌させた。その一方で、〈家〉には国家による国民統合の最小機関としての役割が求められ、それを果たすための様々な規範がつくられることになる。こうした中で、個人の〈内面〉とともに〈家〉もまた、告白、あるいは先に引用した花袋の言葉を借りれば「解剖」の対象として、文学が描くべき主要なテーマとして浮上することになったのである。それではどのような〈家〉がどのように描かれたのか、具体的なテクストを通して見ていこう。

母の死を待ち望む〈家〉　田山花袋『生』

『蒲団』において、女弟子への秘めた恋心と性欲を告白的に描いた花袋は、その後『生』、『妻』（ともに一九〇八）、『縁』（一九一〇）で、自身の家族とその身辺をモデルとした長編を立て続けに発表する。そのうち『生』は、花袋の母・てつの一八九九年の死の前後をもとにして、死期の近い病人を抱える家族の看護の様子や、それによる幾度もの衝突を通し、息子たちが新たな〈家〉を築く過程を描いた小説である。

『生』の冒頭は、田山家をモデルとする吉田家の「嫁入」（長兄・鐐《りょう》の再々婚）について噂する、近所の銭湯の客たちの会話から始められる。そこから小説は、あたかもカメラが外の景色からある家の内部へと徐々にフォーカスしていくように、吉田家の来歴と、外部からは見えない内情について語っていく。長兄の三度に渡る結婚は、その母の「嶮《けわ》しい荒涼たる性格」（二）が巻き起こした度重なる一家の衝突を原因とするものであった。外から内へという冒頭部の語りは、このようにしてある内情を抱えた、告白の対象としての〈家〉を浮かび上がらせるのである。
　では、その『生』において告白的に描かれているのは、一体どのようなことなのであろうか。徐々に母の容態が悪化していく中で、それを看護する一家の人々には、以下のような抑えがたい一念が芽生え始める。

　一家の人々も長い看護に全く疲れてしまった。治る病人ならば張合《はりあい》がある。一度全快させて喜ぶ顔を見たいという希望《のぞみ》も起るが、医者も唯《ただ》毎日形式的に診察して行くばかり、全くの対症療法で、死ぬ病人、治らぬ病人と始めから多寡を括っている。病人はそれでも容易に死を自覚することが出来ず、少しでも気分が好く、腹でも痛まないと、これで食うものさえ食えれば治るかも知れぬなどとの希望をも起すが、看護するものには、これを見ているのがいかにも辛い。ことに世話の難しい機嫌の変り易い病人なので、それが各自の心や、ら境遇やらから起って来る紛紜《いざこざ》と一緒になって、どうせ生命の無いものならば……という気に時々なる。そんな考を起してはと誰も自ら押えるのであるが、しかもその念を留め得るものはなかった。（二十三）

　ここで告白されているのは、引用部前半における「全快させて喜ぶ顔を見たい」、「治るかも知れぬ」とは別の「希望」、母の死を待ち望んでしまうという後ろ暗いもう一つの「希望」である。病によって一層激しさを増した母の叱責は、長兄夫婦だけでなく花袋をモデルとする銑《せん》之助とその妻・お梅にも及ぶようになった。それに加え、母を看護するため田舎から出てきた姉・お米が、鐐の妻・お桂と度々衝突することもあって、一家には終始「苛々した調子」が絶えなくなる。また、ちょうどこの頃は、新民法（明治民法）のもとで、病や障害を抱えた親族の「扶養」が法的な「義務」として定められたタイミングでもあった。「孝」や「愛」というモラルの問題だけでなく、法制度上においても逃げ場のない状況がつくられていくわけである。そのような中で一家の人々には、この重荷の原因である母が早く死んでくれることが、現状を打開する光として期待されるようになるのである。

母が次第に疎ましいもの、死を望んでしまうものとなるのは、現代で言う「介護疲れ」だけが原因ではない。次のように、死に近づいていく母の身体そのものが、家族の眼には忌むべきものとして映るからでもある。

低い屋根の安普請、奥行が浅く、座敷の前後が縁側になっているので、朝に夕に日射が近い。殊に午後四時からは、夕日が座敷の半《なかば》まで射込んで来て、その暑さといったら一通でない。それに厠がそのすぐ側にあって、穢《きたな》いものの乾く臭気が堪え難く人の鼻を襲う。蒲団は成たけ清潔にして、敷布は絶えず洗濯するようにして置くが、死に近い病人には、床摺《ず》れの糜爛《ただれ》や長い間の汚れた皮膚の悪い臭気がそことなく纏《まつ》わって、吐く呼吸も健康者の鼻には夥《おびただ》しく不快に感ぜられる。従って蝿が多い。打っても打っても煩《うるさ》くその周囲に集って来る。　（二十四）

近代的な衛生観のもと、母の身体は「汚れ」や「悪臭」にまみれた身体として認識され、一家の人々にとって嫌悪の対象となる。その身体は「垂死の一塊物」（二十四）とも表現され、物語の中で最も母に同情的であるはずの銑之助すら、それによって起こる「不快の情」から、再び母の死を想像（期待）するようになる。ちなみにこの「一塊物」という表現を、花袋は別の小説では生まれたばかりの赤児を指す言葉として使っている（『妻』など）。生死の境界にある身体と対面した際の居心地の悪さが、この言葉によって表されているといえよう。

それでは、期待された母の死後はどのように描かれたのか。読者の感動を呼ぶためのホームドラマであれば、遺された家族は悲しみに暮れ、死を待ち望むなどという不義理を後悔するところであろうが、『生』においてはそうはいかない。母の死後の吉田家は、長兄・遼とお桂夫婦による新しい〈家〉として生まれ変わり、これまでにない平穏が訪れるのである。唯一の女兄弟であり、兄弟やその妻たちと幾度もトラブルを起こしていたお米は郷里に去り、〈家〉にはこれまで寄り付きもしなかった客たちが度々訪れ、「賑やかな笑い声」が聞こえるようになる。

こうした変貌ぶりを、銑之助は以下のように嘆いてみせる。

理由《わけ》なしに涙が滴《こぼ》れる。子の為めに親はその総《すべ》てを尽した。子は親の為めに果して何を尽したか。母は難しかった。けれど難しい以上に温情であった。われ等の為めに、真心から悲しみ、真心から憂い、真心から怒った。難しかったのは優しかった為めである。……であるのに、子等は何を以てこれに酬いた？

人間の浅ましさが今更のように犇《ひし》と胸に迫った。少時《しばらく》して思返して、

「けれどこれが人間である。これが自然である。逝《ゆ》くものをして逝かしめよ、滅ぶべきものを滅ばしめよ」

汪然《おうぜん》として涙が溢れた。（三十八）

しかしながら、ここでの嘆きは結局のところ一時の感傷に過ぎず、ほどなくして銑之助はその「人間の浅ましさ」を肯定する。花袋の分身である銑之助は、この小説において度々「センチメンタル」な「青年空想家」（四）として揶揄的に語られるが、この「浅ましさ」を「人間」「自然」の本来の姿として受け入れることこそが、彼の作家としての成長につながるのである。その意味で、『生』というテクストは母の死を通過儀礼として息子たちが一人立ちする（すなわち〈家〉を持つ）物語であると同時に、自然主義作家・田山花袋の誕生の物語としてもあるといえる。

「犠牲」の連鎖する〈家〉　島崎藤村『家』

自然主義文学が描いた〈家〉を考える上で、欠かすことのできないテクストが島崎藤村『家』（一九一〇）であろう。『家』は、藤村の生家である島崎家とその親類に当たる高瀬家をモデルとし、藤村の伝記的事実に沿えば

一八九八年から一九一〇年までの一二年間に渡る二つの旧家の没落の歴史を描いた小説である。『家』の表現として特徴的なのは、物語の視点が常に家の内部に限定され、その周囲にあるはずの外部が一切描かれないという点にある。物語の時代はちょうど日露戦争の前後という社会の激動期に当たり、実際には登場人物たちの事業や生活は社会の動きと不可分の関係にある。それにもかかわらず、二つの〈家〉は周囲の世界から切り離され、あたかも〈家〉そのものが自ら没落への道を進んでいるかのように描かれているのである。自らを没落に導く家とはどのような〈家〉なのか。

藤村をモデルとする主人公・小泉三吉は、独身最後の一夏を姉・お種の嫁ぎ先である橋本家で過ごした後、翌年春には信州小諸で妻・お雪を迎えて新生活をスタートさせる。その直前、小諸行きを決意した際の三吉の心持ちは、以下のように描かれている。

> 春の新学期の始まる前、三吉は任地へ向けて出発することに成った。仙台の方より東京へ帰るから、この田舎行きの話がある迄——足掛二年ばかり、三吉も兄の家族と一緒に暮してみた。復《ま》た彼は旅の準備《したく》にいそがしかった。彼は小泉の家から離れようとした。別に彼は彼だけの新しい粗末な家を作ろうと思い立った。（上・三）

ここで三吉が離れようとする「小泉の家」とは、同居する長兄・実の家であるが、その家はテクストにおいて「犠牲」の連鎖する〈家〉として描かれている。小泉家の家長の座を継いだ実は、父・忠寛——幕末・維新の時代に国学に心酔し、国事に奔走するも最後には座敷牢の中で狂死した——の「可傷《いたま》しい犠牲者」（上三）とされるが、その実もまた、「不図《ふと》した身の蹉跌《つまずき》」から二度の入獄を経験し、妻子や三吉に生活苦や経済的負担という「犠牲」を強いる存在でもある。さらに小泉家には、放蕩の末にある病に罹り、ほとんど寝たきりの生活を送る三兄・宗蔵も同居しており、宗蔵と実夫婦との板挟みに堪えられなくなった三吉は、そうした「犠牲」の連鎖に抗うべく、新しい自分だけの〈家〉を持とうとするのである。

しかしながら、その三吉の〈家〉にもやはり、「犠牲」の連鎖はつきまとう。一家は夫婦間の衝突や子育ての苦労を経て、ようやく教師生活の合間に取り組んだ仕事（小説『破戒』を指す）を引っ提げ上京するのだが、その仕事の成功と引き換えに、三人の娘を相次いで亡くすのである。「多くの困難を排しても進もうとした努力が、どうしてこんな悲哀《かなしみ》の種に成るだろう」（下・一）――三吉は、自身の〈家〉への抗いの「犠牲」になった娘達の墓に、いつまでも参ることができないでいる。

『家』においてもう一つ、抗いがたいものとして人々を縛りつけるのが「血」である。例えば橋本家の跡取りである正太は、父・達男の出奔によって混乱する橋本の旧い家を離れ、三吉と同様に自分だけの新しい〈家〉を持とうとするのだが、その志を抱く彼の胸の内には、祖父と父から受け継いだ「血」への恐れがある。正太は三吉に以下のように語る。

「しかし、叔父さん、私の家を御覧なさい――不思議なことには、代々若い時に家を飛出していますよ。第一、祖父《おじい》さんがそうですし――阿父《おやじ》がそうです――」

「へえ、君の父親さんの若い時も、やはり許諾《ゆるし》を得ないで修業に飛出した方かねえ」

「私だってもそうでしょう――放縦な血が流れているんですネ」

と正太は言ってみたが、祖父の変死、父の行衛《ゆくえ》などに想い到った時は、妙に笑えなかった。（下・一）

ここで語られる「血」は、遺伝というよりも親の姿を通して子に刷り込まれた不安、子が自らを縛り付ける呪いとして捉えられよう。旧い〈家〉に抗い新たな〈家〉を持とうとする点で正太はもうひとりの主人公でもあるのだが、物語の末尾において、彼はその三吉に看取られながら、志半ばで命を落とす。
連鎖する「犠牲」と呪いとしての「血」。『家』に登場する人々は何かしらそのような〈家〉の負の側面に苦しめられているが、中でも藤村の姉・高瀬園をモデルとするお種は、小泉家と橋本家の双方の「犠牲」と「血」を重層的に被る存在である。

人には言えない彼女の長い病気――実はそれも夫の放蕩の結果であった。彼女は身を食《く》われる程の苦痛にも耐えた――夫を愛した――

ここまで思い続けると、お種は頭脳《あたま》の内部《なか》が錯乱して来て、終《しまい》には何も考えることが出来なかった。(中略)湯から上って、着物を着ようとすると、そこに大きな姿見がある。思わずお種はその前に立った。湯気で曇った玻璃《ガラス》の面を拭いて見ると、狂死した父そのままの蒼ざめた姿が映っていた。(上・八)

橋本家の男たちに引き継がれる「放縦な血」によって、お種の夫・達雄にこれまでに幾度も女性問題を起こしてきた。その「犠牲」としてお種を苦しめてきたのが「長い病気」――達雄から感染した性病――である。また今回の達雄の出奔は、お種から橋本家の「主婦」としての立場や仕事を奪い、その存在を非常に不安定なものにしてしまう。さらに右記の引用部後半では、彼女が小泉家の「狂死した父」から受けた「血」に対する恐れが描かれている。この「血」への恐れによって、周囲の家族はお種をより一層警戒し、彼女は伊東、東京、小諸と土地を点々としながら事実上の軟禁状態に置かれてしまうのである。このように、二つの〈家〉の負の側面をお種が被ってしまう背景には、お種のジェンダーが女性であることが深く関わっている。

＊

三吉が新しく作ろうとした〈家〉は、一九世紀末に日本に移入されたhome——「家庭」の語で一九〇〇年代に定着した——のイメージに基づくといえる。そのhomeにおいては、血縁関係を前提とする構成員が愛情（夫婦の愛、母の愛）によって強く結び付き、仲睦まじく互いを支え合うことが理想とされている。『生』における銑之助もまた、子に尽くした母に対し報いることのなかった自分たちを嘆いている点で、やはりこのhomeの理想を共有しているといえよう。しかしながら、その理想はあくまで規範にすぎず、その規範と社会制度とが生み出した歪みや綻びは、ケアを必要とする家族を抱える家庭の孤立や、ヤングケア、虐待などの子どもに対する暴力、ジェンダーによる不平等など、現代の家族をめぐる様々な問題にも繋がっている。そのような規範や社会制度に対し、自然主義の作家たちが常に自覚的、批判的であったとはもちろん言い難い。だが「真面目」に「ありのまま」に「人生」を描こうとした彼らの文学は、時に彼らの意図を超えて、現代の読者にとっても示唆的な近代の〈家〉をめぐる歪みや綻びの一端を抉りだしたといえる。

参考文献

- 十川信介「『屋内』と『屋外』——『家』の構造」（『島崎藤村』筑摩書房、一九七五）
- 牟田和恵『戦略としての家族——近代日本の国民国家形成と女性』（新曜社、一九九六）
- 西川祐子『借家と持ち家の文学史——「私」のうつわの物語』（三省堂、一九九八）
- 大東和重『文学の誕生——藤村から漱石へ』（講談社、二〇〇六）
- 倉田容子「田山花袋『生』——〈老いゆく／病みゆく身体〉の生成と排除」（『ジェンダー研究』二〇〇八・三）

2章　大逆事件とその余波

―森岡卓司

夏目漱石「それから」

夏目漱石が一九〇九（明治四二）年六月から一〇月にかけて『朝日新聞』に連載した「それから」は、主人公長井代助が、亡友の妹であり今は旧友平岡の妻でもある三千代との関係によって生活の破綻に至る、という筋立てを持つ作品である。この小説は、当時の若い読者層から熱烈に支持されたことで知られるが、その支持は、道ならぬ三角関係のドラマだけに向けられていた、というわけではない。

「さう人間は自分丈を考へるべきではない。世の中もある。国家もある。少しは人の為に何かしなくつては心持のわるいものだ。御前だつて、さう、ぶら〳〵してゐて心持の好い筈はなからう。そりや、下等社会の無教育のものなら格別だが、最高の教育を受けたものが、決して遊んで居て面白い理由がない。学んだものは、実地に応用して始めて趣味が出るものだからな」

「左様《さう》です」と代助は答へてゐる。親爺から説法されるたんびに、代助は返答に窮するから好加減な事を云ふ習慣になつてゐる。代助に云はせると、親爺の考は、万事中途半端に、或物を独り勝手に断定してから出立するんだから、毫も根本的の意義を有してゐない。しかのみならず、今利他本位でやつてるかと思ふと、何時の間にか利己本位に変つてゐる。言葉丈は滾々《こんこん》として、勿体らしく出るが、要するに端倪すべからざる空談である。

代助は、高い教育を受けながら職業人としての社会的な活動をしない、いわゆる高等遊民である。そうした彼の生活を準備し、支えていたのは、実業を営む生家の事情であった。長井家の次男である代助は、家督を継ぐ兄誠吾に万が一のことがあった場合、成り「代」わって家を「助」ける存在、として位置づけられ、経済的な基盤を与えられていた。しかし、兄の長男誠太郎も無事に成長し、長井家における役割がもはや無用のものとなったことをうけ、代助は、結婚と職業、という社会的・経済的な独立を家から要求される。先に引用した場面で、代助が父親のもっともらしい説教にまともに取り合おうとしないのは、そこに倫理的な虚偽が潜むことを、彼が身をもって知っていたからである。

留意しておきたいのは、国家や社会に個人が積極的に関わり貢献する必要を説く父親の言説が、単に公への個人の献身だけを言うのではなく、そこに生まれる個人の側の「心持の好」さ、「面白」さにもフォーカスするものであり、かつ、代助がその両者を関連付けることに強い反発を見せていた、という点だろう。国民の自助努力による利益、そして「やりがい」の追求が、そのまま国力の増強にもつながる、という維新以降の功利主義的なナショナリズムは、日露戦争後の講和条約の不首尾にも起因する社会的、経済的な混乱の中にあったこの時代において、次第に言説の強度を失いつつあった。

大逆事件

「それから」の中には、そのような社会状況を示唆するものがいくつか描きこまれていた。そのひとつに、赤旗事件（一九〇八）に関わるものがある。

錦輝館事件とも呼ばれるこの事件は、東京神田の映画館で行われた社会主義者山口孤剣の出獄歓迎会の終わり、赤旗を掲げ革命歌を歌いながら街頭に押し出ようとした荒畑寒村、大杉栄らが警察に咎められ、その制止に入ろうとした堺利彦らとあわせて一四名が検挙されたという事件で、社会主義運動とそれへの弾圧、双方の先鋭化を招いたものとして知られている。

たまたま地方にいて難を逃れ、事件以降の運動立て直しの中心となり、結果として運動の主導権を握った幸徳秋水は、事件後の西園寺内閣総辞職以降、運動とのいわゆる融和路線を放棄した官憲による厳しい監視下に置かれる。「それから」において、平岡はこの幸徳監視のいきさつを馬鹿馬鹿しい騒ぎとして得意げに吹聴し、その「真面目」ならぬ口調を代助は内心軽侮する。

事実、歴史的な事態は、平岡の知ったふうな軽薄さとは真逆の方向に推移していた。一九一〇年五月の宮下太吉、新村忠雄の検挙に始まったいわゆる大逆事件（幸徳事件）は、当時の法のもとで大逆罪に問われる明治天皇暗殺計画に実際に関与していた宮下、新村、管野須賀子、古河力作の四名以外へと検挙の対象を大幅に拡大した社会主義運動の弾圧事件だったということ、そしてその弾圧が幸徳秋水を意図的にフレームアップするものだったということ、の二点において、赤旗事件の直接的な帰結だったと言える。一九一一年一月に幸徳秋水管野須賀子以下二四名が死刑（ただし特赦一二名）、二名が有期刑の判決を受け、同月のうちに死刑が執行されたこの事件は、とりわけ管野についてのジェンダーバイアスをも伴ってスキャンダラスに報道され、アメリカ、イギリス、フランスなどでも抗議運動が展開されるなど、内外に大きな衝撃を与えた。

とりわけ、知識人層にこの思想弾圧事件が与えた影響は深甚で、この件について容易には口を開けないほどの重苦しい緊迫感が言論界を覆う。永井荷風は、のちの「花火」（一九一九）の中で、大逆事件の裁判に伴う「囚人馬車」を見た経験に触れ、「文学者たる以上この思想問題について黙してゐてはいられない」はずなのに「世の文学者と共に何も言はなかつた」自分に失望し、「自ら文学者たる事について甚しき羞恥を感じ」「自分の芸の品位を江戸戯作者のなした程度まで引下げ」たと書きつける（ただしもちろん、これは荷風の韜晦をあわせ読むべき一節でもある）。そのような緊張のなかにあって、幸徳秋水とは政治的なポジションを全く異にする徳冨蘆花は、翌二月に本件に直接言及、幸徳を擁護する講演を行った。多くの官憲も監視するなか行われたその講演「謀叛論」で、蘆花が強調したのは、「自立自信、自化自発」という、脱封建を目指す明治日本が掲げたはずのイデオロギーそのものであった。「我等は生きねばならぬ。生きる為に謀叛しなければならぬ」という蘆花の檄が、すでに幸徳の処刑が終わった後の一高の講堂に虚しく響いたとき、明治日本は、個人を統制、抑圧する国家としての側面を、打ち消しようもないほど明瞭に示していた。

この抑圧的な強権性に対して、文芸思潮の分析を通じた鋭敏な反応を示そうとしていたひとりに、石川啄木がいる。晩年に社会主義思想へと接近していた啄木は、一九一〇年八月稿と推定される未発表原稿「時代閉塞の現状（強権、純粋自然主義の最後および明日の考察）」において、自然主義が「女郎買、淫売買、ないし野合、姦通の記録」や「元禄時代に対する回顧」に行き着いている現状について、それが自滅的な自己主張に過ぎないとして批判し、「国家」という「強権」の存在を認識し得ていないことにその自滅の要因を求めている。

> 斯くて今や我々青年は、此自滅の状態から脱する為に、遂に其「敵」の存在を意識しなければならぬ時期に到達してゐるのである。それは我々の希望や乃至其他の理由によるのではない、実に必至である。我々は一斉に起つて先づ此時代閉塞の現状に宣戦しなければならぬ。

ここに啄木が指摘したのは、置かれた環境を所与としか見ないのであれば、そこに立ち上がる欲望＝個人の主体すら、権力に馴致され無害化されるというプロセスであった。未発表に終わったこのテクストをどこまで特権化できるのか、議論はあろう。ただ、閉塞＝主体化の場として機能してしまう文学への批判がここで試みられていたことには、注目しておいてよいのではないだろうか。

武者小路実篤の代助賛美と白樺派

以上述べてきたような社会状況のなかで、「それから」の物語は、社会対個人、道徳対自由、という対立的な枠組みにおいて受容され、読者から強く支持されていた、といえる。その代表ともいうべき一人が、雑誌『白樺』を率いた武者小路実篤である。

実篤は、一九一〇年四月の『白樺』創刊号に、「「それから」に就て」と題した批評を掲載した。そこで彼は、「社会」の圧力に抗いながら「自己」の「自然」を貫こうとする代助に対する熱い共感を示しつつ、一方で漱石に次のような注文もつけている。

しかし「三千代の子」を殺したことは書かうと思ふことを色こく出す為に損な気がする。又平岡をして放蕩させたのも、社会の為に圧迫されるものゝ荒んだ心を顕はすのに適当ではあらうが、代助と三千代を接近させることに猶ほ適当であることが、事実らしくあるにも係らず自分にはつくり物のやうな気がして、作の力を弱くしはしないかと思つた。

ここで実篤が述べていることを言い換えるならば、たとえ、平岡と三千代との間に子がいて夫婦仲が裂かれることでその子が不幸になることがわかっていたとしても、あるいは平岡が三千代の良き夫であり代助の篤実な友人のままであったとしても、代助は「自己」を押し隠したり抑制したりすることなく、社会的な非難ばかりか自らの倫理的な罪責感にも屈することなく、それらをすべて背負った上で三千代との関係に踏み出すべきであり、それこそが「それから」が本来描くべきだったテーマだ、ということになる。実篤の言う「自然」とは、「自己」が易きに流れることを決して許しはしない。

同じく創刊号に掲載された「創刊の言」に、「自分達」という言葉を過剰なまでに繰り返し用いていた雑誌『白樺』が、自由主義的な個性尊重を掲げて出立し、一九一〇年代日本の文学、美術の世界に大きな影響を与えたことはよく知られる。ただ、その個性尊重という主張は、単に社会的経済的に恵まれた者たちが甘く夢見た理想だった、というわけではない。「自己」のあるべき状態としての「我儘」を、「自己の君主であり、自己のみの臣下である」(「クリンゲルの「貧窮」を見て」『白樺』一九一一・五)と定義し、それをいつ何時も貫徹するよう要求する実篤の過激さは、ほとんど信仰にも近いような、求道的な姿勢に映る。

一九一一年二月に実篤が『白樺』に発表した「桃色の室」については、本多秋五「「白樺」派の文学」(一九五四)以来、大逆事件との関連性が論じられており、「自己」の領域を守って社会運動への関係を拒む作者の立場表明がそこにしばしば見いだされる。白樺派が示したこうした傾向については、いわゆる「政治と文学」に関わる論争の中で、平野謙、吉本隆明らによって、近代日本文学史に固有の屈折、日本の近代化の挫折として、繰り返し問題化されることになった。

谷崎潤一郎の漱石批判と耽美派

実篤「「それから」に就て」を踏まえたうえで、それとは異なる角度から漱石を批判することで、文学的な出立にあたっての自らのスタンスを示そうとしたのは、谷崎潤一郎である。谷崎は、第二次『新思潮』によって自らの文学活動を本格的に始動させたが、一九一〇年九月のその創刊号には、「「門」を評す」と題した漱石論を発表していた。

谷崎は、漱石の次作「門」(『朝日新聞』一九一〇・三・一―六・一二)を「それから」とひと続きの物語とみなした上で、代助と三千代（「門」の宗助と御米）が、かつての不義なる関係についての世間からの非難の眼を避けるように、しかし、それゆえにかえって二人は濃厚な関係性を保って、その後の夫婦生活を続けている、という「門」の設定が、「今日の我々」にとって「縁の遠い理想」に過ぎない、と述べる。

> 代助の道徳は是非とも代助に「永劫変らざる愛情あるべし。」と教へなければならぬ。然し実際の愛情は之に反する事が多くはあるまいか。さうして自己を偽らざらむが為めにあらゆる物を犠牲にして、真の恋に生きむとして峻厳なる代助の性格は、恋のさめたる女を抱いて、再びもとのやうな、或はそれよりも更に絶望なヂレンマに陥る事がありはすまいか。其の時々にこそ二人の姦通者は真の報復を受く可きである。

ここで谷崎が批判の矛先を向けているのは、実篤の主張した「自己」の理念的な一貫性そのものに他ならない。谷崎によれば、社会や道徳に背を向け、「自己」を優先したとしても、その「自己」は必ずや変化し、「自己」そのものをも容易に裏切るもので、理想を託すに足る一貫性などそこに求めるべくもない。

この批判は、「自己」を抑圧するとされる社会の描かれ方にも及ぶ。世間が二人の過去をいつまでも責め、二人きりの孤独な生活を強い続ける、というのも明らかに現実離れしており、社会はもっといい加減なもので、二人の過去などすぐに世間から忘れさられるだろう、というのが谷崎の言い分である。難癖をつけんがためにいささか冷笑的な言辞を弄しているようにもみえるが、「門」の設定が社会に対する「極めて甘い見方」に基づくもの、とされていることには注目したい。それが「甘い」のは、同じ罪を犯し罰を受けるものとして夫婦が強く結びつき、代えがたい伴侶への愛情を互いに育み保ち続けるきっかけとなるからだ。ここでは、個人のアイデンティティの根幹に関わる愛は、決して「自然」なものとして「自己」に備わるのではなく、社会との関係において派生し、作り出されるものとされる。こうした谷崎の認識に、啄木との同時代性を見ることもまた可能であろう。

このような、社会と対峙すべき「自己」という理念を疑い、主体の社会的構築性をシニカルに指摘する漱石批判を記した谷崎は、「刺青」（『新思潮』一九一〇・一一）の舞台を「まだ人々が「愚」と云ふ貴い徳を持つて居て、世の中が今のやうに激しく軋み合はない時分」に設定し、刺青師《ほりものし》に説得されて偽の記憶と欲望を語りだす女をそこに登場させる。この「刺青」をはじめとする初期作品群を永井荷風に絶賛された谷崎は、やがて、耽美派の文学を代表する作家とみなされていくことになる。

「ここは日本だ」

ここまで、武者小路実篤と谷崎潤一郎によるそれぞれの「それから」評を検討してきたが、このふたつの論は、白樺派の文学、そして耽美派の文学を、社会的な基盤や生育環境、生得的な資質に全て還元するのではなく、時代や文芸思潮の動向との関わりにおいて理解するための、重要な手がかりを与えてくれる。ただし、それぞれの文学的なスタンスを明確に示すものではあっても、「それから」の分析そのものとしては、両論ともに、取り落とす部分も多い、という留保は必要だろう。たとえば、三千代と代助との間の意識の違い、三千代に対する代助の愛の不「自然」さなどについては、テクストの周到な書きぶりに比べて、両者の理解は単純に過ぎる。抑圧的な様相を色濃くしてゆく社会状況に、漱石を含めたこの時期の文学全体がどのように応接したのかについては、より広い視野からの慎重な検討が必要となる。

たとえば、この時期の文学には、「追憶」というモチーフを共有する一群があることが知られている。その代表作と目される北原白秋『抒情小曲集　思ひ出』（一九一一）は、序文にあたる「わが生ひ立ち」の中に「私はまたこの現在の生活に不満足な為めに美くしい過ぎし日の世界に、懐かしい霊の避難所を見出さうとする弱い心からかういふ詩作にのみ耽つてゐるのでもない」とわざわざ断っているが、しかし、この「追憶文学」の中にも、決して単純な逃避ではないにせよ、こうした社会的な動向への対応を読み込むことができる作品は存在するだろう。

大逆事件の弁護を担当した平出修に、社会主義および無政府主義に関する事前のレクチャーを行ったことでも知られる森鷗外は、かつての「舞姫」(一八九〇)の続編ともみなすことが可能な内容を持った小説「普請中」を、一九一〇年六月に発表している。官僚である渡邊が、ドイツから訪れた女と食事をともにする一幕を書いた短編で、歌い手として世界の舞台を流れ歩くなか、日本にたまたま立ち寄っていた彼女は、どうやらかつて渡邊と関係があったらしいことがほのめかされている。ただ、渡邊はこの再会に心動かされる様子を全く見せず、むしろ、過去の思い出に浸ろうとする彼女を、冷淡に過ぎる対応をもって突き放す。


「キスをして上げても好くつて。」

渡邊はわざとらしく顔を蹙めた。「ここは日本だ。」

叩かずに戸を開けて、給仕が出て来た。

「お食事が宜しうございます。」

「ここは日本だ」と繰り返しながら渡邊は起つて、女を食卓のある室へ案内した。丁度電燈がぱつと附いた。


ウェイティングサロンのドアはノックしてから開くべき、という常識すらわきまえない給仕がまだ存在する、近代化のための工事(普請)が未完の日本では、人は自ら望むように振る舞うことなど到底できない、というのが、彼女を拒絶する渡邊の理屈である。食事の場となった精養軒ホテルの装飾の不調和に冷酷な批評を加え、日本の官僚として「本当のフイリステル(ペリシテ人、ここでは小市民、俗物の意—引用者注)になり済ましてゐる」とも自ら述懐する彼が本心ではどう思っていたのか、確言することは難しい。しかし、たとえ隠していた本当の感情が渡邊にあったとしても、あの手この手で感傷に誘おうとする彼女とそれを共有することはついになく、彼女がレストランから帰るさまを「一輌の寂しい車が芝の方へ駈けて行った」とする語り手の描写で物語は閉じられる。
自らの置かれた環境、立場への諦念と受容というモチーフと、そこに発するアイロニカルな批評性とは、古くから鷗外に固有のテーマとして数々論じられてきたものであり、また、作者鷗外自身の経験と境遇に照らして読むならば、本作もまたそこに連なる一編として理解される。しかし一方で、環境や立場を受け容れてそれにそぐわない感情を統御する個人を描く作品としてこれを読むならば、渡邊が繰り返す「ここは日本だ」という呪文のようなセリフの基調低音にも、ここまでに見てきた同時代の動きとの共振を聞き取ることができるだろう。

参考文献

・加藤典洋『日本という身体』（講談社選書メチエ、一九九四）
・内藤千珠子『帝国と暗殺——ジェンダーからみる近代日本のメディア編成』（新曜社、二〇〇五）
・森岡卓司「「門」を評す」と谷崎文学の理念的形成——谷崎潤一郎と夏目漱石（一）」（『日本文芸論叢』二〇〇〇・三）

※本章の一部はこれを再構成して加筆訂正したものである。

3章 〈私〉の表象

― 山﨑義光

〈私〉への関心

一八八九（明治二二）年に大日本帝国憲法が発布され、一八九八年には家族と個人の関係をめぐる民法典論争を経て民法も施行された。個々の国民の自由は、法や社会制度、慣習の制約の下で枠付けられた。天皇主権の下で臣民として位置づけられ、国政への参政権は二五歳以上の男性のうち一定以上の納税義務を果たしていることが条件だった。最初の有権者は国民の約一・一％（人口約四〇〇〇万、有権者四五万）の有産者に限定された。一九一九年の納税要件緩和で約五・五％（人口約五五〇〇万、有権者三〇七万）、納税条件撤廃後、一九二八年の男子普通選挙でも約二〇％（人口約六二〇〇万、有権者一二四〇万）だった。有権者比率の低さは経済格差の大きさも含意しており、社会的格差は大きかった。個人は戸主のもとで家族の一員として位置づけられ、婚姻は父母の同意が必要で、また離婚に際しては夫の権限が優先された。現在と比べれば、個人の自立した権利や自由は、国家・家族との社会関係で制約されていた。

しかし、そうした社会的制約に抗いながら自立的な個人として生きる〈私〉、他者との関係で意識される固有の自己としての〈私〉、自らの意思や感覚感情を抱え物事に意味や価値を見出す主体としての〈私〉を表象することが文学においても主要なテーマとなった。

社会的属性や他者との関係の中で生きる主体としての〈私〉はどう描かれたか。そうした観点でいくつかのテクストをとりあげてみたい。ここでいう〈私〉の表象とは、必ずしも文章のなかで「余」「私」「自分」「僕」といった一人称が用いられていることを必須要件としていない。三人称で語られている場合でも、描かれた人物の〈私〉性が問われているものをここでは取り上げる。

作家自身が自らの身辺を題材としながら〈私〉を描いた小説が多く書かれたことから、一九二〇年代には「私《わたくし》小説」「心境小説」という呼称も現れ、日本の近代文学史が語られる際の用語の一つにもなった。しかし、ここでいう〈私〉の表象とは、そうした「私小説」概念よりも広く捉えている。取りあげる作品や作家は、必ずしも「私小説」作家・作品と呼ばれてきたものではない。近代社会のなかで〈私〉のあり方に関心が向けられ表象されたことを重視し、作家自身の身辺を描いたものには限定せずに捉えておきたい。

〈私〉どうしの関係　夏目漱石『こころ』

夏目漱石は、日露戦争後に本格的に創作活動を始めた。一九〇七年に東京帝国大学を辞し朝日新聞社に入社して『虞美人草』（『朝日新聞』一九〇七・六・二三－一〇・二九）を初めとするおもな長編小説を新聞連載小説として発表した。漱石が小説に描いたおもな人物は高等教育を受けた人物たちである。『こころ』（『朝日新聞』一九一四・四・二〇－八・一一）もそうした人物たちを描いた。上「先生と私」、中「両親と私」、下「先生と遺書」の三部から構成されている。上・中では大学に通う青年の「私」が先生夫婦と知り合い、親しく交流する様子が語られる。下は先生（「私」）が青年の「私」に、自分の過去、Kとの関わりを書き送った手紙である。青年の「私」と先生の関係は、地縁や血縁に基づく関係でも、目的や同じ組織に属する目的機能的な関係でもない。そうした社会関係に還元できない〈私〉と〈私〉との関係として描かれた。この関係は、しばしば肉体の隠喩で語られている。この小説は、青年の「私」がまったくの見知らぬ他人だった先生と、夏の鎌倉海岸で知り合うところから始まる。なぜだか気になる人物だった先生の後に続いて海へ入り、初めて口をきいた場面は次のように描かれた。

> 広い蒼《あお》い海の表面に浮いているものは、その近所に私ら二人より外になかった。そうして強い太陽の光が、眼の届く限り水と山とを照らしていた。私は自由と歓喜に充ちた筋肉を動かして海の中で躍《おど》り狂った。先生はまたぱたりと手足の運動を已《や》めて仰向《あおむけ》になったまま浪の上に寝た。私もその真似をした。青空の色がぎらぎらと眼を射るように痛烈な色を私の顔に投げ付けた。「愉快ですね」と私は大きな声を出した。

裸で「自由と歓喜に充ちた筋肉を動かして」泳ぎ、ぱたりと動きをやめた先生の「真似をし」て「私」も海の上に浮かんだ場面である。ここから「私」と先生の関係が始まる。

「私」が父の病気の知らせで一時帰郷した場面では、父と先生を比べて、「私」にとって先生はどういう存在かを次のように考えていた。

> かつて遊興のために往来《ゆきき》をした覚《おぼえ》のない先生は、歓楽の交際から出る親しみ以上に、何時《いつ》か私の頭に影響を与えていた。ただ頭というのはあまりに冷《ひや》か過ぎるから、私は胸といい直したい。肉のなかに先生の力が喰い込んでいるといっても、血のなかに先生の命が流れているといっても、その時の私には少しも誇張でないように思われた。私は父が私の本当の父であり、先生はまたいうまでもなく、あかの他人であるという明白な事実を、ことさらに眼の前に並べて見て、始めて大きな真理でも発見したかのごとくに驚ろいた。

先生は「私」の「頭」というよりも「胸」に影響を与え、「肉のなかに先生の力が喰い込んでいる」、「血のなかに先生の命が流れている」というほかないものと感受されて、「あかの他人」であるはずの先生の方がむしろ「本当の父」であるかのように感じている。こうした肉体の隠喩は、学校や家族といった社会関係のカテゴリーに還元できない、青年と先生の〈私〉と〈私〉の関係を言い当てようとした表現であろう。『こころ』には、家郷との関係でも、学校のような社会組織の中で役柄を担った関係でもない、〈私〉どうしの関係が、その危うさとともに描かれた。

気分としての自分　志賀直哉『和解』

家族関係の中で〈私〉を描いた作品に、志賀直哉『和解』(『黒潮』一九一七・一〇)がある。志賀自身の身辺の出来事を題材に、「自分」が距離をおく「父」との関係を中心として「母」「祖母」「妻」など家族との関係を描いた。その中で、不快な「気分」を抱えつつ葛藤する「自分」が語られる。次の引用は、住まいのある千葉県の我孫子《あびこ》から東京へ出て、亡くなった子どもの墓参りに出掛けた際に実家へ電話をかけた、冒頭近くの場面である。

自分は直《す》ぐ電車で青山へ向かった。三丁目で降りて墓地へ行く途中花屋によって色花《いろばな》を買った。自分は未だ少し早いとは思ったが、その店の電話を借りて又母へ掛けて見ると、父は未だ自家《うち》にいると云う事だった。ここでも自分は不愉快な、そして腹立たしい気分に被われた。

「母」から「父は未だ自家にいる」と聞き「不愉快な、そして腹立たしい気分に被われ」ている。こうした「気分」が繰り返し描かれる。そもそも、父との間にどのような出来事があったかは、あまり具体的に語られない。その代わりに、父と「自分」との間でオロオロする家族たちのこと、父が怒っていること、「自分」は父の言いなりにはならないと振る舞う様子が描写される。それを通じて、父との間でわだかまった「気分」を抱えた「自分」が描かれる。父の子であり、子の父であることや、社会的な立場として存在していることよりも、「気分」こそが

「自分」であることの存在根拠であるかのようである。

物語は、父とのわだかまりが溶け「和解」するまでが描かれる。和解する時にはじめて、「自分」が父から「順吉」と名前で呼ばれる場面（十三）は印象的で、ここに「父」から自立を承認された瞬間を読みとることもできよう。ただし、その前にはちょっと目を惹く場面もある。次の引用は妻の出産場面（十）である。

水が少し噴水のように一尺《いっしゃく》程上がった。同時に赤児《あかご》の黒い頭が出た。直《す》ぐ丁度《ちょうど》塞《せ》かれた小さい流れの急に流れ出す時のようにスルスルと小さい身体《からだ》全体が開かれた母親の膝と膝との間に流れ出て来た。赤児は直ぐ大きい生声《うぶごえ》を挙げた。自分は亢奮《こうふん》した。自分は涙が出そうな気がした。自分は看護婦の居る前もかまわず妻の青白い額に接吻した。

この部分は作品集『夜の光』（新潮社、一九一八・一）収録の際に書き足された章にある。最初の子が突然亡くなったあと、二人目の子が産まれたときの場面である。なまなましく具体的な描写である。こうした場面が挿入されたことの意義は何だろうか。父との立場関係に注目すれば、子どもが産まれ「自分」が父になった時に、自立した個として父から認められた物語として読める。しかし、出産の生々しい描写は、そうした理解を超えた出来事を描いているように思われる。

もう一つ、「自分」が愛する祖母のことが描写された場面（十一）も引用してみたい。

「お祖母《ばあ》さん、赤坊《あかんぼ》は元気にしています」
祖母は眼をつぶったまま、わからない位《くらい》に首肯《うなず》いた。自分は又、一ト調子高い声を出して、
「顎《あご》の外れる位は何《なんに》も心配な事はありません」と云った。祖母は一寸《ちょっと》首肯くさえ大儀《たいぎ》そうに黙っていた。

（中略）

その内祖母は頻《しき》りに股《もも》の間を気にしだした。通じが出ていた。次の間からおかわを持って来た。自分は祖母を抱き起した。そして後から抱き上げて用を便じさした。

この事は自分に非常に心細い気をさした。自分の胸は痛んだ。勝気《かちき》で潔癖でそういう事には殊に締《しまり》のいい祖母はかなり悪い病気の時でも室内で用便する事を厭《いや》がった。自分はその事ではよく祖母に怒った。

体を弱らせた祖母をいたわる場面である。顎がはずれたこともあった祖母は「眼をつぶったまま、わからない位に首肯いた」というほど衰弱した様子である。祖母は「股の間を気にしだし」たかと思うと「通じが出ていた」（失禁してしまっている）ことが描写されている。それまで「勝気で潔癖で」「そういう事には殊に締のいい祖母」であったにもかかわらず、今は「自分」に世話をされるままとなっていることに「自分」は胸を痛めていることが描かれている。

子の早逝、出産、老衰が描写されたことは何を意味しているだろうか。突如亡くなった子も、産まれてくる赤児も、老いて衰弱した祖母も、無力な肉体へ還元された描写として理解できる。それは人間誰もに共通な生ある肉体の描写である。そうした場面は、家族関係の中での立場や、心理的な葛藤から生まれる「気分」といった次元をも超えた、誰にも共通した生（life）の次元を描きだしていると理解できる。「気分」としての「自分」が描かれていることとは異なるもう一つ別の次元で、誰もが立脚している人間の生を、「気分」を超えて父と和解する立脚点として描いていると言えるだろう。

虚無としての〈私〉　江戸川乱歩「屋根裏の散歩者」ほか

社会秩序の中で既成の価値観にしたがうことから自由に生きようとすることと、虚無の意識とは隣接している。ここでいう虚無とは、何かをしたいと思い、することも可能でありながら、物事に確かな意味や価値を見出せないまま停滞した状態をさす。既成の生き方や価値観に満足できないのであれば、それを見つけ出さなければならない。そうした〈私〉のありようもしばしば形象化された。

日本で本格的に創作の探偵小説が書き始められ、ジャンルとして認知されたのは江戸川乱歩の登場からである。初期の探偵小説は、法を逸脱した事件の解決までの物語という枠組みに収まらない、多様で異様な人間のありようを描いたものも含まれた。江戸川乱歩「屋根裏の散歩者」(『新青年』一九二五・八)もその一つである。乱歩が生み出した探偵、明智小五郎が登場し犯罪事件として描かれつつ、それ以上に虚無の意識を抱えた〈私〉が描かれた。次の引用は冒頭の一節である。

> 多分それは一種の精神病ででもあったのでしょう。郷田三郎《ごうださぶろう》は、どんな遊びも、どんな職業も、何をやって見ても、一向この世が面白くないのでした。
>
> 学校を出てから——その学校とても一年に何日と勘定の出来る程しか出席しなかったのですが——彼に出来相《そう》な職業は、片端《かたっぱし》からやって見たのです、けれど、これこそ一生を捧げるに足ると思う様なものには、まだ一つも出《で》っくわさないのです。恐らく、彼を満足させる職業などは、この世に存在しないのかも知れません。長くて一年、短いのは一月位で、彼は職業から職業へと転々しました。そして、とうとう見切りをつけたのか、今では、もう次の職業を探すでもなく、文字通り何もしないで、面白くもない其日《そのひ》其日を送っているの

でした。

郷田三郎は「学校」を出て「職業」を転々とし、「どんな遊びも、どんな職業も、何をやって見ても、一向この世が面白くない」と感じてきたという。「これこそ一生を捧げるに足ると思う様なものには、まだ一つも出くわさない」と、虚無の意識を抱えて「何もしないで、面白くもない其日其日を送っている」。郷田が動き出すのは、明智から犯罪の話を聞いてからである。そして、自分の住むアパートに「屋根裏」があることを発見し、住人たちが部屋に一人でいるところを、相手に知られることなく覗き見ることに強い興味を持ち始める。

よく注意して見ますと、ある人々は、その側に他人のいるときと、ひとりきりの時とでは、立居ふるまいは勿論《もちろん》、その顔の相好《そうごう》までが、まるで変《かわ》るものだということを発見して、彼は少なからず驚きました。それに、平常《ふだん》、横から同じ水平線で見るのと違って、真上から見下すのですから、この、目の角度の相違によって、あたり前の座敷が、随分異様な景色に感じられます。

（中略）

何事がなくても、こうした興味がある上に、そこには、往々《おうおう》にして、滑稽《こっけい》な、悲惨な、或は物凄い光景が、展開されています。平常過激な反資本主義の議論を吐いている会社員が、誰も見ていない所では、貰《もら》ったばかりの昇給の辞令を、折鞄《おりかばん》から出したり、しまったり、幾度も幾度も、飽かず打眺《うちなが》めて喜んでいる光景、

（中略）

三郎は又、止宿人と止宿人との、感情の葛藤《かっとう》を研究することに、興味を持ちました。同じ人間が、相手によって、様々に態度を換えて行く有様、今の先まで、笑顔で話し合っていた相手を、隣の部屋へ来ては、まるで不倶戴天《ふぐたいてん》の仇《あだ》ででもある様に罵《ののし》っている者もあれば、蝙蝠《こうもり》の様に、どちらへ行っても、都合のいいお座

なりを云って、蔭でペロリと舌を出している者もあります。

屋根裏の視角からは世界が違って見える。そして、人前で見せるふるまいと「ひとりきり」でいるときの様子が違う人間のありようを「発見」する。この発見は「探偵」の視点と同質である。そもそも郷田は明智から「犯罪」への興味を植えつけられたのだった。この小説では、虚無の意識を抱えた郷田三郎が、矛盾や異様さを抱えた人間の多形的なありようを「発見」し、犯罪者になる物語として描かれた。

乱歩は、谷崎潤一郎や宇野浩二、佐藤春夫などの作品から影響を受けた。受けた影響は単純には言えないが、虚無としての〈私〉を表象したことは挙げられよう。谷崎潤一郎「秘密」(『中央公論』一九一一・一一)の「私」は「或る気紛《きまぐ》れな考《かんがえ》から、今迄《いままで》自分の身のまわりを裹《つつ》んで居た賑やかな雰囲気を遠ざかつて、いろいろの関係で交際を続けて居た男や女の圏内から、ひそかに逃れ出ようと思い」、浅草近くの寂しく廃れた人気の少ない場所へ隠遁して「全然旧套《きゅうとう》を擺脱《ひだつ》した、物好きな、アーティフィシャルな、Mode of life を見出《みいだ》して見たかった」と、社会的関係をリセットする〈私〉を描いた。宇野浩二「屋根裏の法学士」(『中学世界』一九一八・一〇)に「法学士乙骨三作《おっこつさんさく》は、大学を出てからもう五年になるが、いまだに一定の職業をもたない」と始まり、郷田に通じる空想家を描いていた。

一九一〇年代は、俸給生活者(サラリーマン)が増え、都会人口が増大した。一九一八年に二九一万人余りだった東京都の人口は一九二四年には四一八万人を超え、一〇年も経たないうちに一〇〇万人以上増加した。虚無としての〈私〉は、社会生活への不満や不条理への悲憤、不安な心象とも通じている。広津和郎「神経病時代」(『中央公論』一九一七・一〇)はこう始まる。「若い新聞記者の鈴木定吉は近頃憂鬱に苦しめられ始めた。その憂鬱が彼にはいろいろの方面から一時に押し寄せて来るように思われた。彼には周囲の何も彼もがつまらなくて、淋しくて、味気なくて、苦しかった。第一には彼の家庭である。」。妻と子どもを持ち新聞社で働く、優しいが気の弱い人物が、社会生活と〈私〉の意思や行動との不一致に悩まされる。安住せず不安な〈私〉の心象は「憂鬱」と表現された。

萩原朔太郎は『月に吠える』（感情詩社、一九一七・二）の「序」に、「詩の本来の目的」を「人心の内部に顫動《せんどう》する所の感情そのものの本質を凝視し、かつ感情をさかんに流露させることである」と記した。固有な〈私〉の内にうごく「感情」に、詩が準拠すべき源泉をみた。佐藤春夫「病める薔薇　或は田園の憂鬱」（『病める薔薇』天佑社、一九一八・一一）は、「Vanity of vanity, all is vanity!「空《くう》の空なる哉、すべて空なる哉」或は然《そ》うでないにしも……。いや、理窟は何もなかつた。ただ都会のただ中では息が屏《つま》つた。人間の重さで圧しつぶされるのを感じた」という「彼」を描いた。都会に近い郊外の田園地帯にある家を借りて移り住んだ「彼」の神経過敏で憂鬱な心象を、鬱蒼とした庭と薔薇の描写とともに描いた。

「屋根裏の散歩者」に先立つこれらの作品には、社会生活に不満や不安を抱え、そこから遠ざかり離脱した孤独な〈私〉、既存の意味や価値に飽き足らず、定めない心象を抱えた虚無としての〈私〉が表象されていた。

参考文献

・衆議院、参議院編『目で見る議会制度百年史』（大蔵省印刷局、一九九〇）
・ウェブサイト「東京都の統計」（東京都総務局統計部作成）掲載の「人口の動き」内「人口の動き（令和4年中）」「参考表4、人口の推移（東京都、全国）（明治5年〜令和4年）」（二〇二四・三・二閲覧）
・山崎正和『不機嫌の時代』（講談社学術文庫、一九八六）
・松山巌『乱歩と東京――1920都市の貌』（Parco出版、一九八四／ちくま学芸文庫、一九九四）

4章　口語自由詩

――佐藤伸宏

一　口語自由詩の成立

日露戦争終結後の明治末期、日本の近代詩はきわめて大きな転換期を迎える。その契機となったのは口語自由詩の成立である。

日本の近代詩の歴史は、井上哲次郎・外山正一・矢田部良吉の三者によって一八八二（明治一五）年に上梓された『新体詩抄』を起点としている。旧来の和歌や俳句、漢詩等の伝統詩歌とは異なる、西欧詩を範例とした新しい「日本ノ詩」がここに「新体詩」の呼称をもって提唱されたのであるが、同集に所収の「新体詩」はすべて文語を用い、伝統的な七五調で綴られた文語定型詩の形式を備える作品であった。以後の近代詩はそうした文語定型詩としてその歴史を刻み始めることとなる。本章のテーマである口語自由詩とは、そのような文語定型詩の詩形の全面的な否定において提起された新たなスタイルの詩に他ならない。

口語自由詩成立の発端をなしたのは、相馬御風の詩論「詩界の根本的革新」（『早稲田文学』一九〇八（明治四一）・三）であった。御風はそこで先行する文語定型詩に徹底した批判を加え、用語としての文語および固定的な音数律によるリズム、改行・連構成のすべてを「制約」と見なす。そしてそれらの「制約」の一切を廃棄した口語自由詩――口語を用い、定型の形式とリズムを脱した詩形が新たな詩の様式として提言されたのである。それは、「詩界に於ける自然主義は、赤裸々なる心の叫びに帰れと云ふにあらねばならぬ」とも記されるように、自然主義の立場に強固に裏打ちされた理念の表明であった。こうして一九〇八年の時点で、一切の「制約」から解放された「自由」な詩として、「赤裸々なる心の叫び」、すなわち現実に根ざした生の実感を直接的に表白する口語自由詩の成立が要請されることとなったのである。こうした提唱に先立ち、前年を中心に「言文一致詩」をめぐる議論も活発になされていた。それは、小説における言文一致体に倣い、文語から口語への詩の用語の変換を求める主張であり、従来の文語定型詩形からの解放に向けた先駆的な試みであった。そうした詩の変革の動向が、文壇における自然主義の圧倒的な勢力を背景とすることによって口語自由詩論として結実するに至ったのである。そしてこのような日本近代詩の「根本的革新」への動きのなかで、口語自由詩の実践の試みも着実に進められる。

隣の家の穀倉《こめぐら》の裏手《うらて》に／臭《くさ》い塵溜《はきだめ》が蒸されたにほひ、／塵溜《はきだめ》のうちのわな〳〵／いろ〳〵の芥《ごもく》のくさみ、／梅雨晴《は》れの夕をながれ／漂つて、空はかつかと爛《たゞ》れてる。／／塵溜《はきだめ》のうちには動く稲《いね》の虫《むし》、／浮蛾《うんか》の卵《たまご》、また土を食《は》む蚯蚓らが／頭を擡げ、徳利壜《とっくり》の虧片《かけら》や／紙のきれはしが腐れ蒸《む》されて、／小《ちさ》い蚊は喚きながらに飛んでゆく。

（川路柳虹「塵溜」第一・二連）

焼きつくやうに日が照る。／黄色《きいろ》い埃《ほこり》が立つて空気《くうき》は咽《む》せるやうに乾《かは》いて居る。／むきみ屋の前に毛の抜けた痩犬《やせいぬ》が居る。／赤い舌《した》をペロ〳〵出《だ》して何か頻りに舐《な》めずつて居る。／あゝ厭《いや》だ。／／ジロリと俺《おれ》の顔を見た。／ヤ！　歩き出した。／ヤ！　蹤《つ》いて来る。蹤いて来る。

（相馬御風「痩犬」第一・二連）

右の「塵溜」（『詩人』一九〇七・九）は川路柳虹による口語自由詩の先駆的な試みであり、後者は前引の「詩界の根本的革新」の論者相馬御風がその実践として発表した詩（『早稲田文学』一九〇八・五）である。いずれも前半部のみの引用であるが、掲出の部分からも固定的な音数律とは無縁に口語による表現が連ねられた口語自由詩の様式を備える作品であることが確認できよう。また両篇ともに、「穀倉の裏手」の「臭い塵溜」や「毛の抜けた痩犬」という日常世界に見出される醜悪な、不快なものを描き出している。そこには同時代の自然主義との交差がうかがわれるとともに、それによって日本の近代詩における素材あるいは表現領域の拡張が果たされてもいる。これらの作品を起点として、以後口語自由詩の創作が積極的に進められ、およそ一九〇九年の時点で口語自由詩が詩壇における主流の形式となるのである。

口語自由詩のアポリア

口語自由詩をめぐる以上の動向の傍らで、その詩の様式自体について根本的な問題が指摘され、批判が加えられることにもなる。すなわちそれは口語自由詩と散文との境界に関わる問題である。例えば口語自由詩について「散文と如何なる差別を立つべきか、散文に対して有する特権は如何と云ふ疑問」を提起する（無署名）「口語詩問題」（『早稲田文学』一九〇八・一〇）の他、ＲＴＯ（折竹蓼峰）「新しき詩歌」（『帝国文学』一九〇八・六）は、前掲の御風「痩犬」の第一連を行分けのない散文形式に書き改めることによって、「これ詩歌たり得べからざるもの」と激しく指弾する。すなわち改行形式を取り払えばもはや散文以外の何ものでもありえない、言わば行分け形式の散文に過ぎないものとして「痩犬」を徹底して否定したのである。口語自由詩はこのように成立とほぼ同時に、「散文」との差異をめぐって数多くの疑念や批判にさらされることになった。

そもそも文語定型詩における文語と定型音数律の形式は、他ならぬ散文との差異を示す詩の〈枠《フレーム》〉として機能していた。したがってその形式を拒絶する口語自由詩の提唱は、旧来の詩の存立を支えていた根拠の喪失という事態を招来することとなったのである。掲出の口語自由詩が、御風の提言にもかかわらず改行および連構成の形態を保持していたのは、それが散文とのフォルム上の「差別」、すなわちその作品が〈詩〉たることを明示する形態的指標と見なされてのことであったと考えられる。しかしその際、口語自由詩における行換えをいかなる契機をもって行うかという改行の原理の問題が最も困難な課題として浮上してきたと言ってよい。定型詩では一定の音数律に基づくリズム形式が改行を導く枠組みとなっていたが、そうした定型の枠組みを廃棄した口語自由詩においては、先の「塵溜」「痩犬」に確認されるように、各行は意味あるいは描写の一定のまとまりをもち、行から行、連から連への移行も意味や描写の連続性を確保している。口語自由詩はこうして意味や描写の連続性を新たな詩の構成の原理として取り込むことになったのであり、それゆえに散文的な意味志向性へと不可避的に傾斜するに至ったのである。既述のＲＴＯによる「痩犬」批判は、そのような改行と連構成という形態を備える御風の口語自由詩がその背後に潜めている散文性の本質を露呈させる指摘に他ならなかったと言えよう。口語自由詩の成立とは単なる詩形における「革新」であったのではない。それはむしろ定型の排除による散文性への傾斜という事態を近代詩にもたらしたのである。そうした状況において、当時の詩人たちは、口語自由詩が散文ならぬ詩として成立することを保証する新たな詩の原理の摸索という難問《アポリア》が課せられる。それは、詩とは何かという問題が個々の詩人に改めて問われることでもあったのである。明治の末期、口語自由詩の原理をめぐって夥しい数の詩論が発表され、また「印象詩」や「気分詩」あるいは散文詩その他、様々の様式の口語自由詩の試みがなされたのも、それゆえのことであった。そしてそうした困難さのなかから、大正期の近代詩の新たな展開が導かれることになる。

大正期の口語自由詩――高村光太郎と萩原朔太郎

明治末期から大正期に至る口語自由詩の展開において、高村光太郎と萩原朔太郎は極めて重要な位置を占める詩人である。両者の第一詩集、光太郎の『道程』（抒情詩社、一九一四）と朔太郎の『月に吠える』（感情詩社・白日社出版部、一九一七）には、口語自由詩の可能性をそれぞれ個性的に追求した成果が示されている。

高村光太郎が三年余のアメリカ・フランス留学から帰国したのは一九〇九（明治四二）年のことであった。光太郎は口語自由詩の時代を迎えていた詩壇の状況に足を踏み入れながら詩作に精力を注いでいくことになるが、その旺盛な創作活動を一貫して支えていたのは、「自己生来の中心から出る声」（「某月某日」『歴程』一九四〇・四）、「直接法の主観的言志」（「自分と詩との関係」『文芸』一九四〇・五）などの後年の発言に示されているように、詩における表現の直接性を志向する詩の理念であった。そこには同時代の口語自由詩論との近接が認められもするが、しかしそうした表現の直接性への志向とは、実は光太郎においては欧米体験のなかで形成された芸術観に深く根差した理念であることが、留学中の書簡等をとおして明瞭に確認される。さらに光太郎がフランスに滞在していた時期、フランス詩壇ではすでに〈自由詩（vers libre）〉が成立しており、そのフランス自由詩に基づいて、「心の情調を其のままの状態で詩形に表はすといふ所謂自由詩《ヹルリイヴル》」（「詩歌と音楽」『趣味』一九一〇・一）という光太郎の自由詩理解が明確に形成されてもいた。したがって既述のように口語自由詩を支える新たな詩の根拠の追求を強いられ混迷に陥っていた日本の近代詩壇とは一線を画す位置に光太郎は立ち得ていたのである。帰国後の光太郎の詩作活動において、雑誌『スバル』を舞台として口語自由詩のみならず文語自由詩、さらに小曲という多様な自由詩の形式が用いられていたのはそれゆえのことと言えよう。そしてそのような光太郎の創作の比重が口語自由詩へと大きく傾いたのは一九一二（大正元）年末頃のことであった。その光太郎が口語自由詩に見出していたのは、いかなる固有の可能性であったのか。

瓦斯の暖炉に火が燃える
ウウロン茶、風、細い夕月
——それだ、それだ、それが世の中だ

彼等の欲する真面目とは礼服の事だ
人工を天然に加へる事だ
直立不動の姿勢の事だ
彼等は自分等のこころを世の中のどさくさまぎれになくしてしまつた
曾て裸体のままでゐた冷暖自知の心を――
あなたは此を見て何も不思議がる事はない
それが世の中といふものだ
心に多くの俗念を抱いて
眼前咫尺の間を見つめてゐる厭な冷酷な人間の集りだ
それ故、真実に生きようとする者は
――むかしから、今でも、このさきも――
却て真摯でないとせられる
あなたの受けたやうな迫害をうける
卑怯な彼等は
又誠意のない彼等は
初め驚異の声を発して我等を眺め
ありとある雑言を唄つて彼等の閑《ひま》な時間をつぶさうとする
誠意のない彼等は事件の人間をさし置いて唯事件の当体をいぢくるばかりだ
いやしむべきは世の中だ
愧づべきは其の渦中の矮人だ

（「或る宵」前半部）

全三九行から成る「或る宵」（『朱欒』一九一二・一二）は、光太郎の口語自由詩の様式を典型的な形で示している。「あなた」という二人称への語りかけによって全体が構成されるこの詩において、右の部分に続き「我等は為すべき事を為し／進むべき道を進み／自然の掟《おきて》を尊んで／行住坐臥我等の思ふ所と自然の定律と相戻らない境地に到らなければならない」と語られるように、「自然の掟」という共通の理念で結ばれ、連帯、一体化した「我等」に、「世の中」そしてそこに生きる「彼等」が批判的に対置される。そしてその「卑怯」で「誠意のない」「彼等」に対して、「我等」は「真実に生きようとする者」として絶対的な優位性と肯定性の下に位置付けられるのである。このような内容を明快に伝えるうえで、右の引用部では例えば執拗に繰り返される断定の助詞「だ」の強い響きが、「彼等」への批判の文脈を強固に形成し、メッセージの強度を高めることになる。長短の変化の著しい詩行の構成も含め、この詩の表現は伝えるべき意味を一層強化すべく機能しているのである。そしてそうした機能をとりわけ存分に発揮しているのが、全篇を貫く呼びかけ、語りかけの表現が生み出す〈声〉の表象に他ならない。こうした「あなた」に語りかける口語表現のスタイルは光太郎の口語自由詩の基本的な性格と言ってよいが、それは書かれた言葉であるにもかかわらず、まさに「あなた」に向かって直接何ごとかを語り伝える〈声〉と化す。換言すれば、この詩の受け手あるいは読者は、「あなた」と呼びかけられる場の中に身を置きつつ、その〈声〉の語り出すメッセージをまさに自らに差し向けられたものとして直接的に受け止めることになる。ここで言葉はそのような〈声〉として機能することによって、理念や感情を「其のまま」に伝達するために奉仕しているのである。それは意味内容を直截的かつ明快に伝える、言わば透明な媒体として、光太郎の芸術観の基底をなす表現の直接性への希求を見事に具現化している。その表現の直接性の強度こそが、この「或る宵」が他ならぬ〈詩〉として存立することを保証する。光太郎が探り当てたのは、こうした〈声〉の表象という口語自由詩固有の表現の可能性であったのである。

一方、大正初期の萩原朔太郎が執筆していたのは、光太郎の詩とは大きく異なる、この上なく特異な性格を備える口語自由詩であった。『月に吠える』所収の「竹」（『詩歌』一九一五・二）は次のような詩である。

光る地面に竹が生え、
青竹が生え、
地下には竹の根が生え、
根がしだいにほそらみ、
根の先より繊毛が生え、
かすかにけぶる繊毛が生え、
かすかにふるへ。

かたき地面に竹が生え、
地上にするどく竹が生え、
まつしぐらに竹が生え、
凍れる節節りんりんと、
青空のもとに竹が生え、
竹、竹、竹が生え。

ここには、「地上」に鋭く生え、「青空」に向かって伸びてゆく「竹」と、「地下」のほそい「竹の根」、さらにその先端で「かすかにけぶ」り「ふるへ」る「繊毛」のイメージが極度の対照性の下に呈示されている。そして「生え」という連用中止形の繰り返しによって生動性を帯び、また［a］―［e］の音韻の反復のもたらす切迫したリズムに貫かれた表現が、その対照性を一層際立たせている。そうしたこの詩を構成するイメージの両極的な性格には、書簡中に記された「生を憧憬する心と、生をいとふ心と此の二つの矛循《(ママ)》が何時まで私の心で戦をつゞけて居るのであろう《(ママ)》、私は何時も明るい方へ明〔るい方〕へと手をのばして悶へながら却つて益々暗い谷底へ落ちて行くのである」（一九一二・五・一六付、津久井幸子宛）という一節との対応が認められるが、しかしこの詩のイメージはそうした矛盾対立をはらんだ「私の心」を比喩的ないし象徴的に形象化しているわけではない。むしろそれらは、そうした内奥の生の感覚に根差しつつも、言わば意味へと還元されることのないイメージそれ自体として生成と展開の自律的な運動を見せていると言うべきだろう。それゆえにこそそれらのイメージは竹の姿を全一的に描き出す整序化された詩句として配置されるのではなく、「地上」と「地下」の間で唐突に切断され、切り換えられていく。そのように朔太郎の口語自由詩は、先の光太郎の詩とはまったく別途に、イメージの自律的な運動そのものによって全篇が構成されるのである。定型の形式の廃棄によって、意味を基軸とした散文性へと不可避的に傾斜するという困難を抱えていた当時の口語自由詩の状況に対して、朔太郎の詩は、意味的な整合性や描写の全一性とは無縁であることにおいて、散文の論理からの離脱の方向を鮮明に示している。自由詩のアポリアとの対峙のなかで、朔太郎はそうした意味志向的な散文性の解体の位相に自らの口語自由詩の所在を見出そうとしていたと考えられる。

しかしその後、一九一六年五月以降のいわゆる『月に吠える』後期の口語自由詩は、右のような詩からの大きな転回を明瞭に示すことになる。そこでは、以前の詩には現れることのなかった「わたし」という一人称の語り手が、自らの孤独や寂寥、寄る辺ない思いを語り出していく。すなわちそれらは、「わたし」の自己表白をとおして明快な意味を伝える詩としてある。そうした朔太郎の詩の甚だしい変化の背後にあったのは、詩的散文「言はなければならない事」（『詩歌』一九一五・五）などに語り出されているように、散文的意味性からの離反においてイメージの自己展開によって構成された「竹」のような詩が、他者にとって理解不能でしかありえないことの苦い認知に他ならない。そうしたなかで朔太郎は他者との間に通路を開き、理解の共有を可能にする表現への移行を余儀なくされる。『月に吠える』後期の作品が了解可能な意味を周到に伝える、散文的な性格を判然と備えた詩として成立するのは、そのような経緯においてのことであった。朔太郎がここで逢着していたのは、伝達と理解を求めて他者―読者との間に通路を開く試みが、取りも直さず詩の散文化を招来するという事態であったと言ってよいだろう。朔太郎はこうして口語自由詩のアポリアの内部に改めて深く足を踏み入れることになったのであり、以降の朔太郎に課せられたのは、散文的な性格を不可避的に宿す口語自由詩に〈詩〉を奪回する方途を摸索するという難問であった。そしてその困難な問いを抱えこむなかから、続く詩集『青猫』（新潮社、一九二三）の成立が果たされることになる。

以上の高村光太郎・萩原朔太郎の他、同時期の口語自由詩の注目すべき成果として、福士幸次郎『太陽の子』（洛陽堂、一九一四）、室生犀星『愛の詩集』（感情詩社、一九一八）、山村暮鳥『風は草木にささやいた』（白日社、一九一八）、千家元麿『自分は見た』（玄文社、一九一八）等を挙げることができる。それらは、散文的性格への傾斜を内在化させる口語自由詩を前にして、その詩としての可能性をそれぞれ独自に追求する試みの結実であった。口語自由詩は現在に至る近現代詩の規範的形式であるが、それが不可避的にはらみこむ困難さに直面しつつ、詩人達はきわめて多様な口語自由詩を生み出し続けてきたのである。

参考文献

・日本近代詩論研究会／人見円吉『日本近代詩論の研究』（角川書店、一九七二）
・人見円吉『口語詩の史的研究』（桜楓社、一九七五）
・大岡信『蕩児の家系』（思潮社、一九七五）

作品紹介

近松秋江「別れたる妻に送る手紙」

＊初出：『早稲田文学』一九一〇（明治四三）年四月－七月

拝啓

お前——分れて了つたから、もう私がお前と呼び掛ける権利は無い。それのみならず、風の音信《たより》に聞けば、お前はもう疾《とつく》に嫁《かたづ》いてゐるらしくもある。もしさうだとすれば、お前はもう取返しの附かぬ人の妻だ。その人にこんな手紙を上げるのは道理《すぢみち》から言つても私が間違つてゐる。けれども私はまだお前と呼ばずにはゐられない。どうぞ此の手紙だけではお前と呼ばしてくれ。また斯様《こん》な手紙を送つたと知れたなら大変だ。私はもう何うでも可《い》いが、お前が、さぞ迷惑するであらうから申すまでもないが、読んで了つたら、直ぐ焼くなり、何うなりしてくれ。——お前が、私とは、つい眼と鼻との間の同じ小石川区内にゐるとは知つてゐるけれど丁度今頃は何処に何うしてゐるやら少しも分らない。けれども私は斯うして其の後《のち》のことをお前に知らせたい。イヤ聞いて貰ひたい。お前の顔を見なくなつてから、やがて七月《なゝつき》になる。その間には、私には種々《いろん》なことがあつた。

【概要】

小説全文は、文筆を職業とする雪岡が、自分に愛想を尽かして出ていった内縁の妻お雪に宛てて書く「手紙」であるが、お雪の居所を探せない雪岡は、いつかお雪が読むかもしれないと期待してこれを雑誌に掲載している。お雪が出ていった後も、お雪の母の世話になりながらの暮らしを続ける雪岡は、待合（芸妓との飲食や遊興を目的として利用される貸座敷）でお宮という女に出会う。雪岡はお宮への執着を募らせ、蔵書を売り、自分の担当記者である長田に借金を申し込んでまで、お宮に会うための金を工面しようとする。長田はその借金を断った上で、雪岡との事情を承知でお宮の客となって彼女と関係を持ち、それを得意げに雪岡に告げ、さらに、お雪についても自分が口説けばどうだったか、と毒を含んだ言葉を投げかける。それを聞いた雪岡は、一度は打ちひしがれるような思いを抱くものの、面と向かっては何も言わず、座をもたせるような態度に終始する。

本作には、前日譚、後日譚として、「雪の日」（『趣味』一九一〇・三）、「執着（別れたる妻に送る手紙）」（『早稲田文学』一九一三・四）、「疑惑」（『新小説』一九一三・一〇）、「閨怨」（『新小説』一九一五・六、七）、「愛着の名残り」（『中央公論』一九一五・一二）があり、作者の実体験に基づくこれらの「別れた妻もの」作品群は、情痴小説の典型ともされる。正宗白鳥も、この小説の中に登場する長田の立場から見た一連の成り行きを、「動揺」（『中央公論』一九一〇・四）に作品化している。

〔読みどころ〕

引用した作品冒頭から吐露されるのは、すでに三行半を突きつけ出奔した妻に、なんとかして自分の話を聞かせたいという、書き手雪岡の強烈な欲求である。続篇「疑惑」冒頭にも、「私が斯うして時々雑誌を借りて、お前に手紙を書く」ことで、「お前が、此の世に生きてゐる限りは、何処にどうしてゐようとも私のことを思はせずには置かない」という、執念に近い思いが繰り返し書きつけられる（このくだりは一九一三年六月に南北社から刊行された『別れたる妻に送る手紙後編』に収録の際削除された）。しかし、この「手紙」を誌上に発表することによって、お雪に自らの真情をわかってもらえる確率は、「遙か海の上の神様に一本の柱を献納するような」ものでしかない、ということを、書き手自身重々自覚してもいる。彼は、このような迂遠なことをしていないで、さっさとお雪を捜し出して罵り、あるいはかき口説いて復縁を迫るべきではないのか。にもかかわらず、雪岡は、どうしようもない愚痴、恨み節を並べ立てたかと思えば、その舌の根も乾かぬうちに別の女への執着を語り、その女のつれなさを嘆き続ける。

語り手でもあり登場人物でもある雪岡がこの「手紙」をいったいどのようなつもりで書いているのか、誰もが疑問に感じざるを得ないだろうが、実は、作者である近松秋江（一八七六－一九四四）という実在の人物も、彼自身の「別れた妻」であった大貫ますに去られ、その後、ひとりの女をめぐって正宗白鳥と鞘当てを繰り広げていた。「時々雑誌を借りて、お前に手紙を書く」（「疑惑」）という自己言及を含むこの一連の「別れた妻もの」作品群は、雪岡の「手紙」であるだけでなく、秋江自身の「手紙」でもあった、ということになる。

しかし、フィクショナルな創意の介在しない実生活の記録、としてこれを理解することも、実は難しい。待合の女に与えられた「お宮」という名前は、もちろん尾崎紅葉「金色夜叉」を想起させ、作中の雪岡とお宮は自らその登場人物に自分たちをなぞらえてもいる。白鳥をはじめとした当時の秋江をめぐる人々の証言に照らして、むしろ彼らがコキュ（妻を寝取られた男）の物語の枠組みに即すように、雪岡、あるいは長田の役回りを、それぞれの実生活において演じていた、という可能性も指摘されている。内面の赤裸々な表白、という後の日本近代小説に定番化するモードがまだそれほど強固に確立、共有されていなかった時代にあって、創作におけるイマジネーションの欠落を補うために、既成の物語の力を借りながら、自己を語る枠組みを設定した、という見立ては、すでに『文壇無駄話』（一九一〇）を刊行し、評論家、文芸記者としての活動も始めながら、一方では「書けない」小説家ともみなされつつあった当時の秋江の状況に照らすならば、一定の説得力を持っている。秋江は小説における脚色をことのほか嫌っていたが、彼の実生活は小説によって脚色されていたかもしれない。

赤木桁平によって、自然主義文学とは異なり「人生に対する真面目な懐疑と苦悶との洗礼によつて見出された最後の誠実なる「信仰」を告白するものではな」い、「芸術的価値の著しく希薄」な「遊蕩文学」の代表として、秋江の作品が厳しく批判された（「「遊蕩文学」の撲滅」『読売新聞』一九一六・八・六－八）という経緯は、文学史上の事件としてよく知られている。言い換えれば、彼の作品は、事実に基づく作品でありながらも、その実、どこかで虚構と戯れる不真面目さを持つものとして、文学的価値を疑われる側面を有していた、ということになるだろう。

しかしここでは、この「手紙」が、いわば事実と虚構との境目を縫うように流れていくそのあり方にこそ注目しておきたい。というのも、我々が普段書き送る「手紙」も、こうした不確かさと全く縁がない、とは到底言えないからだ。

小説の意図的な書き手ではない我々は、できるだけ書き手の真情が精確に伝わるよう「手紙」の記述に意を尽くす。そのためには、読み手を誤りなく認識し、「手紙」が相手にどう受け止められるかも周到に考慮に入れねばならない。

しかしもちろん、そのような精確さは基本的に不可能の領域にある。どれだけ正直に書こうとも、書き終えた文章が自分の考えていたはずのこととはまるで異なるシロモノになっていた、ということはざらで、むしろ、書くことそれ自体によって別の考えや認識に囚われてしまうことすらしばしばある。また、自分の書いた言葉を受け取る者の状況や読み方を制御することなど、我々には決してできない。「疑惑」にも、自らが送った手紙を眼前で読み上げられ強烈にやり込められる雪岡の姿が描かれる。

　では、我々はそうした伝達不可能性を踏まえて「手紙」を書き、読んでいるのかといえば、実際はまるでその逆だろう。「手紙」の中に、これまで決して知ることのなかった決定的な真情を見つけ、深く感動し、あるいは激しく憤る。そうした感情が、読み手と書き手との間柄に、場所と時間を共にした多くの経験を凌駕する劇的な変化をもたらすこともしばしばある。結局のところ、「手紙」によって生み出される虚構的な真情は、誰にも予期できない、しかし決して変更も効かない、新たな事実となるほかない。しかし、こうした矛盾、常につきまとう不確かさにもかかわらず、雪岡を含む我々は、「手紙」をそれでも書き送り続けるだろう。

　近代書簡体小説の金字塔としての本作が示したのは、虚構と事実とのあいだの本質的な不確かさであり、そのような不確かさから自由ではないという、我々の生の条件でもある。後に『こころ』（一九一四）を書くことになる夏目漱石が、秋江からこの物語の顛末を直接聞いて強い興味を抱き、本作を読んでいた、というのも興味深いエピソードに思われよう。

（森岡卓司）

＊引用は『近松秋江全集　第一巻』（八木書店、一九九二）。

参考文献

・大杉重男「人生の配達人――近松秋江『別れたる妻に送る手紙』三部作について」（『論樹』一九九六・九）
・山本芳明「近松秋江「別れたる妻に送る手紙」論――非力な作家の誕生」（『学習院大学文学部研究年報』二〇一四・三）

作品紹介

有島武郎『或る女』

＊初出：前編（原題「或る女のグリンプス」）＝『白樺』一九一一（明治四四）年一月－一九一三（大正二）年三月→大幅な改稿を経て『有島武郎著作集』第八集（叢文閣、一九一九（大正八）・三）後編＝『有島武郎著作集』第九集（叢文閣、一九一九（大正八）・六）

暫《しば》らくしてから葉子は顔を上げたが、涙は少しも眼に溜《たま》ってはいなかった。そしていとしい弟でもいたわるように布団から立ち上りざま、

「済みませんでした事、義一さん、あなた御飯はまだでしたのね」

と云いながら、腹の痛むのを堪《こら》えるような姿で古藤の前を通りぬけた。湯でほんのりと赤らんだ素足に古藤の眼が鋭くちらっと宿ったのを感じながら、障子を細目に開けて手をならした。

葉子はその晩不思議に悪魔じみた誘惑を古藤に感じた。童貞で無経験で恋の戯《たわむ》れには何んの面白味もなさそうな古藤、木村に対してと云わず、友達に対して堅苦しい義務観念の強い古藤、そう云う男に対して葉子は今まで何《な》んの興味をも感じなかったばかりか、働きのない没情漢《わからずや》と見限って、口先きばかりで人間並みのあしらいをしていたのだ。然しその晩葉子はこの少年のような心を持って肉の熟した古藤に罪を犯させて見たくって堪らなくなった。一夜の中《うち》に木村とは顔も合わせる事の出来ない人間にして見たくって堪らなくなった。古藤の童貞を破る手を他の女に任せるのが妬《ねた》ましくて堪らなくなった。幾枚も皮を被《かぶ》った古藤の心のどん底に隠れている慾念《よくねん》を葉子の蠱惑力《チャーム》で掘起《ほりおこ》して見たくって堪らなくなった。

【概要】

早月《さつき》葉子は作家の木部孤筇《きべこきょう》と家族の反対を押し切って結婚したが、二ヶ月で別れた。その後、木部との娘・定子を秘かに出産し、乳母の家に預けた。両親の没後、葉子は実業家の木村貞一と結婚するため、彼が暮らすアメリカに船で向かう。渡航準備から見送りまでは、木村の学生時代の後輩・古藤義一が付き添った。葉子は船内で、野性的な船の事務長・倉地に抗いがたい魅力をおぼえ、関係を持つ。アメリカに着いた葉子は木村のもとに行かず、病気を口実にして倉地とともに日本へ帰国する。

葉子と倉地は二人での生活を始めるが、新聞にスキャンダラスに報じられてしまう。倉地は解雇され、葉子は親族から縁を切られる。二人は木村を騙し、彼からの送金によって暮らすが、倉地の仕事が見つからず困窮していく。一方、葉子は倉地に飽きられているのではないかと恐れるようになる。その後、葉子は子宮の病や倉地に対する猜疑心、美しく成長する妹の愛子と貞世への嫉妬などに悩むあまり、徐々に妄想に支配されていく。狂気に陥り貞世と倉地に暴力をふるった葉子は、医師に勧められるままに入院し、子宮の手術を受ける。既に倉地に去られ、愛子や知人たちにも距離を取られるなか、予後不良に陥った葉子は、病室で痛みを訴え続ける。

【読みどころ】

『或る女』は、有島武郎と白樺派との関係において、「武者小路や志賀にはみられない客観的な構図の中に、新しい個人、ここではとくに女性と社会との相剋の悲劇をくりひろげることで、かれをまさしく「白樺」の枠を越えたともいえるこの派の（志賀直哉に加えて―引用者注）もう一人の代表的作家たらしめ」（猪野謙二）た、「自然主義文学の実現できなかった性格と社会との葛藤を、武郎自身の生命論的藝術観から本格的に構築した近代日本文学の記念碑的作品」（瀬沼茂樹）などと評されてきた。

猪野も指摘しているように、この作品には女性と社会との関係が描かれている。特に、社会の構造から生起する抑圧に自覚的でありながら、その桎梏から逃れられずに破滅してゆくヒロインが描かれていることもあり、ジェンダー批評やフェミニズム批評の観点から論じられることも多い。その際、女性の演技性、見る／見られるという視線をめぐるドラマなどが論点になる。

引用した場面は、全四九節から成る『或る女』の中の第五節である。物語の序盤で、葉子はまだアメリカ行きの船に乗ってもいない。彼女と古藤が渡航準備を進めている場面だ。ここには、以後大きなスケールとイメージ喚起力の豊かな筆致をもって展開されるこの小説における、重要な要素が複数織り込まれ、潜んでいる。いわば伏線のようなものも示されているのだが、何がそれに該当するかは、作品全体を読んでから改めて考察することをお勧めしたい。

この場面から読み取れることを考えてみよう。前提として付け足さねばならないのは、葉子は木村と亡母が葉子の意志と関係なく結婚を決めたことに、違和感を覚えていることだ。それを古藤に切々と訴え、木村が葉子欲しさに亡母と謀ったかのように経緯を語り聞かせる。古藤は「木村はそんな人間じゃありませんよ」とだけ言って黙ってしまう。それに続くのが引用部分である。

先行研究の傾向と重ねると、ここにも演技性や特徴的な視線が浮上している。たとえば、「涙は少しも眼に溜ってはいなかった」という葉子の外見描写は、直前まで展開されていた葉子の語りによる結婚の悲劇とは落差があり、彼女の語りのいかがわしさを確定するような効果がある。また、「湯でほんのりと赤らんだ（葉子の――引用者注）素足に古藤の眼が鋭くちらっと宿ったのを感じながら」という部分は、スリリングな視線のドラマが短い中で展開される、この小説らしい緊密な描写だ。一読すると、湯上りの葉子の素足（素肌）に古藤が興味を惹かれているかのように見えるが、注意したいのは「感じ」たのは誰かということである。もちろん、それは葉子だ。実は、古藤が葉子に欲望を覚えたのか、本当のところは分からない。しかし、葉子は自分が欲望されるに相応しい主体なのだと疑わず、古藤を誘惑しようと目論む。「蠱惑力《チャーム》」という言葉は『或る女』に独特のもので、演技性と視線の両方に関わるキーワードである。

さらに、ここでは「いとしい弟でもいたわるように」という表現に注目したい。これ以降、葉子は古藤のことを子どもや弟に繰り返し喩えていく。小説の後半、帰国した葉子が零落していく過程で、古藤の存在感はいよいよ増す。一方で、後半での古藤はかつての書生姿とは異なっていた。彼は兵役に就いていて、軍服をまとい、兵営に暮らしていた。「前の古藤の声とは思われぬような大人びた黒ずんだ声」を出すようになった彼を、葉子が「手硬《てごわ》くなっている」ものの、「そこを自分の才力で丸める」ことができると思う場面がある（第三四節）。しかし、堕落した葉子に「あなたは気の毒な人です」と言い放つ古藤は、「胡魔化しの利かない強い力を持った一人の純潔な青年」という聖性を帯び、彼女の生活を崩壊させるかのような危惧と恐怖を与えた（第四一節）。すなわち、葉子の悲劇とは徹頭徹尾、古藤を見誤ってきたことによって量ることができるのである。そうであるならば、おそらく死を迎えるであろう葉子が、人生の終わりに倉地や愛子、貞世ではなく、古藤を求めるという結末も、小説の構造の面から評価できる。それだけ、『或る女』において古藤という青年は重い役割を担っている。

なお、『或る女』に登場する主要人物にはモデルがあることが知られており、葉子は国木田独歩の婚約者だった佐々城信子、古藤は、有島本人だと言われている。信子は一九四九年まで生きた。

（尾崎名津子）

＊『有島武郎全集　第四巻』（筑摩書房、一九七九）、『或る女』（新潮文庫、初版一九九五）ほか所収。引用は新潮文庫に拠る。

参考文献

・猪野謙二「明治文学史」（『日本現代文学全集別巻　日本現代文学史（一）』講談社、一九七九）
・瀬沼茂樹「大正文学史」（『日本現代文学全集別巻　日本現代文学史（二）』講談社、一九七九）
・中山和子、江種満子編『総力討論――ジェンダーで読む『或る女』』（翰林書房、一九九七）

コラム

4 ― 唱歌と民謡

小説の中で様々な来歴を持つ登場人物たちが交わすやりとりには、現実社会における言葉・声・身体をめぐる環境が刻まれている。泉鏡花『草迷宮』（一九〇八）の主人公は幼い頃に亡母が歌ってくれた手毬唄の歌詞を思い出すために全国を旅している学生だが、いまは葉山の海岸近くに逗留している。その周囲を童謡「通りゃんせ」を替え歌にして奔放に練り歩く村の子どもたちに対して大人たちは「活溌な唱歌を唄え」と眉を顰め、学校で教師が授ける「理の詰んだ歌」を信頼している。

いわゆる文部省唱歌は、『尋常小学読本唱歌』（一九一〇）に始まり、一九四五年まで教科書に掲載されていった楽曲を指すとされる。まず読本の教科書に掲載された詩に旋律を付けるところから始まり、作詞作曲者は明記されず、あくまでも国による著作として用いられた。五線譜付きの唱歌集としては『小学唱歌集』全三冊（一八八一―八四）と『小学唱歌』全六冊（一八九二―九三）がある。「蛍の光」や「あおげば尊し」など、御雇外国人教師L・W・メーソンによって持ち込まれた西洋楽曲に詞を付けた和洋折衷の歌を端緒として、「本邦固有の童謡」も含む古今東西の作曲が採用されたが、その理念は教育勅語に則って「徳性ヲ涵養スル」というものだった。

またもうひとつの前史として、高等小学校用の軍歌集として文部省が編纂した『戦争唱歌』二編（一九〇四―〇五）と『凱旋』（一九〇五）が挙げられる。日露戦争に際して児童の志気を鼓舞し将来の国民を育成しようとしたものだが、日清戦争以前にも「運動歌」「体操歌」と称した唱歌集が出版されていたことも注目される。

こうした事態に関わって、遊び歩く子どもたちの歌声に耳を傾けて共感する主人公に対して村人が冷淡に応じる場面がある。「何《あに》お前様《めえさま》、学校で体操するだ。おたま杓子で球をすくって、ひるてんの飛っこをすればちゅッて、手毬なんか突きっこねえ」と釈明めく意図は、「手毬」では村の恥だから「テニス」と言いたいのである。方言風の言い回しにも面白さのある本作にあって、村人たちは都市から各地を経由して訪れたよそ者である主人公のことも「軍歌でもやるならまだの事、子守や手毬唄なんかひねくる様な奴」と不審がっている。音楽や体育などの教科も富国強兵のイデオロギーとともにあったという社会背景が、ここにも影を落としているのである。

小説全体としては唱歌と対照的な民謡の響きの方が印象的だが、どちらも無名・匿名の歌という共通点も興味深い。同時代に民謡収集が盛行していたことが指摘されており、『諸国童謡大全』(一九〇九)に鏡花は序文を寄せて「山の観るべきなく、水の賞すべきなく、風俗の探るべきなき、僻土寒村の一落と雖も、凡そ人住んで、童謡俚歌の聞くべきものあらざるなし」と記している。他にも類書が刊行されているが、いずれも多様な方言を含む地方の固有性が体系的に記録されている。

「民謡」はドイツ語「Volkslied」の訳語として志田義秀「日本民謡概論」(一九〇六)に用いられたものだが、この前後にもラフカディオ・ハーン(小泉八雲)や森鷗外、上田敏らが民謡に注目している。自然発生的なものと想像される郷土色を重視するが、その目的や帰結は国民の文化というアイデンティティの形成にもあった。ヘルダー(一八世紀ドイツの思想家)による「Volks(民衆・民族)」と「Lied(歌)」の複合造語が英語「Folksong」に由来し、のちグリム兄弟の民話集にも影響を与えたことを踏まえると、日本の民謡集も世界の情勢や歴史と関わって成立しているという実態が改めて理解される。

約一〇〇〇ページに及ぶ『諸国童謡大全』の構成は北海道から西海道(九州)の諸国に加え琉球・台湾・韓国までを目次に収めて帝国の拡張を如実に示すが、他方で民謡というジャンルに付随する猥雑な表象を排さなかったために発禁処分となった。小説中で学校に信頼を寄せる村の大人たちの思考や行動は、こうした民謡の危うい両義性に即応している。唱歌と民謡、大人と子ども、公的なものと私的なものといった図式が、単に対立するだけでなく往々にして共犯関係を結ぶものだとすれば、幼年期の失われた記憶としての歌に母なる心の郷土を託して全国各地を探し求める主人公の旅姿もまた、当時の国民の一つの典型を示していると考え得るだろう。

言葉と音、あるいは声と身体をめぐる問題系としての「歌(唄)」という主題は、大正期には『赤い鳥』を嚆矢とするロマン的な子ども像や自由主義的な教育観に変奏され、昭和戦前期には軍国主義・全体主義のイデオロギーへと展開されていくことになる。

(野口哲也)

参考文献　品田悦一『万葉集の発明——国民国家と文化装置としての古典』(新曜社、二〇〇一)、坪井秀人『感覚の近代——声・身体・表象』(名古屋大学出版会、二〇〇六)、吉田昌志『泉鏡花素描』(和泉書院、二〇一六)、江﨑公子・澤崎眞彦編『唱歌大事典』(東京堂出版、二〇一七)

コラム

5　大杉栄とその周辺

大逆事件は言論界に「冬の時代」と呼ばれるほどの深刻な影響をもたらした。社会主義運動の中心にいた堺利彦・大杉栄・荒畑寒村らは、幸運にも獄中にいたことがアリバイとなって生き残った。時機を待とうとする堺に対して、大杉や荒畑は、時機はみずから作るものだと、安《やす》成貞《なりさだ》雄《お》・二郎兄弟を誘って文芸雑誌『近代思想』を創刊した。一九一二年一〇月のことである。

当時、時事に関する記事を掲載するためには、保証金——東京市内で月一回発行する場合は一千円——を事前に納めることが新聞紙法によって定められていた。だが、何を書いても発禁に処されて結果的に保証金を没収されることは目に見えていた。そこで大杉たちは、積極的に文学者たちと交流し、彼らとその読者たちの「意識」を変革することにねらいを定めたのである。

大杉の著名な文章「生の拡充」(『近代思想』一九一三・七)は、「実行に伴う観照がある」、「[反逆によってこそ]主観と客観が合致する」などと、アナキズム(Anarchism)の基本的な考え方〈直接行動〉の美学を説いている。この文章は、対象と距離をとって観察しようとする島村抱《ほう》月《げつ》らの自然主義文学論＝観照論の用語をたくみに転用したものだった。また、大杉の「鎖工場」(『近代思想』一九一三・九)は、自分が作った鎖を自分自身に巻き付け、その鎖をまた他人が体に巻き付けて——というエッセイとも小説ともつかない奇妙な話である。みずから鎖まみれとなって自分の頭で物事を考えない人間を大杉は批判した。既成の価値観や道徳にしばられた意識を変えたい。大杉たちは、抱月の弟子の相馬御風《ぎょふう》や、『白樺』派の武者小路実篤、詩人土岐哀歌らに期待を寄せた(やがてそれは失望に変わるのだが……)。

『近代思想』創刊号の挿絵——鎖を切る男の姿——は、後に国産アニメ『なまくら刀』(一九一七)を製作した幸《こう》内《うち》純一が描いている。また、後に浅草オペラの創始者の一人となる伊庭孝やハリウッドで活躍する俳優上山草人《かみやまそうじん》、築地小劇場を創設する小山内《おさない》薫らも寄稿した。雑誌は、新たな時代のアーティストたちを後押しする役割を果たした。一九一四年九月にいったん終刊した雑誌は、一五年一〇月–一六年一月に再刊された。この第二次『近代思想』からは宮島資夫《すけお》が出て、労働文学を代表する小説『坑夫』(一九一六)が近代思想社から刊行された。

『近代思想』廃刊後の一六年八月、『早稲田文学』の評論家本間久雄が「民衆芸術」を主張すると、その教化主義（上から目線）を安成貞雄が鋭く批判し、民衆芸術論争という大論争に発展する。詩人福田正夫らが詩誌『民衆』（一九一八－二一）を発行して、「民衆詩派」が台頭する一方で、大杉や安成たちと近い位置にいた大石七分《しちぶん》（大逆事件で殺された大石誠之助の甥で佐藤春夫「F.O.U」のモデル）が雑誌『民衆の芸術』（一九一八・七－一一）を発行するなど、民衆と芸術をめぐる議論が活発化した。論争はやがて中野秀人や平林初之輔らの「第四階級の文学」論を経て、プロレタリア文学の誕生へとつながる。

アナキスト大杉栄は、過激な言動で常にマスコミの目を引く存在だったが、一方では、エスペラントを含む語学の達人であり、親しみやすい文章や翻訳でも知られた。漫画家望月桂《かつら》との共著『漫文漫画』、パートナーである伊藤野枝との共著『乞食の名誉』、パリ密航の記録『日本脱出記』などである。また、ダーウィン『種の起源』、ロマン・ロラン『民衆芸術論』、クロポトキン『相互扶助論』『一革命家の思い出』などの翻訳も広く読まれた。

また、獄中でファーブルを読んだ大杉は、鋭い観察眼と文章の面白さに感銘を受けて『昆虫記』全一〇巻の全訳を志した。虫たちの生態に俗流ダーウィニズム――優勝劣敗説や社会進化論――を乗り越える生命観を見出そうとしていた形跡もある。『昆虫記』の他にも、ファーブルの科学読み物を出版社アルス（北原白秋の弟北原鉄雄が創業）から「ファブル科学知識叢書」として刊行した。大杉の他、伊藤野枝、安成二郎、安成四郎、宮島資夫、平野威馬雄《いまお》（歌手平野レミの父）、安谷寛一、平林初之輔、小牧近江らが訳者として名を連ねた。大杉はファーブル『昆虫記』を日本に広めた立役者なのだ。

大杉栄の活動の力点は政治運動・労働運動にあり、当時の日本の状況が、文芸領域での活動を余儀なくさせた。とはいえ、その生き生きとした文章は、今読んでも古めかしさを感じさせない。アナキズムと文学を架橋し、その両者を往復するようにして大杉は生き、書いた。その文学的活動もまたアナキズムの実践であった。いやむしろ、文学の根源にこそ、アナキズム的な自由への希求が存在しているというべきなのかもしれない。

――思想に自由あれ。しかしまた行為にも自由あれ。そして更にはまた動機にも自由あれ。（大杉栄「僕は精神が好きだ」『文明批評』一九一八・二）。

（**村田裕和**）

参考文献　『大杉栄評論集』（岩波文庫、一九九六）

第4部

世界大戦の戦間期

1920~1940

「機械」 満洲事変 検閲 「様々なる意匠」 石ころで
も入れておけ！ 「骸骨の舞跳」 「苦悶の象徴」
『赤と黒』 『文學界』 シェストフ的不安
「水晶幻想」 拡大する「文学」 こんな不完全な幻想第四次
の銀河鉄道なんか、どこまでも行ける筈でさあ 江戸川
乱歩 『コギト』 革命の芸術 「自動車の力動」 小
野十三郎 「歯車」 Modernism 私は頼まれて物を云う
ことに飽いた 『種蒔く人』 「日本三文オペラ」 変態心理
首都中央地点——日比谷 堀辰雄 「放浪記」
『辻馬車』 政治の優位性 「第七官界彷徨」 『マヴォ』 世
界恐慌 伏字 新感覚派 蜃気楼 未来派・ダダ・表現
主義 武田麟太郎 『山繭』 『文芸戦線』 批評とは
ついに己れの懐疑的
夢を語る事ではない
のか 『日本浪曼派』
無意識 『戦旗』 小
林秀雄 『青空』

1章　アヴァンギャルドからプロレタリア文学へ

――村田裕和

「アヴァンギャルド」Avant-gardeとは、既成の芸術を否定し大胆に変革しようとする実験的表現や先鋭的な芸術運動の総称である。軍事用語から転用され、政治的前衛（＝共産党）の意味でも使用されるようになり、さらに戦後は、アヴァンギャルドと言えば一般に芸術的前衛を意味するようになった。日本では、一九二〇年代の前衛芸術家――当時の呼称では新興芸術家――たちの一部が、アナキズムや共産主義に共鳴してプロレタリア芸術運動に加わり、政治的な前衛への道を歩み出した。ジャンルの壁を打ち壊し、「芸術」や「美」の既成概念を変革しようとする前衛芸術《アヴァンギャルド》は、芸術や文化を階級的な意識の表れと捉える社会主義的な文化理論と接続して、社会変革のための芸術、すなわち「革命の芸術」を志向したのである。

跳躍する機械、意味の否定――未来派・ダダ

未来派は、イタリアの詩人マリネッティらが一九〇九年に発表した「未来派宣言」に始まる。これを日本にいち早く紹介したのが森鷗外であった。宣言には、「銃口を出でし弾丸の如くはためきつつ飛び行く自働車はSamothrake《サモトラケ》の勝利女神より美なり」（森鷗外「椋鳥通信」『スバル』一九〇九・五）などとあり、速度や機械に美を見出す姿勢が鮮明に示されていた。

未来派は一九一〇年代後半から日本の洋画家たちにも広まり、一九二〇（大正九）年には、ウラジオストク経由でロシア未来派のブルリュークとパリモフが来日して展覧会が開催された。また同年一〇月には、「芸術の絶対の

自由」や「生命の流動」を主張する『第一回神原泰《かんぱらたい》宣言書』が公表された。未来派画家・詩人の神原は、詩「自動車の力動（後期立体詩）」（『新潮』一九一七・一〇）において「鈍角、鋭角、鋭角、鋭角、音／音の体積／運動の体積、光の欲望、光の感情」（／は改行を示す）と歌った。

一九二一年末には、詩人の平戸廉吉《ひらとれんきち》が、東京日比谷の街頭で「日本未来派宣言運動」と題する片面刷りのビラを撒いた。そこには、「図書館、美術館、アカデミーは、路上を滑る一自働車の響にも価しない」などと記されていた。発達する機械文明、変貌する近代都市、これらを記述する新たな共通言語が「未来派」であった。

ダダ（ダダイズム）は、第一次世界大戦さなかの一九一六年にスイスでトリスタン・ツァラたちによって開始された（チューリッヒ・ダダ）。言葉から「意味」を剥奪し、あらゆる価値観の破壊と否定を押し進めるダダは、ニヒリズムやアナキズムとも接続しつつ、世界各地へと広まった。日本では、高橋新吉・辻潤・吉行《よしゆき》エイスケたちがダダの表現者として知られている。高橋新吉は詩「断言はダダイスト」（『週刊日本』一九二二・九）を発表し、「ＤＡＤＡは一切を断言し否定する」と宣言した。これらの詩を収めた辻潤編『ダダイスト新吉の詩』（中央美術社、一九二三）に強い影響を受けた中原中也がいくつかのダダ詩を残している。

高橋新吉の詩「倦怠」（『シムーン』一九二二・四）は次のように始まる。「皿皿皿皿皿皿皿皿皿皿皿皿皿皿皿皿皿皿皿皿／倦怠／額に蚯蚓が這ふ情熱」。レストランでの労働体験をふまえた詩といわれているが、リアリズムとしてこれを読解することはダダ的ではない。皿は皿でありながら、過剰に重ねられることで、文字の意味性が否定され、人間の生を閉じ込める堅固な煉瓦塀のようにさえ見える。だが、文字から意味が完全に剥奪されるわけでもない。皿運びのホール係、あるいはそれを見ている厨房係、あるいは客。それらの視線の錯綜をこの詩に読み取ることも可能であろう。ダダは、意味の制度を解体するだけでなく、記号の多義性を解放する契機となった。ダダからアンドレ・ブルトンらのシュルレアリスム（超現実主義）が誕生したのは必然の流れであった。

植民地主義の夢と幻想――表現主義

表現主義は第一次世界大戦前後のドイツの混乱を背景として、人間存在の根源を問おうとする芸術の動向である。夢・狂気・幻想などの主観的表現を強調するという特徴がある。文学・美術・演劇に加え、『カリガリ博士』（一九二〇年）など映画の分野においても発展した。日本では、一九二四年に設立された築地小劇場の第一回公演でゲーリング作『海戦』が上演されるなど、演劇に大きな影響を与えた。

アヴァンギャルドの世界的同時代性を考える時、ヨーロッパにおける第一次世界大戦に相当するものが日本の場合は関東大震災であったという見立てが成り立つ。ただし、都市破壊の類似性だけが問題なのではない。重要なのは、日清・日露戦争以降、関東大震災にいたるまで続いてきた植民地主義的な戦争と暴力の連鎖の類縁性である。植民地や近隣諸国での過剰な暴力は、たとえば中西伊之助「不逞鮮人」（『改造』一九二二・九）に描かれたような逆襲恐怖を生み、それがまたさらに過剰な暴力を動機づける。そのようにして関東大震災直後、数千人ともいわれる朝鮮半島出身者が、警察・軍隊・一般市民による暴力によって無差別に殺害された。ここには朝鮮人と間違えられた日本人や中国人も数多く含まれていた。当時無名の演劇研究生だった伊藤圀夫《くにお》は、千駄ケ谷《せんだがや》で朝鮮人《コリアン》と間違われた経験を記憶に留めるため、千田是也《せんだこれや》と名乗り生涯演劇活動を続けた。

表現主義的作品の制作を積極的に試みた文学者のひとりは秋田雨雀《うじゃく》である。雨雀の戯曲「骸骨の舞跳」（『演劇新潮』一九二四・四）は、関東大震災後のジェノサイド（民族虐殺）を題材としている。

甲冑　乱暴なことをするな……己れが今調べて見るからな……おい、ゝゝゝゝゝゝゝゝゝゝ？　嘘を言つちや為にならねいぞ……〔ゝゝゝは伏字――引用者注〕

ある男　僕は日本人です……皆さんは何をするんです？

学　生　「ぼくは日本人です」……そんな日本人があるかへ？
甲　冑　静かにしな……お前の名は何んてんだへ？
ある男　僕は北村吉雄つて言んです……
自警団員は笑ふ。
甲　冑　ふむ。北村吉雄か……年は幾つだへ？
ある男　僕二十四歳です……
甲　冑　ふむ。何年生れだへ？
ある男　（非常に苦しむ。）僕……僕……僕……
自警団員一勢に笑ふ。

避難テントに乱入した甲冑や陣羽織姿の自警団員たちは、朝鮮人と思われる一人の男を問い詰める。男が答えに窮したのは、疑われたショックと恐怖のせいだったかもしれない。これほど単純な方法で人間が選別され、そしてたったそれだけの理由で殺されていく。ジェノサイドは遠い外国の出来事ではない。ここでは「学生」さえそうした狂気の側に立っていることにも注意したい。この後、ある「青年」が自警団員たちを「骸骨」に変えて踊らせる。この突飛で不可解な展開そのものが、ジェノサイドに対する秋田雨雀の大いなる怒りと戸惑いを表しているようだ。なお、〈踊る骸骨〉の表現は、ドイツ表現主義を代表するエルンスト・トラーの『転変』（一九一九、邦訳一九二二）などに触発された可能性が中沢弥（二〇〇三）によって指摘されている。

革命の芸術へ――『種蒔く人』『赤と黒』

第一次世界大戦を経て、国内の工業生産力が急速に拡大すると、労働者《プロレタリアート》と資本家《ブルジョワジー》の対立が激化し、農村では小作争議が多発した。プロレタリア文学・芸術はこうした世相を背景として広がり、一九三〇年代前半にかけて数多くの読者・観客を獲得した。

一九二一年二月に、小牧近江・金子洋文・今野賢三らが秋田県土崎港町で創刊した雑誌『種蒔く人』は、同年一〇月、東京に本拠地を移し、プロレタリア文学運動のもっとも中心的な雑誌へと成長した。東京版からは佐々木孝丸・村松正俊・柳瀬正夢《まさむ》・平林初之輔・青野季吉《すえきち》・中西伊之助・前田河《まえだこう》広一郎・山田清三郎らが加わった。フランスの作家アンリ・バルビュスが始めた反戦運動（クラルテ運動）や、第三インターナショナル（コミンテルン）の活動を日本に紹介する一方で、ロシア飢饉救済運動も展開した。

一方、アナキズムに近い立場の萩原恭次郎・壺井繁治・岡本潤・川崎長太郎が一九二三年一月に創刊したのが詩雑誌『赤と黒』である。表紙に「詩とは爆弾である！　詩人とは牢獄の固き壁と扉とに爆弾を投ずる黒き犯人である！」と印刷し、既成の価値観に対する強い反抗心を示した。赤色は共産主義（ボルシェビズム）、黒色は無政府主義（アナキズム）を象徴する色であり、タイトルはアナ・ボル混交の状勢を反映している。とはいえ、「黒き犯人」を自負するところに、彼らの思想傾向が示されていた。『赤と黒』は四号で休刊し、震災後に小野十三郎が加わって号外一冊を刊行して終わった。

アヴァンギャルド全盛期――『マヴォ』『死刑宣告』

関東大震災後のジェノサイドの嵐の中で、社会主義者たちも被害にあった。アナキストの大杉栄は、妻の伊藤野枝、甥の橘宗一《むねかず》とともに憲兵隊に虐殺された。亀戸署で殺された労働組合の活動家たちの中には、先駆的な労働者演劇を創始した平沢計七が含まれていた。震災によって休刊状態に陥った『種蒔く人』は、号外『種蒔き雑記』(一九二四・一)でこの亀戸事件を告発して最後の抵抗を見せた。

一九二五年には治安維持法が制定されるなど、政治的には反動期であったが、震災後の混乱が一種の祝祭空間をもたらし、自由で先鋭的な表現を許容したという側面も指摘できる。関東大震災から昭和改元(一九二六年末)にかけて、日本の前衛芸術《アヴァンギャルド》は全盛期を迎えた。

震災前に第一回展を開催していた美術家グループ「マヴォ」の同人たちは、一九二四年七月に雑誌『マヴォ』を創刊した。翌年にかけて七号刊行され、奇抜なデザインと先鋭的な表現によって同時代で群を抜くアヴァンギャルド雑誌となった。ドイツで表現主義やダダと出会って帰国し、後にプロレタリア演劇へと進んだ村山知義。未来派画家として出発し、後にプロレタリア美術家・漫画家として活躍した柳瀬正夢。版画の一種リノカットで知られ、前衛的なパフォーマンスもおこなった岡田龍夫。後に田河水泡と名乗って漫画『のらくろ』シリーズを執筆することになる高見沢路直などがここに集った。

『赤と黒』の萩原恭次郎も第五号から『マヴォ』に参加した。早世した平戸廉吉から未来派的詩風を受け継いだが、しかし、恭次郎の詩には「馘首」や「自殺」あるいは「爆弾」のイメージがあふれており、ダダ的な否定や虚無の要素も感じられる。次の詩は第一詩集『死刑宣告』(長隆舎、一九二五)に収録された詩「日比谷」の冒頭である。

強烈な四角
　鎖と鉄火と術策
　　軍隊と貴金と勲章と名誉
高く　高く　高く　高く　高く　高く聳える

首都中央地点――日比谷

屈折した空間
　無限の陥穽と埋没
　新しい智識使役人夫の墓地
高く　高く　高く　高く　高く　より高く　より高く
　高い建築と建築の暗間
　　殺戮と虐使と嚙争

日比谷交差点の南西には日比谷公園、北西には宮城（皇居）があり、震災前は北東方向に警視庁・帝国劇場・東京會舘がそびえていた。また、南東方向には帝国ホテル、華族会館（旧鹿鳴館）、日本勧業銀行などが並んでいた。日比谷は日本の権力機構の象徴的中心点であった。ただし、ここで表現されている四角や高さもまた単純な写生ではないだろう。詩の後半では、「虚無な笑ひ」を浮かべて歩く男の視点が示され、日比谷の〈谷〉の深さもまた強調されている。恭次郎にとって前衛芸術《アヴァンギャルド》は、「智識使役人夫《インテリゲンチャ》」の階級的没落を象徴する表現様式であったが、一方では、プロレタリアート自身が新たな芸術表現を獲得していくための出発点でもあった。芸術の革命と革命の芸術は限りなく接近していたのである。

政治の優位性――『文芸戦線』『戦旗』

一九二四年六月、『種蒔く人』旧同人が中心となって『文芸戦線』が創刊された。『文芸戦線』は、「芸術上の共同戦線」を綱領に掲げ、プロレタリア文学運動の機関誌的役割を担った。「各個人の思想及行動は自由」とされており、前衛芸術家たちも続々とプロレタリア文学・芸術運動に参入した（当時は、プロレタリア芸術家たちが「前衛芸術家」と自称した）。だが一九二四年から二五年にかけて、ソビエトではアヴァンギャルド容認派のトロツキーが失脚し、スターリン体制が急速に確立されつつあった。

一九二六年九月に、文芸理論家の青野季吉が「自然生長と目的意識」（『文芸戦線』）を発表し、プロレタリア文学は階級闘争という目的を自覚するための意識的な運動であるべきだと主張した。同年一一月には非マルクス主義者が日本プロレタリア文芸聯盟《れんめい》（二五年一二月創立）から排除され、共同戦線の時代が終わった。アヴァンギャルドの熱気は急速に冷め、村山知義や柳瀬正夢ら一部を除き、共産主義系のプロレタリア文学・芸術運動から離れていった。萩原恭次郎らアナキズム系の文学者たちも袂を分かった。

一九二七年には、より純粋な共産主義者を結晶化するべきだとする福本和夫の考え（福本主義）が支配的となり、その影響を受けたマルクス主義芸術研究会のメンバーたち（林房雄・久板栄二郎・鹿地亘・中野重治・川口浩ら）が日本プロレタリア芸術聯盟（二六年一一月創立）の主導権を握った。一年にわたる離合集散を経て、『文芸戦線』を機関誌とする労農芸術家聯盟（二七年六月創立、文戦派）と、『戦旗』（一九二八・五創刊）を機関誌とする全日本無産者芸術聯盟（二八年三月創立、ナップ）という二つの団体ができあがった。前者は社会民主主義的な合法無産政党を支持するグループ、後者は非合法の日本共産党とコミンテルンを支持するグループであった。ナップは「政治の優位性」という考え方のもと、教条的な文芸理論で作家を縛った。そうした指導理論にもっとも忠実な作家の一人であった小林多喜二は非合法活動に入り、一九三三年二月二〇日に逮捕、虐殺された。

労働・ジェンダー・植民地

プロレタリア文学といえば、葉山嘉樹『海に生くる人々』（改造社、一九二六）、小林多喜二『蟹工船』（戦旗社、一九二九）（第4部作品紹介参照）のようにストライキを描いた長篇小説が思い浮かぶ。読者に勇気を与えたり、階級闘争を促したりする役割を果たした。また、徳永直『太陽のない街』（戦旗社、一九二九）は舞台化されて大当たりし、貴司山治『ゴー・ストップ』（中央公論社、一九三〇）は新聞連載時から読者の絶大な支持を得た。

一方で、立ち上がらない労働者、立ち上がれない人々を描いた短篇にも佳作がある。葉山嘉樹「セメント樽の中の手紙」（『文芸戦線』一九二六・一）では、セメント樽から出てきた手紙を読んだ松戸与三が、「何もかも打ち壊して見てえなあ」と怒鳴るが、七人目の子供を身籠もっている「細君」にたしなめられる。自暴自棄の放火や暴動を思いとどまるところから労働者たちの本当の闘いが始まるだろう。脚気の母乳を与えてはいけないことを知りながら子供に与えてしまう平林たい子「施療室にて」（『文芸戦線』一九二七・九）は、貧困に加え、運動とジェンダー役割の複合的な抑圧が母親を追いつめていく様子を措いている。母親の行動に、やむにやまれぬものであるが、それに対して、声を挙げることすらできない乳児は誰の（何の）犠牲になったのか。中野重治「交番前」（『プロレタリア芸術』一九二七・一二）は、巡査と労働者の緊張関係をはらんだ街頭での対峙を描き、労働者とその周囲の群集が権力に屈する瞬間の微妙な心理を捉えている。権力が秩序を維持するための暴力（軍隊・警察）を独占していることに対して、新たな秩序を生み出すための暴力（直接行動）はどのようにすれば発揮できるのだろう。窪川いね子（佐多稲子）「キャラメル工場から」（『プロレタリア芸術』一九二八・二）は、児童労働を扱っている。家庭や学校の誰一人として、小学五年生の少女を労働から守るために立ち上がろうとしない。むしろ学校は〈競争する人間〉〈労働する人間〉を生産する装置として工場へと接続している。

他にも、シベリアの村を焼き払い民間人を銃撃する日本軍を描いた黒島伝治「パルチザン・ウォルコフ」（『文芸戦線』一九二八・一〇）、昭和天皇即位の儀式（御大典）の為に帰国させられる朝鮮人たちに向けて歌われた中野重治の詩「雨の降る品川駅」（『改造』一九二九・二）、中国の鉄道ストライキを扱った村山知義の戯曲「暴力団記」（『戦旗』一九二九・七）、日本の権益拡張のための捨て駒のように扱われる朝鮮人農民を描いた伊藤永之介「万宝山」（『改造』一九三一・一〇）など、日本の戦争や植民地支配に目を向けさせる作品も多数ある。

ただし、作品に描かれた出来事を批判的に捉えることも必要である。とりわけ、運動そのものが男性中心主義的であったことには留意すべきであろう。病で横たわる女性を「殉教者」とみなす葉山嘉樹「淫売婦」（『文芸戦線』一九二五・一一）、「自然の衝動」（性欲）を克服することを「新興階級の美徳」と女性視点人物に語らせる片岡鉄兵「愛情の問題」（『改造』一九三一・一）、軍需工場でのオルグ（組織化）に従事し、運動のために偽装結婚する小林多喜二の遺作「党生活者」（『中央公論』一九三三・四、五）などが議論を呼んできた。

苛烈な弾圧を受けて、一九三三年から三四年にかけて、プロレタリア文学・芸術運動の団体は次々と活動を停止する。共産主義を放棄することを約束させられた作家たちは「転向作家」と呼ばれ、その文学は「転向文学」と称された。島木健作「癩」（『文学評論』一九三四・四）、村山知義「白夜」（『中央公論』一九三四・五）、中野重治「村の家」（『経済往来』一九三五・五）などである。こうした時代の中で詩人の小熊秀雄が「饒舌」と「諷刺」を武器に『小熊秀雄詩集』『飛ぶ橇』（一九三五）を刊行するなどして奮闘したが、一九四〇年に結核によって亡くなった。

参考文献

・『日本プロレタリア文学集』全四〇巻・別巻一（新日本出版社、一九八四－八八）
・中沢弥「〈死の舞踏〉を踊る人々――秋田雨雀と表現主義演劇」（『湘南国際女子短期大学紀要』二〇〇三・二）
・岩本憲児編『村山知義　劇的尖端』（森話社、二〇一六）
・飯田祐子・中谷いずみ・笹尾佳代編著『プロレタリア文学とジェンダー』（青弓社、二〇二二）
・種蒔く人顕彰会編『『種蒔く人』の射程――一〇〇年の時空を超えて』（秋田魁新報社、二〇二二）

2章　モダニズム文学と都市文化

―― 仁平政人

「新感覚派」とモダニズム文学

第一次世界大戦を経た一九二〇年前後から、産業構造の変化とともに地方から都市への人口流入が進み、東京や大阪の巨大都市化が進行する。特に東京は、一九二三年九月一日の関東大震災により壊滅的な被害を受けながらも、その後の急速な「帝都復興」によって、ビルディングが建ち並ぶ近代的な都市として生まれ変わる。また震災後には、活動写真（映画）の隆盛や、出版メディアの発達、ラジオ放送の開始といったメディア環境の変容や、電車や自動車・飛行機といった交通テクノロジーの発達など、様々な変化も急速に進行している。これらは人々の生活スタイルだけでなく、感性のあり方にも変化をもたらしている。

このような状況は、同時代に紹介・受容されていたアヴァンギャルド芸術（第4部第1章）からの刺激とあわせて、既成の文学とは異なる新たな表現を追求する「モダニズム文学」の流れとつながりを有している。

その代表的な例として挙げられるのが、一九二四年一〇月に横光利一、川端康成、中河与一、片岡鉄兵など、新鋭の作家たちにより創刊された雑誌『文芸時代』である。創刊号で川端康成は、「我々の責務は文壇に於ける文芸を新しくし、更に進んで、人生に於ける文芸を、或は芸術意識を本源的に、新しくすることであらなければならない」（「「文芸時代」創刊の辞」）と主張している。ここには、既存の文学を変革し、新たな文学を生み出そうとする意志が鮮明に示されている。この『文芸時代』の活動は、創刊号に掲載された横光の小説「頭ならびに腹」の冒頭部――「真昼である。特別急行列車は満員のまま全速力で馳けていた。沿線の小駅は石のように黙殺された」

――のインパクトとあわせて広く注目を集め、毀誉褒貶を受けることとなった。

『文芸時代』に集まった作家たちは、批評家・千葉亀雄の評論（「新感覚派の誕生」『世紀』一九二三・一一）をもとに、「新感覚派」と呼ばれるようになる。ただし、「新感覚派」の作家たちは、共通の思想や作風を持っていたわけではない。例えば、横光は「日輪」（『新小説』一九二三・五）、「蠅」（『文芸春秋』一九二三・五）で作家として出発して以降、人間と他の諸事物を同列化するレトリック（擬人法・擬物法）を活用し、人や事物が関係性のなかで偶発的に変化するありようを多様に描いている。それに対して、川端は、世界を一元的・流動的に捉える認識論的な立場に立つとともに、連想を重視する方法を通して新しい表現の追求を試みている。川端の前衛的な試みを代表する小説としては「青い海黒い海」（『文芸時代』一九二五・八）が挙げられる。他にも、通常の遠近法が解体された世界で、人間と天体とがスラップスティック的なやり取りを繰り広げる小品集「一千一秒物語」（金星堂、一九二三）で出発した稲垣足穂など、「新感覚派」における新たな表現の追求は多様な方向性を持っていた。

ところで、日本文学史において「モダニズム」という概念は、複数の意味を有している。ここまで見てきたように、「モダニズム文学」は狭義には、既成の芸術とは異なる新しい表現を生み出そうとする革新的・前衛的な文学動向を指す。他方、昭和初年代においては、「モダニズム」という言葉が都市の新たな風俗文化や、それを表現する文学を表す言葉として用いられていた。これらの「モダニズム」は含意や性格に違いがあり、単純に重ねることはできない。だが、「新感覚派」やそれ以降のモダニスト的な作家が、しばしば新たな都市の文化・風俗を素材として前衛的な表現を試みているように、これらが深く関わる側面を持つことも確かである。

モダン都市の文化と表現

一九二〇・三〇年代の都市の風俗文化と文学との関わりに目を向けよう。この時代には、新たに勃興した新中間層（サラリーマンなど）を担い手として、ハリウッド映画やジャズ、スポーツ、自動車、デパートなどに象徴される生活様式・消費文化が東京・大阪などの大都市において成立する。そうした文化・風俗の状況は、幅広い世代・立場の文学者によって、様々な形で作品に取り入れられていく。例えば、百貨店・デパートは、商品を陳列・販売する場であるだけでなく、人間の身体そのものが視線の対象（見世物／商品）となる空間として、横光利一「七階の運動」（『文芸時代』一九二七・九）や伊藤整「M百貨店」（『新科学的文芸』一九三一・五）などに描かれ、また吉行エイスケ「女百貨店」（『近代生活』一九三〇・二）では、都市そのものが百貨店のメタファーで語られる。

また、百貨店やカフェの建ち並ぶ銀座は、関東大震災後の東京を代表する盛り場となり、「銀ぶら」（銀座をブラブラ歩くこと）は多くの文学者により語られている。中でも龍胆寺雄は、銀座の「飾窓」（ショーウィンドウ）の飾り付けを仕事とする青年を中心に、都市を浮遊し享楽的に生きる若者たちを描いた「放浪時代」（『改造』一九二八・四）などによって、都市風俗文化の表現者として一世を風靡する。また、こうした都市の経験は、しばしば今・ここの現実を超えた幻想や、科学小説的な想像力にもつながっている。

もっとも、モダン都市の経験は、必ずしも魅力的なものとして描かれるわけではない。例えば、梶井基次郎の小説「冬の日」（『青空』一九二七・二、四）では、肺を患う男が目的もなく銀座に足を運び、「何をしに自分は銀座へ来るのだろう」と自問しながら、華やかな街を歩き回る姿が描かれている。より興味深い例として、芥川龍之介の遺作「歯車」（『文芸春秋』一九二七・一〇）に目を向けてみよう。東京のホテルに滞在している「僕」は銀座通りをたびたび訪れ、「飾り窓」を眺めて歩き、また書店やカフェに立ち寄る。だが、精神的に追い詰められている「僕」にとって、出会う事物や言葉は本来の文脈から離れて断片化し、「不吉」な意味を持つものに変わってしまう。

…僕は愈不快になり、硝子戸の向うのテエブルの上に林檎やバナナを盛ったのを見たまま、もう一度往来へ出ることにした。すると会社員らしい男が二人何か快活にしゃべりながら、このビルディングへはいる為に僕の肩をこすって行った。彼等の一人はその拍子に「イライラしてね」と言ったらしかった。

僕は往来に佇んだなり、タクシイの通るのを待ち合せていた。タクシイは容易に通らなかった。のみならずたまに通ったのは必ず黄いろい車だった。（この黄いろいタクシイはなぜか僕に交通事故の面倒をかけるのを常としていた。）そのうちに僕は縁起の好い緑いろの車を見つけ、兎に角青山の墓地に近い精神病院へ出かけることにした。

「イライラする、——tantalizing——Tantalus——Inferno……」

タンタルスは実際硝子戸越しに果物を眺めた僕自身だった。僕は二度も僕の目に浮かんだダンテの地獄を詛《のろ》いながら、じっと運転手の背中を眺めていた。そのうちに又あらゆるものの嘘であることを感じ出した。


このように「歯車」では、精神を失調した語り手の感受性を通して、「銀ぶら」的な都市の彷徨が一種の「地獄巡り」のように描き出されている。この小説は単に晩年の作家の精神を映し出しているだけでなく、病んだ感性により常識的な都市イメージを異化している点において、モダニズム文学的な性格を持っていたと見ることができるだろう。

語られる女性／語る女性

一九二〇年代の日本を特徴づけることの一つとして、女性の社会進出が挙げられる。大正末－昭和初期にかけて、資本主義の高度化と不況を背景に、都市部において、バスの車掌や事務員、デパートの店員、カフェの女給など、女性の職業が様々な領域に広がっていく。それに伴い、短く切った髪（断髪）で洋服を身にまとい、都市を闊歩する女性を典型的なイメージとして、現代的な生活様式や考え方・感性を持つ女性を指す「モダンガール

（モガ）」という言葉が流行する。モダンガールは都市文化の先端的な存在と目され、肯定・否定の双方を交えて多くの論者たちにより語られ、小説の中でも様々に描かれていく。

こうした状況下で話題となった小説の一つに、谷崎潤一郎『痴人の愛』（『大阪朝日新聞』一九二四・三－六、『女性』一九二四・一一－一九二五・七）がある。「模範的なサラリー・マン」であった河合譲治は、カフェの女給見習いであった少女ナオミを引き取り、自分好みの女性に育てようとする。だが、ナオミは譲治の理想とは異なる方向に成長し、やがて譲治はナオミにより翻弄され、彼女により逆に「教育」されることとなる……。西洋的な容姿を持ち、男に服従することなく奔放にふるまうナオミの姿は、作中に多く取り入れられた都市風俗的な要素ともあわせてモダンガールの典型のように受け取られ、ナオミのような言動を指す「ナオミズム」という言葉も流行する。

他方で、この時期には、女性作家たちの活動も大きな存在感を示すようになる。一九二八年七月には、長谷川時雨の主宰で女性作家の育成、女性の社会進出を目的とする文芸誌『女人芸術』が創刊され、望月百合子、神近市子、真杉静江、平林たい子、中本たか子、窪川（佐多）稲子、生田花世、平塚らいてう、上田（円地）文子、太田洋子、林芙美子、尾崎翠など、幅広い書き手が参加している。林芙美子が同誌に連載した『放浪記』は、一九三〇年に単行本が刊行されるやベストセラーとなる。

「何でもない事だわ。」私はあさましい姿を白々と電気の下に晒して、そのウイスキーを十杯けろりと呑み干してしまった。キンキラ坊主は呆然と私を見ていたけれども、負けおしみくさい笑いを浮べて、おうように消えてしまった。喜んだのはカフエーの主人ばかりだ。へえへえ、一杯一円のキング・オブを十杯もあの娘が呑んでくれたんですからね……ペッペッペッと吐きだしそうになってくる。――眼が燃える。誰も彼も憎らしい奴ばかりなり。ああ私は貞操のない女でございます。一ツ裸踊りでもしてお目にかけましょうか、お上品なお方達よ、眉をひそめて、星よ月よ花よか！　私は野そだち、誰にも世話にならないで生きて行こうと思えば、オイオイ泣いてはいられない。男から食わしてもらおうと思えば、私はその何十倍か働かねばならないじゃないの。真実同志よと叫ぶ友達でさえ嘲笑っている。

この小説は林自身の日記に基づき、作家になることを夢見ながら、女中や女工、カフェの女給など職を転々とし、東京の街を放浪する日々が、自作の詩や書簡の一部、短歌や歌詞の引用などを多く交えた自在なスタイルで語られている。この小説に示されるのは、都市の底辺で働いて生きる女性の辛苦と自由であり、またそのような女性の立場から捉えられたモダン都市の実態だと言えるだろう。

他方、女性のモダニスト作家・尾崎翠の作品には、都市の片隅の「屋根裏」に引きこもるように暮らし、時に街路に出てさまよい歩く女性（語り手）の姿がしばしば描かれる。興味深いのは、その都市の遊歩が、幻想的な存在を道連れとするものであることだ。例えば、小説「木犀」（『女人芸術』一九二九・三）では語り手「私」は映画館の帰り道、映画の幕から抜け出した「チャアリイ」（チャーリー・チャップリン）と語らいながら歩き、「新嫉妬価値」（『女人芸術』一九二九・一二）では体に宿る「耳鳴り」が擬人化して、「私」を街の「漫歩」へと連れ出す。こうした尾崎の歩行、あるいは彷徨のモチーフは、やがて現実の都市空間から離れて、「人間の第七官」という定義も分らないものを探す少女を語り手とした代表作「第七官界彷徨」（『文学党員』一九三一・二－三、『新興芸術研究』一九三一・六）などにつながることになる。

「新心理主義」の時代――横光利一「機械」と川端康成「水晶幻想」

一九三〇年前後には、フロイトの精神分析学への関心の高まりを背景に、従来とは異なる形で人間の「心」を捉えて表現するような「心理小説」を求める機運が生じる。こうした状況のもと、伊藤整はフロイトの精神分析と、当時脚光を浴びていたジェイムズ・ジョイスの小説『ユリシーズ』などに見られる「意識の流れ」の手法とを結びつけて「新心理主義」を提唱し、新たな文学表現を生み出すことを試みていった。先に挙げた小説「M百貨店」も、その試みの一つとして挙げられる。

が、この時期の新たな「心理小説」の代表的な成果として挙げられるのは、横光利一と川端康成の作品である。横光の代表作「機械」(『改造』一九三〇・九)は、労働者「私」の語りを通して、小さな工場における人物達の絡み合う関係とその果てに生じた事件を、句読点や改行の少ない独特な文体を用いて描き出している。「私」は「いかなる小さなことにも機械のような法則が係数となって実体を計っている」という視点のもと、分析的に工場内の出来事や他者の心理を捉えようと試みる。だが、その思考は次第に事態を捉えることの困難さを浮かび上がらせ、最終的に「私」は、自分自身のことすらも分らないという地点に至る。

…なるほどそう云われれば軽部に火を点けたのは私だと思われたって弁解の仕様もないのでこれはひょっとすると屋敷が私を殴ったのも私と軽部が共謀したからだと思ったのではなかろうかとも思われ出し、いったい本当はどちらがどんな風に私を思っているのかますます私には分らなくなり出した。しかし事実がそんなに不明瞭な中で屋敷も軽部も二人ながらそれぞれ私を疑っているということだけは明瞭なのだ。だがこの私ひとりにとって明瞭なこともどこまでが現実として明瞭なことなのかどこでどうして計ることが出来るのであろう。それにも拘らず私たちの間には一切が明瞭に分っているかのごとき見えざる機械が絶えず私たちを計っていてその計ったままにまた私たちを押し進めてくれているのである。

他方、川端による「意識の流れ」の試みの代表としては、小説「水晶幻想」(『改造』一九三一・一、七)が挙げられる。この小説は、単語・単文の連鎖を通して流動的に移ろう意識の動きを提示するスタイルを駆使して、発生学者の夫人である若い女性のある一日を描いている。次の引用は、三面鏡を前に化粧しながら物思いに耽る夫人の意識が示される一節である。

（…糸のついたゴム風船。十字架とフロイド。ものの譬えって？　象徴というものは、ほんとうになんて悲しいものなのよ。近眼の魚の眼の水晶体。水晶の玉。ガラス。（中略）水晶幻想。玻璃幻想。秋風。空。海。鏡。ああ、この鏡のなかから聞えているのだわ。音のない音。音のない雪のように海の底へ落ちる白い死骸の雨。人間の心のなかに降り注ぐ死の本能の音。海のなかの感光板の感覚。銀の板のようにきらめきながら、この鏡が海の底へ沈んでゆく。私の心の海へこの鏡の沈んで行くのが見える。霧の夜の青い月の光の遠くに小さい銀色。私はこの鏡を愛する、私は可哀想な鏡になってしまうのかしら。（以下略）

夫人の意識の流れは、都市の風俗や発生学に関する多くの情報など様々な要素を含み、一見とりとめのないイメージの連鎖のように見える。だがそこには、彼女の過去や夫との関係性、また不妊治療を強いられた心の傷や、通念的な性規範に抗うような夢想・欲望が、ひそかに織り込まれている。

科学の時代と文学

ところで、一九二〇・三〇年代に人々の関心を集めた学問は、心理学や精神分析だけではない。この時期は、一九二二年の物理学者アインシュタイン来日を契機とした〈アインシュタイン・ブーム〉をはじめとして、科学にまつわる情報がマスメディアを通して広く流通し、受け入れられていく時代であった。こうした状況は文学の領域にも刺激をもたらし、川端康成が「今日では、科学程に創造的な詩を豊かに含んでいるものはない」（「文芸時評」『文芸春秋』一九二九・一〇）と述べるように、先端的な科学やテクノロジーをモチーフとして取り入れた小説や詩が数多く発表される。他方で、横光利一や中河与一らモダニスト的な文学者は、プロレタリア文学への対抗を図るなかで、相対性理論や量子力学など物理学の知見を取り入れて新たな文学論を構築することを試みている。

科学的な知と文学とのつながりを鮮やかに示す文学者の一人に、宮沢賢治がいる。宮沢は岩手県花巻市で生涯の大半を送り、「心象スケッチ」と銘打った詩や童話の創作に取り組むが、その表現には科学的な知見・用語が、幻想と溶け合いつつ豊富に含まれている。次に挙げるのは、宮沢の小説「銀河鉄道の夜」（生前未発表）の一節である。

「これは三次空間の方からお持ちになったのですか。」車掌がたずねました。

「何だかわかりません。」もう大丈夫だと安心しながらジョバンニはそっちを見あげてくつくつ笑いました。

（中略）

「おや、こいつに大したもんですぜ。こいつはもう、ほんとうの天上へさえ行ける切符だ。天上どこじゃない、どこでも勝手にあるける通行券です。こいつをお持ちになれぁ、なるほど、こんな不完全な幻想第四次の銀河鉄道なんか、どこまでも行ける筈でさあ、あなた方大したもんですね。」

『銀河鉄道の夜』は、孤独な少年であるジョバンニが、星祭りの夜に銀河鉄道に乗り込み、親友カムパネルラとともに銀河の世界の旅をする物語である。引用部で「三次空間」・「幻想第四次」といった言葉が見られるように、ジョバンニたちが旅する銀河は、アインシュタインの相対性理論をふまえた、まさしく科学的な知に支えられた「幻想」の空間として描かれている。宮沢の文学は、当時の先端的な文化の影響圏が、中央／地方、都市／農村という区別を超えた広がりを持っていたことを物語っている。

参考文献

・海野弘『モダン都市東京――日本の一九二〇年代』（中央公論社、一九八二・一〇）
・鈴木貞美『モダン都市の表現――自己・幻想・女性』（白地社、一九九二・七）
・田口律男『都市テクスト論序説』（松籟社、二〇〇六・二）
・吉見俊哉『都市のドラマトゥルギー――東京・盛り場の社会史』（河出書房新社、二〇〇八・一二）
・中村三春『修辞的モダニズム――テクスト様式論の試み』（ひつじ書房、二〇〇六・五）

3章　文芸メディアの展開と昭和のロマン主義

――尾崎名津子

拡大する「文学」の居場所

一九二三（大正一二）年一月、菊池寛が『文芸春秋』を創刊した。創刊の言葉の中で菊池は「私は頼まれて物を云うことに飽いた。自分で考えていることを、読者や編輯者に気兼なしに、自由な心持で云って見たい。友人にも私と同感の人々が多いだろう。」と述べている。そこに集まったのは川端康成、横光利一、中河与一など二〇代を中心とする作家たちだった。自由な編集方針と若い作家たちによる意欲的な創作とをそなえた『文芸春秋』は、最初から読者の支持を得て部数を伸ばした。

それまで自然主義の中心を担っていた『文章世界』は一九二一年に、『白樺』は一九二三年の関東大震災の影響を受けて廃刊した。『文芸春秋』はこれらと入れ替わるようにして出て来た新しい雑誌であり、当時の代表的な文芸雑誌だった『新潮』と、文壇を二分する形になった。

自然主義が昭和期に入ってかつての勢いを失ったことは、こうした文芸雑誌の盛衰からも窺うことができる。文芸に関わるメディアの状況は、社会全体の動向と不可分であり、そうした観点から「文学」を支える諸制度について考えてみてもよいだろう。とくに、一九二〇・三〇年代は文芸メディアがさまざまに発展、展開した時代である。ここではまず時代を象徴するものとして円本を取り上げる。

円本を最初に企画したのは、一九一九年に創業した改造社である。同社は二二年にアインシュタインを日本に招き講演会を開くなど、他の出版社とは異なる事業を展開していた。しかし、関東大震災後の出版不況を受け、その打開策として「現代日本文学全集」という大全集が構想された。その特徴は一冊一円という価格設定に加え、予約販売という方法にもある。先に得た予約金で本を作り、刊行したのである。販売促進のために予約特典をつけ、作家たちの全国講演ツアーも催した。その結果好評を得て、当初は全三七巻だった予定が全六三巻にまで膨れ上がった。続いて新潮社、春陽堂、平凡社、第一書房が類似した全集・叢書を刊行した。これが円本ブームと呼ばれる事態である。

一方、円本の方法に対抗して生まれたのが、岩波書店による文庫本という新しい形態の出版物、すなわち岩波文庫である。岩波文庫はドイツのレクラム社が刊行していた小型本を手本とし、廉価で、持ち運びができ、取り上げる著作の質も厳しく問う姿勢を強調することで、これも評判を呼んだ。

新聞や雑誌の発行部数が飛躍的に増加するのもこの時代の特徴である。東京大阪の両『朝日新聞』、『大阪毎日新聞』、『東京日日新聞』などの各新聞は、明治末期（一九一〇年ごろ）に多くて一〇〇万部ほどの発行部数だったものが、一九二〇年代後半には二〇〇万から七〇〇万部を発行するようになった。また、『キング』（大日本雄弁会講談社）などの雑誌が、以前の常識では考えられなかった数十万部の発行部数を持つようになった。

こうしたメディアの変質に伴い、そこで求められる「文学」の傾向も変わることになった。私小説やプロレタリア文学、新感覚派の文学などは、いずれも文壇やイデオロギーに関心が集中する傾向があり、多数の購読者の目を惹きつけるうえではなじまなかったのである。そこで、大衆文学と呼ばれるようになるジャンルが発生することになる。とりわけ、歴史小説が読者に歓迎された。たとえば、吉川英治は一九二六年、『大阪毎日新聞』に「鳴門秘帖」を書き、一九三五年から『朝日新聞』に「宮本武蔵」を連載して人気を博した。

一九三五年に文芸春秋社は新人の作品に授与する新しい賞を設けた。純文学系のものは芥川賞、大衆文学系のものは直木賞と名付けられた。この受賞を契機として文壇に登場する作家たちが現れるようになる。第一回芥川賞は石川達三の「蒼氓」が受賞した。石川は移民として短期間ブラジルにいたことがあった。その経験が作品の素材となっている。その後、年二回ずつ行われる芥川賞は最も有力な新人登場の機会となった。

一九三七年下半期の第六回芥川賞は、九州の小都市を舞台に糞尿汲取業を営む人物が地方政治に巻き込まれるさまを描いた、火野葦平「糞尿譚」が受賞した。当時火野は出征中で、授賞式は戦地で行われ、それが華々しく報道された。翌年に火野は戦地にありながら「麦と兵隊」を発表し、さらに反響を得た。日中戦争を描くことと文学との関係でいえば、第一回受賞者の石川達三は、中国戦線を取材して書かれた小説「生きてゐる兵隊」を『中央公論』(一九三八年三月)に発表した。しかし、この作品が「反戦的」であるとして、雑誌は安寧秩序紊乱のかどで発売頒布禁止処分を受けた。その後石川は家庭を題材にした作品に注力するようになった。このように、芥川賞は戦時下の社会状況と密接に関わるメディアイベントとなり、戦争は作家たちの動向にも直接的な影響を及ぼすようになっていった。

文芸同人雑誌の隆盛

様々な工夫をこらし、時局とも深く関わりながら商業誌が展開していった一方で、一九二〇・三〇年代は文芸同人雑誌の隆盛が目立った時期だともいえる。一九二〇年代後半の代表的な同人雑誌としては、梶井基次郎、三好達治らの『青空』、小林秀雄、堀辰雄らの『山繭』、武田麟太郎、小野十三郎らの『辻馬車』などがある。しかしながら、同人雑誌で活躍したからといって、より多くの読者を擁する商業誌や新聞に書くルートが拓けたかというと、そうではない。商業誌・新聞と同人雑誌との懸隔が問題となる。これを解消するために、たとえば、のちの一九四〇年には改造社の『文芸』が「文芸推薦」という、同人雑誌のための文学賞を設けるなどしている(一回目の受賞作は織田作之助「夫婦善哉」だった)。また、同人雑誌側でも、たとえば保高徳蔵が主宰した『文芸首都』(一九三三年一月創刊)では、芥川賞など文学賞の受賞を目標とするムードが醸成されていた。

一九三〇年代の同人雑誌の動きとして大規模なものは、一九三三年の雑誌『文学界』の創刊だろう。同名の雑誌が明治期にもあったが、それとの実質的な関わりはない。林房雄と小林秀雄が中心になって創刊され、初期の同人は二人に加えて宇野浩二、深田久弥、川端康成、武田麟太郎、広津和郎、豊島与志雄の八人だった。もっとも、同人制を採ってはいたが、彼らは「編輯同人」であり、雑誌自体は文化公論社から発行された商業誌である。のちに何回か発行元を変えつつ、一九三六年七月から文芸春秋が発行元となった。創刊の動機は、創作行動を過去の思想傾向や政治的立場から解放して、文芸を復興するという点にあった。雑誌は一九三六年一月に組織を改め、宇野など大正前期から活動してきた作家たちが退き、新たに舟橋聖一、阿部知二、亀井勝一郎、河上徹太郎などが加わった。

『文学界』創刊時からの同人である武田麟太郎は、プロレタリア文学の行き詰まりを感じると、井原西鶴の市井に生きる人間を描写する方法に活路を見出した。そこに加えて、ブレヒトの戯曲を原作とする映画「三文オペラ」からも刺激を受けることになる。ロンドンの下層階級を描き、ブルジョアを強盗よりも悪質だと諷刺したこの作品は、彼に社会主義的な視点を堅持することを許した。そして、武田は一九三二年に「日本三文オペラ」を発表した。その冒頭は次のようなものである。

白い雲。ぽつかり広告軽気球が二つ三つ空中に浮いてゐる。——東京の高層な石造建築の角度のうちに見られて、これらが陽の工合でキラキラと銀鼠色に光つてゐる有様は、近代的な都市風景だと人は云つてゐる。よろしい。我々はその「天勝大奇術」又は「何々カフェー何日開店」とならべられた四角い赤や青の広告文字をたどつて下りて行かう。歩いてゐる人々には見えないが、その下には一本の綱が垂れさがつてゐて、風に大様に揺れてゐる。これが我々を導いてくれるだらう。すると、我々は思ひがけない——もちろん、広告軽気球がどこから昇つてゐるかなぞと考へて見たりする暇は誰にもないが——それでも、ハイカラな球とは似つかない、汚い雨ざらしの物干台に到着する。

一見モダンな東京を描出しているようだが、この作品の舞台は軽気球の下にある「汚い雨ざらしの物干台」の世界である。そこの住人は吉原遊郭の牛太郎（客引きのこと）の妻たちやカフェーの女給、映画説明者（活動弁士）などだ。モダン都市を象徴するかのような華やかな光景と、その底にある世界とは、軽気球から垂れ下がる「一本の綱」によって、確実に結ばれている。

その後武田は、旧左派の人びとを中心に集めた雑誌『人民文庫』を一九三六年三月に創刊し、『文学界』から脱退した。この原稿料が出ない同人雑誌は、転向作家や若い作家たちに作品を発表する機会を与えた。たとえば、高見順はそれまで同人雑誌『日暦』に連載していた「故旧忘れ得べき」の発表の場を『人民文庫』に移し、左翼活動によって留置されている間に愛妻が他の男性と失踪したことによる傷心を描きながら、過去の自分と決別しようとした。同作は転向文学の代表的なものである。

一九二〇・三〇年代は、作家が商業誌と同人雑誌の両方を舞台に作品を発表するだけでなく、菊池寛や武田のように作家自身が雑誌を企画・編集・発行するケースが増えた。それは明治・大正期よりも広範な読者層の登場と軌を一にしていた。こうして「文学」を成立させる場が拡大し、様々に変容するなかで、文学について語る場も再編されることになる。

文芸批評の展開

小林秀雄と宮本顕治の登場は昭和初年代の文芸評論壇に新しい傾向をもたらしたが、それもまたメディアの展開を前提にしている。雑誌『改造』は一九二九年、小説だけでなく文芸評論の新人賞を設けた。そして宮本顕治

「敗北の文学」が第一席に、小林秀雄「様々なる意匠」が第二席に当選し、同誌に掲載された。宮本はこの時二二歳だった。彼はこの評論で芥川の死を中心に論じている。芥川の死は、知識人としての危機を体験したことをきっかけに起こったものだとし、芥川の芸術の「多元的傾向」とその「敗北」の苦悩とを述べた。小林秀雄は一九二八年に東京帝国大学の仏文科を卒業した。彼は一九二七年の時点で既に、武者小路実篤主宰の雑誌『大調和』に「芥川龍之介の美神と宿命」という評論を発表していた。「様々なる意匠」ではマルクス主義文学と新興芸術派の二つを主に取り上げ、その根の浅さを指摘した。さらに、文芸批評という営みそれ自体を論じたことに特色がある。小林は次のように述べる。

次の事実は大変明瞭だ。いわゆる印象批評の御手本、例えばボオドレエルの文芸批評を前にして、舟が波に掬《すく》われるように、私は彼の繊鋭な解析と溌溂たる感受性の運動に浚《さら》われてしまうという事である。この時、彼の魔術に憑《つ》かれつつも、私が正しく眺めるものは、嗜好の形式でもなく尺度の形式でもなく無双の情熱の形式をとった彼の夢だ。それは正しく批評ではあるがまた正しく彼の独白だ。かかる時、人は如何にして批評というものと自意識というものとを区別し得よう。彼の批評の魔力は彼が批評するとは自意識する事であるという事を明瞭に悟った点に存する。批評の対象が己れであると他人であるとは一つの事であって二つの事でない。批評とはついに己れの懐疑的夢を語る事ではないのか、己れの夢を懐疑的に語る事ではないのか！

小林にとって、批評とはイデオロギーやその他の定式によって文学作品を測定するようなものではない。それは、ボードレールが「繊鋭な解析と溌溂たる感受性の運動」を示したように、他者を他者として語るのみならず、他者を語ることによって自己を語ることだった。批評とは自意識を語ることでもあったのである。

一九三〇年代に入ると、世界恐慌の影響などから国内では失業問題が表面化し、一九三一年九月の満洲事変以降には軍国主義が顕在化した。こうした情勢に加え佐野学と鍋山貞親のいわゆる転向声明（一九三三年）もあり、知識階級全体が動揺していた。ちょうどその頃、小林秀雄の友人である河上徹太郎が、ドイツ文学者の阿部六郎とともにシェストフの「悲劇の哲学」を訳出した。シェストフは、革命後のロシアに絶望し、近代文明全体を否定的に捉える思想を抱いていた。この訳書は、左翼運動壊滅後の日本の知識階級のニヒリズムによく合致し、「シェストフ的不安」という言葉が流行した。三木清や谷川徹三などがその問題を取り上げて批評し、この時代の思想的な潮流を作った。

こうして、一九三〇年代の文壇は外国文学の研究者や哲学者といった新たな言葉の担い手を多く取り込みつつ、文芸批評というジャンルを変容させていった。

昭和のロマン主義

戦時体制下の文化状況の背景には、以上のような思想的な動揺や閉塞感がある。たとえば、先述の石川淳三のような例もあるから、作家や作品は情勢から直接的な影響を被り、委縮したような印象を持つ人もいるかもしれない。しかし、文学の状況を意識的に変革しようとする動きもあった。それを便宜的に昭和のロマン主義と呼んでみることにする。

戦後に加藤周一は、近代日本の全ての時期において常に「あたらしい文学運動があらわれるときには、必ず浪漫的特徴を備えていた」とし、「なんどでも、くりかえして、もういちど浪漫主義を成立させようとするのが、六八年（一八六八年――引用者注）以来変らぬ日本の文学者の唯一の宿題のようにみえる」と述べている（「浪漫主義の文学運動」）。ロマン主義は一八世紀末ごろにドイツで起こり、ヨーロッパに波及した文学運動である。ロマンとはそもそも小説的、感傷的といった意味の語だったが、古典主義に対立する概念として用いられるようになった。この変容により、文学に「古典主義かロマン主義か」という党派性がもたらされたり、小説が文学の支配的なジャンルとなり、個人、個性といった概念が称揚されたりするようになる。

近代日本ではこうした西洋のロマン主義を部分的には取り込みながらも、実態としてかなり異なる意味内容を具えることになっていった。明治二〇年代の森鷗外や北村透谷に代表される浪漫主義においては、自我や意識の覚醒ということが関心の中心にあった。しかし、一九三〇年代に現れた、自らを「浪曼」派と名乗る青年たちは、「さんたんたる幻滅と自棄をぐ」り、「革命に幻滅し、政治に裏切られ」る（橋川文三）なかで彼らのロマンを語ることになった。

一九三二年三月に創刊された同人雑誌『コギト』には、古典、特にドイツロマン主義文学の研究を志す人びとが集まっていた。その中心人物は保田與重郎である。同時期に、プロレタリア文学運動から退いた亀井勝一郎は、日本古典文学や仏教の世界に没入し、そこに古典美を見出そうとしていた。また、太宰治や檀一雄などが、一九三四年一二月に『青い花』を創刊した。この誌名はドイツロマン主義の詩人、ノヴァーリスの作品名に由来する。もっとも、太宰自身は「ノバリスから取っても、ノバリスのつもりじゃない」と語っていた（山岸外史『人間太宰治』一九六二年）。とはいえ、ロマンや古典美というキーワードにおいて、彼らに『コギト』と共通の傾向が生まれた。

そして、一九三五年三月にこれらの人びとを含む三十名近くの同人を擁する新雑誌『日本浪曼派』が創刊された。それはリアリズムを文学からそぎ落とし、古典の世界を文芸の本源に据え、同時代の思想的、文学的な動きから距離を取って「浪曼」的精神に立とうとする運動だった。この雑誌の目標それ自体は時局迎合的ではなく、むしろ反近代主義の立場に立った、明治以降の国家に対する批判が焦点だった。しかし、戦争が深刻化するにつれ、特に一九四一年から太平洋戦争が始まると、この文学運動の復古的性格が民族精神高揚の運動と混同され、時にはそれと接合し、保田がさまざまな形で語っていた滅びることの美に関する言説も、同時代の潮流と接するようになっていった。

ここに太宰治の名前が見られることを意外に思われるかもしれない。しかし、一九四六年三月に『文化展望』に発表された小説「十五年間」を見ると、世代の問題としてそれほど不自然な動きではなかったことが窺える。

いったい私たちの年代の者は、過去二十年間、ひでえめにばかり遭って来た。それこそ怒濤の葉っぱだった。めちゃ苦茶だった。はたちになるやならずの頃に、既に私たちの殆んど全部が、れいの階級闘争に参加し、或る者は投獄され、或る者は学校を追われ、或る者は自殺した。東京に出てみると、ネオンの森である。曰く、フネノフネ。曰く、クロネコ。曰く、美人座。何が何やら、あの頃の銀座、新宿のまあ賑い。絶望の乱舞である。（中略）つづいて満洲事変。五・一五だの、二・二六だの、何の面白くもないような事ばかり起って、いよいよ支那事変になり、私たちの年頃の者は皆戦争に行かなければならなくなった。

そして、この小説の語り手はこの一五年間に及ぶ戦時体制下を「実に悪い時代であった。その期間に、愛情の問題だの、信仰だの、芸術だのと言って、自分の旗を守りとおすのは、実に至難の事業であった」と総括する。昭和のロマン主義を世代の問題として見たときに、満洲事変とマルクス主義の挫折を目の前にした「一等若い青年のあるデスパレートな心情」が日本浪曼派の母胎だと述べた保田と太宰との距離は、かなり近い。問題は、その破滅的な心情がどのような道を辿ったかにあり、そこにおいて両者は遠く隔たるのである。

参考文献

・加藤周一『加藤周一著作集1　文学の擁護』（平凡社、一九七九）
・橋川文三『日本浪曼派批判序説』（講談社文芸文庫、一九九八）
・庄司達也・中沢弥・山岸郁子編『改造社のメディア戦略』（双文社出版、二〇一四）

作品紹介

小林多喜二『蟹工船』

＊初出：『戦旗』一九二九（昭和四）年五、六月

漁夫たちは何日も何日も続く過労のために、だんだん朝起きられなくなった。監督が石油の空缶《あきかん》を寝ている耳もとでたたいて歩いた。眼を開けて、起き上るまで、やけに缶をたたいた。脚気《かっけ》のものが、頭を半分上げて何かいっている。しかし監督は見ない振りで、空缶をやめない。声が聞えないので、金魚が水際に出てきて、空気を吸っている時のように、口だけパクパク動いてみえた。いい加減たたいてから、

「どうしたんだ、タタき起すど！」と怒鳴りつけた。「いやしくも仕事が国家的である以上、戦争と同じなんだ。死ぬ覚悟で働け！　馬鹿野郎！」

病人は皆蒲団《ふとん》を剝《は》ぎとられて、甲板へ押し出された。脚気のものは階段の段々に足先きがつまずいた。手すりにつかまりながら、身体を斜めにして、自分の足を自分の手で持ち上げて、階段を上がった。心臓が一足ごとに不気味にピンピン蹴るようにはね上った。

監督も、雑夫長も病人には、継子《ままこ》にでも対するようにジリジリと陰険だった。「肉詰」をしていると、追い立てて、甲板で「爪たたき」をさせられる。それをちょっとしていると「紙巻」の方へ廻される。底寒くて、薄暗い工場の中ですべる足元に気をつけながら、立ちつくしていると、膝から下は義足に触るより無感覚になり、ひょいとすると膝の関節が、蝶つがいが離れたように、不覚にヘナヘナと坐り込んでしまいそうになった。

【概要】

「おい地獄さ行《え》ぐんだで！」北海道や東北の各地から流れてきた季節労働者たちが蟹工船「博光丸」に乗り込んだ。「貧民街」の少年たちもいた。函館港を出た船は、宗谷海峡を抜け、カムチャツカ半島の西側までオホーツク海を北上した。ガラスのような雪が顔や手に突き刺さる。苛酷な「カムサッカ」沖の荒波の中、監督の浅川は漁夫や雑夫たちを恐怖で支配し、容赦なく働かせた。遭難した「秩父丸」のSOSを無視し、逃げ出した雑夫を二日間も便所に監禁するなど、浅川の横暴は誰も止めることができない。しかし、脚気で死んだ漁夫が、浅川の指示で無残にも古い麻袋に入れられて水葬された頃から、漁夫たちの「サボ」（サボタージュ）の足並みがそろいだした。漁夫・雑夫に、火夫や水夫も加わって、四〇〇人近い船上の労働者たちが組織化された。大暴風《おおしけ》の中の出漁命令を拒否した彼らは、ついに立ち上がった。ストライキは成功したかにみえた。だが、着剣して乗り込んできた駆逐艦の水兵たちにあっけなく鎮圧されてしまう。帝国海軍は「国民の味方」だと思っていた労働者たちは、「誰が敵」であるかを思い知る。労働者たちはふたたび立ち上がった。――もう一度！

【読みどころ】

北海道拓殖銀行小樽支店に勤務していた小林多喜二（一九〇三－三三）が、関係者への取材や資料調査にもとづいて執筆した作品。共産主義者の全国一斉検挙「三・一五事件」を扱った小説「一九二八年三月十五日」（『戦旗』一九二八・一一、一二）で『戦旗』にデビューした多喜二は、本作によってセンセーションを巻き起こし、プロレタリア作家としての実力が広く知られるところとなった。伏せ字無しの初版本『蟹工船』（戦旗社、一九二九）は発禁となり、翌年にかけて二度改訂版が出され、合計で三万五〇〇〇部が発行された。
本文末尾には、「附記」として、二度目のストライキが成功し、監督浅川がそのことで馘首《かくしゅ》されたこと、労働者たちがストライキの経験をもって各地の「労働の層」へ入り込んでいったことが簡潔に書かれている。そして最後に、「この一篇は、「殖民地に於ける資本主義侵入史」の一頁である」と記されている。労働現場のグロテスクなまでに苛酷な体験を描くことを通して、本国（内地）の周囲で引き起こされていた無数の「蟹工船」的状況に目を向けること――本作のねらいはここに凝縮されているだろう。

多喜二自身も、執筆意図として、「集団」を描こうとしたこと、労働者に受け入れられやすい表現を工夫したこと、特殊な労働形態を描きつつも植民地における搾取の典型を示そうとしたことを説明している（一九二九年三月三一日付蔵原惟人《くらはらこれひと》宛書簡）。

しかし、そうした多喜二の意図は知らなくても、本作は面白い。すえた臭いや便所の臭いがムッとくる「糞壺」と呼ばれる居住空間。虱《しらみ》や南京虫との戦い。従業員に向かって、「日本帝国人民が偉いか、露助《ろすけ》が偉いか。一騎打ちの戦いなんだ」と檄を飛ばす監督浅川。その浅川の書いた「雑夫、宮口を発見せるものには、バット二つ、手拭一本を賞与としてくれるべし」の貼り紙――「くれるべし」？ 遭難した川崎船（本船から降ろされる小型船）の漁夫たちがロシア人に助けられ、「支那人」の通訳を介して赤化宣伝されるエピソード。中積船（蟹缶詰を回収する船）が運んできた家族の手紙や慰問の活動写真隊に喜ぶ漁夫たちの姿など、どこをとっても人物は生き生きと描かれていて、簡潔な言葉で風景や出来事がくっきりと描写されている。前掲の「金魚が水際に出てきて、空気を吸っている時のように」や、「膝の関節が、蝶つがいが離れたように」など、たくみな比喩表現も面白い。

ただし、この仕事は「戦争と同じ」だという浅川の言葉は比喩ではなかった。文字どおり、そこは戦場だった。ピストル、銃剣、暴行、逃亡、監禁、脚気、そして残飯のような食事、雑夫への「夜這い」。およそ戦場にあるものはすべて蟹工船の中にあった。誰が（何が）こうした労働を支えているのだろうか？

文芸評論家の平林初之輔は「文芸時評3　日本のシンクレーア――小林君の「蟹工舩《ママ》」――」（『東京朝日新聞』一九二九・五・七）の中で、「これから夏向きのビールのさかなどとして、簡単で、安価で、重宝な、このかにのかん詰が、どんな行程を経て私たちの食膳にのぼるか、それが如何に労働者の文字通りの血と肉と骨とに価してゐるか」を知ることに意味があると書いていた。私たち市民が求める「簡単で、安価で、重宝な」商品。その向こう側で、「簡単で、安価で、重宝な」労働者たちが搾取されている。作中では、救難信号を博光丸に無視されて乗組員が見殺しにされる「秩父丸」の事故（事件？）が描かれている。ディテールは異なるものの、一八〇名以上が犠牲になった沈没事故が実際に当時起きていた。人の命は蟹の缶詰よりも安かった。

　一九二〇年代の日本経済は不況の連続であった。多喜二の「蟹工船」ノート稿には、新聞記事の体裁で、「一隻のカニ工船をうまく廻わせば何んしろ一年四、五十万円の手取りが確実」、「世をあげて不況のドン底にあえぐ時、カニ工船の目ざましい発展こそは一つの驚異ではないか」（『小林多喜二全集　第二巻』解題）とある。資本主義経済の目に見えない複雑な力学が、毎年、三千人もの貧しい労働者をオホーツク海に送り込み、四ヶ月間、海の上での非人間的な生活を強いた。

　蟹工船「博光丸」は、実際の蟹工船「博愛丸」（二六一五トン）がモデルになっている。同船は、もともとは日本赤十字社の病院船で、日露戦争や第一次世界大戦で使用され、平時は日本郵船の客船としても利用されていた。その後改造され、一九二六年から太平洋戦争中まで蟹工船として操業をつづけた。岡本正一『漁業発達史　蟹缶詰篇』（霞ヶ関書房、一九四四）によると、本作執筆前の一九二七年、博愛丸は発動機船一隻・川崎船六隻を備え、乗組員三三九名で、四月八日から八月一八日まで操業して、蟹一四五万尾を捕獲、二万一九五九函を製造している。蟹漁業は、缶詰加工設備を備えた工場船の登場によって急速に発展し、一九二〇年代にはソ連との領海侵犯問題などが新聞各紙でたびたび取り上げられていた。本作には、知られざる蟹工船労働を報道するルポルタージュ的な側面もあった。

小林多喜二は、本作を執筆発表したことなどを理由として、一九二九年一一月に北海道拓殖銀行を「依願退職」というかたちで解雇された。同銀行は、北海道の植民地開発を支えた特殊銀行であった。「殖民地に於ける資本主義侵入史」はまさに小林多喜二という一人の作家の身体を舞台として進行していたのである。その後多喜二は、献上品の缶詰に「石ころでも入れておけ！」という本文中の表現によって不敬罪に問われた。

（村田裕和）

＊『小林多喜二全集　第二巻』（新日本出版社、一九八二）所収、引用は岩波文庫（改版、二〇〇三）。

参考文献

・ノーマ・フィールド『小林多喜二　21世紀にどう読むか』（岩波新書、二〇〇九）
・荻野富士夫編『小林多喜二の手紙』（岩波書店、二〇〇九）
・荻野富士夫編『多喜二の文学、世界へ』（小樽商科大学出版会、二〇一三）
・尾西康充『小林多喜二の思想と文学　貧困・格差・ファシズムの時代に生きて』（大月書店、二〇一三）

作品紹介

岡本かの子『鮨』

＊初出：『文藝』一九三九（昭和一四）年一月

無邪気に育てられ、表面だけだが世事に通じ、軽快でそして孤独的なものを持っている。これがともよの性格だった。こういう娘を誰も目の敵《かたき》にしたり邪魔にするものはない。ただ男に対してだけは、ずばずば応対して女の子らしい羞《はじ》らいも、作為の態度もないので、一時女学校の教員の間で問題になったが、商売柄、自然、そういう女の子になったのだと判って、いつの間にか疑いは消えた。

ともよは学校の遠足会で多摩川べりへ行ったことがあった。春さきの小川の淀みの淵を覗《のぞ》いていると、いくつも鮒《ふな》が泳ぎ流れて来て、新茶のような青い水の中に尾鰭《おひれ》を閃《ひら》めかしては、杭根《くいね》の苔を食《は》んで、また流れ去って行く。するともうあとの鮒が流れ溜って尾鰭を閃めかしている。流れ来り、流れ去るのだが、その交替は人間の意識の眼には留まらない程すみやかでかすかな作業のようで、いつも若干の同じ魚が、其処《そこ》に遊んでいるかとも思える。ときどきは不精そうな鯰《なまず》も来た。

自分の店の客の新陳代謝はともよにはこの春の川の魚のようにも感ぜられた。（たとえ常連というグループはあっても、そのなかの一人々々はいつか変っている）自分は杭根のみどりの苔のように感じた。みんな自分に軽く触れては慰められて行く。ともよは店のサーヴィスを義務とも辛抱とも感じなかった。胸も腰もつくろわない少女じみたカシミヤの制服を着て、有合せの男下駄をカランカラン引きずって、客へ茶を運ぶ。客が情事めいたことをいって揶揄《からか》うと、ともよは口をちょっと尖《とが》らし、片方の肩を一しょに釣上げて

「困るわそんなこと、何とも返事できないわ」

という。さすがに、それには極《ご》く軽い媚《こ》びが声に捩《よじ》れて消える。客は仄《ほの》かな明るいものを自分の気持ちのなか

に点じられて笑う。ともよは、その程度の福ずしの看板娘であった。

【概要】

福ずしは、「東京の下町と山の手の境い目といったような、ひどく坂や崖の多い街」にある。東京屈指の鮨店で修業を積んだ現在の亭主が握る鮨を求めて、常連にはさまざまな客がいた。福ずしの一人娘であるともよは、女学校を卒業後は店で両親を手伝っていた。常連のなかでも湊という紳士に、ともよは「自分をほぐして呉れるなにか暖味のある刺戟のような感じ」を抱いていた。

ある日、ともよは買い物に出た際、硝子鉢を持った湊を見かけた。鉢の中には観賞魚の骸骨魚《ゴーストフィッシュ》が入っていた。ともよが湊に話しかけたことから、二人は近くの崖上の叢《くさむら》で語らうことになる。話題に困ったともよが「あなた、お鮨、本当にお好きなの」と尋ねると、湊はある子どもの話を語り始めた。

その子どもは極度の偏食だった。母親はある日、息子だけのために鮨を握った。烏賊《いか》の鮨を飲み下すことができた息子は「生きているものを噛み殺したような征服と新鮮」や、喜びを感じる。それ以来、彼は壮健になり、息子に冷淡だった父親も彼を遊び相手にするようになった。成長した息子は道楽者になり、母親は父親を責め、家運も傾いていった。息子の父母兄弟は亡くなり、家も潰れてしまった。

語り終えた湊は、その子どもが自分だと言い、ともよに骸骨魚《ゴーストフィッシュ》を手渡して去った。それ以来、福ずしに湊が現れることは絶えてない。

【読みどころ】

「鮨」は「老妓抄」（『中央公論』一九三八・一一）によって作者がその地位を確たるものにした二ヶ月後に発表されている。同時代評では、川端康成がかの子の「家霊」（『新潮』一九三九・一）と併せて「高いいのちへのあこがれ」、「美しいいのちへのあこがれ」を描いた作品として、特に高い評価を寄せている（「文学の嘘について」『文芸春秋』一九三九・二）。確かに、岡本かの子の作品には、「いのち」すなわち生命そのものがひらめくとも言うべき瞬間を捉えたものが多い。一方で、「いのち」、「あこがれ」といったキーワードは、川端康成がかの子を語る際に常套的に用いた言葉である。それにも拘わらず、あるいはそうだからこそ、今もなおかの子の作品を理解する際に使われがちである。もちろん、一定の説得力があるからということもあるが、「いのち」や「あこがれ」と川端が言うものの内実は、実は十全に説明することが難しく、取り扱いに注意が必要だ。

引用した場面に目を向けてみよう。特に、二段落目の遠足のエピソードが、次の二つの点で重要だと思われる。まず、かの子の作品に頻出のモチーフが、川と魚であることを挙げておきたい。それは、かの子自身の仏教に対する理解とも接続する。宮内淳子はそのことを述べつつ、かの子のエッセイ「水と東洋的象徴」（一九三七・八）の次の部分を引用している。

> 「水清くして底に徹《とお》る。魚逝《ゆ》いて魚の如し。」この句の象徴するところのものは、やはり実在と現象との相関々係の消息であるが、大乗哲学で実在界の絶対性を「空」を以て標識するに対し、現象界の相対性は「仮」であるが、魚逝いて魚の如しの語句の働きで、魚影の翩翻《へんぽん》の実体なきやうで、その実体なきやうなところより無限の翩翻は生れて絶えない。「無」より出づる「有」、「有」に保たれる「無」、その相即のいみじき現実

態を天台哲学でいへば、更に「中」の説似で標識してゐる。この語、「如し」の象徴でよくこの「中」を捉へてゐる。

理解するのに時間がかかる文章だけれども、ここには「鮨」を考えるうえで重要な指摘が含まれている。「魚影の翩翻」とある「翩翻」とは、旗や鳥などがひるがえるさまを指すが、ここでは書かれているとおり、水中を泳ぐ魚の痕跡をイメージすればよい。その鰭《ひれ》がひらめいたあとの残像は、実体そのものではないが、現象として存在する。ここに「「無」より出づる「有」、「有」に保たれる「無」」があり、それを天台哲学では「中」と名付けている——と、かの子は述べている。「中」とは、二つのものの中間ではなく、二つのものから離れて矛盾対立を超えることを意味する。

宮内は、引用した場面にも登場する「新陳代謝」という語彙に注目し、「鮨」という作品のテーマをそこに見出している。ここでは同じエッセイを元に、また違ったことを考えてみたい。それは次のようなものである。次から次へと福ずしを訪れては去っていく客たちは、ともよにとって鮒であり、また、鮒の尾鰭の残像（「閃めき」）を彼女は見ている。それは現象そのもので、それを眺めることができるともよは「中」にあると見ることもできるのではないか。

次の重要な点として、この川淵の中の光景が、「鮨」という小説全体の隠喩となっているということがある。もちろん、鮒と杭根の苔の関係は、作中でともよも言うとおり、店の客たちとともよの関係のアナロジーとして機能している。それに加えて、ここでは引用できなかったが、小説後半のともよと湊が店の外で出会う場面を考えたい。それまでともよにとって、湊もまた他の客と同様、鮒の一匹だった。しかし、店の外ではともよの方が一匹の魚になると捉えることができる。二人が語らった場所は崖の上で、崖下には電車の線路が通る、すなわち高台＝山の手である。そこは湊にとっての日常、かつ、福ずしのない世界だ。ここでは、湊の方がむしろ杭根の苔の位置に来る。そこで魚になったともよは、湊や彼の物語を聞き――苔を食み、再び福ずしに帰る。ともよと湊は二人とも苔を食んでは去っていく魚のような存在で、私たちは彼らの残像を読んでいる。「鮨」はその小説全体の構造によって、「無限の翩翻」を示しているのである。

（尾崎名津子）

＊『岡本かの子全集　第四巻』（冬樹社、一九七四）、『岡本かの子全集　第五巻』（ちくま文庫、一九九三）、『老妓抄』（新潮文庫、初版一九五〇）ほか所収。引用は新潮文庫に拠る。

参考文献

・瀬戸内寂聴『新装版　かの子撩乱』（講談社文庫、二〇一九）
・宮内淳子『岡本かの子――無常の海へ』（武蔵野書房、一九九四）

コラム6 検閲と文学

「文学」と呼ばれるものは、社会の中でどのように成立しているだろうか。そのことを考える一助とするために、ここでは検閲に焦点を当てたい。近現代の文学は、法制度や国家制度と密接に関わり合いながら存立してきたからである。

明治期から占領期まで、文学作品のみならずあらゆる言葉（広告やマッチのラベルなども）は、行政（戦前は内務省、占領期はＧＨＱ／ＳＣＡＰ（連合国軍総司令部））による検閲を受け、それをパスしなければ発表することができなかった。現在の教科書でもよく見られるような、宮沢賢治の「永訣の朝」や中島敦の「山月記」なども、検閲を経て「発表してよい」とされたものなのだ。

「発表してはいけない」とされた作品はなんらかの処分を受けた。その中で一番重い処分が「発売頒布禁止」である。書店や図書館などに出回っている分は全て回収（購入された分は追わない）、場合によっては印刷所から本を印刷するための元データ（紙型や原稿など）を回収するというものである。処分を受けた版元は、既に印刷していた場合は該当ページを切り取ったり、印刷前なら伏字にしたりといった対応を採ることになった。

伏字とは現在では耳慣れないものかもしれない。本文の表現を「××」や「〇〇」、「……」、「ヽヽ」といった記号を用いて隠すことである。例として、江戸川乱歩「蟲」（『改造』一九二九・六―七）を見てみよう。主人公の柾木愛造は、初恋の相手である女優の木下芙蓉と再会した。彼女を所有したいという思いを押さえきれなくなった柾木は、芙蓉を殺害し、自室にその死体を運び込む。それに続く、柾木が芙蓉の体に防腐処理を施す場面では、次のように伏字が使われている。

> 生地の芙蓉も美しかつたけれど、、、、、、、、、、、、、、、、、、一層生前のその人にふさはしくて、云ひ難き魅力を備へてゐた。蝕まれて、最早や取返す術もなく思はれた、芙蓉のむくろに、この様な生気が残つてゐたことは、しかもそれが生前の姿にもまして、、、、、、、を持つてゐたことは、柾木にとつて寧ろ驚異でさへあつた。

このように本文の一部を伏せられると、その隠された内容を知りたくなるのが人情だろう。しかし、当時の読者にこれを埋める機会は与えられなかった。これほど伏せられては発表しても意味がないとか、作者に失礼ではないかと思う人もいるだろう。それは作品を掲載する雑誌の編集者たちも同感だったようだ。

上林暁は、現在では私小説作家として、病を抱えた妻との関係を描いた「聖ヨハネ病院にて」などの作品で知られている。上林は、大学卒業後の一九二七年に当時新興の出版社だった改造社に入社し、総合雑誌『改造』の編集者となった。その頃のことを題材に書かれたのが「伏字」(『文藝』一九五四・四)である。これはタイトルの通り伏字をめぐる物語で、昭和戦前期の編集者の苦労が描かれている。編集長の「M氏」は原稿に目を通し、検閲処分を受けないように「私設検閲の役目」を負っていた。出版社にとって、検閲処分を受けることは大きな経済的損失となるため、避けたいことだったようだ。しかし、「消さねば不安だし、消せば無用に原稿を損ふやうな気がするし、消すとすればどういふふうに消すか——それに一番悩まされるのだつた」というのが、編集者の心情だったとある。執筆者と検閲官との間で板挟みになる編集者の姿が浮かび上がる。

> 時には、M氏はどうにも消しあぐねて、目は昏み、頭はこんがらかる風であつた。活字が生き物のやうに見えるのは、さういふ時だつた。蟲、蟲、蟲、そんな無気味なものに見えることもあつた。一つ一つの活字が微妙な有機体を構成してゐて、一と所を消すと、それが他の個所にも波及して、そこもまた危険な個所に思はれて来て、大して危険な個所ではないのに、消さずにゐられなくなることもあつた。さうして、次ぎから次ぎへと、不安な個所がひろがつて、拾収《ママ》つかなくなるのだつた。

M氏の不安が広がるさまは、検閲を受ける側の恐怖を端的に示しているだろう。一方で、M氏の不安はSNSを使う私たちの不安と、一脈相通ずるところもあるのではないだろうか。

検閲によって何らかの処分を受けた文学作品には、たとえば次のようなものがある——島崎藤村「旧主人」、永井荷風「ふらんす物語」、森鷗外「ヰタ・セクスアリス」、武者小路実篤「その妹」。これらはごく一部だが、明治から昭和期まで、作家の作風や立場に関係なく、さまざまな作品が処分を受けていることが窺える。検閲は、日本近現代文学とともに存在し、むしろ「文学」が成立するための前提として機能していたのである。

(尾崎名津子)

コラム
7 精神分析の変容

オーストリアの精神医学者、ジークムント・フロイトによって十九世紀終盤に創始された精神分析は、人間の心における「無意識」という領域の発見と、それをとらえるための理論・技法により、二十世紀以降の思想や文化にきわめて大きな影響を及ぼした。日本でも精神分析は、精神医学の中では傍流とされつつ、二十世紀初頭に紹介され始めてから今日に至るまで、文化・社会の諸領域に多様な影響をもたらしている。ここでは、一九一〇年代から三〇年頃（大正期から昭和初期）を中心として、文学と精神分析の関わりに光を当ててみたい。

日本で最初にフロイトの学説に言及したのは、森鷗外の医学論文「性欲雑説」（一九〇二―三）だとされる。また、文学作品としては、木下杢太郎の小説「六月の夜」（『スバル』一九〇九・一一）の中でフロイトの説が早くも話題にされている。だが、精神分析が本格的に受容されはじめるのは、大正期（一九一二―二六）に入ってからである。その一翼を担ったものとして、夏目漱石門下の作家であった中村古峡が一九一七年に創刊した雑誌『変態心理』が挙げられる。この雑誌では、夢や性、幻覚、狂気、心霊現象など、人間の心の様々な現象に光を当てる中でフロイトの学説も多く紹介されている。これらの雑誌上の紹介などにより、精神分析は大正期を通して徐々に浸透していく。中でも、厨川白村の評論『苦悶の象徴』（改造社、一九二四）はフロイトの理論を援用した文学論として広く読まれ、多くの文学者に影響を及ぼしている。

この大正期に、フロイトの精神分析に深い関心を示した作家の一人が、芥川龍之介である。芥川は早くから夢の表現にこだわった作家であるが、その夢への関心は次第に無意識に対するまなざしに結びついていく。たとえば、晩年の一編「蜃気楼」（『婦人公論』一九二七・三）では、「僕」が自分の見た夢について次のように語る。

「けれども僕はその人の顔に興味も何もなかったんだがね。それだけに反って気味が悪いんだ。何だか意識の閾の外にもいろんなものがあるような気がして、……」

ここに見られる「意識の閾」の外側＝無意識へのまなざしは、「不安」や「狂気」への恐れといったモチーフとあわせて、晩年の芥川の小説の重要な要素となっている。

他方で、一九二三年の関東大震災以降における新たな文学の動きの中で、精神分析は活発に取り入れられる。たとえば、川端康成は評論「新進作家の新傾向解説」(『文芸時代』一九二四・一)のなかで、精神分析学の「自由連想法」をダダイズムの表現と重ねて、そこに新たな表現を生み出す方法を見いだしている。また、大正末から隆盛する探偵小説では、人間の「心理」の論理的な追求が重要な課題とされることにより、心理学・精神分析が積極的に受容されている。江戸川乱歩の初期の小説「D坂の殺人事件」(『新青年』一九二五・一)や「心理試験」(『新青年』一九二五・二)は、その代表的な例と言えるだろう。

一九二九−三〇年頃には、二種類のフロイト全集が相次いで刊行され、精神分析に関わる書籍が多く刊行される、いわば「フロイト・ブーム」のような状況が訪れる。こうした背景のもと、伊藤整を中心とした「新心理主義文学」の動向も生じることとなる(第4部2章参照)。が、ここでは同時期の独特な精神分析受容の例として、尾崎翠の場合に目を向けておきたい。彼女の代表作「第七官界彷徨」(『文学党員』一九三一・二−三、『新興芸術研究』一九三一・六)は、語り手の「私」を含め、少し風変わりな人物たちからなる「変な家庭」をめぐる物語である。同作について、尾崎は「フロイドの世界」に心を惹かれているために、「何等かの点でフロイドのお世話になりそうな人物を集めて」みたと解説している(「「第七官界彷徨」の構図その他」『新興芸術研究』一九三一・六)。ただし、尾崎はあわせて次のように言う——作中の「分裂心理学」はあくまで「ナンセンス精神分析」であり、小説に描かれたのは「まるでフロイドに縁のない会話と、まるでフロイドの苦笑にあたいする新造語」なのだと。尾崎の小説にあって、精神分析は独自の表現世界を生み出す起点として、パロディ的に取り入れられているのである。

以上は限られた例だが、二十世紀初期の日本文学は、精神分析を、人間の心理を追求する学説として受け止めるだけでなく、ときに芸術表現を生み出す方法として読みかえ、ときにパロディ的に変形しながら、豊かに活用していた。このような意味で、精神分析の受容は、近代の文学と学術的な知との関わりを考えるための、興味深い事例でもあるのだ。

(仁平政人)

参考文献　小林洋介『〈狂気〉と〈無意識〉のモダニズム　戦間期文学の一断面』(笠間書院、二〇一三)、一柳廣孝『無意識という物語　近代日本と「心」の行方』(名古屋大学出版会、二〇一四)

第5部

戦中から高度成長期

1940~1960

戦争文学　火野葦平　銃後　新体制運動　検閲　石川達三「生きてゐる兵隊」　情報局　ペン部隊　谷崎潤一郎『細雪』「こいさん、頼むわ。——」　地方文化運動　植民地　中央と地方　アイヌ　太宰治『津軽』「日本への回帰」　堀辰雄「大和路・信濃路」　中島敦　無頼派　織田作之助「可能性の文学」　坂口安吾「教祖の文学」「偶然なるものに自分を賭けて手探りにうろつき廻る罰当り」　GHQ／SCAP　チャタレイ裁判　松川裁判　ジャーナリズム「記録」　東西冷戦体制　松本清張　朝鮮戦争　大岡昇平『俘虜記』　堀田善衞『広場の孤独』　武田泰淳「風媒花」「善良平凡な市民」「未来の戦争」　大江健三郎　アメリカ「性的人間」『ヒロシマ・ノート』　核による終末観「しかし人間は偶然を容認することは出来ないらしい。」モノとしてあることの「自由」『山びこ学校——山形県山元村中学校生徒の生活記録』　読書感想文　中間小説　週刊誌　社会派推理小説

1章　戦時下の文学と地方

——高橋秀太郎

空白の時代、検閲の時代

本章で中心的に扱う一九三七年以降から一九四五年まで（昭和一二年から昭和二〇年の敗戦まで）は、文学史で大きく取り上げられることがまず無い時期である。文学史の説明は、何とか主義、何とか派、何とか文学の並立や交替という形が多いのだが、この時期は、そうしたまとまりを見出せるほどの活発な文学運動が無かった。正確に言えば、圧倒的なものが一つあったのだが、評価が低い、あるいは評価が難しいため文学史から除外されていて、それゆえ空白に近い状態になってしまうのである。この、特に量としてみれば圧倒的だったものとは戦争物と呼ばれるジャンルである。戦闘地域、いわゆる前線や植民地の様子を報告するルポルタージュ的文章、実戦の体験者・非体験者によって書かれた戦いそのものの様子を描く戦争文学、さらには戦闘地域から離れた場所、すなわち銃後の様子を中心に描く作品などが大量に発表され消えていったこの時期を文学史的に一言でまとめるなら、戦時下の文学、となる。この戦時下の文学を方向付けたのは何より検閲の存在であった。

出版物に対する検閲が厳しくなるのは一九三七年に開始された日中戦争以後とされる。これ以降、敗戦まで検閲は強化される一方であった。日中戦争以後の文学者に対する検閲で大きな衝撃をもって受け止められた事件が、一九三八（昭和一三）年三月に『中央公論』に発表された小説、石川達三「生きてゐる兵隊」の全文削除命令である。従軍経験をもとに書かれたこの作品は、日本兵の残虐な行為を描いたとして出版法違反の罪に問われた。作者のみならず出版社も責任を問われ、関係者が起訴され、有罪となった。

言論統制がさらに一段と強化された年とされる一九四〇年、新体制運動から大政翼賛会成立へという戦争遂行のための挙国一致、精神総動員体制が整えられていくこの年に、官僚と軍部が一つになり、すべてのメディア、情報を取り締まる情報局が設立される。情報局の設立で軍部の力がより強まり、出版統制が一段と厳しくなったとされる。例えば軍部に目の敵にされていた中央公論社は、一九四四(昭和一九)年七月、自発的廃業を強制され、『中央公論』は廃刊となる。なお、『中央公論』廃刊の原因の一つが谷崎潤一郎『細雪』の掲載であったという(第5部作品紹介参照)。

情報局とほぼ同時期に設立され、情報局と歩調を合わせて出版事業者を戦争協力の方向に一元的にまとめ上げていく役割を果したのが、日本出版文化協会(一九四三年に日本出版会と名称変更)である。不要不急図書の抑制、戦意高揚出版物の推薦という基準で紙の割り当て業務を行った日本出版文化協会もこの時期の文学の方向を決めるのに決定的な役割を果たした。戦争の長期化で資源不足が深刻になっていたこの時期、限られた量しか無い紙は戦争に協力的な出版社に優先的に回されるようになる。日本出版文化協会が紙分配という要所を握っている以上、命を含めすべてを国家や軍に捧げるまでに愛国(軍)心を高めること(滅私奉公)、その愛国心を裏から支える敵愾心を煽ること(鬼畜米英)、天皇(制)の威光を誇示すること(八紘一宇)、こうしたことに貢献しない作品を発表する場が減る一方であったことは容易に想像される。また紙不足という事態を受けた出版物の整理縮小の流れのなかで、同人誌が次々に廃刊となり、文学作品を生み出す土壌は痩せ細る一方であった。

文学を辞める時代、移動(往)する時代

ここで当時の文学の状況を具体的に見ていくために、『新潮』の編集者、中村武羅夫の戦争末期の発言を参照してみよう。「文学者はいかに働いているか」(『新潮』一九四四・一二)で中村は、特に一九四一年後半以降、新聞・雑

誌の統合や減ページの影響で作品の発表舞台は縮小したが、同時期の単行本出版は非常に旺盛で、文学書全体の生産・発表量は実感的には減っていないとする。しかし一九四三年後半以降、文学書の出版は五〇〇分の一、千分の一になったと嘆いている。『日本出版年鑑　19・20・21年版』(一九四七)によると、一九四四年の文学書全体の納本数は、中村の言うほどではないにしても前年の四割にまで減少している(ちなみに一九四五年は一九四四年の二割弱へとさらに激減)。文学史上の空白期と呼ぶにふさわしい状況のなか、文学者が数百人という単位で「生活の方向を転換したり、或ひは職業を転出したりしている」と推測する中村は、文学者たちの転出先について、調査を元にこのようにまとめている。

職業方面は、やはり直接の生産部面で、徴用は凡そ二割くらい、八割は自ら志願して入社した人々である。(中略)陸海軍の報道班員として、大陸の前線や、遠く南方に出かけて行つている人々も相当にある。また、新たに南方方面の宣撫のために出かけることになつて、若い、血気の文学者が十人以上も、三ヶ月間の錬成を受けている。(中略)地方に疎開して、そこで農耕に従事するとか国民学校の教師を勤めるとか、鉱山に働くとか、地方文化運動のために活動するとか——さういふ文学者の数も、相当に多い。

従軍し戦争の様子を「報道」するためのアジア各地の戦闘地域への移動。「宣撫」に従事するための「南方」の植民地への移住。疎開を契機とした「地方」への移住。中村が述べているこの時期に特徴的な文学者、元文学者の三つの大きな動きのうち、作家の従軍は、一九三八年の従軍作家部隊(ペン部隊)の派遣以降、継続的に続いていたものであった。後の二つは一九四〇年代前半に特徴的なものである。一九四一年に始まった南方への文学者の派遣は一九三九年に制定された国民徴用令を文学者に適用したもので、この「南方」徴用体験をもとにした作家たちの膨大な文章が残されており、資料整理が近年進んでいる。「地方に疎開して」「地方文化活動のために活動する」とあるこの地方文化運動とは、大政翼賛会文化部の初代文化部長岸田國士主導の下、これまた一九四一年より推進された、郷土・地方の生活文化の質向上を目指した運動である。外来文化の影響が色濃い中央文化よりも地方文化の方に正しい伝統が存在するというかけ声のもとで展開されたこの運動は、それ以前の農村文化運動の伝統も引き継いでいたとされ、全国各地に三〇〇もの地方文化団体が作られた。背景にあったのは敵である欧米の思想の徹底的な排除という志向であり、この志向のもと欧米的な個人主義的・享楽的・消費的な都市文化が否定され、欧米の文化の影響をあまり受けていない、より純粋な日本の伝統が残っている地方が称揚されたのである。

地方の時代

戦時下に活躍した文芸評論家、板垣直子は、一九三〇年代はじめから一九四一年ごろまでの文学の話題を通覧した『現代の文芸評論』（第一書房、一九四二）のなかで、文芸復興、文芸家の国策参与の問題、国民文学論、素材派と芸術派論争、文学の地方分散化、歴史文学論、私小説論、大東亜戦争（いわゆる太平洋戦争を指す―引用者注）による東洋中心の新世界観の発生、と順にこの時期のトピックをあげている。「文学の地方分散化」について板垣は、地方文化運動以前の段階で「地方在住の作家が力作を中央文壇に示して文学的地位を築く者がでてきた」とし、その例として石坂洋次郎、火野葦平を挙げている。文学を志す者は東京に出てくるのが常識であった時代に、遠隔地でも「文学的労作」が書けるという事実は「地方在住の文学青年たちを鼓舞し刺激し、地方の文学界を活気付けた」とし、地方文学を発表した土地として「半島や満州を始め、中国、東北、北海道、樺太、九州、台湾」を挙げ、機関誌として「文芸台湾」、「九州文学」、「中部文学」、「北方文芸」があるとした。この時期の地方とは植民地も含んでいることに注意が必要である。戦時下から戦後にかけて発行されていた日本国内の地方誌、さらに植民地で発行されていた雑誌の復刻も近年急速に進んでいて、空白とされていたこの時期の文学史を埋める研究の土台が整いつつある。

文学における中央と地方の問題、あるいは文学者と地方の関わりについては一九四一年にさかんに論じられた後にいったん下火になるが、ほぼすべての日本の文学者を会員として一九四二年に結成された日本文学報国会の機関誌『文学報国』では一九四三年の後半以降、幾度も話題にのぼっている。日本軍の劣勢、あるいは局所的な全滅が国民に伝えられていた時期であり、文学者のますますの戦争協力が求められるという状況下で、地方文化運動の再出発の必要性が語られ、また地方に疎開する文学者のあるべき姿が模索された。中央＝東京は連日の空襲もあって機能不全に陥り、作家だけなく出版文化それ自体の地方への疎開が進行していた最中、ついに終戦／敗戦を迎えるのである。

毒と薬と——太宰治の地方旅行記

以上のような状況の一九四〇年代前半に、戦争以外を主題とした小説を書き継ぐという難事業に取り組み、文学史に名を残している二人の作家の地方旅行記を参照し、戦時下の文学について考え、論じるとはどのような作業なのかを確認したい。

一人目は教科書の常連作家、太宰治である。一九三三（昭和八）年にデビューし一九四八（昭和二三）年に心中した太宰の作家生活のほとんどが戦争期であったことはよく知られていよう。これまで教科書に掲載されることの多かった「富嶽百景」は一九三九年発表、「走れメロス」は一九四〇年発表であり、特に「走れメロス」で描かれた「信」には、戦争に対する太宰の姿勢を読み取ることも可能である。

さて、文芸書の出版自体が激減していたアジア・太平洋戦争末期にも途切れることなく戦争物以外の作品を発表し続けた希有な作家であった太宰は、一九四四年に小山書店の企画した新風土記叢書執筆の依頼を受け津軽旅行を敢行。同じ年の一一月、故郷である津軽の風土を紹介する風土記的要素のみならず、旅の経験をユーモアをまじえつつ描く珍道中的要素、過去に事件を起こして故郷と疎遠になっていた者が再び故郷に帰る蕩児の帰宅というテーマや育ての母に会いに行くという個人的事情を存分に織り込んだ旅行記『津軽』を発表した。

戦時下の作品として『津軽』を見れば、検閲が目を光らせている特殊な環境下での刊行にふさわしい要素がちりばめられている。そもそも新風土記叢書という企画の意図は「故郷への愛著をよびさまし、なほ進んでは、神のみ手に生みなされた、うまし国たる日本を、あらためて見いださんがため」(田畑修一郎『出雲・石見』一九四三 小山書店広告ページ)、つまり日本が神の国であることを強調するためであった。『津軽』には、天皇や日本を賛美したり、国防に配慮したりした表現がしっかり書き込まれている。戦後すぐの再版の際にはGHQ検閲を意識してほぼすべて書き直されるか削除されているこれらの表現を含め、『津軽』が一見時局に沿って書かれているようで実は「毒」が忍ばされているという面白い指摘がある(松本、一九九八)。例えば国防への配慮のためここの地形についてはこれ以上説明できないという表現が何カ所も出てくるが津軽のあちこちでそれを言うことが本当に国防上役に立つのかどうか。またさらに、津軽の豊かさに甘えて鯨飲馬食する「私」を描いているが、それは戦争のために国民が一つになって食糧難などの国難を乗り越えようとしている時期にあっては、時局に外れているどころか、実に挑発的な態度なのではないか……。

ここで『津軽』本編最初の章「巡礼」を確認してみよう。冒頭、死が意識されていることをほのめかしつつ上野駅から旅立った作家「私」は、列車のなかの寒さを心頭滅却の修行で耐え抜こうとするも果たせず、「炉辺に大あぐらをかき、熱燗のお酒のみたい」と「念願」し、青森に着いてすぐ「念願」を果たしたことをもって「奇蹟的」と語る。この「私」の姿は、再生を願って聖地大和に向かい、愛と信仰という帰依の心にいたりつき、そこで自身が行っていることがただ祈る無償の行だとした、日本浪曼派以来の友人亀井勝一郎の巡礼の態度(『大和古寺風物誌』天理時報社、一九四三年）とあまりに大きく違っている。旅の出発地点から祈りに満ちた巡礼を茶化す気満々の『津軽』とは、巡礼の失敗（成功？）をユーモラスに書くことで読者を楽しませようとしているわけだ。さらに酒と食料が豊富にあり、いつもと変わらぬ暮らしを続けているように見える地方の様子を描くことは日本にはまだ余力があるという安心感を戦時下の読者にもたらす効果があろう。耐乏下にあって苦しい生活を続ける日本国民への薬と、戦時下にあってはならない不謹慎さ、脳天気さで時局を挑発する「毒」の調合こそが、『津軽』の特色なのである。

戦争を黙殺する——堀辰雄の地方旅行記

続いて取り上げる堀辰雄も太宰同様、戦時下にあって質の高い作品を書いたと評価されてきた。堀は「リルケは大戦当時終始沈黙を守つていたやうです。やはりさうするのが一番いいのではないかと考へます」（『文芸』一九三七・一〇）と日中戦争開始の年に言い切り、その言葉通り、戦争物はおろか、戦争にかかわることすらまるで書かないまま終戦を迎えている。この姿勢は、先に取り上げた太宰が、戦時下であるということ、あるいはそれに関する言葉を作品に積極的に書き込んでいたのと対照的とも言えるのだが、堀文学が戦争下という状況と全く関係の無い地点で独自に展開されていたのかについては議論がある。代表作『風立ちぬ』が完結した一九三八年前後より作品として形を表し始めたいわゆる「日本的なるもの」への接近の問題である。『蜻蛉日記』をもとにした「かげろふの日記」（『改造』一九三七・一二）と「ほととぎす」（『文芸春秋』一九三九・二）、『更級日記』をもとにした「姨捨」（『文芸春秋』一九四〇・七）、『今昔物語』をもとにした「曠野」（『改造』一九四一・一二）、さらに「古代美への心の渇き」（堀辰雄『花あしび』「後記」、青磁社、一九四六）を癒すための古都大和への旅の様子を描いた「大和路・信濃路」（『婦人公論』一九四三・一－八）などの諸作に見られる古典、古代志向は、女性の生き様を描くという堀個人の文学的テーマ追求や折口信夫の古典学の摂取の成果であるとともに、同時代的に見れば保田與重郎の一連の反近代的な古典論や萩原朔太郎の言う西洋的知性を通過しての「日本への回帰」(『日本への回帰』白水社、一九三七)に顕れる日本的なるものへの接近、回帰と軌を一にしている。保田の古典論を堀は高く評価しており、さらに萩原朔太郎は堀の敬愛する詩人であった。文壇のこの大きな動きの一つとして戦時下の堀文学は捉えられようし、本人もこの動きを見つつ古典に材をとった作品を描き続けたと思われるが、問題とされたのは、この日本への回帰、古典評価の動きが、戦時下において戦争遂行を支える民族的ナショナリズムの高揚という役割を果たしていたことである。堀の、戦争に距離を置きつつ戦時下において国粋主義者として名を馳せ戦後に断罪された保田を評価するという矛盾ともいえる姿勢を前提として、先に挙げた古典をもとにした諸作の読みの深化がはかられている。地方旅行記「大和路・信濃路」の諸篇をめぐっては、古都大和が地方ではありながら日本人の心のふるさととでもいうべき特別な場所であること、同じ場所の訪問記で堀が執筆の際に参照している和辻哲郎『古寺巡礼』(岩波書店、一九三二、一七版)や蔵書に名の見える亀井勝一郎の『大和古寺風物誌』(前掲)との表現・思想上の関係性、堀文学の根幹をなす西洋文学の影響など幅広い問題が提起され、堀の態度への批判も含めて考察が積み重ねられている。一九四三年において、あの大和(保田與重郎のふるさとでもあった)への旅行記を書き、そこで戦争にかかわる内容も言葉も全く使っていないという点で戦時下文学としての独自性に疑いはない。今読めばただの旅行記に見えるという意味での平凡さと連載された時期からみた堀のすごみをまずは見て取りたい。

最後にもう一人、この時期に活躍した作家を挙げておこう。一九四二年に「山月記」「文字禍」でデビューし、将来を嘱望されながら、同じ年に病で亡くなった中島敦である。中島は徴用ではないものの一九四一年に南方パラオに移住した経験があり、また中国、朝鮮に住んでいた時期もあった。戦時下に特徴的な移動(住)の時代を生きた中島敦の作品と戦争との関わりについて考えてみることで、その文学の独自性と戦時下という特殊な時代の状況がまた別の角度からみえてくるかもしれない。

参考文献

・『日本出版年鑑　19・20・21年版』（日本出版共同株式会社、一九四七）
・畑中繁雄『覚書　昭和出版弾圧小史』（図書新聞社、一九六五）
・松本常彦「テキストの毒・太宰治「津軽」の政治学」（『敍説』一七、花書院、一九九八・八）
・大串潤児『「銃後」の民衆経験――地域における翼賛運動』（岩波書店、二〇一六）
・尾崎名津子『織田作之助論――〈大阪〉表象という戦略』（和泉書院、二〇一六）
・高橋秀太郎・森岡卓司編『一九四〇年代の〈東北〉表象　文学・文化運動・地方雑誌』（東北大学出版会、二〇一八）
・大石紗都子『堀辰雄がつなぐ文学の東西――不条理と反語的精神を追求する知性』（晃洋書房、二〇一九）
・赤澤史朗『戦中・戦後文化論――転換期日本の文化統合』（法律文化社、二〇二〇）

2章　「無頼派」と戦後

― 尾崎名津子

「無頼派」の来歴

文学史は、そのおおよその形を示すために、一定の傾向を共有する作家たちをまとめて捉える向きがある。その枠組みは書き手の自認に基づく場合（多くの場合は雑誌名＋「派」）もあるが、当人のあずかり知らぬところで、事後的に、第三者によって築かれてしまったものも少なくない。敗戦直後の一九四六年から五〇年を中心に特に活躍したとされる無頼派とは、まさにそうした用語である。太宰治、坂口安吾、織田作之助、石川淳、檀一雄、田中英光らが通常そこに含まれるが、文芸評論家の奥野健男は、無頼派を「当時の読者、特に若い愛読者たちの魂がつくりあげた幻想のエコール」（「文学における無頼とは何か」『国文学　解釈と教材の研究』一九六〇・二）とした。エコールとは、ここでは流派の意味である。世代に鑑みれば、一九二六年生まれの奥野自身がまさにそうした「愛読者」の一人であり、さらに、奥野はそこに「伊藤整を加える。とすれば高見順も近い。北原武夫もいる。三好十郎・平林たい子・林芙美子・石上玄一郎も「無頼派」にふさわしい。花田清輝・大井廣介の批評家、そして武田泰淳まで含めるべきではないか」と言い、無頼派をどこまでも拡大できるかのように見せる。「〇〇派」といった文学史上のカテゴリーは、場合によってはかくも恣意的である。

無頼漢という言葉は前近代から用例があるが、現在無頼派に数えられる作家の中でこの語をはじめに用いたのは太宰治だった。それは、井伏鱒二に宛てた書簡（一九四六年一月一五日付）においてだった。つまり、私信である。「私は無頼派《リベルタン》です。束縛に反抗します。時を得顔のものを嘲笑します」。ここで「リベルタン」と読み仮名が付されていたことと、この書簡と近い時期に単行本が刊行された太宰の小説『パンドラの匣』（初刊一九四六）に関係する記述があることから、「無頼派」が作家・太宰治の特質を示す強力な符号として理解されるようになった。『パンドラの匣』では、登場人物の「固パン」がフランスには「自由思想を謳歌」した「リベルタン」がいたと知識を披露する場面がある。そこで次のようにも述べていた。

たいていは、無頼漢みたいな生活をしていたのです。芝居なんかで有名な、あの、鼻の大きいシラノ、ね、あの人なんかも当時のリベルタンのひとりだと言えるでしょう。時の権力に反抗して、弱きを助ける。当時のフランスの詩人なんてのも、たいていもうそんなものだったのでしょう。日本の江戸時代の男伊達とかいうものに、ちょっと似ているところがあったようです。

「固パン」が解説する「リベルタン」像は、「自由思想を謳歌」し、「権力に反抗」するといった条件を具えている。こうした小説の記述が書簡と接続され、〈リベルタン＝自由を求めて権力に反抗する人〉＋〈リベルタン＝無頼派＝太宰治〉→〈無頼派＝自由を求めて権力に反抗する人＝太宰治〉と展開していったと理解できる。

織田・太宰・安吾の狙い

無頼派は、反逆精神や含羞、日本に対する批評的な視線が共通する要素とされる向きがあるが、それも概ねのところであって、先に挙がった作家全員に当てはめるのは強引に過ぎる。一方で、そこには確かに一定の共通する傾向を見出すこともできる。文学を規定する既存の枠組みを問い直し続ける点において、たとえば太宰や織田作之助、坂口安吾はある面で確かに問題意識を共有している。これついて、時系列に即して概観してみたい。

織田作之助「可能性の文学」（『改造』一九四六・一二）は、作者の逝去直前に発表された評論である。ここで織田は日本の小説が未だ近代性を獲得していないと主張した。織田の言う「近代小説」とは、「人間を描こうという努力」に基づき、それが一定の達成を見せている小説のことで、理想形としてフランスやロシアの作家や作品が紹介される。たとえば、サルトル「水いらず」などである。織田にとって日本文学は「志賀直哉の文学の影響」から逃れ得ず、「美術工芸的心境小説に逃げ込んでしまった日本の文学には、「人間」は存在しなかった」。注意したいのは、ここで織田が志賀本人や志賀の作品ではなく、志賀の「影響」こそを批判している点である。この点において、太宰治も重なるところがある。

太宰の最晩年に発表された「如是我聞」（『新潮』一九四八・三・五－七）は、彼が志賀直哉批判を行った随筆として広く知られている。しかし、批判の射程がそこにとどまらない点こそが、この文章の読みどころである。

私は、或る「老大家」の小説を読んでみた。何のことはない、周囲のごひいきのお好みに応じた表情を、キッとなって構えて見せているだけであった。軽薄も極まっているのであるが、馬鹿者は、それを「立派」と言い、「潔癖」と言い、ひどい者は、「貴族的」なぞと言ってあがめているようである。

ここにも織田「可能性の文学」と同じ見解、つまり、志賀の「影響」を問題視する観点が存在している。この問題や織田と太宰のあり方を相対化しつつ、その「影響」も含めて最も鋭利な志賀直哉批判を行ったのは坂口安吾であろう。「志賀直哉に文学の問題はない」（『読売新聞』一九四八・九・二七）で安吾は志賀について、「彼は我慾を示し肯定して見せることによって、安定しているのであ」り、それは「まことの人間の苦悩ではな」く、「志賀流の日本の私小説」は「ニセ苦悩」でしかないとし、「志賀流」が支持されることによって「日本の知性は圧しつぶされてしまった」とまで述べた。同じ文章の「この世界にとって、まことの苦悩は、不健全であり、不道徳である」という部分は、安吾の「堕落論」(『新潮』一九四六・四)にも通じるところがある。

さかのぼれば、坂口安吾「教祖の文学——小林秀雄論」(『新潮』一九四七・六)では、小林秀雄を「教祖」に喩え「教祖の流儀には型、つまり公式とか約束といふものが必要で、死んだ奴とか歴史はもう足をすべらすことがないので型の中で料理ができるけれども、生きてる奴はいつ約束を破るか見当がつかないので、かういふ奴は鑑賞に堪へん」と述べ、硬直化したように見える小林の批評を批判していた。こうした「型」や「公式」、「約束」への批判は、「可能性の文学」の次の指摘と軌を一にする。

われわれが過去の日本の文学から受けた教養は、過不足なき描写とは小林秀雄のいわゆる「見ようとしないで見ている眼」の秩序であると、われわれに教える。「見ようとしないで見ている眼」が「即かず離れず」の手で書いたものが、過不足なき描写だと、教える。これが日本の文学の考え方だ。(中略)しかし、一体人間を過不足なく描くということが可能だろうか。そのような伝統がもし日本の文学にあると仮定しても、若いジェネレーションが守るべき伝統であろうか。

右の箇所は志賀直哉「灰色の月」(『世界』一九四六・一)の受容の様相を問題にしたもので、志賀が評価されてきたポイントの一つである「過不足なき描写」と、小林が理想とした「見ようとしないで見ている眼」という小説の叙述における視点の二つが併せて乗り越えるべき対象に据えられている。このように、織田・太宰・安吾は、互いに「志賀直哉」や「小林秀雄」の名前によって象徴される日本文学の閉塞状況に異議を唱え、既存の枠組みの外へと飛躍しようとしたのである。

しかし、織田と太宰が相次いで逝去し、一人残った坂口安吾は、その後も続く「戦後」を書くことによって生き延びねばならなかった。「教祖の文学」で安吾は、次のように述べていた。

何も分らず、何も見えない、手探りでうろつき廻り、悲願をこめギリ〳〵のところを這ひまはつてゐる罰当りには、物の必然などは一向に見えないけれども、自分だけのものが見える。自分だけのものが見えるから、それが又万人のものとなる。芸術とはさういふものだ。歴史の必然だの人間の必然などが教えてくれるものではなく、偶然なるものに自分を賭けて手探りにうろつき廻る罰当りだけが、その賭によって見ることのできた自分だけの世界だ。

これに続く道行は、戦後の政治や文化、産業構造の変容などと、常にともにあった。

冷戦構造と作家の社会化

一九四九年から五〇年にかけて、社会と文学にも一つの転機が訪れた。一九五〇年六月、南北に二分されていた朝鮮半島の北緯三十八度線で戦争が起こり、アメリカを中心とする国連派遣軍やソビエト連邦など他国がこれに介入し、第二次世界大戦以後最大の国際不安が醸成された。このことは、日本にとってももちろん無関係ではなかった。特に九州はアメリカ軍が朝鮮半島に出撃するための基地として機能しており、松本清張「黒地の絵」(『新潮』一九五八・三―四)はこの地政学的な関係を背景に据えた作品である。自由主義と共産主義との思想的な対立は激化し、GHQ/SCAP占領下にあった日本では共産主義者やその同調者がパージ(追放、一掃の意)を受けるようになった。

この影響は出版にも及んだ。戦後、言論出版の自由が得られるとともに、政治思想だけでなく、風俗においても自由が拡大され、性的な書物や絵画、演劇などが一般化した一方で、それへの反動的な批判が強く起こった。一九五〇年、イギリスの作家D・H・ロレンスの選集が小山書店から刊行され、その第一巻、第二巻として

「チャタレイ夫人の恋人」が伊藤整の完訳で出版された。貴族の妻と、労働者階級出身の退役軍人との性的な関係を含む関わりを描いた本作は、階級問題と人間の解放をテーマとしていた。

この作品の完訳を出すのは大胆すぎるという批評が一部の新聞に表れたのを契機に、検察庁は悪質な風俗的出版物阻止運動の一環として、五〇年九月に刑法に基づくわいせつ文書頒布罪で伊藤と出版者を起訴した。これに対して文藝家協会とペンクラブは協同で「チャタレイ問題委員会」を設け、石川達三、中村光夫、亀井勝一郎、高見順、中野重治、福田恒存、舟橋聖一、広津和郎などが委員となり、起訴反対運動を始めた。しかし、五一年五月から裁判が始まり、同年一二月まで公判が開かれた。裁判は最高裁まで持ち越され、最終判決は五七年四月に決定した。その結果、伊藤は罰金一〇万円、小山は二五万円を言い渡された。

この裁判と前後する時期に、広津和郎と宇野浩二が松川裁判について意見を発表し始めていた。松川裁判は一九四九年に福島県で起こった列車転覆事件をめぐり、多数の人びとが起訴されたが、きわめて疑わしい証拠や自白が積み重ねられた。広津は「回れ右——政治への不信ということ」(『朝日新聞』一九五二・四・六)を皮切りに公正な裁判の訴えをはじめ、根本的な調査を行った。それが『中央公論』で連載された「真実を阻むもの——松川控訴審判決を検討す」(一九五四・三)以降の一連の評論に結実する。裁判の間違いを事実と論理との二面から粘り強く指摘し続け、『松川裁判』(中央公論社)として五八年一一月にまとめた。『松川裁判』には、広津がこの事件に関心を持ったきっかけが、次のように書かれている。

私がどうしてこの松川事件に関心を持つようになったかというと、第一審の判決の後大分経ってから、被告諸君の文章を集めた『真実は壁を透して』という小冊子を送られ、それを読んだからである。私は被告諸君の文章に嘘が感ぜられないと思ったので、これはあるいは被告諸君の訴えが真実ではないかという疑問を起し、第一審の法廷記録をできるだけ手に入れて、調べてみる気になった。

問題に取り組む動機は、「嘘が感ぜられない」という作家の直感にあったのである。大正期に葛西善蔵らと雑誌『奇蹟』を創刊し、「性格破産者」と言われるような主人公たちを据えた小説や私小説を書き、戦後はこの松川裁判に注力するなかで、一貫して「自由と責任」を問い続けた広津は、一九六三年に裁判の被告が全員無罪となったのちも裁判と文学に関する発言を重ね、それは六八年に逝去するまで続いた。

チャタレイ裁判と松川裁判は、いずれも戦後における作家の位置を示すものである。一方は作家と作品が司法の場で「事件化」されたケースで、他にも三島由紀夫が被告となった「宴のあと」裁判などが挙げられる。もう一方は、作家の直接的な社会参加の一つの形を示すものである。一九五〇年代は作家がいわゆる「文壇」の内部にとどまることが半ば許されなくなった時代とも言え、それはメディア環境の変化とも相関している。もちろん、戦前においてもこれらのような出来事が皆無だったとは言えないが、伊藤整や広津和郎の場合は、そうした作家の振る舞いそのものが盛んにメディアによって発信され、その頻度と話題性においてそれ以前の時代とは一つの画期をなす。

広津も『松川裁判』で「私たち（広津と宇野―尾崎注）のそういう行為がジャーナリズムに宣伝され、一方ではある賛成者を得ると同時に、他方では「文士の甘さ」として冷笑された」、「ひと頃私たちはジャーナリズムの揶揄、嘲笑の的となった」と述べていた。メディアによって作家の社会への参画が発信され、揶揄される。その一方で、その「ジャーナリズム」に自ら乗り込み、新しい文学の形を模索しようとした作家も登場してくる。これについては追って述べる。

「無頼派」のおわりと「偶然」による飛躍

鳥羽耕史は、一九五〇年代のキーワードを「記録」だとし、生活綴方・生活記録、ルポルタージュ、ドキュメンタリーなど多彩な形の「記録」が隆盛を見せたことを指摘している。ここに広津と松川裁判をめぐる一連の出来事を含めてもよいかもしれない。鳥羽は状況の背景に、「真実」を渇望する人びとの欲求を看取している。「記録」の繚乱のなかで、坂口安吾もまた、そこに自らを賭していく。安吾は一九五〇年一月から一二月まで『文芸春秋』に「安吾巷談」を連載する。これは社会時評とも、ルポルタージュとも呼ばれている。浅草のストリップ劇場、闇市に由来する新宿マーケットや上野ジャングルなど、安吾が自ら取材し見聞したものをまとめており、当時の新たな風俗に自ら切り込んでいる。「巷談」を一つの語りのスタイルと見なし、「手頃な題材を見つけて、勝手放題な熱をふく」ようなもので、「私のオモチャですから、折にふれ機にのぞんで一生やめないつもり」だと最終回で述べていた。これは一つの予言となった。

一九五一年三月からは、同じ雑誌に「安吾の新日本地理」の連載を始める。伊勢神宮訪問に始まり、全国を駆け回って執筆した。ここでは一貫して「日本」の成り立ちや枠組みを問うており、「安吾巷談」から続くスタイルによって新たな批評を構築しようとしていたことは明らかであろう。その際に、場当たり的な取材に基づく記録というアプローチを選択したことは、同時代の動向と、「偶然なるものに自分を賭けて手探りにうろつき廻る罰当りだけが、その賭によって見ることのできた自分だけの世界」(「教祖の文学」)を芸術だと言った作家のモチベーションとが重なったことに因ると思われる。

『中央公論』一九五五年一月号に、安吾の連載予告文が掲載された。タイトルは「「安吾・新日本風土記」(仮題)について」だった。

予告して申し上げるほどの言葉はまだないのです。しかしとにかく土地々々には生き生きと働く人々は云うまでもなく町や風物や山河や歴史にもそれぞれ自らを語っている個性的な言葉があるもので、私はそれを現地で見また聞きわけたいと思っているだけです。そしてそれを私自身の生存の意義と結び合せ、私自身の言葉で語り直してみたいと思っているだけです。何を見て何を聞きわけてくるかは現地へ行ってみるまでは私自身にも見当がつかないのです。

ここでも偶然に自らを賭ける姿勢が鮮明に出ており、敗戦以来、安吾のなかに一貫したものが流れていることが窺える。しかし、「安吾新日本風土記」は五五年二月から二回で連載が終わってしまう。安吾が急逝したからである。「日本」や歴史や民族を、取材を通して追究しようとしたこれらの試みは、安吾の到着地でもある。取材により、また、偶然により言葉を定めていくという方法は、後継の世代との連続性が見られる。

たとえば、松本清張は一九五三年に小説「或る「小倉日記」伝」（発表は一九五二）で芥川賞を受賞後、「点と線」（一九五八）などによって社会派推理小説ブームを起こしながら、『日本の黒い霧』（一九六〇）で占領期の日本に対するアメリカの深い影響力を描き出そうとし、『昭和史発掘』（一九六四）ではファシズムの時代の実像に迫ろうとした。特に『日本の黒い霧』は、仕事の内実からしても、いわゆる「文春ジャーナリズム」という調査報道の基礎を作ったという点からも、画期を成す作品である。しかし、偶然という面では緻密で重厚な取材で知られる清張は、安吾と縁遠いところがある。

より安吾の手法に近い文学的営為を見せたのは、「パニック」（一九五七）によって商業誌にデビューした開高健だった。開高はその直後に深刻なスランプに陥り、状況を打破するために実地取材を始める。それが、大阪の「アパッチ部落」と呼ばれた場所と人びとに直接関わることで書かれた小説『日本三文オペラ』（一九五九）だった。この方法に活路を見出そうとした開高は、一九六四年にはベトナム戦争の従軍特派員となるに至り、そこから『輝ける闇』（一九六八）などの絢爛な比喩によってリアリティを追求しながら人間という存在や冷戦下の世界における日本の位相などを見抜こうとした、一連の重要な作品を生み出したのである。

参考文献

・大原祐治『戯作者の命脈――坂口安吾の文学精神』（春風社、二〇二二）
・日比嘉高『プライヴァシーの誕生――モデル小説のトラブル史』（新曜社、二〇二〇）
・鳥羽耕史『１９５０年代――「記録」の時代』（河出書房新社、二〇一〇）

3章　東西冷戦体制と大江健三郎

——高橋由貴

東西冷戦体制と日本

第二次世界大戦が終結した後も、ソビエト連邦を盟主とした東側諸国とアメリカを盟主とした西側諸国とは、経済・思想・文化といった面での対立関係が長く続いた。これは戦火を交えない「冷たい戦争」と呼ばれている。しかしながら冷戦確立期（一九四九－五五年）には、朝鮮戦争（一九五〇－五三年）をはじめ東アジアに場所を移した代理戦争が行われ、アメリカとソ連は一層対立を深めていく。両陣営は、宇宙開発や核開発といった科学技術の発展の面でもしのぎを削り、この緊張関係は東側の社会主義体制崩壊（一九八九年）まで続く。

ＧＨＱ主導の下での七年の占領期（オキュパイド・ジャパン）を経て、信託統治に近い形でかりそめの日本独立が果たされる。さらにソ連の太平洋侵出を想定した新しい日米安全保障条約締結が一九六〇年に強行され、有事の際はアメリカによる日本防衛が約束される。したがって日本は、冷戦構造においてアメリカの懐深く抱きかかえられ、戦争の前線から退けられて後方に据えられながら、朝鮮特需といった対立からの利益を享受して急激な経済成長を遂げていく。

冷戦構造という世界編成が築きあげられていく過程において、このような当事者意識を欠落して緊張の連続だったはずの国際情勢をやり過ごした日本のあり方を「意識としての傍観」として鋭く指摘したのが、丸川哲史『冷戦文化論』（双風舎、二〇〇五）である。丸川は本書で、五五年体制とは、日本が敵対した旧ソ連や中国といった戦争の当事者を排除して承認された体制であり、だからこそあえて東アジアという視点をとって冷戦期の日本文学・

文化の「内なる冷戦」を見つめ直すことを提起した。二〇〇〇年代以降、冷戦期の思想・運動・表現を冷戦文化(cold war culture)として捉え返す研究は国際的に活発となっている。

「戦後文学」という言い方が定着して久しいが、そもそも軍拡競争期の文学にこうした呼称を用いることも、日本が冷戦体制の一角を積極的に担っていたという当事者意識を覆い隠すものであった。このような一九五〇年代後半に登場したのが、民主主義を守りながら反安保を唱え、「日本青年が国について情熱を回復するためには日本から外国の基地がなくならねばならない、それだけのことなのである」(「戦後青年の日本復帰」、一九六〇)と声高に発した大江健三郎であった。

朝鮮戦争に対する当事者意識

大江について考える前に、朝鮮戦争に対する日本の傍観について触れておきたい。

大岡昇平・堀田善衞・武田泰淳の初期小説は、東アジアに対する加害意識を忘却して朝鮮分断を傍観者の位置で眺める日本の欺瞞を暴くものだった。敗戦を中国大陸や南方戦線といった国外で迎えた作家たちは、いずれも国際情勢を俯瞰する視座を備えており、彼らにとって朝鮮戦争は決して対岸の火事としてみなしえないものであった。

例えばフィリピンのミンドロ島で米軍俘虜となり、その苛酷な体験をもとに執筆された大岡昇平『俘虜記』、その合本版(創元社、一九五二)「あとがき」では、「俘虜収容所の事実を藉りて、占領下の社会を諷刺するのが、意図であった」と記されている。戦争が終わって俘虜収容所から解放されても、被占領下の日本という「別の監禁状態」が続くことを大岡は示唆した。

上海で敗戦を迎えた堀田善衞は、『広場の孤独』(一九五一)を発表する。新聞社渉外部に勤める主人公は、朝鮮戦争を伝える電文において、「北鮮共産軍」を「敵」と翻訳することに困惑する。「敵」とは何を指すのかについて悩み、朝鮮戦争に対する「手を汚した」という加害意識を自覚する。

同じく敗戦時に上海にいた武田泰淳、彼の代表作「風媒花」（一九五二）では、朝鮮戦争に際して「中国文化研究会」に所属するメンバーがそれぞれ中国に対してどのようなスタンスを取るかを描いた。占領政策によって日本の民主化が進められ、日本人は「善良平凡な市民」として日常を送ることを許される。そのような日本の朝鮮戦争への関わりに、登場人物の一人はその欺瞞を批判して「正義」の言葉と共に日本の加害性を訴え、もう一人はその善良平凡さの裏で「間接的に複雑な殺人行為の網の目に編みこまれ」ているのだと説き、戦争への罪責感を強く示した。

国際情勢を冷徹な目でみつめ、日米関係を東アジアという視点から重層的に捉える大岡・堀田・武田らの世代（とりわけ堀田はアジア・アフリカ作家会議で活躍する）の後に登場したのが、子供の時に敗戦を通過した戦後世代、換言すれば「戦争に遅れた」意識を持った作家たちである。一九五〇年代後半の戦争から遠ざけられた閉塞状況の青年たち、彼らの暴力や逸脱を描く一九三〇年代に生まれた〈若い〉そして〈新しい〉作家として、石原慎太郎・開高健、そして大江健三郎が現れる。

特に大江は、アメリカの庇護の下で安逸な日常を送る日本を「閉ざされた壁のなかに生きる」「監禁されている状態」だと捉え、政治的な主体になれない日本青年を代表するオピニオン・リーダーとしてふるまっていく。例えば次のエッセイには、核保有によるパワーポリティクスによって膠着状態に陥った東西陣営が、アジアに戦地を移して擬似・代理戦争を行い、局地的な核使用もなされるといったＳＦ的誇張を凝らした架空の「未来の戦争」イメージが披瀝されている。

そこでぼくは未来の戦争について、核兵器による滅亡の戦争は除外して、ひとつの戦争ＳＦのイメージをもっていることをつけくわえたい。それは核兵器による恐怖の均衡が良識のコンクリートに固められた時代で、もちろんボタンに押しちがえやレーダーの故障などによる偶発戦争はありえない。二十世紀後半にはじめて達成された、永久的な反・戦争の時代だ。／ところでその時代には、ヴィエトナムやラオス、印中国境、コンゴ、朝鮮、そういう国ぐにで局地戦の花ざかりだ。沖縄でもいくらか性格のあいまいな代理戦争がはじまるし、ことに台湾は、小さな核爆弾で具体的に消滅してしまっている。ところが恐怖の均衡はしだいに局地戦争を停止させるまでにすすみ、それからは部族間の戦争、個人間の戦争へと、戦争の単位はますます縮小していく。／この時代には《宏大な共生感》などどこの世界のどこにもない。（中略）そこには恐怖の均衡という煉瓦で幾重にもつみかためられたユートピアだが、人間の個人はすさまじい勢いで孤独の荒廃をつづけてゆくほかない……

（「ぼく自身のなかの戦争」『中央公論』一九六三・三）

アジアは部分的核使用も許された戦場と化し、部族間・個人間で争う国内冷戦（あるいは熱戦）が繰り広げられる。その様は「恐怖の均衡という煉瓦で幾重にもつみかためられたユートピア」と皮肉に擬えられる。「《宏大な共生感》」とは、捕虜収容所体験も有するフランスの作家ピエール・ガスカールの小説「馬」（les chevaux）からの言葉であるが、先の世界大戦に身を投じる陶酔や高揚感が絡みあう連帯意識から隔絶された世代の「ぼく」は、「未来の戦争イメージ」の前で「孤独の荒廃」に苛まれる。エッセイ後半では、キューバ危機に際して現地味を帯びてきた核戦争の危機に「深甚な恐怖」を覚え、この「《宏大な共生感》」を反安保運動での連帯（とその後の苦い挫折）に連なる類の感情として追体験したと述べている。このような時代意識とともに、初期の大江文学が形成されていったのである。

大江の初期小説と「政治と性」

東京大学在学中の一九五七年に「奇妙な仕事」を発表して世の注目を浴びた大江は、それから半世紀以上にわたり日本文学を牽引し続けた。その初期小説は、一九五〇年代後半から一九六〇年代を、先の戦争と未来の戦争とに挟まれた準戦時体制と捉え、その中で飼い殺される日本の青年たちを動物や死者や戦争捕虜と同じ地平に据えるものであった。

「奇妙な仕事」は、英国婦人の善意の投書によって殺処分される不運な犬たちを扱うアルバイトを通じて、犬を殺す側であった大学生が、実は容易に殺される側になりうるという認識にいたる小説である。続く二作目「死者の奢り」も、大学病院の水槽に浮沈する死者(銃殺された兵士の死体も含む)を扱うアルバイトに応募した大学生が、先の戦争で火葬されなかった死体を処理する仕事を強いられながら、近い将来到来する戦争に自分たちも駆り出される側になるという意識に覚醒する。「奇妙な仕事」では、殺される犬に「皮を剥がれる」という過剰な修辞《レトリック》が使われ、「死者の奢り」では、人間でも物質でもない「《物》」と指示される水槽の死体を象る臭いや汚れの修辞が配されるのであるが、これら動物や死者に施される修辞は、徐々に「僕ら」を形容する語に転移する。

翌一九五八年発表の「飼育」もまた、子供と大人、村と町、日本とアメリカという各共同体を序列的に包摂する重層空間が設定され、日本を覆いつくす戦争に、子供ですら組みこまれていることを「僕」が身をもって痛感する小説であった。

「戦争も、こうなるとひどいものだな。子供の指まで叩きつぶす」と書記がいった。
「僕」は息を深く吸いこみ黙っていた。戦争、血まみれの大規模な長い闘い、それが続いているはずだった。

遠くの国で、羊の群や、刈りこまれた芝生を押し流す洪水のように、それは決して僕らの村へは届いてこない筈の戦争。ところが、それが僕の指と掌をぐしゃぐしゃに叩きつぶしに来る、父が鉈をふるって戦争の血に躰を酔わせながら。そして、急に村は戦争におおいつくされ、その雑踏の中で僕は息もつけない。

忌み嫌われる仕事が町から村、大人から子供へと下げ渡され、臭く厄介な作業は最も弱い階層の者へ降りていく。この権力の網の目を通じて戦争が押し寄せる。辺境の村であっても、無知で無垢な子供であっても、この洪水のような戦争からは逃れられない。父親に潰された自分の掌から、撲殺された黒人兵と同じ臭いがするという結末近くの「僕」の発話は、「僕」と戦争の犠牲となった黒人捕虜とが、たいして変わらない存在であることを言い表したものにほかならない。

このように第一小説集『死者の奢り』(文芸春秋新社、一九五八)には、戦争終結にもかかわらず、遅れて到来する準戦争体制へと組みこまれる子供や青年たちの息苦しいまでの閉塞状況を形象化した短篇が収録されている。冷戦下の日本をより先鋭的に打ち出したのが、第二短編集『見るまえに跳べ』(新潮社、一九五八)である。この本の「後記」には、「強者としての外国人と、多かれ少なかれ屈辱的な立場にある日本人、それにその中間者としての存在(外国人相手の娼婦や通訳など)、この三者の相関を描くことが、すべての作品において繰り返された主題でした」と、外国との優劣関係が日本青年の自己構成にどう作用するかが主題であると掲げられた。その際に「これらの作品を横にむすびつけるものとして、一貫してセックスのにおいのするイメージ、sexualなイメージに固執しました」と、政治的な事象に性的なイメージを持ちこむことも明かしている。性的なイメージを用いて米軍基地を抱える日本を形象化するという「政治と性」という手法は、例えば、「牡アメリカ」のもとで日本青年は政治的主体になりえず「無力で滑稽で悲惨」な「性的人間」でしかありえないと主張する、次のエッセイでも確認できる。

現在日本は、性的人間の国家と化し、強大な牡アメリカの従属者として屈服し安逸を享楽しているとぼくは考え、逆にこの国での進歩的な政治運動家をみまう困難と不安、かれらのまえの巨大な壁に思いいたる。性的人間の国家において、政治的人間はアウトサイダーでしかついにありえない。アウトサイダーは無力で滑稽で悲惨だ。

（「われらの性の世界」『群像』一九五九・一二）

米国と従属的パートナーシップは、アメリカ中心の世界システムのマージナルな部分に日本が据え置かれることを意味する。政治的主体になりえず、内向的で抵抗できずに停滞する非主体的なありかたが「性的」と表され、その安逸をむさぼる日常が政治的主体としての無力化・周縁化をもたらすことが「性的人間」と称される。性という小説手法についても、「読者を荒あらしく刺激し、憤らせ、眼覚めさせ、揺さぶりたて」「平穏な日常生活のなかで生きる人間の奥底の異常へとみちびきたい」（『われらの時代』あとがき、一九六三）と、性的イメージの使用は読者の心理を荒あらしく攪拌することを意図したものだという。このように大江は、アメリカに抱擁されながら反アメリカにもなりうるマージナルな日本の複雑かつ曖昧な形での責任の所在を、性的イメージを駆使しながら、父親世代の上役の命令で仕事に従事する青少年たちのアルバイトという小説設定を用いて繰り返し問うのである。

終戦直後の谷間の村で黒人捕虜を飼う兄弟を描いた「飼育」の主題は、朝鮮戦争下の日本において米軍キャンプからの脱走兵を匿う兄弟を描く「戦いの今日」（一九五八）に引き継がれ、対米意識を一層先鋭化させる。アメリカの庇護の下で安逸を約束された日本人の青年らは勇敢な主体になる契機を永遠に奪われた存在だということが「保育設備のなかで育つ赤ちゃん」の比喩で示される。政治主体の形成困難を自覚する主人公は、しかし米軍キャンプからの脱走兵を匿うことで状況が一変する。朝鮮戦争に志願して従軍する行為は人殺しなのか勇敢なのか、キャンプからの脱走は人殺し行為の拒絶なのか同胞の兵士たちを見捨てる裏切り行為なのか、脱走中の白人兵士は判別できない。脱走兵を匿う主人公もまた、自らが連帯できる敵と味方を判別できない。結末では、脱走兵を見捨てた主人公は、米兵たちに子供扱いされながら、自分こそ汚れた手をもつ「泥まみれ」の「人殺し」だという加害意識を自覚する。アメリカに包摂され、親米と反米とのどちらにもなりうるマージナルな日本（人）の、責任の曖昧さがこのように小説化されているのである。

戦争が訪れなかった谷間の村に突然やってきた進駐軍通訳に父親を銃殺された少年の報復劇「不意の唖」、バスの車中で酔った外国兵に羊の真似という屈辱的な仕打ちを強いられる大学生の悲劇「人間の羊」、外国人相手の娼婦と特派員で元朝鮮戦争兵士の男性アメリカ人と大学生「ぼく」の三者関係を暴力とセクシャルな繋がりで描く「見るまえに跳べ」など、第二小説集には、「政治と性」という手法を駆使しながら、米軍基地を抱える冷戦期の日本にて、個人間に作用する暴力と屈辱とをセンセーショナルに呈示した短篇が収録されているのである。

行動する文学者たち

江藤淳の批評『作家は行動する』（講談社、一九五九）のタイトルを持ち出すまでもなく、一九六〇年前後は行動する文学者の時代でもあった。文学者が大衆に訴える知識人としての役割を果たしたことについてもここで述べておきたい。

警察官職務執行法の改正反対を契機に、一九五八年一一月、江藤淳・谷川俊太郎・石原慎太郎・寺山修司・浅利慶太ら分野の異なる作家たちが「若い日本の会」を結成する。そこに大江も名を連ね、六〇年安保闘争の潮流に加勢していく。大江らを中心に「安保批判の会」も結成され、積極的な安保反対活動も行われた。

一九五九年には週刊誌が相次いで創刊され、作家たちはカメラを携えて国内外を取材し、ルポや旅行記を発表していく。大江も例外ではなく、米軍基地のある横須賀、米軍射撃場として接収された内灘、アメリカ船会社

ＮＢＣと同居した旧軍港の呉といったアメリカと結びつきの深い土地を取材し、それらは「大江健三郎同時代ルポ」としてまとめられる。また第三次日本文学代表団の一員として一九六〇年に中国を訪問、翌年にはブルガリアおよびポーランドからの招待で東欧・ヨーロッパ・ソ連を周遊した。この旅は、核実験を続ける諸外国に被爆国からの声を届け、サルトルら各国の知識人たちと対話するという目的があった。こうした取材の延長に、被爆地・広島を取材した『ヒロシマ・ノート』（岩波新書、一九六五）が書かれていく。

冷戦下において東西陣営は政策的・技術的に原水爆の開発競争を行っており、一九六二年のキューバ封鎖では核戦争の危機が高まった。核保有に依拠する世界に対して「核実験はすでに今日の戦争である」と訴える大江は、その認識が受け入れられない事実に強い危惧と恐怖と覚え、核による世界終末戦争についての発言を強めていく。大江が最初に取材した一九六三年広島での第九回原水爆禁止世界大会は、部分的核実験禁止条約をめぐる意見対立から分裂している。この取材を契機に、広島において忍耐強く生きる人々を「モラリスト」として取材し、核時代を生き延びるための拠り所となる存在として称揚した。原爆による厄災を広く世に知らしめた『ヒロシマ・ノート』であるが、一九六五年という発表時期ゆえに、国内の原爆の悲惨さを訴える重要な原爆文学となりつつも、アジアへの加害意識を後退させるという功罪を持ち合わせる一冊となる。六〇年代は核による終末観を反映した小説、例えば三島由紀夫「美しい星」（一九六二）や大江「核時代の森の隠遁者」（一九六八）なども発表されていく。

国内外の取材旅行は〈日本人〉の多様性への関心も惹起させる。礼文島取材をきっかけに少数民族ニヴフを扱う「幸福な若いギリアク人」（一九六一）や諸島アイヌ民族を扱う『青年の汚名』（一九六〇）が書かれる。『芽むしり仔撃ち』（一九五八）、『われらの時代』（一九五九）、『遅れてきた青年』（一九六二）、『叫び声』（一九六二）、『万延元年のフットボール』（一九六七）といった小説には在日韓国人・在日朝鮮人を登場させている。とりわけ小説『叫び声』では、国連軍兵士として朝鮮戦争に参加しながら本国送還になったスラヴ系アメリカ人青年の住居で、父親が朝鮮人であることを隠して生きる少年、アフリカ・ネグロの父と日系移民の母を持つアメラジアンの少年という二人の「混血児」と共に「僕」が共同生活を営む様を描き、当時の日本において隠蔽されていた人種的・民族的抑圧と故郷喪失の問題を主題としている。他にも被爆者かつ朝鮮人のボクサーが登場する『日常生活の冒険』(一九六三−六四)や原爆孤児を扱う「アトミック・エイジの守護神」(一九六四)、漂流民を扱う「ブラジル風のポルトガル語」(一九六四)や「山の人」「オロッコ人」「沖縄人」へのまなざしを軸とする「狩猟で暮したわれらの先祖」(一九六八)等、日本の周縁に位置するアウトサイダーの視点から〈日本人〉の複数性・流動性を喚起する小説も盛んに発表されるのである。

参考文献

・丸川哲史『冷戦文化論——忘れられた曖昧な戦争の現在』(双風舎、二〇〇五。→増補改訂版、論創社、二〇二〇)
・金志映『日本文学の〈戦後〉と変奏されるアメリカ——占領から文化冷戦の時代へ』(ミネルヴァ書房、二〇一九)
・山本昭宏『大江健三郎とその時代——戦後に選ばれた小説家』(人文書院、二〇一九)
・宇野田直哉・坪井秀人編著『対抗文化史——冷戦期日本の表現と運動』(大阪大学出版会、二〇二一)

作品紹介

谷崎潤一郎『細雪』

＊初出：上巻の一部『中央公論』一九四三（昭和一八）年一・三月→『細雪　上巻』私家版（非売品、一九四四年）→『細雪　上巻』（中央公論社、一九四六年）。『細雪　中巻』（中央公論社、一九四七年）。『細雪　下巻』（『婦人公論』一九四七年三月－一九四八年一〇月。一九四八年に中央公論社より単行本として刊行）

「こいさん、頼むわ。――」

鏡の中で、廊下からうしろへ這入つて来た妙子を見ると、自分で襟を塗りかけてゐた刷毛を渡して、其方は見ずに、眼の前に映つてゐる長襦袢姿の、抜き衣紋の顔を他人の顔のやうに見据ゑながら、

「雪子ちやん下で何してる」

と、幸《さち》子はきいた。

「悦ちやんのピアノ見たげてるらしい」

――なるほど、階下で練習曲の音がしてゐるのは、雪子が先に身支度をしてしまつたところで悦子に摑まつて、稽古を見てやつてゐるのであらう。悦子は母が外出する時でも雪子さへ家にゐてくれゝば大人しく留守番をする児であるのに、今日は母と雪子と妙子と、三人が揃つて出かけると云ふので少し機嫌が悪いのであるが、二時に始まる演奏会が済みさへしたら雪子だけ一と足先に、夕飯までには帰つて来て上げると云ふことでどうやら納得はしてゐるのであつた。

「なあ、こいさん、雪子ちやんの話、又一つあるねんで」

「さう、――」

【概要】

豪商が軒を並べる大阪船場にかつて店をかまえていた旧家蒔岡の家に生まれた四姉妹のうち未婚の三女雪子（作品開始時三〇歳）、四女妙子（作品開始時二六歳）の運命が定まるまでの紆余曲折を描く長編小説。雪子、妙子の二人は、養子となって本家を継いだ義兄辰雄（妻が四姉妹の長女鶴子）と折り合いが悪く、分家して芦屋川に住む次女幸子の家にいついており、本家に代わって二人の保護者役、世話役になっている幸子とその夫貞之助の見聞きすることを通して、昭和一一年一一月から一六年四月までの間の雪子のお見合い（五回）と妙子が引き起こすいくつかの恋愛事件の成り行きが綴られる。関西の上流家庭の社交の様子とその内情、姉妹三人の暮らしぶりや年中行事が手に取るようにまた事細かく描きこまれ、特に作中最初の花見の場面、さらに妙子が巻き込まれた阪神大水害の描写が名高い。

【読みどころ】

谷崎潤一郎の言わずと知れた代表作である。まずは、書き上げるまでの道のりを確認しておこう。大部分の日本人が知らないところでアジア・太平洋戦争が日本の完全な劣勢へと傾こうとしていた一九四三年一月、『中央公論』に一回目が掲載され大きな話題となる。だが、編集者に、ぼくが書いても大丈夫かねと言ったという谷崎の心配があたり、中央公論社は「緊迫した戦局下、われわれのもっとも自戒すべき軟弱かつはなはだしく個人主義的な女人の生活をめんめんと書きつらねた」小説を掲載したことを軍報道部に激しく非難され（畑中繁雄『覚書　昭和出版弾圧小史』図書新聞社、一九六五）、『細雪』は一九四三年三月号に二回目を掲載した後、連載中止となる。谷崎は連載中止後もそのまま書き続け、上巻完成後の一九四四年七月にはいわゆる「私家版」を二百数十部印刷し、知己友人に配付。このことで兵庫県庁の刑事の訪問を受け、今度このようなことをしたら何らかのおとがめがあると脅され、以後戦後まで私家版も含めて刊行がない。戦中の一九四四年一二月には中巻に当たる部分が完成。その後、疎開先を転々としながら書き継がれ、終戦を経ての一九四八年に下巻を脱稿して、足かけ六年、ついに『細雪』は完成するのである。

初めは関西の上流階級の腐敗し退廃した方面を描くつもりであったが、時局の関係でそういう題材を選ぶことが危険になってきたので、軍部に睨まれないような方面を描くことになってしまったと谷崎は振り返っている（「細雪」を書いたころ）。結果できあがったのは、佐藤春夫が言うところの「世間話」（『日本文学全集16』「付録」、新潮社、一九五九）であった。特にその初期において、倒錯的な快楽の追求や女性崇拝のモチーフを独自の美意識をもとに過激な性表現を交えて作品化することを得意とし、悪魔主義とも評された谷崎だが、その得意分野をいわば封印し、雪子を女主人公と見定めた際に、『細雪』、すなわちこまかに降る雪という題を思いついたという。細雪のはかなさと見合いに連れ回される雪子の華奢な姿が重ねられていると見ることができよう。

作品中に細雪が印象深く降る場面はないが、四季の恒例行事の一つ、春の花見は、簡略化されていくが毎年描かれていて、時間・四季の円環を表現するための仕掛けととらえられてきている。名高い最初の花見の場面で幸子は、今年も花を見られたことにほっとし、来年もまた見られるようにと願う。一年待ちに待って同じことを繰り返すことができた喜びと、嫁に行き今年はいないと思っていた雪子がいること、つまり同じであることの不思議さと悲しみを幸子は味わっている。様々な出来事が時間の流れ通りに、そしてほぼ月ごとに折り目正しく描かれているこの作品では、ある行事を反復することで（代表的なものが花見であり雪子のお見合いである）、繰り返すことができた喜びと悲しみという複層的な心情、さらには年々明らかになっていく戦争の影響や登場人物の身の変化が明瞭に示されていく。もう一つ、花見やお見合い以上に繰り返されるのは病であるという指摘もある。死に至る病から医者いらずの軽いものまで、数多くの体の不調／復調によって、登場人物、特に三姉妹の実在性、身体の具象性が一瞬濃さを増す。病が何をもたらし、病人がどのように扱われるかを詳細に描くことは、三姉妹の集う蒔岡分家の、家としての包容力や本音を顕すことにもなる。美しい三姉妹が京都を練り歩く花見のように、蒔岡家のかつての華やかさを多少なりとも再現する外向けの行事や交際と、雪子のお見合いの内情や病・体の不調のように基本的に外に出ないものの双方が丹念に描きこまれ、関西の上流家庭の筋金入りの「世間話」となる。

ではタイトル『細雪』は「世間話」とどうつながるのだろうか。「ささめ」とはひそひそ話や内緒話という意味を持つ。雪子についてのひそひそ話ととれば内容との照応は一応見いだせる。作品中で自然現象の細雪は反復されないが、山村舞で「雪」は反復される。「雪」を二度舞うのは妙子である。作者によって雪子が女主人公とされたが、分量的にみれば妙子の物語は雪子に匹敵する。『細雪』は相反する魅力をもった両者の強いつながりと激しい離反を描き出すのである。

ところで戦前の同時代評で『細雪』の評価は割れていた。「読んでいて、すこし苛々して了ひまで読むのに骨が折れました」「かういふことをかういふ風に書いて、これでよいのだろうか」と遠慮がちに疑問を呈した火野葦平（『改造』一九四三・三）のような評価もあれば、戦争中の今の日本も思想上の問題も書かれていないのに感動し引っ張り込まれたと絶賛した伊藤整（「文芸時評（1）」『東京新聞』一九四三・三・八）のような評価もあった。戦後の早い段階でもやはり評価は割れた。今度は『細雪』が独自の思想性を持たないブルジョア家庭の月並みな世間話であることを否定的に見る者とそこにこそ作品の独自性や美があるという者とにである。その後は、読者を惹きつける話法の仕組みの解明、源氏物語との照応関係の有無、戦時下や戦後に対する谷崎の姿勢の解読など様々な方向から研究が進んでいる。

『細雪』は戦後すぐの一九四六年から上・中・下巻と立て続けに刊行され、一九四九、五〇年にはベストセラーとなった。一九四八年に太宰治の『斜陽』が上流階級の滅びを女性の語りで描きベストセラーとなったことと重ねてみれば、敗戦直後の日本人が何を読みたかったのかが見えてくる。その後『細雪』は三回映画化されている。各映画が『細雪』から引き出そうとした（あるいは引き出せなかった）魅力を考えてみることも『細雪』という作品の何が多くの読者を惹きつけてきたのかを考えるきっかけとなろう。

（高橋秀太郎）

＊引用は『谷崎潤一郎全集　第一九巻・第二〇巻』（中央公論社、二〇一五）。他に『細雪』（全）（中公文庫、一九八三）、『細雪』（上）（中）（下）（新潮文庫、一九五五）、『細雪』（上）（中）（下）（角川文庫、二〇一六）等に所収。

参考文献

・江種満子・井上理恵編『20世紀のベストセラーを読み解く――女性・読者・社会の100年』（學藝書林、二〇〇一）
・五味渕典嗣・日高佳紀編『谷崎潤一郎読本』（翰林書房、二〇一六）
・千葉俊二『谷崎潤一郎――性慾と文学』（集英社新書、二〇二〇）

作品紹介

大岡昇平『野火』

＊初出：『展望』一九五一（昭和二六）年一月－八月

私はこれがみんな無意味なたは言にすぎないのを知つてゐる。不本意ながらこの世へ帰つて来て以来、私の生活はすべて任意のものとなつた。戦争へ行くまで、私の生活は個人的必要によつて、少なくとも私にとつては必然であつた。それが一度戦場で権力の恣意に曝されて以来、すべてが偶然となつた。生還も偶然であつた。その結果たる現在の私の生活もみな偶然である。今私の目の前にある木製の椅子を、私は全然見ることが出来なかつたかも知れないのである。

しかし人間は偶然を容認することは出来ないらしい。偶然の系列、つまり永遠に堪へるほど我々の精神は強くない。出生の偶然と死の偶然の間にはさまれた我々の生活の間に、我々は意志と自称するものによつて生起した少数の事件を数へ、その結果我々の裡に生じた一貫したものを、性格とかわが生涯とか呼んで自ら慰めてゐる。他に考へやうがないからだ。

【概要】

本作の全編は、敗戦から六年後、摂食に障がいを抱え社会生活を営めなくなり、東京郊外の精神病棟に入院している元兵士田村が、療養の為に書き記した回想の手記、という形式をとる。田村は戦地でマラリアを発病するも、野戦病院に入れず、隊からも拒絶されてゆくあてを失い、野火や村の会堂の十字架に引き寄せられるように近づいたり、互いに利用し欺きあって命をつなぐ敗残兵の群れに同行したりしながら、戦場をさまよう。偶然出くわした現地の女を衝動的な発砲によって殺し、何度ものためらいの果てに「猿」と称した人肉を口にして、田村は敵軍の捕虜となるまでを生き延びるが、行動をともにしていた永松と争い彼に銃口を向けた瞬間から、捕虜として野戦病院で治療を受けるに至るまでの記憶は失われている。戦場で彼につきまとったのは、誰かに「見られている」という感覚であった。その視線の持ち主を「神」であると考えた彼は、戦場から戻っても、その幻想を持ち続けている。

本作は当初、『文体』一九四八年一一月、一九四九年七月に連載され、同誌の廃刊に伴って、『展望』に発表誌を移すが、この際、『文体』掲載分も改稿して掲載された。一九五二年、創元社から単行本として刊行、同年に第三回読売文学賞を受賞した。

【読みどころ】

作者大岡は、三五歳の初年兵として敗色濃厚なフィリピンの戦場に送り込まれ、生死の境目をさまよった。ほぼ一年の捕虜生活から復員した後、旧知の小林秀雄にその体験を作品化するように促され、本格的な小説家としての活動を始めたというエピソードは有名だが、先行して書かれた「俘虜記」（『文学界』一九四八年二月に一部が初出、一九五二年に『〈合本〉俘虜記』としてまとめられる）とは異なり、本作は戦地におけるカニバリズム（人肉食）というセンセーショナルな題材を軸にしたプロット、喪失された記憶の回復という物語的な構成という、フィクショナルな体裁を伴っている。その意味でも、語りの現在時において、語り手田村が戦後の社会に解消し難い違和を抱え精神的な失調に陥っているという設定は、本作を読み解く際に決定的な重要性を持っているが、まずは彼が回想する戦場の体験に耳を傾けてみよう。

部隊から体よく追い出された田村が感じていたのは、奇妙な「自由」の感覚だった。その「自由」とは、上官の暴力的な管理から逃れて自分の意志で何でも選択できる、という類のものではない。近々訪れる死という未来は避けられない、とすでに思い定めている田村にとって、どのような選択も本質的には残されてはいない。自分にはすべてが不可能だ、というその無力感が、「死ぬまでの時間を、思うままに過すことが出来るといふ、無意味な自由」の感覚を彼にもたらすのである。

彼は、飢餓の末に辿り着いた木陰で、このまま飢えて死に惨めな屍体をさらすよりも、まだ気力のわずかに残っている今ここで、帝国軍人らしく自決することを考えるが、ふと見上げた空に止みがたい渇望を覚え、それを思いとどまる。しかし、その空への憧れも、生への意志として積極的に肯定されるのではなく、「自分が生きてゐるため、生命に執着してゐると思つてゐるが、実は私は既に死んでゐるから、それに憧れるのではあるまいか」、すなわち、近々訪れる死という必然を前にしては意志の行使など本質的に不可能である、という認識によって、自決という行為の選択が放棄されたに過ぎない。つまり、彼の感じていた「自由」とは、意志を行使する人間であることからの「自由」、必然性に抗えないモノとしてあることの「自由」だ、ということになるだろう。

彼が自らをモノとして扱うならば、他人もまたモノとみなさない理由はない。たとえば「屍体が水に濡れた顔をあげた」など、回想文中に頻出する、ねじれた（まだ生きている人間をモノとして捉えたうえで、それをまるで人間のように表現する）擬人法はその端的なあらわれだろうし、遭遇した女に向けて彼が発砲するのも、決して彼の意志による選択などではなく、「人間らしい」強い意志を表明する女の表情に対する激した衝動を制御できなかったからだった。人肉食がほとんどすべての文明のタブーとされるのは、それが人間の身体をモノとして扱い、その尊厳を最も深いところで損なうからだが、地獄のような戦場をさまよう田村は、やがてこのタブーをも侵犯する。

　戦場における田村は、自らの意志の行使が死という必然によって否認され、無化されていると考えることで、人を殺すという絶対的な悪をかろうじて受けいれようとしていた。自らの意志によっては行うはずがなかった殺人、食人を自分は犯した。なぜならば、自分は意志を欠いた、モノであったからだ。その証拠に、自分は殺されるという必然に抵抗し得ない……。しかし、事態はそう動かなかった。彼は、生き延び、終戦後の日本社会に帰り着いたのである。

　田村が自身の戦場体験をどのように語っていたのかをここまでのように確認するならば、田村が終戦後に抱え続けたものが何であったかも、おのずと明らかだろう。冒頭に引用したのは復員後の田村の述懐だったが、ここで彼の意識を深く侵食しているのは、偶有性の感覚である。意志を否認し、必然と思われた死からも疎外された田村にとって、自分自身もそれを取り巻く社会も、誰が選んだわけでもなく、偶然ただそこにあるだけの、意味や根拠を欠いた存在としてのみ感受される。こうした感覚によってもたらされる苦しみから逃れようとして、田村は「神」の幻影を追い求める。自分がタブーを犯しても生き延び、この社会の中に存在することは、自分の意志で選択したのでないとすれば、別の意志によって定められた必然でなくてはならないはずだ。

　我々も皆、自分の意志で生まれてきたのではないのだから、こうした承認を求める感覚をある程度田村と共有しているだろう。「あなたとあえてよかった」「あなたがいてくれてよかった」という言葉に感激するのは、自分の存在に理由があるという手応えを得られるからに違いない。しかし、実はそれが極めてもろく、壊れやすいものであることも、我々は経験的によく知っている。同じように、田村の「神」もまた、結局のところ彼を偶有的な世界から連れ出してはくれないだろう。手記の末尾で、田村は食人を行おうとする自分を「神」が止めたのではないかという幻想に必死ですがろうとするが、同時にそれが幻想に過ぎないことも、彼は十分に意識している。

田村が抱いた戦後の日本社会への違和は、本作とほぼ同時に書かれた「武蔵野夫人」（『群像』一九五〇・一－九）における勉が、「社会」を「押し破る」「怪物」に近づいていく成り行きと重ねて見ることもできるだろう。一九四五年八月以降、占領軍によって解放され、自由な社会に向けて歩みをはじめたはずの日本の社会は、明確な意志によって選び取られたのか、それとも、そういう必然を用意した「神」がいたのか。そのどちらでもないのだとすれば、この社会には意味も根拠も存在し得ないのではないか。田村と勉という二人の復員兵は、そのような問いを伴って、読者の前に姿をあらわしている。

（**森岡卓司**）

※引用は『大岡昇平全集　第三巻』（筑摩書房、一九九四）。他に、『野火』（新潮文庫、一九五四）、『野火』（角川文庫、一九七〇）等に所収。

参考文献

・城殿智行「吐き怒る天使——大岡昇平と「現在形」の歴史」（『早稲田文学』、一九九九・一一）
・立尾真士『「死」の文学、「死者」の書法』（翰林書房、二〇一五）

コラム8 「読書感想文」の成立

夏休みの宿題といえば、読書感想文である。趣向をこらした選書フェアに彩られた書店の棚、どれにしようかと期待に満ちて立ち読みをしてみる贅沢な時間、そして休みも終わるというのにきれいなままの文庫本と真っ白な原稿用紙……、いずれも懐かしい記憶として思い起こす人は多いだろう。一方で、読書感想文ほど批判されてきた授業課題も珍しい。何を書けと求められているのかわからない、感想は自由なはずなのにどうしてコンクールのような順位づけがあるのか、というような不満を持ったことがない人のほうが少ないにちがいない。バカらしいのでさっさと済ませたい、というニーズに応えて、ネット上には定番課題図書のあらすじから感想文サンプルまでがずらりと並び、「ただの感想文だ」という紋切り型がわかりやすい嘲笑として流通するありさまだ。

そもそも、読書感想文とは何なのか？　ここでは、指導要領あたりから当たり障りない答えを探す無粋はやめ、その歴史から考えてみることにしよう。文学作品を読んで思うところを述べる、という営みは人類が読書を始めて以来絶えたことがないだろうが、読書感想文が今日の形態で作文教育の一環となったのは実はそれほど昔ではない。一九五〇年、全国学校図書館協議会が結成され（一九八八年に社団法人全国学校図書館協議会に改組）、一九五五年、毎日新聞社とともに「青少年読書感想文全国コンクール」をスタートさせる。以降、第一回は五万三千編であった応募点数が一九七〇年には二〇〇万編を超えるなど、このフォーマットは爆発的な広がりを見せ、学校カリキュラムの中にも確固たる位置を占めることになる。

では、読書感想文以前には、児童生徒、そして青年たち（このコンクールには「勤労青少年の部」が二〇一三年度まで設定されていた）は、何を書いていたのか。そのことを考える際、一九五〇年代に大きな広がりを見せていた生活記録運動に触れないわけにはいかない。一九四五年以降の社会状況において、新たな教育カリキュラムとしての社会科が、大きな期待を集めていた。歴史や地理といった個別の知識教育科目のみでは、眼前の社会状況を批判的に考えられず、そのために破滅的な戦争への歩みを止められなかった、という反省を踏まえ、いわば「自分ごと」として社会を総合的に捉える視座を養う、民主主義教育の根幹を担う科目として社会科は登場した。その流れの中で注目を集めたのが、学校の中だけではなく、地域や職場のグループを作って自分たちの生活を書き、読み合う営みとしての生活記録運動であった。一九四五年以前に厳しい政治的弾圧に遭った綴り方教育の復活という側面も持っていたこの文化運動の代表作とも言えるのが、無着成恭編『山びこ学校――山形県山元村中学校生徒の生活記録』（一九五一）である。決して豊かではない山村に学ぶ生徒たちの作文、詩を掲載したこの書籍は、映画化もされるなど大きな話題を読んだが、注目したいのは、指導者無着がこの文集をまとめるにあたって、感情や意気込みの吐露といった、いわば「文学」的な感想の次元に生徒たちがとどまることを、徹底的に戒めている点だ。母親が亡くなり兄妹離れ離れになる日を迎えた生徒が、悲しみを乗り越えて勉学と労働につとめいつか家族で仲良く暮らしたい、という希望を述べた作文を指導するにあたって、家計の試算をさせ彼の希望が実現可能な社会的条件を考えさせる、というその徹底ぶりは、生活記録運動が、ある種の文学主義との徹底的な対決、克服を目指していたことを明瞭に示している。

では、どうして生活記録運動は退潮し、読書感想文がそれにとって代わることになったのか。この転換を近代日本における作文教育の流れの中に位置づけた斎藤美奈子は、読書感想文流行の理由を、「「文題」をさがす手間が省ける」「効率的な指導ができる」「子どもを平等に扱える」の三点に要約し、「六〇年代以降、学校の生活綴り方がすたれていった理由のひとつには、子どもたちの生活レベルの差があからさまになることを、現場の教師が避けたことにある」と推測している。執筆者、指導者の意図に関わらず、生活記録運動が、『綴方教室』（一九三七）と同じく、いわゆる貧乏綴り方として消費されるという傾向を有していたことを考えても、斎藤説は一定の蓋然性を持つと思われるが、だとするなら、読書感想文という制度の確立は、高度経済成長を経由して「総中流」の幻想が形成される中で、文学が、大衆的な消費コンテンツとして、この社会の中へと制度的に組み込まれていくひとつの形を示す、ということにもなるだろう。読書感想文における課題図書制度の商業性については、選定方法を含むその是非について、山中恒、井上ひさしらから批判が投げかけられたこともある。

（**森岡卓司**）

参考文献　斎藤美奈子『文章読本さん江』（筑摩書房、二〇〇二）、佐藤泉『一九五〇年代、批評の政治学』（中央公論新社、二〇一八）

コラム9 車夫の形象と大衆社会

『当世書生気質』には明治始めの東京に「学生」とともに「車夫」があふれていたと記された。この小説で車夫は脇役にとどまったが、しだいに文学に描かれる対象も、創作・享受者の社会層も大衆化する。人力車が減退していく一九一〇－二〇年代は大正デモクラシーの機運が高まり労働者・大衆が社会運動を起こした時代だった。工業化や市場経済が発展し産業構造が変化するなか工場労働者層の台頭はプロレタリア文化運動につながった。一方、教育の普及は雑誌・書籍の読者層の拡大をもたらした。学生や知識人層から名も無き人々へ、小説や映画のなかでクローズアップされる社会層の幅が広がった。

一九三五年に最初の芥川賞を受賞した石川達三「蒼氓」は国策に後押しされながら国土を離れブラジルへ移民する声無き庶民の群像を描いた。芥川賞が始まった一九三〇年代は帝国主義的な領土拡張による戦争の時代で受賞作にもその影がある。三六年受賞の鶴田知也「コシャマイン記」は北海道のアイヌとシャモ（和人）の関係を描いた。同時受賞の小田嶽夫「城外」は中国杭州の領事館員が主人公である。三八年に女性で最初の受賞となった中里恒子は「乗合馬車」で国際結婚を題材とした。三九年の寒川光太郎《さむかわこうたろう》「密猟者」は北海道以北シベリヤ東部沿岸を猟場とするマタギを描いた。三八年に「糞尿譚」で受賞した火野葦平は受賞時中国戦線にいた。その後『麦と兵隊』『土と兵隊』などで戦場の兵士たちを描き映画にもなった。この時代には日本が近代化によって支配圏を強化し広げた北海道、台湾、樺太、朝鮮半島、満洲、中国、南洋なども舞台に、多様な社会層の人々が描かれた。

火野と同じ北九州出身で『九州文学』の同人仲間だった岩下俊作の「富島松五郎伝」（一九三九）は、稲垣浩監督の映画『無法松の一生』（一九四三）の原作となった。車夫が戦時下に映画の主役として描かれた。主人公の松五郎は学がなく乱暴者の不器用な人力車夫で、阪東妻三郎《ばんどうつまさぶろう》が演じた。作品の舞台は鉱山と工業で栄え軍都だった小《こ》倉《くら》である。日清戦争後から第一次世界大戦の頃までを背景とする。松五郎は、ある時友だちに倒されケガをした少年を助けたことがきっかけで、少年の母、軍人の父家族と親しくなる。だが、少年の父が急逝する。松五郎は遺された未亡人と少年を何くれとなく支えた。映像として印象的なのは大写しされた回転する人力車の車輪である。この映画が製作された頃にはすでに衰退した懐かしい乗り物だったとともに、松五郎の躍動感を象徴した。小倉祇園太鼓の祭りで巧みに太鼓を叩くクライマックスは圧巻である。未亡人への愛情を秘めて死ぬ間際、松五郎が人生を回想したラストは異なる映像を重ねた多重露光の幻想的な映像で表現した。内務省の検閲もあって松五郎が軍人の未亡人に恋慕するシーンはカットされた。戦後はGHQ民間情報教育局（CIE）の検閲により軍国主義を想起させる第一次世界大戦の青島戦勝祝賀提灯行列のシーンなどが削除された。時代に翻弄されながらも戦後くり返しリメイクされ、山田洋次監督の映画『馬鹿まるだし』（一九六四）をはじめ影響を与えた。

車夫を主人公とした映画に川島雄三監督『わが町』（一九五六）もある。原作は織田作之助の同題の書き下ろし小説（一九四三）で、刊行は『無法松の一生』公開前である。明治半ば、大阪市街、谷町にある河童路地《がたろじ》の貧乏長屋に住む佐渡島他吉《さどじまたきち》は、フィリピン北部ルソン島ベンゲットの難工事で一稼ぎしようと妻をおいて出かけた。難工事を成し遂げ「ベンゲットの他吉」と誇りは得たもののお金は残らず、六年後、苦労の末に帰った家には妻のお鶴と留守中に生まれた幼い娘、初枝が暮らしていた。お鶴は亡くなり、他吉は車夫をして初枝と暮らす。成長した初枝は桶屋の職人新太郎と結婚する。これでお鶴への借りは返したと思ったのもつかの間、新太郎は店を火事で失い借金だけが残る。他吉はフィリピンで一旗揚げてこいと新太郎を説き伏せて行かせる。だが、渡航後、赤痢で病死したとの知らせが届く。身ごもっていた初枝はそれを知ると倒れ、出産と同時に亡くなる。他吉は自分のせいで新太郎と初枝を失ったことを悔い、孫娘の君枝を育てる。戦後、君枝は幼友達だった次郎と再会し結婚を約束する。短気で粗暴だが人情深い車夫の半生を描いた点で他吉は『無法松の一生』の松五郎に通じるが、奥さんへの恋を秘め独身で尽くす松五郎に対し、他吉は家族をもち、誇りと独り合点な男気が空回りする人物である。変わりない路地の風景と対照的に明治・大正・昭和と変化する世相を背景とし、お鶴・初枝・君枝の女性三代が他吉の孤立を浮き彫りにして描かれた。（**山崎義光**）

参考文献　四方田犬彦『日本映画と戦後の神話』（岩波書店、二〇〇七）、高他毅「俥夫と軍人と教師と交換経済『無法松の一生』において表象された近代と「國民」の未生」（『金沢学院短期大学紀要　学葉』一六、二〇一八）

コラム10 戦後メディアの変容と社会派推理小説

戦後から高度経済成長期にかけての文学について考える上で、看過することのできないのが、同時代におけるメディアの変容である。とりわけ、ここでとりあげる「社会派推理小説」と密接に関わるのが、一九四七年前後からの「中間小説誌」の登場と一九五〇年代後半における「週刊誌ブーム」である。

終戦後まもなく、出版法や治安維持法など、戦前・戦中における出版や言論をめぐる様々な統制が解除されたことで、膨大な数の雑誌が創刊・再刊されるようになる。戦前から続く文芸誌や娯楽小説誌も相次いで再刊されるなか、新しい雑誌メディアとして特に異彩を放ったのが、『日本小説』(四七年五月創刊)、『小説新潮』(同九月創刊)、『別冊文芸春秋』(四六年一二月創刊)といった「中間小説誌」と呼ばれる雑誌群であった。

これらの雑誌が目指したのは、娯楽としての小説に純文学的な芸術性や思想性を付与した新しい小説を生み出し、より幅広い読者を獲得することであった。その理念のもと、丹羽文雄『厭がらせの年齢』(四七)や、舟橋聖一『雪夫人絵図』(四八－五〇)、石坂洋次郎『石中先生行状記』(四八－五四)などの作品が発表された。これらの作品は「風俗小説」とも呼ばれ、「現代を描きながらそれに生きる人間の「思想」を描けず、風俗という「なんでもないデテール」に埋没し」ている(中村光夫『風俗小説論』一九五〇)と揶揄的・批判的に語られたが、「中間小説(誌)」という呼称もまた、同様に揶揄的な意味を含んで外部から後付されたものであった。

しかし五〇年代に入ると、これらの雑誌は経済成長や産業構造の変化によって拡大した新中間層を中心として、純文学系の文芸誌を遥かに凌ぐ読者を獲得していく。五〇年代後半における「週刊誌ブーム」を牽引した『週刊新潮』(五六年二月創刊)や『週刊現代』(五九年三月創刊)等もまた、そのような新中間層をターゲットとし、増大した需要に応えるために相次いで創刊されていった。

このような中間小説誌や週刊誌を主な舞台とし、五〇年代後半から六〇年代に流行したのが「社会派推理小説」と呼ばれるジャンルである。その開拓者である松本清張は、「或る『小倉日記』伝」(五二)での芥川賞受賞後、五五年に「張込み」で推理小説の分野に進出する。そして五八年に相次いで刊行された『点と線』、『眼の壁』、『黒地の絵』がベストセラーとなり、社会派推理小説という新ジャンルを打ち開いた。清張は自身の創作の立場を示した「推理小説の読者」（『随筆　黒い手帖』中央公論社、一九六一）の中で、「推理小説は、もっと現実に密着しなければ、読者に実感を与えることはできない。これがなければ、単なる架空のお話であって、中間小説の読者を獲得することは難しい」と述べている。清張にもまた、「中間小説誌」の理念と同じく、一部のマニア向けであった推理小説をより広い読者に開いていこうとする意識があった。そのために目指されたのが、推理小説を「「お化屋敷」の掛小屋からリアリズムの外に出」すこと（同上）であり、具体的にはこれまでのトリック偏向の推理小説に対し動機を重視すること、小説の舞台と登場人物に日常性と庶民性を付与することが試みられたのである。

こうした清張の試みと成功を受け、後に続いた作家の一人が水上勉である。四八年に私小説『フライパンの歌』がベストセラーとなった水上だが、以後一〇年間は文学的空白期にあった。その彼を再び文学の世界に連れ戻すきっかけとなったのが、清張の『点と線』だったのである。「謎解きのヒントも卓抜だし、殺人の動機も、人間がしたことらしい現実感があり、探偵小説も、書き方によっては、作者の恨みつらみをつめこむことが出来る気がした」と、『点と線』から得た創作のヒントを後に回想している（『冬日の道』中央公論社、一九七〇）。五九年に水上は『霧と影』を出版、続く『海の牙』（六〇）によって探偵作家クラブ賞を受賞し、売れっ子作家の仲間入りを果たす。右の引用からもわかるように、水上はもともと私小説的要素を強く持つ作家であり、『雁の寺』（六一）以降、次第にその傾向を強く打ち出すようになる。一方で清張のほうは、『日本の黒い霧』（六〇）や『昭和史発掘』（六四－七一）など、次第にフィクションから離れて社会的・歴史的事件の真相追求に熱意を傾けるようになる。戦後の社会派推理小説およびその舞台となった中間小説誌や週刊誌は、そのような異なる資質、個性をもった作家たちを包含する場としてあったのである。

（岡英里奈）

参考文献　大木志門・掛野剛史・高橋孝次編『水上勉の時代』（田畑書店、二〇一九）、尹芷汐『社会派ミステリー・ブーム――日中大衆化社会と〈事件の物語〉』（花鳥社、二〇二三）、小嶋洋輔・高橋孝次・西田一豊・牧野悠編『中間小説とは何だったのか――戦後の小説雑誌と読者から問う』（文学通信、二〇二四）

第6部

大衆化の完成期

変身　失踪　匿名　内向の世代　高度経済成長　労働への熱中　**「私」の溶解**　団地小説　『他人の顔』　「杳子」　『挾み撃ち』　核状況下　現実の不確かさ　ベトナム戦争　安保闘争　ウーマン・リブ　**「オヤジ中心主義」を作った権力を転覆する**　水俣病　自然環境破壊　**「人類の進歩と調和」への疑義**　『黒い雨』　「三匹の蟹」　『苦海浄土』　「おーい出てこい」　『成熟と喪失』　自己同一性《アイデンティティ》　社会的な死　日本近代化論　**他人の物語**　戦後文学批判　アメリカの影　閉ざされた言語空間　宇宙人　無為と意味の喪失感　言語のユートピア　SF的想像力　『美しい星』　『吉里吉里人』　**越境的想像力**　「他者」の言語　ディスカバー・ジャパン

1960~1980

1章 「私」の輪郭溶解

仁平政人

「私」をめぐる試み

第3部3章で紹介されたように、日本の近代以降の文学では、社会的属性や他者との関係の中で生きる主体としての「私」が、様々なかたちでテーマとされている。ただし、文学は必ずしも「私」を明確な輪郭を持つ、統一されたもののように捉えてきたわけではない。近代以降の文学は、しばしば「私」の同一性の不確かさや揺らぎに光をあて、また「私」を語ることの困難さをしばしば作品の中で前景化してきた。そしてそれは、「私」の自明性を疑い、その背後にある社会的な文脈や関係性に問いを投げかけ、あるいは〈「私」を語る〉という表現の約束事を相対化するような、様々な試みにもつながっている。

本章で取り上げる一九六〇・七〇年代の文学においては、核冷戦下、また大衆社会状況・都市生活における自己の不確かさ、生の意味の希薄さという広く共有された感性ともつながる形で、「私」をめぐる表現の多様な試みが為されていたとみることができる。以下では五名の作家を中心として、その試みの諸相を確認したい。

安部公房――変身から失踪へ

安部公房は実存主義的な作風から出発した後、シュルレアリスム的なスタイルを取り入れ、戦後を代表するアヴァンギャルドとしてジャンル横断的に活躍した作家である。安部文学の主要なモチーフとして挙げられるのが

「変身」である。例えば小説「赤い繭」(『人間』一九五〇・一二)では、語り手「おれ」が帰る家を持たず、なぜ自分には家がないのかと問いながら、日暮れの町を彷徨いつづける。その歩みの中で、不意に「おれ」の身体は足から糸となってほぐれはじめる。

もうこれ以上、一歩も歩けない。途方にくれて立ちつくすと、同じく途方にくれた手の中で、絹糸に変形した足が独りでに動きはじめていた。するすると這い出し、それから先は全くおれの手をかりずに、自分でほぐれて蛇のように身にまきつきはじめた。左足が全部ほぐれてしまうと、糸は自然に右足に移った。糸はやがておれの全身を袋のように包み込んだが、それでもほぐれるのをやめず、胴から胸へ、胸から肩へと次々にほどけ、ほどけては袋を内側から固めた。そして、ついにおれは消滅した。

後に大きな空っぽの繭が残った。

ああ、これでやっと休めるのだ。夕陽が赤々と繭を染めていた。これだけは確実に誰からも妨げられないおれの家だ。だが、家が出来ても、今度は帰ってゆくおれがいない。

このように体が「空っぽの繭」になることで、ようやく「おれ」は休める家を得る。だがその時には、「おれ」自身が消滅をしてしまう。また、芥川賞受賞作となった「壁――S・カルマ氏の犯罪」(『近代文学』一九五一・二)では、ある朝眼を覚ますと「ぼく」は名前を失っており、「名刺」が「ぼく」の代わりに働いているなど、周囲の世界そのものが不可解なものに変容する。やがて「ぼく」は裁判にかけられるが、名前を持たないために裁かれることもできない……。このように安部における「変身」のモチーフは、「私」の同一性(アイデンティティ)から自明性を剥ぎ取り、それを支える社会や共同体の諸制度に、問いを投げかける性格を有している。

さて、安部は一九六〇年代から、砂丘を訪れた男が砂の中の家に閉じ込められる『砂の女』(新潮社、一九六二)

や、事故で顔を失った男が完璧な仮面によって「他人」になろうとする『他人の顔』（講談社、一九六四）、一人の失踪した男の行方を追う私立探偵が、やがて自ら失踪者に変わってしまう『燃えつきた地図』（新潮社、一九六七）と、「失踪」をテーマとした諸作を持続的に発表している。中でも『燃えつきた地図』では、語り手が都市の迷路をさまようなかで、調査の手がかりだけでなく自分が何者かという記憶も失ってしまう。このように「失踪」というテーマも、「変身」と同様に「私」の自明性に対する問いに結びついている。

「失踪」のテーマを発展させた作品として、『箱男』（新潮社、一九七三）が挙げられる。この作品は、頭から段ボール箱をかぶって都市をさまよう「箱男」が書いた手記という枠組みをもつ小説である。この「箱男」というモチーフは、作中で「匿名の市民だけの、匿名の都市」を夢見たことのある者は誰でも「箱男」になる可能性があるとされるように、社会的な属性を持たず「匿名」で生きたいという願望、また相手に見られることなく一方的に覗き見たいという欲望と結びついている。ただし、この小説では直線的にストーリーが進行することはなく、記述は錯綜し、断片的なエピソードや詩が織り込まれ、また手記の書き手も時に変化して、誰が文章を書いているのかも不確定になる。こうしたスタイルは、「匿名」というモチーフとも密接に結びついていると言えよう。このように安部の文学にあって、「私」への問いと前衛的な表現の試みが連動しているのである。

「内向の世代」の文学――黒井千次の場合

一九六〇年代から七〇年代にかけて、「私」の捉えがたさ、その輪郭の不確かさをテーマとする一群の作家たちが登場する。この作家たちは、「脱政治的」で「自己と個人的な状況」にのみ目を向けているという批判的な見方のもとで、「内向の世代」と呼ばれることになる。だが、彼らの文学は自己の外側にあるものから目を背ける、自閉的なものであったわけではない。むしろそこでは、「私」の不確かさに焦点を合わせることを通して、その外部

〈社会〉との関わりが多様に問われていたとみることができる。

黒井千次は一九六〇・七〇年代に、会社員を主人公とした小説を持続的に発表している。黒井はエッセイ「可能性と現実性」(『文学』一九六三・九)で、戦後文学が確かな輪郭を持つ「自己」を前提としていたことに疑問を投げかけ、現代の社会(特に企業内)において「自己が空位である」という認識のもと、あらためて「自己」を模索するということを課題として掲げている。

この黒井の会社員小説でたびたび描かれるのは、企業の論理から逸脱するかたちで労働に「熱中」しようとする人物たちの姿である。例えば「聖産業週間」(『文芸』一九六八・三)では、普段は冷笑的な会社員・田口がある日から異常なまでに熱心に仕事に取り組みだし、周囲に波紋を広げる。上司の命で田口を監視していた「ぼく」は、彼のノートから、田口が労働に〈熱中〉することを通して自己の意味を確かめようとする、厳粛な「実験」を行っていることを知る。そして「ぼく」はそれを「愚か」で「危険」だと感じながら、それに引き込まれてゆく。また、「時間」(『文芸』一九六九・二)の主人公「彼」は組織の論理に抵触する内容のレポートに力を注ぎ、そのレポートを守り抜くことを心に決める。

もっとも、「聖産業週間」における田口の「実験」が苦い帰結に終わるように、こうした「労働への熱中」による自己回復への志向は、必ずしも肯定的に語られるわけではない。「穴と空」(『層』一九六八・九)では、一人の会社員の男が会社を何日も休んで、自宅の庭に深い穴を掘る。彼の様子を見に訪れた二人の同僚もそこに加わり、三人は会社側の困惑をよそに、穴の底で黙々と土を掘りつづける。彼らにとって「掘ること」は、社会の「幻想」に巻き込まれることのない、いわば純粋な労働としてある。だが結末において、その穴が実はゴミを埋めるためのものであったことが明かされ、その瞬間に彼らの頭上から大量の厨芥が降ってくる……。ここに示されるのは、労働を通した自己回復という夢想へのアイロニーと、「自己の空位」を埋めることの困難さだと言えるだろう。

古井由吉――溶解する「私」

「内向の世代」を代表する作家として注目されてきたのが古井由吉である。古井は「人間の内面の――外側の規程から見れば非常にとりとめのない――動きというものを書きたかった」（秋山駿・古井由吉「〈対談〉70年代文学の可能性」（『国文学』一九七二・六）における古井の発言）と語っているが、その作品では、自己の内側と外側、現実と幻覚との境界が曖昧に崩れ、「私」が溶解し流出していくような意識のありようが、独特な文体を通してたびたび描かれている。

例えば、古井の初期の代表作として知られる「杳子」（『文芸』一九七〇・八）に目を向けよう。この小説では、青年（「彼」）が神経を病んだ若い女性・杳子と出会い、彼女の恋人となってその「病気」に寄り添っていく。その意味で同作は、一種の恋愛小説であるとともに、病者と治療者の物語とも見られる。だが重要なのは、「彼」が決して治療者の立場に安住することなく、むしろ杳子とのつながりの中でその現実感覚が揺らぎ、変容にさらされていくことだ。

肌の感覚を澄ませていると、彼は杳子の病んだ感覚へ一本の線となってつながっていくような気がすることがあった。道の途中で立ちつくす杳子の孤独と恍惚を、彼はつかのま感じ当てたように思う。

……杳子は道をやって来て、ふっと異なった感じの中に踏み入る。立ち止まると、あたりの空気が澄みかえって、彼女を取り囲む物のひとつひとつが、まわりで動く人間たちの顔つきや身振りのひとつひとつが、自然な姿のまま鮮明になってゆき、不自然なほど鮮明になってゆき、まるで深い根もとからたえずじわじわと顕われてくるみたいに、たえず鋭さをあらたにして彼女の感覚を惹きつける。杳子はほとんど肉体的な孤独を覚える。ひとつひとつの物のあまりにも鮮明な顕われに惹きつけられて、彼女の感覚は無数に分かれて冴えかえってしまって、漠とした全体の懐しい感じをつかみとれない、自分自身のありかさえひとつに押えられない。それでも杳子はかろうじてひとつに保った自分の存在感の中から、周囲の鮮明さにしみじみと見入っている。そして真直に立っているのがようやくのくせに、《ああ、きれい》と細く掠れた声でつぶやく……。

杳子は「病気の中へ坐り込」むことも「健康」に自足することも拒み、その境目の「薄い膜」として生きようとする。そのような彼女の意識に触れることを通して、日常的な生活や都市の空間から自明性が剥ぎ取られ、別様に捉え直される。また、「杳子」に続いて発表された小説「妻隠」(『群像』一九七〇・一一)では、勤め先で高熱を発して自宅で一週間にわたり療養していた会社員「彼」の意識を通して、妻のありようや郊外のアパートという生活空間が異化され、新たな目で捉えられていく。このように古井の文学において、「病」は日常的な生に新たな光をあて、そこに潜在するものを微細に捉える方法としてあるのだと言えるだろう。

後藤明生――団地小説からの展開

ところで、安部の『燃えつきた地図』や古井の「妻隠」もふくめて、一九六〇・七〇年代の文学にあっては、団地をはじめとした郊外の集合住宅がしばしば舞台とされている。高度経済成長期の日本では、地方から都市部への人口流入や核家族化の進行を背景として、都市部の郊外の団地やアパートが新たな人々の生活空間となっていく。特に団地はモダンな生活空間として人々の「憧れ」の対象とされる一方、小説などフィクションでは、画一的・均質的な空間と、素性の異なる者同士が集住するあり方において、存在の根拠が失われるような「不安」につながるものとしてしばしば描かれている(たとえば『燃えつきた地図』では、団地について「あまりにも焦点のはるかなこの風景の中では、人間のほうがかえって、架空の映像のようだ」と語られる)。「内向の世代」の作家の一人である後藤明生は、一九七〇年前後に、団地をモチーフとした複数の小説を発表している。後藤は団地を人から「記憶」を失わせるような空間だとしつつ(「何?」『季刊芸術』一九七〇・四)、そのような団地の空間に生きる「私」のありようを冗舌なスタイルを通して描き出す。例えば「書かれない報告」(『文芸』一九七〇・八)では、県庁の職員を名乗る人物から「あなたが住んでいる団地とはどんなところか?」について報告するレポートを依頼された「男」が、住居に閉じこもってその内部の「ありとあらゆる問題」について考えをめぐらせる。その過剰で時に滑稽な思考を通して、団地という生活空間の奇妙さが、また住居に潜む「傷」と男の意識のつながりが浮かび上がる。「住居はすでに男の一部だ。同時にもちろん、男は住居の一部でもある以上、一日たりとも男が住居を離れて自分を考えることなどできないはずだ」(「書かれない報告」)——このように後藤の小説では、団地という住空間へのまなざしが、その環境との関わりの中で生きる「私」を問うことにつながっている。

こうした後藤の団地小説は、「私」を語るという小説のあり方を問う方向性にも結びついている。次に挙げるのは、後藤の長編小説『挟み撃ち』(河出書房新社、一九七三)の一節である。

わたしは、毎朝早起きをしているサラリーマンではなかった。毎晩毎晩、あたかも団地の不寝番でもあるかのように、五階建ての団地の3DKの片隅で、夜通し仕事机にへばりついている人間である。もちろん誰かに不寝番を頼まれたわけではない。自分で勝手にそうしているわけだ。わたしはゴーゴリの『外套』を翻訳中の露文和訳者でもない。しかし、あのカーキ色の旧陸軍歩兵の外套を着て、九州筑前の田舎町から東京へ出て来て以来ずっと二十年の間、外套、外套、外套と考え続けてきた人間だった。たとえ真似であっても構わない。何としてでも、わたしの『外套』を書きたいものだと、考え続けて来た人間だった。つまりわたしは、わたしである。言葉本来の意味における、わたしである。
にもかかわらず、わたしはあの外套の行方をどうしても思い出すことができない。というより、その行方不明となった外套の行方を、考えてみること自体を忘れていたのだった。いったいわたしは、いままで何を考えてきたのだろう？　もちろん生きている以上、さまざまなことを考えてはきた。あの外套の行方を考えることを忘れていたのは、たぶんそのためだろう。これは大いなる矛盾である。しかし、なにしろ外套、外套、外套と考えるだけでは、生きてゆくことができなかったからだ。当然のことだが、矛盾がわたしを生きながらえさせたのである。

団地に住む中年の作家「わたし」は、二十年前に着ていた旧陸軍の外套のことを不意に思い出し、その行方を探るために、かつて東京で住んだ場所を訪ね歩こうとする。この点で、外套の行方を探索することは同時に記憶を遡ること、すなわち自己探索という性格を有している。だが、その探索の歩み（および冗舌な語り）は繰り返し脱線し、迂回を重ね、「わたし」は最後まで目的に辿り着くことなく、過去と現在の挟み撃ちにあったままになる。この小説の延長上で、後藤は『吉野太夫』（平凡社、一九八二）や『首塚の上のアドバルーン』（講談社、一九八九）など、語られる「物語」よりも語りの運動自体を際立たせるような小説を試み続ける。

金井美恵子――「書くこと」の問い

「内向の世代」の作家と同時期に詩人・作家として出発し、高度な方法意識を持って活動を行ってきた女性作家として、金井美恵子が挙げられる。金井の初期の創作では、「愛」の不可能性や「少女」といったテーマとあわせて、「書くこと」自体が主題化され、多様に問われる。そこでは作品が生み出される根底を問うメタフィクションの手法を通して、書く「私」、ひいては「作者」という存在の自明性が揺さぶられるのである。一例として、短編「プラトン的恋愛」（『群像』一九七五・二）に目を向けてみたい。

わたしが〈作者〉であることを、彼女に証明しなければならないのだとすれば、文章を書くこと、あるいは作品を書くことによって証明しなければならないだろう。彼女を知ったのは、といっても、この場合、果して知ったという言葉が正確にあて嵌まるかどうかわからないのだが、ともかく、わたしがはじめて小説を書いた時以来、彼女とわたしの奇妙な関係がはじまった。手紙がとどいて、のっけから、あなたの名前で発表された小説を書いたのはわたしです、と書き出してあった。

「わたし」が小説を書くたびに、「あなたの名前で発表された小説を書いたのはわたしです」という手紙が見知らぬ誰か（＝〈本当の作者〉）から届く。「プラトン的恋愛」という題の小説を書きあぐねていた「わたし」は、〈本当の作者〉と称する「彼女」と出会い、小説「プラトン的恋愛」の構想を聞かされる。やがて「彼女」から「プラトン的恋愛」の原稿が届き、「わたし」はそれを焼き捨てることなく、そのまま自分の作品として発表するだろうと考える……。ここでは「作者」の同一性、また小説を「書く」という行為が、読者に目眩をもたらすような仕掛けを通して問われているということができるだろう。

なお、本章で確認してきたような「私」をめぐる表現の試みは、小説というジャンルにだけ見られるものではない。例えば短歌・俳句を起点に、詩・小説・童話・演劇・映画など幅広い領域で活動した寺山修司は、「「私」とは何か」を問うモチーフと、ジャンルや表現行為そのものを問題化するメタフィクション的な手法を連関させるかたちで、多様な作品を生み出している（その代表作として、映画『田園に死す』（一九七四）が挙げられる）。こうした試みは、ポストモダンと呼ばれる動向とも結びついて、一九八〇年代以降の文学・文化に様々にひきつがれてゆくのである。

参考文献

・前田愛『都市空間のなかの文学』（ちくま学芸文庫、一九九二・八）
・小田光雄『〈郊外〉の誕生と死』（青弓社、一九九七・九）
・樺山三英「団地の文学史」（『層　映像と表現』一〇、二〇一八・二）

２章　原爆文学・フェミニズム・環境問題

——友田義行

原爆文学

一九四五年八月六日、九日に広島と長崎に投下された原子爆弾は、地獄の惨劇を地上にもたらした。この未曾有の事態に対し、文学はまず実情をありのままに記録し伝えようとした。

原民喜は原爆文学の原点の一つと言われる「夏の花」（『三田文学』一九四七・六）において、兄の家で被爆してから川岸まで避難する途上で目にした惨状を書き残す使命感を語っている。「このことを書きのこさねばならない、と、私は心に呟いた」。大田洋子もまた、被爆直後に母と妹とともに病院へと避難する途中で、「いつかは書かなくてはならないね。これを見た作家の責任だもの」（『屍の街』中央公論社、一九四八）と妹に語った。被爆した作家の多くが、この絶対的な暴力がもたらした体験を作品に記そうとした。それらは過去の原爆体験の記録に止まらず、常に核使用の不安にさらされ続ける〈核状況下〉に生きるすべての人々にとっての財産となっていく。

原爆投下時に女学校四年生だった竹西寛子は病欠のため難を逃れたが、登校していた同級生全員が被爆死した。「儀式」（『文芸』一九六三・一二）はこの体験に基づいている。「あの夏の日」から一〇年余り経ち、会社勤務の阿紀には登美子と世津子という友人がいるが、妊娠中の登美子は二人の胎児を失っており、世津子は癌を患っている。死の影が濃厚な現在に、同級生たちが視界から一瞬にして消えてしまった過去が交錯する。時間が往還する構成から浮かび上がるのは、生者が死者を送る儀式の光景に阿紀が抱く居心地の悪さであり、それに伴う現実の不確かさである。「広島」という地名が登場しないこの作品で行われる過去と現在の往還、そして此岸と彼岸との往還は、やはり広島での儀式を描いた「管絃祭」（『波』一九七七・四―一九七八・四）でも反復される。

佐多稲子は五〇年代から六〇年代にかけて、長崎に投下された原爆を主題とした短編を書いた。占領期に書かれ、朝鮮戦争勃発の直前を舞台にした「歴訪」（『文学界』一九五一・七）では、長崎の惨劇に関心を払わない人々が登場する。視点人物の多枝もまた、長崎を旅行者のような目で眺めていた。だが、会議の席上で「みんな黙っとりますけど、夕方のあの淋しさは、あすこにいてみなきゃ分りませんと。ほんとに一晩泊って下さいませ」と幼友達が発した言葉に動かされていく。この作品が発表される四ヶ月前には、原民喜が鉄道自殺を遂げていた。「今日になっての話」（『文学界』一九五二・一二）では、広島の原爆で切断した足の指が元通りに回復したという挿話が語られる。「私は、村井の症状が、原子爆弾の放射力の作用だとしても、人間の自然な保存力がそれに打ち克つこともできぬことはなかろう、とおもう」という、すがるような楽観論が語られる。当時の日本社会は原水爆に対して沈黙していた。だがこの年にはソ連もイギリスも原爆を開発し、アメリカは水爆の実験に成功、二年後には第五福竜丸事件が起きる。「色のない画」（『新日本文学』一九六一・三）では「歴訪」にも登場した人物と思われる画家（池野清がモデルとされる）の死後が語られる。体調を崩し、身体のあちこちに斑点が現れていた彼は、原爆病院で肝臓癌と診断された。彼の画の前で「私」は、「この色を無くした画と喪章のついた写真が、単純にそれだけしか語らないから、私は何か云いたいのである。（中略）病名は肝臓癌、そしてその精神の上で、このひとからすべての色を失わしめたものの名は、それは何と名づけられるであろうか」と黙考する。その切実な問いは、「あの人たちは何も語らなかっただろうか」という一文から始まる長編「樹影」（『群像』一九七〇・八―一九七二・四）へと引き継がれる。あまりに膨大な死者と、失われた言葉を、沈黙を、生き残った者はどう受け止めればよいのか。

井上光晴「地の群れ」（『文芸』一九六三・七）は被爆者に向けられた理不尽な差別を描く。就職、教育、結婚、出産などさまざまな場面で不当な扱いを受ける被爆者の姿は、被差別部落問題とも重ねられ、日本の後進性を浮き彫りにする。井伏鱒二「黒い雨」（連載当初は「姪の結婚」、『新潮』一九六五・一―七）は残留放射能による被爆とその後遺症の苦しみを描いた。井伏は被爆していないが、ともに被爆者である重松静馬の『重松日記』と岩竹博軍医の『岩竹手記』に多くを負っており（盗作疑惑が生じたほど）、やはり個人的体験を基にしている。

「色のない画」には原水爆禁止世界大会への言及があった。原水爆の禁止、被爆者の救援、世界平和の実現を目指すこの世界大会は、一九六三年の第九回大会で、政治的立場の違いから原水爆禁止日本協議会（原水協）と原水爆禁止日本国民会議（原水禁）に分裂した。この問題から書き始められたのが、大江健三郎『ヒロシマ・ノート』（岩波書店、一九六五）である。分裂を乗り越えて被爆者援護法の実現を目指すこと、そして威厳ある正統的な人間たる被爆者とともに、全世界的な核廃絶への呼びかけを開始すること。人間回復の拠点を広島／ヒロシマに求めた本書は、とりわけ青年層に大きなインパクトを与えた。

ところで、六〇年代の原爆文学には、ある特殊な共通項を持った作品群がある。堀田善衞『零から数えて』（『文学界』一九五九・一二―一九六〇・二）と『審判』（『世界』一九六〇・一―一九六三・三）、いいだもも『アメリカの英雄』（『新日本文学』一九六四・一―九）、宮本研の戯曲「ザ・パイロット」（『新日本文学』一九六四・一〇）である。これらの作品はいずれも、広島・長崎にB二九爆撃機で原爆を運んだ〈原爆パイロット〉（投下機パイロット）を主人公に設定している。自らが投下した原爆によってどのような地獄が生じたか、その現実を知るにつれ、加害者の彼らもまた苦悩の淵に沈み、被害者へと転換することになる。『審判』では原爆パイロットの一人だったポールが、戦後に訪れた広島で発狂する。彼は原爆慰霊碑の周辺を「ワタ……クシハー……、オニー……デスー……」と叫びながら彷徨し、平和大橋から太田川に転落してしまう。

『アメリカの英雄』は、舞台をアメリカに固定し、一人の原爆パイロットがたどった栄光と転落の半生を描く。太平洋戦争において日本の降伏を早め、その結果米国での本土決戦で失われたであろう数百万のアメリカ人を救った「英雄」として称賛された原爆パイロット。物語の冒頭では、すでに「精神異常」者として病院に収容された主人公の姿があり、彼がそのように扱われるに至った経緯が、時間をさかのぼって語られていく。「ヒロシマの一撃で破壊されたのは、私なのです。あなたなのです。アメリカ合衆国なのです。ノー・モア・ヒロシマズ」という「英雄」の言葉は、原爆が敵味方の区別なく、すべての人間を破壊してしまう事実を物語っている。

〈原爆パイロット〉を描く作品群は、多くの原爆文学が被爆者＝被害者の立場から書かれたのに対し、そのような被爆者を作り出した側のあり方を問うものであった。そうした作品が六〇年代に集中して書かれたことは、日本がアメリカの核の傘に入ることをも意味する日米安保条約の改訂が、抑圧されていた反米感情を噴出させたこととも無関係ではないだろう。

フェミニズム

一九世紀に世界各地で性差別のない社会を目指す運動が起こった。女性の参政権や高等教育権を求め、男女平等社会の実現を目指す運動や思想のことを、フェミニズムという。一九六四年にアメリカはヴェトナム戦争に介入を始める。戦争が泥沼化すると、アメリカではヒッピー族が登場するなど、厭戦感情が拡がりを見せた。こうした中、女性のウィメンズ・リベレーション（ウーマン・リブ＝女性解放運動）と、黒人の公民権要求運動が全土に高まる。いずれもアメリカの旧体制に対し、人間個々のアイデンティティや人権を問うものであった。六〇年代から七〇年代にかけてのこうした多種多様な抗議運動は、世界各国に波及していった。

日本でも一九七〇年の日米安保改定を前に、全共闘世代による激しい抵抗運動が組織された。しかし反体制運動の集団内には旧態依然としたジェンダー・バイアス（性的偏見）が組み込まれており、男たちが唱える革命において女性の解放は問題外であることが露見する。六〇年代の大学紛争を背景とした村上春樹『ノルウェイの森』（講談社、一九八七）には、女子学生の緑が「僕」に、男子学生から受けた性差別の被害を訴える場面がある。「ある日私たち夜中の政治集会に出ることになって、女の子たちはみんな一人二十個ずつの夜食用おにぎりを作って持ってくることって言われたの」。緑が直面したのも、男が知と権力を占有し、女を再生産労働の担い手に貶める、封建主義的な「革命家たち」の横暴であった。

日本におけるウーマン・リブ（フェミニズム第二波）の幕開けは一九七〇年と言われる。六〇年代はその萌芽期であった。植民地朝鮮で生まれ育ち、引揚げ後に筑豊で谷川雁や上野英信らとサークル村を結成した詩人・作家の森崎和江は、一九五九年に女性交流誌『無名通信』を発行し始める。その誌名には、「オヤジ中心主義」を作った権力を転覆するために、母・妻・主婦など女に被せられた呼称を返上し、個人に帰ることを目指す意志が込められていた。森崎が一九六五年に発表した『第三の性――はるかなるエロス』（三一書房）は、ウーマン・リブを先取りした女性論・恋愛論として知られる。婚姻関係のない男性と同棲する沙枝と、病床に伏している律子という、同世代に属する女性同士による交換ノートの様式を取った本作では、主に異性との関わりについて、自身の体験に基づく鋭い議論が交わされる。エンゲルスらの政治的言説が引用される一方で、「あんた、女にやさしくすることがいるか、という抱き方は根性がくさっとるよ」といった女性炭坑労働者の語り口も織り込まれ、性的な身体感覚を含めた赤裸々な話題が記された。女性が自身の性的欲望について語ることがタブーであった当時において、女性のセクシュアリティを抑圧する力に抗うものであった。

『第三の性』が一九九二年に文庫化された際、森崎はあとがきで、六〇年代半ばの日本社会を次のように概説している。「まず、女のことばに耳を貸すなんて、まともな男のすることではない、と万人が考えていたの。（中略）ことに社会の中堅どころの壮年たちは、「女も人間か」「女に性の快感があるんか」「女に理性や知性があるわけがない」「女は業が深いから客観できない」など、まじめに私に話し聞かせていました」。理性も知性も性的快感すらも、すべて男が教えてやらなければ（教えたとしても）女には分かるまいという男の思い上がりをどう打破すればよいのか。森崎は絶望に耐え、男に話しかけることで未来を変えようと考えた。ところが、今度は男女の間には共通の言葉すらないことに気付く。長らく続いた男尊女卑の社会制度や、男の性生理に合わせて育まれた政治や家や文化、そして法律。積年の歪みが、男の言葉こそが普遍であるかのように偽装し、女の声を言葉として機能させせない社会を作り上げていた。やはり安保闘争における男性中心の革命運動に疑問を抱いていた社会学者の上野千鶴子は、「まだフェミニズムがなかった頃……森崎和江の文章は、出口のない暗渠でもがいていた女たちにとっては、天上から降りてきた蜘蛛の糸だった」と述べている(『〈おんな〉の思想　私たちは、あなたを忘れない』集英社、二〇一三)。女性による言葉の獲得に挑んだ森崎の文学的実践は、戦後日本におけるフェミニズムを切り開くものであり、同時代の女性たちにとっての一筋の光となったのだった。

文学による女性解放や男性中心主義への批判の試みとして、たとえば円地文子『女面』(『群像』一九五八・四−六)は、「男が永遠に怖れる女性」の原型とされる六条御息所が憑依したかのような女性像を造型し、栄華を誇る男たちに復讐を遂げる様を描く。倉橋由美子は『パルタイ』(『文学界』一九六〇・三)で、女子大生がパルタイ＝党＝共産党に加入するための履歴書を作成しながら、男たちの言動や党への不信を募らせていく様を描いている。そして特に左翼の政治運動に参加する男性たちの思想・行動の背景に、彼ら個人のセクシュアリティを律する家父長制の意識が潜んでいることを見抜いた。有吉佐和子『華岡青洲の妻』(『新潮』一九六六・一一)は、嫁姑争いの描写が衆目を集めた。だがよく見ると、医学的な発明を目指す男性が、嫁姑争いを巧妙に利用していく様子と、男たちの成功の陰で犠牲となる女性という構図が浮かび上がる。「どこの家の争いも、結句は男一人を養う役に立っているのとは違うかしらん」とは、清州の妹・小陸の鋭いつぶやきである。いずれも男性中心社会に根付いた家父長制の意識を批判的に暴き立てるものであった。

津村節子「玩具」(『文学界』一九六五・五)は、男の視点による一人称語りである従来の私小説を脱構築した、妻の視点による私小説の形式を取っている。妊娠・出産・子育てを巡って妻／母が直面する苦難を描いている点や、これらの出来事を巡って夫の自己中心性と幼児性が暴かれていく点は、『パルタイ』とも通底する。河野多惠子「明くる日」(『群像』一九六五・一二)は、性愛を生殖(妊娠)から分離して快楽として抽出する過程で、女性の身体をめぐる男女それぞれの意識がどのようにすれ違っていくかが追求される。大庭みな子「三匹の蟹」(『群像』一九六八・六)では、アラスカ在住の妻が自宅で繰り返されるブリッジ・パーティーや夫から逃れ、ふと訪れた遊園地で働く男と一夜を共にする。封建的な家族制度から解放された個としての女性の存在が、アメリカの家庭における主婦という立場から描かれている。

やがて本格化するフェミニズム思想と批評は、男女平等の主張からジェンダー文化の構造解析へと視点を移し、女性という存在自体の解明や、女性の自由な自我表現と主体性の達成へ向けての新たな課題、すなわち産む身体、母性、セクシュアリティの願望など意識の深層領域へと考察を進めていった(水田宗子「解説」『[新編]日本女性文学全集』六花出版、二〇一九)。前掲の作家以外にも、岩橋邦枝、曾野綾子、石牟礼道子、高橋たか子といった女性作家たちが、文学を通じてこうした問題に取り組んでいったのである。

環境問題

一九五〇年代から六〇年代にかけて、日本は高度経済成長期と呼ばれる好景気の時代を迎える。鉄鋼、自動車、造船などの重工業化が進み、その基盤となるエネルギーの主役は石炭から石油へと転換された(エネルギー革命)。都会では高層建築が林立し、自動車道路網が列島の隅々まで張り巡らされ、渓谷には巨大ダムが、臨海地域には巨大コンビナートが造られるなど、日本の風景は大きく様変わりした。経済活動が活発化し、国民の所得が増幅するに伴い、暮らしは豊かになったかに見えた。しかし、バランスを欠いた経済の急成長は、様々な矛盾も生み落としていく。

安部公房脚本、勅使河原宏演出の映画『おとし穴』(一九六二)は、エネルギー革命の陰で失業にあえぐ炭鉱地帯の労働者を描く。ロケ撮影された九州の炭鉱地帯は無残なまでに荒廃しており、無人の廃墟と化した炭坑住宅の傍らには、坑道掘削によって生じた陥没湖が広がる。一方、積み上げられたボタ山（廃棄された不燃石炭の山）には雑草が茂り始め、労働によって変貌した土地に、再び自然が絡み合った未知の風景が生まれつつあった。

ＳＦ作家の星新一は、一九五八年に短編「おーい　でてこーい」を発表した。ある村の社《やしろ》の跡地で直径一メートルほどの穴が発見される。村人は穴をのぞき込んで「おーい、でてこーい」と呼びかけるが反応はない。利権屋がこの底なし穴を買い取り、ゴミ捨て場にすると、原子力発電会社が争って契約し、まもなく都会と村をつなぐ道路が作られた。「原子炉のカス」が運び込まれたのを皮切りに、防衛省や外務省の「機密書類箱」や、「大学で伝染病の実験に使われた動物の死体」などが次々と投棄されていく。都会の汚れは洗い流され、「海や空が以前にくらべて、いくらか澄んで」きて、人々が安心して暮らすようになったころ、上空から「おーい、でてこーい」という声が降ってくるのだった。

都会の発展に伴って大量の廃棄物が垂れ流され、自然環境が汚染される。文明はそれ自体を破壊する軍事力も増強し、自然開発を進める中でウィルスが人間界へと伝播していく。持続不可能な開発に潜む不都合な真実を葬る便利なブラックホールは存在せず、すべては人類の未来に降りかかってくる、因果応報的な警鐘のようだ。

経済至上主義的な企業活動によって汚染された空気・水・食物は、やがてこれらを摂取する動物から人間へと循環し、公害病を引き起こす。一九五〇年代前半から、熊本県水俣で原因不明の激しい脳症状を訴える患者が続出した。新日本窒素（チッソ、現ＪＣＮ）水俣工場の排水にメチル水銀化合物が含有されており、汚染された水俣湾内の魚介類を食べた地域住民が中毒性中心神経系疾患を発症したのである。当時まだ「奇病」と呼ばれていた水俣病患者の姿に衝撃を受けた石牟礼道子は、「悶々たる関心と控えめな使命感をもち、これを直視し記録しなければならぬという盲目的な衝動」（石牟礼道子『苦海浄土　わが水俣病』講談社、一九六九）を抱き、自らの故郷でもある水俣の患者から「聞き書」を始める。石牟礼は「奇病」を『サークル村』（一九六〇・一）に発表し、「海と空のあいだに」を『熊本風土記』（一九六五－）で断続的に連載しつつ、一九六八年には水俣病対策市民会議を発足し、水俣病訴訟を支援するなど、患者と行動を共にしていった。身体的にも社会的にも言葉を奪われようとしていた患者たちの声からは、チッソへの憤怒の感情だけでなく、豊穣だった水俣の海とそこでの人々の生活が甦ってくる。一九六九年にまとめられた『苦界浄土　わが水俣病』（講談社）は、近代とは何か、近代化によって何が失われ損なわれたのかを、庶民の目から鋭く問いかけている。

一九六二年、レイチェル・カーソンは農薬をはじめとした化学物質の残留や、食物連鎖による生物濃縮がもたらす生態系への影響を訴える著作を発表した。同書は一九六四年に日本で翻訳出版され、当初は『生と死の妙薬――自然均衡の破壊者〈科学薬品〉』、後に『沈黙の春』と題された。その日本版とも呼ばれたのが、有吉佐和子『複合汚染』（新潮社、一九七五）である。農薬や化学肥料だけでなく、洗剤や食品添加物、自動車の排気ガス、軍需産業まで射程に含む議論は、公害問題を世界的な自然環境破壊というより大きな問題系に位置付けた。加えて、特に食の問題は女性だけが担うのではなく、社会全体が共有すべきであることと捉えた点も重要である。

様々な水準で進行する自然破壊の影響は、人間の暮らしだけでなく動物にも及ぶ。高畑勲監督のアニメ映画『平成狸合戦ぽんぽこ』（一九九四）は、一九六〇－七〇年代の多摩ニュータウン開発を、丘陵に住む野生動物の目から描いた。狸たちの抵抗運動も空しく、丘陵は次々と開発＝破壊され、彼らはやむを得ず人に化けて人間社会で生きていく道を選ぶ。映画の結末では、緑の生い茂る月夜の丘陵で、狸たちが再び集い宴を繰り広げる様子が描かれる。一見ハッピーエンドのようだが、足下に広がる草原は皮肉にも、ゴルフ場のグリーンなのだった。庭造りでも知られる丸山健二は「チャボと湖」（『文学界』一九七七・二）で、都市郊外に造られた住宅団地で住人の一人が五羽のチャボを飼いだし、隣近所を巻き込んだ騒動へと発展する経緯を描いた。高度に管理された人工的な住環境においては、チャボという小さな自然ですら飼い慣らすことは困難であり、住人はこれを抹殺するに至る。

山田洋次監督の『家族』（一九七〇）は、長崎の小島から北海道の開拓地を目指す一家の姿を描く。一九七〇年当時の日本列島をオールロケで撮影したこの映画には、衰退する炭坑や、北九州工業地帯の開発、減反政策の矛盾といった社会問題が映り込んでいる。一家は大阪で開催されていた日本万国博覧会の会場にも立ち寄るが、人混みと高額な入場料に押され、入場口前で引き返すことになる。ばったり遭遇した知人との口論の中で叫ばれる「人類の進歩と調和」（万博のメインテーマ）への疑義は、ロハスやＳＤＧｓといったスローガンでも繰り返し掲げられる、人間と自然、そして人間同士の不調和という課題を今も突きつけている。

参考文献

・『日本の原爆文学　④⑤⑥⑦⑨』（ほるぷ出版、一九八三）
・黒古一夫『21世紀の若者たちへ4　原爆は文学にどう描かれてきたか』（八朔社、二〇〇五）
・川口隆行『原爆文学という問題領域』（創言社、二〇〇八）
・川口隆行編『〈原爆〉を読む文化事典』（青弓社、二〇一七）
・岩淵宏子・長谷川啓監修『［新編］日本女性文学全集』第九巻・第一〇巻（六花出版、二〇一九）
・岩淵宏子・北田幸恵編『シリーズ・日本の文学史⑥はじめて学ぶ日本女性文学史【近現代編】』（ミネルヴァ書房、二〇〇五）
・渡邊澄子編『女性文学を学ぶ人のために』（世界思想社、二〇〇〇）
・千葉一幹ほか編『シリーズ・世界の文学をひらく⑤日本文学の見取り図——宮崎駿から古事記まで』（ミネルヴァ書房、二〇二二年）

3章　江藤淳　アメリカと言語空間

――塩谷昌弘

占領の終わり

一九五一年九月八日、サンフランシスコ講和条約が調印された。翌年四月二八日に条約は発効され、六年半以上にわたるＧＨＱによる日本の占領は終わりを迎えた。日本は独立国として主権を回復し、ここから本来的な意味での戦後が始まる。講和以前から、ＧＨＱの占領政策は冷戦体制下における世界戦略へとシフトし、日本の非軍事化・民主化路線から、共産圏への対抗政策に重点が置かれるようになっていた。こうした冷戦体制下における対日政策の一つとして、日米安全保障条約は締結されたわけだが、安全保障の分野とは違う側面からも日米間の緊密化は図られた。文化政策である。アメリカの対日文化政策は、占領期においてはＧＨＱの民間検閲局（ＣＣＤ）によって検閲として行われていたが、講和後は日米の文化交流といったかたちで制度化されていく。そのなかにロックフェラー財団による文学者留学支援プログラムがあった。

一九五三年の福田恆存を皮切りに、同年に大岡昇平、翌年には石井桃子、その翌年には中村光夫、阿川弘之、さらにその二年後には小島信夫、庄野潤三、さらにまた二年後に有吉佐和子、その翌年に安岡章太郎がアメリカに留学した。そして、一九六二年八月から批評家の江藤淳が、このロックフェラー財団の研究員として渡米することになる。このロックフェラー財団の留学プログラムについて、後年、江藤は、次のような問いを発している。

小島信夫氏が、ロックフェラー財団研究員として渡米したのは、昭和三十二年（一九五七）四月、アメリカの日本占領が終了してからちょうど五年目のことと記されている。／私が、同じロックフェラー財団の研究員としてアメリカに出掛けたのは、それから更に五年後、昭和三十七年（一九六二）八月のことだった。（中略）いずれにしても、小島氏や私のような、あるいは安岡章太郎氏や庄野潤三氏や有吉佐和子氏のような、ロックフェラー財団研究員とは、いったい何だったのだろう？　これらは後世の批評家や文学史家が、解き明かさなければならない一つの興味深い宿題である。
（『自由と禁忌』河出書房新社、一九八四年）

この問いの背後にある江藤の問題意識は、文学のような一見、政治とは関係のない分野であっても、その時代の政治や外交政策とは無縁ではないということである。アメリカは、なぜ江藤ら文学者を招いたのか。招かれた文学者は何を期待されていたのか。こうした問いに答えられなければ、日本の占領は終わらないと江藤は考えたのである。

江藤淳とアメリカ

江藤は一九五六年、大学四年生のときに書いた『夏目漱石』（東京ライフ社、一九五六）で批評家デビューした。漱石の「則天去私」神話を否定し、新しい漱石像を打ち出したとして注目され、同世代の大江健三郎や、石原慎太郎などとともに、新しい世代の文学者、批評家として期待された。デビュー後、江藤は立て続けに、『奴隷の思想を排す』（文芸春秋社、一九五八）や『作家は行動する』（講談社、一九五九）、『小林秀雄』（講談社、一九六一）などを著し、文壇内において確実に地歩を進めていく。しかし、筆鋒鋭い江藤の批評に対しての反発は少なくなかった。また、江藤自身も徐々に同世代の作家たちに対して、違和感を覚えるようになっていた。こうして江藤は日本の文壇内での孤立を深めるようになったが、まさにそのタイミングでアメリカ留学の話は舞い込んできたのである。

一九六二年八月、江藤は渡米する。ここから足掛け三年にも及ぶ、アメリカ生活が始まるのである。帰国後に書かれた留学記『アメリカと私』（朝日新聞社、一九六五）には、そのアメリカ体験が克明に描かれている。しかし、この留学記はルポルタージュのようなものではない。確かに、江藤が滞在した一九六〇年代初頭のアメリカは公民権運動やキューバ危機、ケネディ暗殺といった歴史的な事件が起きており、『アメリカと私』にはそのときの様子が描かれている。しかし、それはあくまでもこの留学記の背景に過ぎない。この留学記は、あたかも江藤淳という「私」の「物語」のように読めるのである。次の引用は、『アメリカと私』の「城」という章の一節である。

> 人間というものが、かならずしもあるときは批評家になり、あるときは学生になりうるというふうにできていないのはやっかいなことだ、と私は思った。なしくずしの自己喪失をまぬがれようとするなら、私は自分の批評家という同一性を固執しなければならない。しかし、私の場合、この同一性は、ひとつには言葉の障壁のために、それ以上に二つの文化の異質性のために、米国の社会で何の機能も果たさないのであるから、固執しようとするかぎり私はこの社会で死んでいるわけである。／私は、プリンストンに着いてから一ヶ月ないし二ヶ月のあいだ、確かに社会的な死を体験していた。

江藤が留学したのはニュージャージー州にあるプリンストンであった。そこにあるプリンストン大学の研究員というのが江藤の肩書であった。留学以前、江藤は日本で若き批評家として地位を確立していたが、このプリンストンでそのことを知っている人物、あるいはそれを認めてくれる人物はいなかった。右の引用にあるように、批評家であることは江藤自身の「自己同一性《アイデンティティ》」に関わることであった。しかし、そのことはプリンストンでは何の意味もなさなかった。江藤はここで「社会的な死を体験」したと語っているが、それはまさに「自己同一性」の危機だったのである。

しかし、江藤はこのあと少しずつプリンストンにおいて自らの同一性を回復していく。大学で行われた「East Asian Studies Program」のスピーカーに江藤は選ばれた。発表後、江藤は「私は、今、日本語の文化のなかに存在するひとりの批評家として、そのままのかたちで少数ではあるが熱心な聴衆に、うけいれられていた」と感じる。さらに、江藤は大学から日本文学の講座を担当しないかと要請を受ける。本来、ロックフェラー財団の研究員としての留学期間は一年であったが、江藤はこの要請を受け入れた。それは「財団からの贈与である給費ではなく、自分で働いて稼いだ給料で生活をたてる、ということをも意味していた」。そして、留学二年目の九月、江藤は最初の授業を前に、次のような感慨を抱く。

彼らの眼に見えているのは現在の私であった。そして、「現在の私」とは、日本文学の教師に雇われた文芸批評家だという日本人であった。教師たちにとっては、私は、彼らのうちにあるもののポストを奪いかねない競争者であるかも知れず、また哀れむべき無害な他所者であるかも知れない。学生たちにとってのそれは、手ごわいのか甘いのか、そのどちらでもない退屈なのか、これらのいずれかに属するもうひとりの教師にすぎないはずであった。

江藤はこうして「教師」という、新たな「自己同一性」を獲得するのである。アメリカという異質な文化のなかで、何者でもない自己を体験した江藤は一度「社会的な死を体験」したが、そこから少しずつ、批評家として、日本人として、教師として「自己の同一性」を回復していくのである。『アメリカと私』は、いわば江藤の「死と再生」の「物語」なのである。もちろん、江藤の体験は虚構ではないはずである。しかし、実際にあった出来事でも、その語られ方には注意しなければならない。

というのも、現在では一般化している「自己同一性」という概念を、文芸批評のタームとしてはじめて使用したのは他でもない江藤だったからである。しかも、江藤はそれを留学中に読んだというE・H・エリクソン『幼児期と社会』（一九五〇）から学んだのだった。エリクソンは精神分析学者で発達心理学について研究をしていた。「自己同一性」という概念は、このエリクソンが提唱したものであった。つまり、江藤は自らの体験をエリクソンの概念によって語り直したのである。

文学史とアメリカの影

このように語られたことに対して、語られなかったことについて考えることも文学テクストを読む上では重要なことである。江藤は『アメリカと私』で何を語り、何を語らなかったのか。

『アメリカと私』には多くの登場人物が出てくるが、プリンストン大学において江藤がもっとも親しくしたのはマリアス・ジャンセンであった。江藤は「彼は、今ではマリアスというファースト・ネームで呼ばなければおさまりが悪いほど近しい友人になっている」と語っている。

ジャンセンについて江藤は明治維新の研究者であることと、『坂本龍馬と明治維新』（一九六一）の著者であることには触れているが、もう一つの重要な仕事には触れていない。それはジャンセンがアメリカの「日本近代化論」プロジェクトの主要メンバーだったということである。ジャンセンだけではない『アメリカと私』には、ジョン・ホール、ウィリアム・ロックウッド、ロバート・ベラー、ロバート・リフトン、ドナルド・シャイブリー、アルバート・クレイグらプロジェクトの主要メンバーが多く登場する。江藤が留学したプリンストン大学はその「日本近代化論」の一大拠点だったのである。「日本近代化論」研究は、日本の近代化を新たに定義づけようとするプロジェクトで、非西洋地域における唯一の近代化成功例として、日本の近代化を再評価しようとしたものである。こうした評価は冷戦下におけるアメリカを中心とする西側諸国に、日本が編入されることを意味していた。こうした学問知でさえ、政治に組み込まれていたのである。

こうした体制のなかで日本からの留学生であった若き江藤は、プリンストン、あるいはアメリカが自らに何を期待していたかを自覚したはずである。しかし、『アメリカと私』に示されているように、そうした期待に応えれば「日本の批評家」という自らの「自己同一性」は危機に瀕する。一方でそうした期待に応えられなければ、アメリカでは「社会的」に「死」んでいることになる。こうした二重の「自己同一性」の危機を江藤は乗り越えなければならなかった。しかし、江藤は自らが政治的な枠組みのなかに組み込まれた一人の留学生であるということを、少なくとも『アメリカと私』では語らなかった。

そのかわりに帰国後まもなく、江藤は独自の文学史観を示すことになる。それが「日本文学と「私」――危機と自己発見」（『新潮』一九六五・三）及び、「文学史に関するノート」（『文学界』一九六五・六－一九六六・七）であった。これらの文学史論で江藤が展開したのは日本の「封建制再評価」であった。例えば、「日本文学と「私」」では、坪内逍遥の有名な落第事件を取り上げている。逍遥は、大学でお雇い外国人のウィリアム・ホートンが講じる英文学史の試験で、シェイクスピアの『ハムレット』に登場する王妃ガートルードの性格分析を課されたが、幼い頃より読み親しんだ戯作の価値観である勧善懲悪でその問題を解いたために落第したという。ホートンが求める近代小説の読みの枠組みと、勧善懲悪は相容れなかった。この落第を江藤は、逍遥が西洋という「他人」にはじめて出会った瞬間だったという。このことで逍遥は、自らの「自己同一性」の危機に陥ったというのである。しかし、逍遥はここから『小説神髄』へと進んだ。江藤は、逍遥が日本文学の改良へと進み得た理由の一つとして、逍遥の「儒学的教養」をあげている。この教養があったからこそ、「内面の趣味の主張よりも外側の権威の言への適応を容易にしていた」というのである。しかし、それと同時に近代化とは、その「儒学的教養」に支えられた世界観を捨てることでもあった。この屈折が江藤の文学史の要なのであるが、実は江藤の「封建制再評価」は、アメリカの「日本近代化論」研究が再評価したものでもあった。

「日本近代化論」は、日本の近代化成功の背景にはこうした「封建制」があったとするのだが、江藤はその文学史版を提示してみせたのである。つまり、江藤の描く文学史はまさに「日本近代化論」の所産だったのである。ただ江藤は、そこにエリクソンの「自己同一性」の危機という知見を導入し、日本の近代文学史を屈折させたのである。この危機の物語が、江藤のアメリカ留学の危機に重なることは言うまでもない。いずれにしても、こうした日本の前近代的な価値観を評価した江藤は、これ以降日本回帰的な保守派の批評家として位置づけられていく。しかし、いま見たように江藤の日本回帰の背後には、「アメリカの影」があったのである。

閉ざされた言語空間と昭和の終わり

一九六〇年代後半から七〇年代前半の江藤はこうしたアメリカの影のなかで『成熟と喪失――〝母〟の崩壊』（河出書房新社、一九六七）のような卓越した評論や、『漱石とその時代』（新潮社、一九七〇）というライフワークともなるような評伝を書くのだが、七〇年代末になると、「アメリカの影」という問題が江藤のなかでより直接的に噴出してくる。

一九七八年、江藤の「文芸時評」（『毎日新聞』一・二四）をきっかけに「無条件降伏論争」が本多秋五とのあいだに起こる。江藤は、日本はポツダム宣言の「第六項」から「第十三項」までの「条件」を受諾したのであって、これは「無条件」ではないと主張した。しかし、日本人は戦後、こうした「条件」降伏を「無条件」として認識させられてきたというのである。こうした誤謬が日本の「戦後文学」をも包んでしまっているという。これに対して本多は、アメリカに有無を言わさず受諾させられたのであるから、これは「無条件」というに等しいと反論した。これ以降、論争は続くのだが、江藤の主張の要点は、翌年『文学界』三月号に掲載した「他人の物語と自分の物語」に集約されている。江藤はそこで「無条件降伏」はアメリカ占領軍が流布させた物語だという。続けて、次のように問う。

だが、いったい人は他人が書いた物語のなかで、いつまで便々と生き続けられるものだろうか？　むしろ人は、自分の物語を発見するために生きるのではないだろうか。自分の物語を発見しつづける手応えを喪失し、他人の物語をおうむ返しに繰り返しはじめたとき、人は実は生きる屍になり下り、なにものをも創ることができなくなるのではないだろうか。

「他人の物語」を生きて死にかけたのは、江藤のアメリカ体験でもあったわけだが、江藤はこうした認識から、この年、国際交流基金の派遣研究員として再び渡米する。この秋から翌年の春にかけて、ワシントンのウィルソン研究所の研究員として、メリーランド大学図書館内のプランゲ文庫や、合衆国国立公文書館などに通い、占領期にアメリカ軍が行った新聞、雑誌等の検閲の実体を調査したのである。翌年、その調査をもとに『一九四六年憲法――その拘束』(文芸春秋社)を、さらに翌年『落葉の掃き寄せ』(文芸春秋社)を刊行した。そして、一九八九年には『閉ざされた言語空間――占領軍の検閲と戦後日本』(文芸春秋社)を上梓する。

そこで江藤は、アメリカ軍の民間検閲局（ＣＣＤ）の「検閲指針」をアメリカ公文書館で発見し、検閲がどのように準備され、実行されたのかを明らかにした。さらに江藤は民間情報教育局の「ウォー・ギルド・インフォメーション・プログラム」(戦争についての罪悪感を日本人の心に植え付けるための宣伝計画)という文書を発見する。検閲やこうしたプログラムがいかに日本人の言語や精神を拘束し、また占領後もその拘束が続いていたのかを論証した。江藤は日本の戦後は「閉ざされた言語空間」だったという。そして、それは「戦後文学」をも規定してしまっているというのである。

こうした戦後文学批判を展開したのが、先にあげた『自由と禁忌』であった。江藤は『成熟と喪失』で取り上げた「第三の新人」（戦後文学における「第一次戦後派」、「第二次戦後派」に次ぐ作家たちで、直接的に戦争や戦後を主題としなかったため「第三の新人」と呼ばれた。安岡章太郎、小島信夫、吉行淳之介、庄野潤三、遠藤周作などがいる）の近作や、丸谷才一、大庭みな子、中上健次などの同時代文学を取り上げながら、本章の冒頭で示した問いを発したのだった。その問いの答えは、文学が政治や外交、世界情勢とは無関係に存在するわけではないということであろうし、もっと具体的に言えば、江藤を含めた日本、日本文学は、アメリカに操作されていたということなのだろう。そのことを自覚しなければ占領は終わらないと江藤は考えた。しかし、繰り返しになるが、それは江藤のアメリカ体験でもあった。江藤は「他人の物語」を生きられないと言うが、日本の戦後や日本人のアメリカ体験がすべて江藤の言うような「他人の物語」に還元されるわけではない。

江藤が『成熟と喪失』で取り上げた「第三の新人」の作家たちの多くは江藤と同じように戦後、ロックフェラー財団の創作フェローとしてアメリカに留学をしている。そのなかで例えば、小島信夫は短編集『異教の道化師』（三笠書房、一九七〇）の「あとがき」において、江藤のようにアメリカで異質な「他者」を発見したと述べている。だが、小島はその「他者」を江藤のようには捉えなかった。むしろ小島は小説で、理解し合えない異質な「他者」との距離を測定しつつ、その「他者」の日常に自らと同一の生活者としての苦悩を描いている。また、「第三の新人」ではないが、江藤と同世代で、同じく財団の創作フェローとしてアメリカに留学した有吉佐和子は、小説『非色』（中央公論社、一九六四）において江藤が捉え得なかった複数のアメリカを描いた。

こうした個別の無数の「他人の物語」に江藤は目を向けられなかったし、ともすれば江藤の検閲研究はアメリカの「陰謀論」に囚われているようにも読める。現代の私たちは、江藤の問題提起を受け止めつつ、その批評的な判断については慎重に検討していかなければならないだろう。

とはいえ、この『閉ざされた言語空間』が出版された年は、一月に天皇が崩御して昭和が終わった年でもあった。戦後は四〇年を超え、ポスト・モダンと呼ばれて久しい時代となっていた。江藤の提起した問題は、この時代の雰囲気とはあまりにもかけ離れていた。

参考文献

・加藤典洋『アメリカの影』（河出書房新社、一九八五）
・佐藤泉『戦後批評のメタヒストリー——近代を記憶する場』（岩波書店、二〇〇五）
・金志映『日本文学の〈戦後〉と変奏される〈アメリカ〉——占領から文化冷戦への時代へ』（ミネルヴァ書房、二〇一九）
・平山周吉『江藤淳は甦える』（新潮社、二〇一九）
・井上謙他編『有吉佐和子の世界』（翰林書房、二〇〇四）
・東浩紀他監修『現代日本の批評　1975-2001』（講談社、二〇一七）

作品紹介

三島由紀夫『美しい星』

＊初出：『新潮』一九六二（昭和三七）年一－一一月

　重一郎の目が、こんな世界をもう一度見ることができようとは！　たしかにずっと以前、彼はこのような世界をわが目で見ており、そののちそれを失ったのだ。どこでそれを見たことがあるのだろうか？　彼は夏草の露に寝間着をしとどに濡らして坐ったまま、自分の記憶の底深く下りてゆこうと努めた。さまざまな幼年時代の記憶があらわれた。市場の色々の旗、兵隊たちの行進、動物園の犀《さい》、苺ジャムの壺の中へつっこんだ手、天井の木目のなかに現われる奇怪な顔、……それらは古い陳列品のように記憶の廊下の両側に、所窄《せま》しと飾られてはいたけれど、廊下の果ては中空《なかぞら》へ向っていて、つきあたりのドアを左右にひらくと、そこは満天の星のほかには何もなかった。そしてその廊下の角度は、正確に、円盤の航跡と合していた。

『俺の記憶の源はたしかにあそこにある』と重一郎は考えた。今まではただその事実から目を覆われていただけであったのだ。

　その瞬間に彼は確信した。彼は決して地球人ではなく、先程の円盤に乗って、火星からこの地球の危機を救うために派遣された者なのだと。さっき円盤を見たときの至福の感情の中で、今まで重一郎であった者と、円盤の搭乗者との間に、何かの入れかわりが起ったのだと。

（第一章）

【概要】

埼玉県飯能市に住む大杉家の四人が、宇宙からの知らせで円盤が到来するという町外れの山へ自動車でやってくる。だが円盤は現れない。大杉一家は、重一郎をはじめに次々と空飛ぶ円盤を見て宇宙人だったことに目覚めたのだった。父の重一郎は火星、母の伊余子は木星、息子の一雄は水星、娘の暁子は金星から来た宇宙人だと信じた。一家は宇宙人であることを世間に隠しながら、水爆開発によって現実のものとなった世界滅亡の危機から人類を救う活動をはじめた。家族はみな出身の星が異なるため疎隔もあった。暁子は金沢に住む金星人の青年竹宮と知り合い、二人で空飛ぶ円盤を見たという。その後暁子は妊娠したと知る。一方、仙台市に住む、大学教員の羽黒、羽黒の元教え子で銀行員の栗田、大学近くで床屋を営む曽根という三人の俳句仲間がいた。三人はそれぞれに不如意や不満を抱えていた。ある時、東京から来た有名俳人と仙台市はずれの山で待ち合わせたが俳人は来なかった。その時、三人は一緒に円盤を見る。そして、自分たちは白鳥座六一番星あたりの未知の惑星から人類を滅ぼすためにやって来た宇宙人だと確信する。

一雄は、父の活動が現実的ではないと思い、国会議員の黒木に近づく。ある時、黒木を東京へ訪ねてきた羽黒ら三人を出迎えると、重一郎の活動が話題にのぼる。一雄は父が火星から来た宇宙人だと告げる。羽黒らは大杉家を訪れ、重一郎と宇宙人同士の議論になる。両者は人間の不完全さと滅亡すべきか救済すべきかをめぐって論争する。こののち重一郎は倒れて入院する。暁子から余命を知らされた重一郎は、円盤からの通信を聞く。家族はそろって宇宙へ戻るため円盤が到来する東生田《ひがしいくた》（神奈川県川崎市）の丘陵へ出かけるのだった。

〔読みどころ〕

三島由紀夫（一九二七―七〇）は一〇代で小説を書き始め、戦時下に短篇集『花ざかりの森』（一九四四）を出版、戦後『仮面の告白』（一九四八）、『金閣寺』（一九五六）などの小説や戯曲、評論を精力的に発表した。一方、一九五五年から虚弱だった肉体を改造すべくボディビルに取り組みはじめ、映画『からっ風野郎』（一九六〇）に出演、自作映画『憂國』を制作するなど映像への露出にまで創作活動の幅を広げた。本作が発表された一九六〇年代は米ソ核開発競争が激化していた。核冷戦・国際連合による平和協調から日常生活までを覆うグローバル化が進行する社会の中で肉体的制約をもつ人間がどう関わるかに三島の関心は向けられていた（『小説家の休暇』一九五五）。本作はそうした三島の時代認識と人間概念を描き込んだ小説である。

大杉一家は、東京まで電車で一時間ほどの郊外に住む、裕福な夫婦と大学生の一男一女の四人家族で、二〇世紀半ばの日本に定着した典型的な家族像として描かれている。一九四〇年代に七〇〇〇万人ほどだった日本の人口は一九六七年には一億人を超えた。二〇〇八年に約一億二八〇八万人でピークを迎え、その後減少傾向に入った。夫婦と子供を中核とした家族のかたちは、二〇世紀後半、第二次大戦後に平均的な家族像になった。家族を消費者単位とする豊かで幸福な理想的生活像はアメリカ由来のライフスタイル（American Way of Life）だった。この家族像の定着をになったのは戦後に結婚し家族をもった世代である。国際社会ではこの時期アジアやアフリカで国家の独立があいついだが、朝鮮戦争、ベトナム戦争、中東戦争など東西冷戦下の代理戦争の様相も帯びた。日本はアメリカの核の傘の下で戦後復興を遂げて高度成長期を迎え、一九五〇年代には白黒テレビ・洗濯機・冷蔵庫が三種の神器と呼ばれて普及し、豊かで幸福な暮らしの実現へ向かった。本作の冒頭では四人が自動車に乗って現れる。一九六〇年代にはカー（自動車）・クーラー（冷房機）・カラーテレビが新三種の神器と呼ばれた。仕事をする夫と専業主婦の妻に二人程度の子供という典型的(平均的)な家族イメージが幸福な暮らしの理想像として定着した。大杉一家はこうした家族像として描かれている。

しかし、仕事をせずに暮らす資産家の重一郎は、生きていることの実感の欠如と無為・無力を感じる人物として描かれた。抜粋部はそうした無力感から一転して宇宙人としての自覚を得た場面である。大杉一家は、この時代に理想とされた家族でありながら、そうであるがゆえに、無為と意味の喪失感に悩まされた人物たちとして描かれている。その意識が、人間ではないという自覚、地球外の宇宙人という自覚へ反転する。東西冷戦下の核戦争の脅威と不安を背景に大杉一家は地球を救うための活動をはじめることで物語は展開する。

一方、生活への不如意を抱えて宇宙人の自覚を得た羽黒一派が現れる。論争場面は、宇宙人同士が邂逅することで、第三者の立場で地球存亡の是非をめぐる議論が交わされる。肉体的にはまったくの地球人である宇宙人という、根拠を欠き当人たちの確信のみに支えられた宇宙人同士という荒唐無稽さと、東西冷戦下の核戦争の可能性という現実性が重なり合って人間の存亡をめぐる議論が描かれた。

宇宙人という形象と地球の存亡というテーマはSF的である。一九六〇年前後は小松左京、筒井康隆、星新一などが登場し日本でジャンルとしてのSFが定着した時期でもある。ハーバート・G・ウェルズ(Herbert George Wells、一八六六–一九四六)の『宇宙戦争』(一八九八)『解放された世界』(一九一四)などのSF小説や映画が既に知られ、宇宙人という形象、核戦争と世界の破局などはSFの定番の題材だった。一九五四年にはアメリカがマーシャル諸島ビキニ環礁で行った水爆実験により被曝した第五福竜丸事件が起き、その直後被曝により放射能を帯びた巨大怪獣が出現する映画『ゴジラ』(一九五四)が製作公開された。本作に前後する時期には、安部公房が短編小説「使者」(一九五八)、『人間そっくり』(テレビドラマ一九五八、小説一九六六)などで、人間そっくりの宇宙人が登場する作品を発表していた。未確認の宇宙人が、見知らぬ他人同士の関係を基本とする都市生活者の形象と結びついて描かれた。三島は『小説とは何か』(一九六八–七〇)でアーサー・C・クラーク(Arthur Charles Clarke、一九一七

−二〇〇八)『幼年期の終わり』(一九五三、邦訳は一九六四)を「傑作」と評したが、三島のＳＦへの関心は世界の動向と人間・社会の変容に向けられ、そこに二〇世紀の問題を見据えていたためだっただろう。

地球規模の世界が国家間の国際関係として成り立つ主権国家体制で覆われていき、二度の世界大戦後、東西冷戦体制を形成したのが二〇世紀だった。世界を全体として鳥瞰する絶対的な第三者的立場がなく、相対的な優劣しかありえないとき、近代社会の閉塞感から想像的に宇宙人の視点が召喚されたようにみえる。本作の大きな特徴は、物語世界を鳥瞰的な第三者の立場から意味づけることがなく、脇役として登場する人物たちまでを含め、各々が信念に依拠した相対的な立場にしかないことを前景化する物語の叙法にある。核の傘の下で世界が閉塞し、破局への不安や無力感が登場人物に凝結することで疎外された宇宙人(alien)が現れる。言い換えれば、国民国家―国際関係という政治の地平の閉塞とその基盤となる近代社会の諸価値をゆるがす可能性が、閉塞した社会のなかで無意味感虚無感を疎外した宇宙人という形象として描き出されている。それによって、形而下的には全くの人間でありながら地上の法に対しては外的な宇宙人同士が、世界の破局可能性と人間・社会の問題を論争する。核冷戦時代の世界の破局可能性と実存の危機を、逆説的な関係で描きだしたところに本作の読みどころがあるだろう。

(山﨑義光)

＊『決定版　三島由紀夫全集　第一〇巻』(新潮社、二〇〇一)所収、引用は新潮文庫(改版、二〇〇三)。

参考文献

- 落合恵美子『21世紀家族へ　家族の戦後体制の見かた・超えかた第4版』(有斐閣、二〇一九)
- 三浦展『「家族」と「幸福」の戦後史』(講談社、一九九三)
- 井上隆史ほか編『三島由紀夫小百科』(水声社、二〇二一)

作品紹介

井上ひさし『吉里吉里人』

＊初出：『終末から』一九七三年六月－一九七四年一〇月、『小説新潮』一九七八年五月－一九八〇年九月

「おらだちは日本国の国鉄の人間なぞではねえす」

背広男は厳粛な面持ちになり、

「おらだは吉里吉里人《ちりちりづん》なのす」

と宣言した。

「んだがらここは日本国じゃねえのす」

「ここはハァ吉里吉里国なんだものねっす」

今度はジャンパー男が不動の姿勢をとった。

吉里吉里という言葉を発するときの背広男とジャンパー男の声音《こわね》は微かに震えていた。またそれを言うときの二人の眼は涙で潤んでいた。そのうちにジャンパー男はしゃくりあげ、眼頭から溢れ落ちる涙を手の甲でごしごしと擦った。背広男はしきりに鼻を啜っていたがやがて胸のハンカチを引き抜いて何度も鼻をかんだ。

「おらだぢはとうとう日本から分離独立したんでがすと」

古橋たちはもう声も出ず、ただ呆然と吉里吉里人を名乗る二人の男を見つめているばかりである。

（嘘を吐いたり、我々を担いでいっぱい喰わせようとしている眼でないことだけはたしかだ）

古橋は二人の眼を注意深く観察しながら考えていた。

（だがもし彼等の言っていることが真実だとするならなぜいままで、この『吉里吉里《きりきり》』という言葉がわたしの耳

に入らなかったのだろう。日本から或る地方が分離独立する。これは大事件だ。新聞やテレビが飛びつくはずだ。週刊誌だって黙っちゃいまい。つまりマスコミは総動員となるだろう。なのになぜたったいままでわたしはこの事実を知らなかったのか）

古橋は二人の垂涙の納まったところを見計らってたずねた。

「あんた方が日本人からその吉里吉里人とやらに宗旨替えしたのは何時《いつ》からなのですかな」

「今朝の六時からす」

腕時計にちらと眼を走らせてから背広男が答えた。

「まんだたいした時間は経ってねえなっし」

なるほどそれならわかる。マスコミが大騒ぎを演じるのはこれからだろう。

「つまりあんだ等が……」

とジャンパー男が気の毒そうに付け足した。

「吉里吉里国さ足を踏み入れた最初の日本人なのす。ま、旅券《りょげん》ば持ってねえのは当然のはなしす。んでも法は法だで、あんだ等は吉里吉里の出入国管理令違反者として、入国者収容所さ一時収容つうごどになるなあ」

【概要】

三文小説家の古橋健二は編集者を伴い、東北へ取材旅行に出掛ける。目的はかつて藤原清衡が隠したと伝えられる黄金の所在について新説を発表した元高校教師を探訪することであった。ところが、乗り込んだ急行列車が一ノ関付近を通過したところで、突如「吉里吉里国」の独立騒動に巻き込まれてしまう。

抜粋部分は小説の序盤で、列車が急停車したかと思うと、警官を名乗る少年が車掌に猟銃を突きつけながら現れ、次に南国境税関の副税関長を名乗る背広の男と、入国警備官を名乗るジャンパー姿の男が登場する場面である。古橋らは吉里吉里国の入国者収容所（元映画館）に移送されたのち、新生独立国の各所を巡ることになる。

吉里吉里国の総人口は四一八七名。岩手県一ノ関の南に位置する直径六キロほどの盆地を「国土」とし、北上川と国道四号線と東北本線とで外界とつながっている。風土に根ざした地元民の生活を黙殺し、「国益の為」を金科玉条として不当な政策を押しつける日本政府に愛想を尽かした彼らは、吉里吉里暦七年（西暦一九七七年）、ついに日本からの分離独立を宣言するに至ったのだった。

しかし、日本側から見れば彼らの行為は内乱に他ならない。独立を阻止せんがため、日本国自衛隊は吉里吉里に超法規的な大規模攻撃を仕掛ける。さらに移住民の中には独立分子を警戒する諸外国の工作員も紛れ込んでおり、吉里吉里国の要人を暗殺にかかる。

古橋は吉里吉里に初入国した日本人作家として注目を浴びていたが、移民第一号となった途端に日本側から非国民扱いを受ける。一方の吉里吉里からは国賓として歓迎されるようになるが、万引きと動物虐待の現行犯で有罪判決が下り、病院の雑役夫に身を落とす。持ち前の間抜けぶりで次々と災難に見舞われる古橋は、思いがけず吉里吉里国五大文学賞受賞内定者となり、爆殺されそうになったところを元ストリッパーの身体に脳移植され、さらに第二代大統領の職を継ぐという数奇な運命をたどる。しかし、大統領就任式での古橋の失言により、切り札の国家機密が白日の下に晒され、このユートピア国は独立二日目にしてあえなく崩壊してしまうのであった。

【読みどころ】

先の抜粋箇所で古橋は吉里吉里を「きりきり」と発音しているが、地元民は自分たちを「ちりちりづん」と称している。ルビは漢字にも平仮名にも振られることで、吉里吉里（語）と日本（語）の近似性と他者性を同時に表現するとともに、東北弁が持つ旺盛な活力を現出する。一部の沖縄文学にも見られるこの手法は、タイトルや章題にも用いられている。吉里吉里語については「第二章《でーにしょ》　俺達《おらだ》の国語《こくご》ば可愛《めんご》がれ」などでメタ的に詳述され、国語／標準語に翻訳された川端康成《かわばんだやしなり》『雪国《ゆぎぐに》』や宇能鴻一郎《うのこーえぢろ》『名場面集《ええどごばつか》』の一節も紹介される（それ自体が日本近代文学のパロディになっている）。さらに、『吉里吉里語四時間・吉日、日吉辞典つき』という小冊子の直接引用によって、この言語の歴史、理論、押韻、発音法などが練習問題つきで解説される（吉里吉里語がズーズー弁のうちの一つであるとの記述も）。ギャグ満載でありながら、本格的な言語学テキストの体裁を持つこの小冊子には、ズーズー弁話者が虐げられてきた歴史も記されている。その受難のくだりを読みながら、古橋は思わず落涙する。彼は山形県出身であり、小学校時代に方言矯正の罰札を首に掛けられた経験を思い出したのだ。マイナー言語（方言）を抑圧する、日本語（標準語あるいは東京方言）の暴力性が浮き彫りにされる。

　しばしば「ユートピアもの」と評される本作だが、前田愛は吉里吉里国を「言語のユートピア」と捉え、『吉里吉里語四時間』から次の一節を引用している（「「吉里吉里人」論」『國文學』一九八二・三）。

> わたしたちはもう東京からの言葉で指図をされるのはことわる。わたしたちの言葉でものを考え、仕事をし、生きていきたい。わたしたちはこの地で百姓として生きるかぎり、吉里吉里語はわたしたちの皮膚であり、肉であり、血であり、骨であり、つまりわたしたち自身なのだ。わたしたちがわたしたちの言語でものを考えはじめるとき、中央の指図とはまっこうからぶつかる。このようなとき、これまでわたしたちは泣く泣く標準語や共通語に自分の頭を切りかえたのだった。しかしそれはもはや過去の語り草となった。百姓は百姓語によって生きていかなければならない、学者が舶来の横文字を支えに生きているように。

石原千秋は同じ箇所に触れ、「「中央」と「地方」との権力関係を作り出すのは、「標準語」や「共通語」と「方言」との関係である。吉里吉里人は、独立運動の要を「吉里吉里語」という「言語」の闘争に見ているのだ」と指摘している（「「吉里吉里人」論――不可能としての国家」『井上ひさしの宇宙』至文堂、一九九九）。

吉里吉里国は独立国として存続するための切り札をいくつも有しており、その一つに医学がある。ただ、彼らが医学立国を目指すのは、吉里吉里国が世界最高の医学を持つ国になれば、吉里吉里語がカルテを通して医学の公用語になるからだという論理による。「方言」を「国語」という「言語」にする道を選んだ吉里吉里人は、言葉こそが力であるという論理に基づいて独立を実現したのである。

ところで、本作の主人公は井上ひさしが自らを戯画化したような中年作家である。物語展開は奇想天外にして、性と排泄に関する下品な話題や、駄洒落をはじめとした言葉遊びが満載、ドタバタギャグやパロディが随所に盛り込まれた娯楽小説である（特に黄金の隠し場所は秀逸）。それと同時に、オルタナティヴを示すことで戦後日本を風刺する国家小説にもなり得ている。黄金伝説に基づく兌換銀行制はともかくとして、土地の特性を活かした農業やエネルギー政策、労働賃金制度、スポーツ外交、性の解放、究極の循環を実現するエコロジーまで、ＳＦ的想像力や前近代的な知恵を含みつつ、現代的な課題と妙案が散りばめられている。

なお、極小国家の独立を仮想することで戦後日本のあり方を批判的に問い返す発想は、井上ひさしの出世作となったテレビ人形劇『ひょっこりひょうたん島』（一九六四－一九六九）ですでに萌芽していたとも言える。二〇年近くの歳月をかけて結晶化されたテーマは、一九九一年のソビエト連邦崩壊＝独立国家共同体の出現や、二〇〇二年の東ティモール民主共和国独立を経て、ロシアによるウクライナ侵攻を目の当たりにする今も精彩を失っていない。独立とは何か、国家とは何かという根源的な問いは、日米安保の自動的承認を続ける現代日本の私たちにこそ突きつけられている。

（友田義行）

＊引用は『吉里吉里人』（新潮社、一九八一）。

コラム11　植民地支配と「他者」の日本語文学

あらためて考えてみよう。日本文学とはなんだろうか。なにが日本文学で、なにがそうではないのだろうか。「日本（人）の文学」というふうに特定の領域を囲いこむこと自体が、文学がもつ豊かな越境性を見落とし、切り捨ててしまうことになりはしないだろうか。

ことばや文化、そして人間そのものが、その本性上、絶えず行き交い、越境し、交じり合う動的なものである以上、血統主義的な言語文化観になじまない文学は無数に実在する。日本文学史を学ぶとき、日本文学の内と外を分ける境界線のことを注意深く意識しなければならない。なぜなら、それは海や川のように「自然な」ものではなく、とくに近代国民国家の形成にともなって歴史的に生み出されたある種の仮構だからである。

国家・国民・国語の一体性を自明視する「国文学」の枠に収まりきらない近現代文学のなかで、とりわけ重要なのは、日本による他民族植民地支配の歴史のなかから生まれた、日本人でない人びとによる日本語文学である。

今　僕ハ　コノ　僕ノ部屋ニ居リナガラ　何處カ遠イトコロヲ　旅行シテイルヤウナ　氣ガ　スルシ、郷愁トモ　死トモ　分別ノ　ツカナイモノノナカニ生キテヰル。或ハ　日本語ノナカニ　生キテイルノカモ　知レナイ。（傍点原文。『김수영 전집』二）

これは、韓国現代文学を代表する詩人である金洙暎《キムスヨン》（一九二一年生）が、一九六一年の日記に書きつけた文章の原文である。まず日本語で詩想を深め、それをみずから母語に「翻訳」しながら作品を創造するというプロセスは、かれの文学の根幹にかかわるものであった。このような越境的な言語現象が韓国文学にみられるのには、日本の近代史と深いかかわりがある。

かつて日本は、台湾や朝鮮などを数十年にわたり植民地化していた。その過程で、二重言語状態に置かれた現地の人びとが日本語で文学作品を書くという事態が生じた。たとえば、「韓国近代文学の祖」とも称される李光洙《イグァンス》（一八九二年生）はバイリンガル作家だったが、かれが最初に発表したのは日本語小説であった。

植民地の人びとは、とりわけ一九三〇年代以降、日本の天皇に服従する「皇国臣民」になることを強要された。そのなかで、たとえば朝鮮では、張赫宙《チャンヒョクチュ》（一九〇五年生）や金史良《キムサリャン》（一九一四年生）など個性的なバイリンガル作家たちが登場し、今日にいたる在日朝鮮人文学の源流を成した。強圧的な「皇民化教育」を受ける植民地の子どもたちのあいだでは、母語に習熟する機会を奪われ、とくに読み書きの次元で日本語を第一言語として習得させられるケースが増えていった。その結果、一九四五年の植民地解放のあとも、かれらは生涯にわたって「皇国臣民」の影をひきずりつづけることを余儀なくされたのである。そのことは、金洙暎が戦後日本ではもはや廃れていた戦前の日本語を使いつづけていたことに象徴的にあらわれている。

　こうした越境的な「他者」の日本語文学は、「国文学」の価値観になじまないがゆえに無価値だということにはならない。むしろそれは、ある種の越境行為である戦争や植民地支配の問題をより深く考えるためにも、東アジアで共有すべき知的財産である。たとえば、一九五五年に台湾人の邱永漢《きゅうえいかん》（一九二四年生）が直木賞を、七一年には在日朝鮮人の李恢成《イフェソン》（一九三五年生）が芥川賞を、日本国籍をもたない作家として初めて受賞した。これらの「外国人」作家の作品は、植民地主義にたいする鋭い批判意識にみち、日本人の文学とはかなり異質なテーマや内容をもつ。

　一九九四年、金洙暎や邱永漢と同世代の台湾人である孤蓬万里《こほうばんり》（一九二六年生）が、植民地解放後も長らく「日本語ノナカニ」生きつづけた台湾人たちの「和歌」を集めた異色の歌集を公刊した。その名も『台湾万葉集』というこの書物を、「外国人」による日本文化礼讃や「日本統治期」へのノスタルジーの書として褒めそやすのは、あまりにも貧困で傲慢な理解であろう。私たちはむしろそのなかに、「外国語」を魂に植えつけられた人間たちの切実で複雑な心情を読みとらなければならない。たとえば、一九八九年の昭和天皇の死去に際して、遠い台湾でつぎのような歌が詠まれた。

　すめらぎと曾《かつ》て崇《あが》めし老人の葬儀のテレビにまぶたしめらす（ルビ原文。『台湾万葉集』）

かつて日本は、数千万もの日本語を話さない人びとに「テンノーヘイカ、バンザイ！」と唱え、母語とその文学を捨て、あまつさえ死ぬことを強いた。その一人によるこの「和歌」は、そのような過去を忘れた戦後日本への厳粛な抗議と警鐘の文学なのである。

（原佑介）

コラム 12

―「日本再発見」と地方へのまなざし

大阪万博の閉幕から間もない一九七〇年一〇月、日本国有鉄道（現・JR）によるキャンペーン「ディスカバー・ジャパン　美しい日本と私」が開催される。「日本を発見し、自分自身を再発見する」というコンセプトを掲げたこのキャンペーンは大きな反響を呼び、若者や女性を中心とした国内旅行のブームを生み出していった。なお、その副題「美しい日本と私」が、川端康成のノーベル文学賞受賞（一九六八）の記念講演「美しい日本の私」をもじったものであることは見やすい。

こうした旅行の文化は、一見文学と縁遠いものと思われるかもしれない。だが注目したいのは、このキャンペーンに先だって、戦後の復興期・高度経済成長期には〈「日本再発見」への志向〉とまとめられるような動向が広く見られることだ。それは文学と観光を含めた文化、また社会的な状況が複雑に絡み合う場であったと言える。

簡略に概観しよう。一九五〇年頃から、朝鮮戦争や講和条約・日米安保条約の成立という状況を受けて、「民族」や「国民」があらためて問題化され（「国民文学論争」など）、「日本文化」や「伝統」を捉え直そうとする動きが様々な文脈で生じている。そのような流れは、高度経済成長期において、忘れられつつある（とされる）「日本」のあり方に、肯定・否定の両面を交えて目を向けようとする言説に、形を変えてつながっていく。

こうした状況の中で脚光を浴びた小説として、深沢七郎「楢山節考」（『中央公論』一九五六・一一）が挙げられる。村落共同体における姥捨ての因襲を描いたこの小説は、かつての「日本人」のあり方を生々しく提示したものとして大きな反響を呼び、「土俗」的なものに注目する傾向を以降の文学にもたらしている。また時期は少し下るが、『犬神家の一族』など横溝正史の一九四〇－五〇年代の探偵小説が一九七〇年前後からリバイバルされ、映画化とあわせてブームとなったことも、こうした「日本再発見」の状況と連動した現象だったと見られる。

こうした動向は一面で、失われた「日本」の姿を地方に求めようとするまなざしにも結びついている。既成の「伝統」観を否定する視点のもとで「日本文化」のありようを各地に探った岡本太郎の『日本再発見――芸術風土記』（新潮社、一九五八）など一連の紀行は、その例として挙げられよう。それは一方で、従来目を向けられてこなかった土地を「秘境」として意味づけ、好奇心の対象として消費するような観光文化ともつながっている。そのような状況下で、文学者たちも地方に対する新たな視点を提示する紀行やルポルタージュの書き手として、旅行雑誌等のメディアで活用されていく。

一例として、青森県の下北半島にある霊場「恐山」のケースに目を向けてみよう。恐山は日本三大霊場の一つとされ、今日では、「イタコ」による「口寄せ」(死者の言葉を伝えること)が行われる場として広く知られている。ただし、もともと恐山とイタコは必ずしも深いつながりを持っていたわけではない(イタコが恐山に来るようになったのは近代以降である)。だが、五〇年代末頃から、恐山やイタコの口寄せが新聞・雑誌・テレビなどで取り上げられ、「恐山＝イタコ」というイメージのもと、同地には多くの観光客が押し寄せるようになる。このような状況のもと、恐山に関する文学者たちのルポルタージュが発表され、小説や詩歌、また映画や漫画などでも恐山は多様に取り上げられていく。

例えば水上勉の小説『飢餓海峡』(朝日新聞社、一九六三)では、「死者がよみがえるというその黒い山が、男の心のどこかに恐怖をよびおこすのであろうか」と、恐山を前にして殺人者の男が俄かにおびえはじめる場面が描かれる。他方、長谷川龍生の詩「恐山―長詩」(『新日本文学』一九六〇・二)では、「きみも、他人も、恐山！」というフレーズの反復を通して、現代における他者との関係性や政治的状況が、恐山の風景と重ね合わせられる。青森出身の詩人・寺山修司はこうした状況をふまえながら、詩歌・ラジオドラマ・映画などジャンルを横断する活動の中で、「恐山」というモチーフを自在に活用している。これらの文学者の言説や表現は、恐山の通念的なイメージをなぞるばかりでなく、しばしばそれを相対化し、批評的に書き換える性格を有していたとみることができる。

以上は限られた例だが、この時代に形成された地方のイメージ、また「日本」や「伝統」にまつわる認識の多くは、今日にも引き継がれている。その意味で戦後の「日本再発見」に目を向けることは、私たちの足元を歴史的な視点で見直すことにもつながるのである。**(仁平政人)**

参考文献　野村典彦『鉄道と旅する身体の近代　民謡・伝説からディスカバー・ジャパンへ』(青弓社、二〇一一)、大道晴香『「イタコ」の誕生　マスメディアと宗教文化』(弘文堂、二〇一七)

第7部

高度消費社会

1980~2000

高度成長後の消費社会　東西冷戦の終焉　昭和から平成へ　村上春樹「風の歌を聴け」をめぐる評価　高橋源一郎　磯田光一　島田雅彦『優しいサヨクのための嬉遊曲』　田中康夫『なんとなくクリスタル』　サブカルチャー　ポストモダン　郊外　近代の廃墟、対抗、序列の強度の低減　マンガ　アニメ　ゲーム　オタク　少年少女　クール・ジャパン　ハイカルチャーとサブカルチャーの並立する地平　昭和天皇の死　天安門事件　ベルリンの壁崩壊　バブル崩壊　吉本ばなな『キッチン』　小川洋子『妊娠カレンダー』　多和田葉子『かかとを失くして』　笙野頼子『なにもしてない』　村上龍『ラブ&ポップ』　１９９５年　阪神大震災　地下鉄サリン事件　Windows95　沖縄　サブと疑似　生きづらさ　出口のない閉塞したフラットな地平に沸き立つカルチャー　仮想空間の現実化　性・身体　いとうせいこう『ノーライフキング』　松浦理英子『親指Pの修業時代』

1章　「大きな物語」の失効と「郊外」のポストモダン

―森岡卓司

村上春樹のデビューに向けられたさまざまな評価

第二二回群像新人文学賞を得た「風の歌を聴け」（一九七九）によってデビューした村上春樹は、以降、執筆活動のグローバルな展開、社会的課題への積極的なコミットなど、いくつかの大きな転換点をはさみながらも精力的に執筆活動を続け、同時代に例外的な数の読者を獲得し、文学の領域にとどまらない影響を社会に及ぼす存在となった。

ただし、彼の作品は、デビュー当時から全面的な称賛によって迎えられたわけではなく、むしろ激しい毀誉褒貶にさらされた、とする方が実状に近い。議論の焦点は評者によってさまざまであったが、論難の多くは、市場に流通するカタカナ固有名が頻出する文体と、断片化された物語のリリシズムとに向けられていた。つまり、深刻な社会的あるいは政治的課題と、それに対応する個人の実存、といった「大きな物語」を緻密な描写によって追求する、従来のいわゆる「純文学」のスタイルから距離を取って、日常的でありふれた「小さな物語」を選好し、場合によっては「大きな物語」とされてきたものをもそれと等価以下に扱おうとする志向性が、高度消費社会に似つかわしく遊戯的な、そして軽薄でナルシスティックな態度とも見なされたのである。「同時代の問題点」という「主題」が欠如しているという大江健三郎（一九八八）の批判、固有名の濫用に対する柄谷行人（一九八九）の批判などは、それらの論難の代表的なものと見なすことができる。一方で、竹田青嗣や加藤典洋ら（一九九一）は、比較的早い時点から、そうした態度の中に「大きな物語」への逆説的な批判の可能性を見出してきた。

方法としてのアイロニー

北田暁大（二〇〇五）は、一九八〇年代の文化状況の中に、統合的に体系化されない対象にあえてコミットすることで普遍的な準拠点を拒絶する「抵抗としての無反省」をアイロニカルに肯定する態度、すなわち「(消費社会的）アイロニズム」が存在したことを指摘している。先に確認した、初期村上春樹文学に対する分裂した見解も、概ね北田の指摘するような、いわばポストモダンな傾向を作品の特徴として見いだす点では共通しながら、その評価において相違していたもの、と考えることもできる。日高勝之（二〇二二）は、一九八三年に連載が開始された弘兼憲史の漫画「島耕作」シリーズも例に挙げながら、とりわけ一九七〇年代日本において人文主義的に解釈された新左翼思想がポストモダニズムや新自由主義と「癒合」していく様相をたどっているが、普遍的な準拠点を拒絶するポストモダニズムは、「大きな物語」による個の束縛を解除する一方で、市場経済による個の支配を加速する新自由主義との高い親和性をも有していた。

ただしここでは、こうしたアイロニーが、時代的な潮流に根ざすものであると同時に、強固な方法論的意識によって作家が選び取ったものであったことも、再度確認しておきたい。

デビュー当時から、日本近現代文学の熱心な読者ではなかったことをしばしば強調し（これを額面通りに受け取るわけにいかないことは、その後、海外媒体に掲載されたいくつかのインタビューなどで明らかにされた）、第三作「羊をめぐる冒険」（一九八二）においては、作中のモチーフとして三島自決の報道を持ち込んだ上で、「我々にとってはそれはどうでもいいこと」だったとわざわざ語り手に言わせていたこの作家は、先行する日本の文学状況に対する挑発を隠そうとしていなかった。

「僕」「鼠」「小指のない女の子」という三者の関係について、「小指のない女の子」が実は「鼠」の恋人と同一人物だったのではないか、という指摘がある（平野　一九九二）。この読み筋に従うならば、隠されていた三角関係の構図がテクストの上に鮮やかに浮かび上がり、エゴイズムや承認欲求、あるいはホモソーシャルな欲望といった、近代文学史上に繰り返し主題化されてきた（ということは反面、いささか手垢がついたとも言える）「大きな物語」の数々が、そこから引き出されてくることになるだろう。ただ、そうした「謎解き」の快楽にただ身を委ね、「風の歌を聴け」を、見慣れた「純文学」の枠組みの中に引き戻すだけでは、この作品を十分に読みこなしたとは言えない。なぜ、それらは隠されなくてはならなかったのか。そこに、初発期のこの作家が同時代の文学状況に対して持っていた批評は賭けられている。

失語の七〇年代を経て、コミュニケーションの不全を肯定すること

「僕」が一九七〇年に経験したことを八年後に回想する、という語りの枠組みが設定されていることは、「風の歌を聴け」を読み解く際のひとつの鍵となる。

回想する語り手として設定されている八年後の「僕」は、文学や芸術と呼ばれているものとの隔たりの自覚、そして自らの言葉についての機能不全の感覚を、繰り返し強調している。文章によって世界に触れることなど本当に可能なのか、という疑念によって、八年もの沈黙を強いられてきたのだ、と彼は言う。

「風の歌を聴け」が発表された当時、語り手「僕」にこうした設定が施されていることに驚き、同時に強く共感した作家に、高橋源一郎がいる（高橋源一郎（聞き手　内田樹）「「初期ノート」二〇〇六——高橋文学盛衰記」『文芸』二〇〇六・五）。村上春樹より二年年少の高橋は、一九八二年に発表したエッセイで、学生運動の末に留置された拘置所で「言いたいこと、かきたいことがあるのに、いざ、しゃべり、かこうとすると、まるで強制されているような」感覚にとらわれ「その後、一九七八年の終わり頃まで、ぼくは読むこともかくことも考えることも、ほぼ全面的に止め

てしま」った、すなわち「風の歌を聴け」の「僕」と同様の沈黙を七〇年代に経験したのだと述べている。もちろん、ことの真偽は定かではない。しかし、こうした失語体験の強調が、何を意図していたのかについては、続く部分を読めば明らかだろう。

体制的な弁述があるように、それと補完的な反体制的弁述が存在します。あるいは、詩であるかの如き（または文学的であるかのごとき）弁述があれば、それを補うべく、批評であるかの如き弁述が自動的に存在するのです。語るべきことがなくても語りくちは存在するのです。ぼくの耳には、その全てが騒音にしかきこえませんでした。もっと悪いことに、ぼく自身がしゃべっても騒音を発することしかできなかったのです。

（高橋源一郎「失語症患者のリハビリテーション　ぼくの個人的な「一九六〇年代」」『すばる』一九八二・一二）

言葉についての機能不全の感覚、すなわち、他者の考えを理解し自らの考えを伝える「道具としての言葉」に対する根源的な疑いを、自らの文学的出発点に位置づけること。それによって、言葉によるコミュニケーションを前提に「大きな物語」を成り立たせてきた従来の文学に失効を告げること。一九八〇年代の高橋は、メタフィクションの構造を積極的に導入し、あらゆるレベルのパスティーシュを縦横無尽に用いることで、こうした企図を作品に具現化しようとした。

高橋が「風の歌を聴け」の中に見たものも、これに類する可能性だったのだとするならば、三角関係の構図が登場人物の関係において明示的に確認されず、それゆえにテクストの中で物語が明確な形をとっていなかった理由についても、ひとつの答えが浮かび上がってくる。それは、気のきいた読者だけが発見できる宝物として作者によってこっそり隠されていたのではなく、むしろ、「大きな物語」の不成就を示すためにあえて切り裂かれていたのではなかったか。

「風の歌を聴け」の終わり近くには、ラジオ番組に宛てて手紙を送ってきたリスナーに、電波を通してＤＪが語りかける場面が置かれている。一九七〇年の夏の終り、入院中だというそのリスナーの手紙を読んで、病院があるらしき方向を眺めてみても「どの灯りが君の病室のものかはわからな」かったＤＪは、やや唐突に「僕は・君たちが・好きだ。」と呼びかける。すなわち、対称的な伝達モデルに基づく対のコミュニケーションが成立し得ないことを痛感した彼は、にもかかわらず、あるいはそれゆえにこそ、誰とも知らぬ二人称複数に向けた肯定のメッセージを発信するのである。ＤＪは「あと一〇年も経っ」たらこのことを思い出してほしいと言い添えるが、ほぼその言葉どおり、八年後の語り手「僕」は、コミュニケーションの不全そのものをアイロニカルに肯定する物語を語った、ということになるだろう。

こうして見るならば、「風の歌を聴け」による春樹の登場、そしてその登場に高橋が大きな関心を寄せていたことは、コミュニケーションの量的・質的な変容を含意する「マスコミ」や「情報」が流行語になる兆しを見せていたこの時代に根ざした現象として捉えることもできそうだ。

文学環境の変化と世代的な変質

世代的な切断が文芸批評上の大きな話題となるのは、特定の時期に限った現象ではないが、とりわけ一九七〇年代の終わりから一九八〇年代にかけての時期には、そうした傾向が顕著にあらわれた。

この背景には、政治運動の退潮、高度消費社会の到来、ポストモダニズムの浮上など、同時代の日本社会の様々な事象を想定可能だろうが、作品が掲載される場としての雑誌、書籍メディアに生じた環境変化の結果、として説明されることもある。角川春樹が経営の舵を取り始めた角川書店は、雑誌『野性時代』を創刊（一九七四）、エンターテインメント系の、とりわけＳＦやミステリの書き手を掘り起こすと、その作品を角川文庫に次々と収録し、また、角川文庫と角川春樹事務所制作映画とのメディアミックス戦略を積極的に展開して、サブカルチャーに親和性の高い若年層を読者として取り込むことに成功した。ライバル関係にあった講談社の『群像』からも、角川書店の動きに煽られるように、若い新たな書き手が続々と登場した。

『風の歌を聴け』の二年前に同じく群像新人文学賞を得た村上龍『限りなく透明に近いブルー』(一九七六)について、批評家江藤淳が、罵倒にも近い極めて厳しい評価を示したこと(「村上龍・芥川賞受賞のナンセンス」『サンデー毎日』一九七六・七)は、一九七〇年代後半の文学史的な事件として知られている。大塚英志(二〇二〇)は、この江藤の怒りの理由を、主人公の名前を作者の名前と同じくすることで作品に現実的な社会とのつながり、リアリティを持たせようとする村上龍の目論見に求めた上で、『風の歌を聴け』の「僕」が、「デレク・ハートフィールド」という実在しない作家を自分の文章の手本としてしばしば引用するという奇妙な身振りが、江藤の村上龍批判を踏まえた村上春樹による「模範回答」だった、と論じている。「僕」が愛読してきた「ハートフィールド」が虚構の存在であるならば、『風の歌を聴け』を語ってきた「僕」もまた虚構なのかもしれない。だとすれば、そこに語られる世界と読者のいる現実社会との間は地続きに見えて決してそうではなく、何らかの決定的なズレがそこには含みこまれている。後の村上春樹を特徴づける並行世界的なモチーフの起点を、こうしたポストモダンな認識の中に求めることも充分に可能だろう。

一九八〇年代の高橋源一郎の活動についても、村上春樹の初期作品に対するものと同様に、先行する文学者たちからさまざまな評価が寄せられた。デビュー作『さようなら、ギャングたち』(一九八二)の書籍表紙には吉本隆明が「ポップ文学の最高の作品」という賛辞を寄せたが、一九八八年の『優雅で感傷的な日本野球』(一九八八)に対する三島賞選評では、江藤淳から「言葉の魔術師」として称賛される一方で、中上健次からは「反小説」として厳しい評価をくだされている。高橋より五歳、春樹より三歳年長にあたる中上は、一九七六年以降、実在する地域の歴史や伝説を舞台とし、そこを出自とする自らの経験をも素材とした、物語性の濃厚な『岬』『枯木灘』

「地の果て　至上の時」三部作を書き継いで、第七四回芥川賞を始めとする数々の賞を得、文壇を代表する小説家となっていた。彼もまた、その作品を高く評価した柄谷行人、蓮實重彥らとともにジャック・デリダと対談する（一九八六）など、ポスト構造主義に至る思潮動向に深い関心を寄せている。

「政治と文学」の「サブカル」化と「郊外」のポストモダン

こうした文学の世代的な変容を最も印象的に描き出したひとりに、磯田光一がいる。「政治と文学」論争の真っ只中、三島由紀夫を論じて自らの批評家としてのキャリアをスタートした彼は、生前最後の著書となった『左翼がサヨクになるとき　ある時代の精神史』（集英社、一九八六）を、島田雅彦論によって締めくくっている。

『優しいサヨク……』の第九節は「新日和見派」と題され、第十節が「無理をしないように」と題されているように、ここでは、〝転向〟はほとんど本来の意味を失っている。すなわち「無理をしない」という「日和見」の連続が、行動を規定してゆくのであり、ここではゲーム化した〝サヨク運動〟と、メルヘンじみた恋愛とが、相互に置きかえ得るものとして、しかも相互に浸透しながら展開するのである。

大西巨人の激しい批判を受けるなど、大きな話題を呼んだこの書の「あとがき」には、本書が「硬派の理想主義」に対する「讃歌とレクイエム」であるという磯田の自注が書きつけられている。島田のデビュー作「優しいサヨクのための嬉遊曲」（一九八三）が、それまでの政治／文学を支えていた倫理的なストイシズムを、「私的なものに還元」することで葬送した、というのが磯田の提示したかった見取り図だ、ということになるだろう。

島田自身は「サヨク」というカタカナ表記にそこまでの批評的な意図をこめてはいなかったと韜晦していた（磯

田光一・島田雅彦（対談）「模造文化の時代」『新潮』一九八六・八）のだが、しかし、後には、先行世代の文学との断絶を明確に意識した自作解説も記している。

政治の季節にはまだ人々は純文学を必要としたが、もはや「政治と私」とか「政治と芸術」といった相克に悩む必要のなくなった人々は、資本の原理により忠実になり、「何でもあり」のサブカルチャーに走った。一九六一年生まれの私などは、サブカル元年生まれといってもいいかもしれない。

（「まえがき　芥川賞との因縁」『島田雅彦芥川賞落選作全集　上』河出書房新社、二〇一三）

この解説に従うならば、「優しいサヨクのための嬉遊曲」末尾近くに、「「愛？　それとも運動」という二者択一を迫られたわけではなかった」と述懐する主人公千鳥もまた、前世代の持った「純文学」的概念とは切れた、「サブカル」世代の一員とみなしてよい、ということになるだろう。同じ文章の中で、島田は、自らと同じく従来の「日本文学におけるオーソドックスなルート」から外れた道をたどった作家として、高橋源一郎の名を挙げてもいる。

ここで留意が必要なのは、「サブカル」現象を把握する際に、ハイカルチャーに対するカウンターとしての立場と同じかあるいはそれ以上に重要な観点として、「資本の原理」との密接な関連を作家が提示していることだろう。一九八五年のプラザ合意を契機とした土地と株式への過剰な投資行動に支えられた、いわゆるバブル経済の加熱（とその崩壊）は、この時代の日本社会を特徴づける事象のひとつである。後に東京ウォーターフロントと呼ばれた地域の大規模ディスコ店舗がその象徴的なビジュアルとしてしばしば参照されるが、もちろん、東京以外の地方がこの動向の圏外にあったわけではない。人工島を会場とした一九八一年のポートアイランド博覧会以降の地方博ブーム、一九八七年のリゾート法制定を背景とした交通インフラを含むリゾート開発の活性化によって、地方の景観とそこに生きる人間の経験も変容して行く。固有の歴史と記憶の堆積していた多くの「地方」は、記号的な均質性と都市との連続性とによってそれを覆った「郊外」へと、その姿を変えていった。その意味で、「優しいサヨクのための嬉遊曲」の舞台が、無個性な郊外としての「ベッド村」に設定されていることは、露悪的に過剰な注釈によって都市としての東京の特権性を強調した田中康夫の第一七回文藝賞受賞作「なんとなく、クリスタル」(一九八〇)と、表裏の関係にある、と言ってもよい。都市を何重にも複製、消費し、その特権性を希釈していく「郊外」こそ、「サブカル」現象の現場であった。

一回的な出来事としての歴史から遠ざけられ、既視の日常が反復される場としての安定感と閉塞感とを伴ったその「郊外」は、中上の死(一九九二)とともに「終わり」を宣告された近代文学の後の文学、多くのポストモダン小説の舞台ともなったが、「なんとなく、クリスタル」は、作品末尾に、人口問題審議会資料から少子高齢社会の到来を示唆するデータを抜粋し付記することで、そうした「郊外」に密かに漂う破滅の予兆を示唆していた。その問題は、阪神淡路大震災と地下鉄サリン事件とが相次いで発生した一九九五年に至って社会現象として前景化し、文学にも大きな影響を与えることとなる。

参考文献

- 大江健三郎「戦後文学から今日の窮境まで」(『最後の小説』講談社、一九八八)
- 柄谷行人「村上春樹の風景――『1973年のピンボール』」(『海燕』一九八九・一一―一二)
- 笠井潔・加藤典洋・竹田青嗣『対話編　村上春樹をめぐる冒険』(河出書房新社、一九九一)
- 加藤典洋編『村上春樹イエローページ』(荒地出版社、一九九六)
- 平野芳信「凪の風景、あるいはもう一つの物語――『風の歌を聴け』論」(『日本文芸論集』一九九一・一二、後『村上春樹と《最初の夫の死ぬ物語》』翰林書房、二〇〇一に収録)

・仲俣暁生『日本文学：ポスト・ムラカミの日本文学』（朝日出版社、二〇〇二）
・北田暁大『嗤う日本の「ナショナリズム」』（日本放送出版協会、二〇〇五）
・斎藤美奈子・成田龍一編『1980年代』（河出書房新社、二〇一六）
・大塚英志『文学国語入門』（星海社新書、二〇二〇）
・日高勝之「「癒合」の時代――一九七〇年代のリアルと現代性」（日高勝之編『一九七〇年代文化論』青弓社、二〇二二）

2章　サブカルチャー

―押野武志

サブカルチャー／カルチャーの境界

サブカルチャー（subculture）のサブ（sub）には、「下位の」「副次的な」という意味がある。つまり、絵画・彫刻・工芸などの伝統的な芸術、クラッシク音楽、純文学、古典演劇などの主流とされるカルチャーに対する少数派の文化という意味で、「副次文化」ないし「下位文化」とも訳される場合がある。その意味で、「サブカルチャー」の対義語は、「ポピュラーカルチャー」や「ポップカルチャー」、「ハイカルチャー」ということになるのだが、日本の「サブカル」は、マイノリティの文化（ヤンキー文化やストリート文化、インディーズ映画・音楽など）を含みつつも、マンガ・アニメ・ゲームに代表されるように、多くの若者から支持を得ている比較的新興ジャンルの文化全般の総称ともなっている。オタク文化のような、かつてはマイノリティの文化であったものが、今ではポピュラーカルチャー化している例もある。

カルチャー／サブカルチャーの境界と範囲は、固定的なものではなく歴史的に変転するし、その意味づけをめぐっても、問題設定、論じる立場などによっても大きく異なる。歴史的なスパンを広げれば、サブカルチャーは、現代に限定されない。例えば、江戸時代の身分社会において、町人文化は、武家文化に対して、文字通りの意味で「サブカルチャー」であった。その歌舞伎や浮世絵は、今や日本の「カルチャー」となっているのはいい例だろう。

そうした近世の大衆文化に近代の大衆文学のルーツを見ようとしたのが、尾崎秀樹（一九六四、一九六五）である。

尾崎は『大衆文学研究』（南北社、一九六一）を創刊し、中里介山『大菩薩峠』のようなチャンバラものに代表される大衆文学を大衆の願望が具象化されている国民文学として擁護した。狭義の大衆文学は一九二〇年代に成立したが、歌舞伎や講談、落語といった近世の大衆文化にまで遡り、民族的思考の軌跡を大衆文学に求めた。

ただし、「サブカルチャー」を批評の言葉として用い、その時代を語るという語り方は、一九六〇年代頃から始まる。

対抗文化としてのサブカルチャー

ベトナム戦争の反対運動と結びついたアメリカのヒッピー文化に代表されるように、サブカルチャーは、伝統的に権威づけられた文化に対抗する若者たちの「カウンターカルチャー」という政治的な意味があった。日本でも、六〇年代から七〇年代にかけて、学生運動と連動するように、マイナー文化としのサブカルチャーが擁護された。唐十郎の状況劇場、寺山修司の天井桟敷といったアングラ演劇、若松孝二らのＡＴＧや大島渚らの松竹ヌーヴェルヴァーグの映画などに代表される、アンダーグラウンド（アングラ）文化と呼ばれるような前衛芸術運動なども広くこのような文脈に位置づけられるだろう。

たとえば、当時の若者たちは、白土三平のマンガや『ガロ』（一九六四創刊）掲載のマンガ、モンキー・パンチ『ルパン三世』をそのような文脈において読んでいた。反体制・反権力としての子供文化が見直された時期だった。一九七〇年三月三一日に起こした、よど号ハイジャック事件の犯人学生グループが、「我々は〝明日のジョー〟である」（田宮高麿）などという声明を出し、マンガが政治的に使われることがあった。マンガ自体が戦後の子供と共に成長し、劇画になり、もともと社会風刺的要素の強いマンガは反体制運動とマッチした。

一九六七年は、つげ義春が『ガロ』で矢継ぎ早に短編を載せ、青年向けマンガの表現可能性が広がり始めた時点だった。『巨人の星』が人気を得、『あしたのジョー』が始まり、『ガロ』に対抗して、手塚治虫が『COM』を創刊した頃であった。これに呼応して、マンガが批評の対象となり、同年には、権藤晋（高野慎三）、石子順造、菊池浅次郎（山根貞男）、梶井純らが日本初のマンガ評論誌『漫画主義』を創刊した。藤川治水『子ども漫画論――『のらくろ』から『忍者武芸帖』まで』（三一新書、一九六七）、石子順造『マンガ芸術論――現代日本人のセンスとユーモアの功罪』（富士書院、一九六七）、草森紳一『マンガ考』（コダマプレス、一九六七）なども同時期に出てマンガ論がブームとなる。翌年の一九六八年は、世界的な動乱に見られるような現代社会の転換期の象徴的な年である。サブカルチャーだけでなく、一九六八年前後に展開された運動や思想が今日のさまざまな状況の参照枠になっている。

しかし、一九七二年の連合赤軍事件を境にして政治の季節が終わると、サブカルチャーは、対抗文化としてではなく、大衆文化として日本に急速に根付いていく。

七〇年代のサブカルチャー

「一億総中流」といわれ、六〇年代後半からの高度経済成長によって消費社会へと突入し国民生活が安定した七〇年代は、郊外が誕生し、近代核家族が定着した時期でもある。高度経済成長によって各家庭に経済的余裕が生まれ、娯楽への興味が高まる。特に経済的余裕に加え、時間的余裕のある学生層＝若者層が消費者の主役となっていく。職住が分離し、消費者としての女性／子供が再発見され、マーケットが広がり、それに呼応した様々な新しいサブカルチャーが台頭する。サンリオが考案した仔猫のキャラクターである「ハローキティちゃん」の誕生は、一九七四年で、ファンシーグッズが売れ、かわいい文化も登場する。

「花の二四年組」と呼ばれる一群の少女マンガ家たち（青池保子、池田理代子、萩尾望都、竹宮惠子、大島弓子、木原敏江、山岸凉子ら）が活躍するのも七〇年代である。

彼女たちは、今までタブー視されていた「少女の性」の問題を正面から扱ったマンガを発表する。「性的な身体」への戸惑いや「女性性」に対する複雑で微妙な距離感などを斬新なコマ割りや吹きだしの内的独白などを通して描くようになる。そして彼女たちは、男女の恋愛ものも描きつつ、竹宮恵子の『風と木の詩』（一九七六－）のような少年愛ものや、池田理代子の『ベルサイユのばら』（一九七二）のような男装する少女など、ジェンダーを混乱させるような作品を生み出した。この頃の少女マンガは、少年マンガに比してまだマイナー文化であったが、のちの「やおい」やＢＬ（ボーイズラブ）に多大な影響を与えることになる。同人誌即売会、いわゆる「コミケ」も七五年に始まった。

七〇年代は、アニメ史においても画期をなす。一九七七年に劇場版『宇宙戦艦ヤマト』が公開され、アニメブームが起きる。同年『ＯＵＴ』（みのり書房）が、翌年には、鈴木敏夫らによって『アニメージュ』（徳間書店）が創刊されるなど、アニメ専門雑誌創刊が相次いだ。一九七九年には、『機動戦士ガンダム』（富野由悠季）のテレビ放映が開始される。同じ年に、劇場版『銀河鉄道９９９』（りんたろう）、劇場版『エースをねらえ！』（出崎統）、劇場版『ルパン三世　カリオストロの城』（宮崎駿）も公開されている。洋画では『スターウォーズ』（一九七八）が大ヒットし、日本にＳＦブームが起きる。ウルトラシリーズ（一九六六年～）、仮面ライダーシリーズ（一九七一～）、戦隊シリーズ（一九七五～）などの特撮ものの多くは七〇年代が最盛期である。一九七二年に放映を開始して大ヒットしたアニメ『マジンガーＺ』、一九七四年の合体ロボのはしりである『ゲッターロボ』、先述した『機動戦士ガンダム』なども含め、現在まで続く玩具を商品展開の軸に据えた番組のフォーマットも作られた。

このような玩具と子供向け番組とのメディアミックスの戦略は、角川映画による横溝正史の映画化でも成功する。第一作目の『犬神家の一族』（一九七六）が大ヒットし、市川崑監督・石坂浩二主演による金田一耕助シリーズがその後も制作され、横溝正史を代表とするミステリブームも起きる。

終末論ブーム

『宇宙戦艦ヤマト』のテレビ版（一九七四－七五）の最後にカウントダウンされる「地球滅亡まであと〇〇日」という数字に、当時の子供たちは終末の到来をリアルなものとして感じていた。このアニメに限らず、七〇年代も終末論・未来論が流行した時代だった。たとえば、小松左京のＳＦ小説『日本沈没』（光文社、一九七三）や、一九九九年に人類が滅亡するという予言を掲載した五島勉の『ノストラダムスの大予言』（祥伝社、一九七三）がベストセラーになった。暗い未来イメージは、光化学スモッグ、水俣病、イタイイタイ病などの公害問題や石油ショックなどの社会不安が背景にあり、フィクションの世界をも汚染していった。

超常現象やオカルトがブームになったのもこの頃である。一九七四年に、ユリ・ゲラーが来日し、テレビ番組で念力によるスプーン曲げや止まっていた時計を動かすといったパフォーマンスで、超能力が話題になった。そのほか、ＵＦＯ、雪男、ネッシー、心霊現象など、オカルトものが頻繁にテレビのゴールデンタイムに特集された時代であった。一九六四年生まれの人気作家・よしもとばななの小説には、よく超常現象やオカルトが登場するが、そうした背景には彼女の七〇年代のサブカル体験があったことは間違いない。

また、一九七七年に新井素子がＳＦ『あたしの中の……』でデビューする。「新口語文」と呼ばれたその文体は、今日のライトノベルの祖と呼ばれるようになる。

そして、この時期は、新たなサブカルチャーの台頭を背景として、サブカルチャー研究が盛んになった。鶴見俊輔らの『思想の科学』は、いちはやく「日本のサブカルチュア」（一九七五・四臨時増刊号）という特集号を組んでいる。その編集後記に鶴見は、「論壇ではとりあげられることのまれな、思想として名をつけることのむずかしい、しかし実質的にわれわれの生き方を律している裏文化、それを日本のサブカルチュアと呼ぶことにしよう」と書き、もともと『思想の科学』が研究すべき課題であったという。この特集号で取り上げられているのは、商品や広告のレトリック（津村喬「仮面と変身――サブカルチュアの政治経済学のためのノート」）、民衆文化研究史（鹿野政直「日本のサブカルチュア研究史」）、マイノリティ文化（梁厚「在日朝鮮人の集落と生活」）、日本の芸能史（加太こうじ「『大菩薩峠』に見る芸能の流れ」）などである。この頃の民衆思想史研究や柳田国男への関心の高まりなども、サブカルチャー研究史の文脈での再評価の機運と軌を一にしている。前述のマンガ論を書いた藤川治水、石子順造らも同誌の寄稿者であった。

鶴見俊輔（一九六七）自身も、五〇年代から日本のマンガを論じていた。対立する「純粋芸術」と「大衆芸術」をも包括しうる、芸術と生活との境界線にある芸術を「限界芸術」と呼んだ。そして、限界芸術の研究者として柳田国男を、限界芸術の批評家として柳宗悦を、限界芸術の作家として宮沢賢治を評価している。最後に、出ぞめ式や盆おどり、盆栽や生花、替え歌や漫才、らくがきや年賀状、月並俳句や書道、記録映画やデモといった、行動の種類ごとに多種多様な限界芸術の具体例が挙げられている。

石子順造（一九七一、一九七四）は、鶴見のいう「大衆芸術」と「限界芸術」の双方にわたる領域を分析する用語として「キッチュ」を用い、銭湯のペンキ絵、マッチラベル、ブロマイド、ピンナップなどの題材を取り上げたり、「母もの」のイメージの形成と変容などを論じたりしながら、キッチュ論を展開した。

日本文化論とサブカルチャー――八〇年代以降の展開

村上春樹が『風の歌を聴け』でデビューしたのは、一九七九年である。村上春樹に関する謎本もたくさん書かれ、ゲームの攻略本のような受容のされ方自体が、サブカルチャー的である。

『風の歌を聴け』の「僕」がたまたま入ったレコード店で、店員として働く小指のない女の子と再会し、ビーチ・ボーイズ、グレン・グールド、そして、マイルス・デイヴィスの三枚のレコードを注文する場面がある。ロックとクラシックとジャズという取り合わせは、発表当時としては、斬新だったはずである。体系的にあるジャンルの音楽をコレクションし、追求するといった教養主義的な聴き方ではなく、ジャンルのヒエラルキーにこだわらず、同一平面上で、「僕」はただ好きな音楽を聴くだけである。このような「僕」の聴取態度は、八〇年代を先取りしている。

サブカルチャーという言葉が、マスメディアを賑わすようになるのは、八〇年代以降である。既成の教養や価値観から自由になるポストモダニズムの流行を背景に、吉本隆明の『マス・イメージ論』(福武書店、一九八四)のように、従来ハイカルチャーを支えてきた知識人も大衆文化やオタク文化に注目することになる。趣味・嗜好の多様化・細分化や価値観の転倒により、従来サブカルチャーと見られていたものが一般に広く評価されるようになり、ハイカルチャーの一部であったものがサブカルチャーとして台頭するという逆転現象も見られるようになった。ハイカルチャーとサブカルチャーの境界、色分けはさらに曖昧になる。

『なんとなく、クリスタル』(一九八〇)でデビューした田中康夫(一九八八)は、「おいしいものを食べることも、難解な本を読むことも、それらは同じ価値である」と述べている。高度に発展した大量消費社会では、精神的な価値も物質的な価値もすべてが相対的になり、等価になってしまっている。ブランドものを身につけるのも、教養を身につけるのも、自分に付加価値をつけるという点では同じではないかという発想が田中にはある。

また、マイナーであったオタク文化が次第に浸透していき、海外では日本文化の本流として高く評価されていく。一九八〇年代から使われ出した「オタク」という呼称は、主にアニメやマンガなどサブカルチャーに没頭する人間を指す言葉で、侮蔑的なニュアンスを含んでいた。しかし「オタク」は海外でも「OTAKU」として通用し、今や世界共通語になっている。

このような国内外のオタク文化の隆盛と再評価の機運を、もうひとつの「ジャポニスム」と呼んでもあながち的外れではないだろう。「ジャポニスム」は、一八六七年のパリ万博を契機として西洋全体に広がった「日本的なもの」の流行を指している。この博覧会に幕府は参加し、その日本館には浮世絵も展示された。その鮮やかな色と凝った装飾性、珍しい構図など、芸術家の関心を呼び、浮世絵ブームも引き起こした。モネ、マネ、ドガ、ルノワール、ゴッホ、ロートレック、ゴーギャンなど、当時の重要な画家は浮世絵を蒐集し、それに少なからぬ影響を受けた。

現代日本のポップ・アートの代表者である村上隆が、アニメ、フィギュアなどのサブカルチャーのオタク系の題材を用いた作品制作によって、海外で高く評価されているように、オタク文化は、今や日本文化の正統な後継者となったのである。その村上隆（二〇〇〇）が提唱しているのが、「スーパーフラット」という概念である。平板で余白が多く、奥行きに欠け遠近法的な知覚を拒む、アニメーションのセル画などにみられる造形上の特徴を抽出した概念で、浮世絵や琳派の構成などにみられる伝統的な日本画の平面性とオタク文化をつなげようとする試みである。

このようなサブカルチャーのカルチャー化／カルチャーのサブカルチャー化の要因の一つとしては、情報へのアクセスや情報の発信、あるいは情報の加工や操作が誰でも容易になる双方向的な総表現社会の台頭がある。windows95の発売とパソコンの低価格化など、誰でもが膨大なデータからコピー／ペーストができるようになったパソコンの普及なども大きかった。

また、一九九五年は、阪神淡路大震災、オウム地下鉄サリン事件、新世紀エヴァンゲリオンのテレビ放送開始など、近代史においても区切りとなる年でもあった。同じ頃、大量データの処理能力の高度化に対応した、さまざまなコンピューターゲーム機とソフトが開発された。七〇年代末のインベーターゲーム・ブームによって定着したビデオゲームは、ゲームセンターなどの遊技場で遊ばれるものだったが、ファミコンの登場以降、家庭で楽しむものに変えた。

スーパーマリオシリーズ（一九八一－）やドラゴンクエストシリーズ（一九八六－）など日本で開発されたゲーム機およびゲームソフトは、海外でも売れ続け、海外の日本イメージは、七〇年代に定着した技術立国日本のイメージを経て、単なるオリエンタリズムから、テクノ・オリエンタリズムへと上書きされていく。さらに、八〇年代の「エキゾチック・ジャパン」（旧国鉄のキャンペーン）から二〇〇〇年代の「クール・ジャパン」へと、外国の日本イメージも変容していく。

海外から発見された「日本文化」は、明治以降、「歌舞伎」「浮世絵」「陶磁器」「着物」「武士道」などであったが、第二次世界大戦後は、「フジヤマ」「ハラキリ」「ゲイシャ」に代わり、七〇年代以降の高度経済成長期は、「ウォークマン」「カラオケ」「ビデオ」などに代表される技術立国日本のイメージが、「不思議の国ニッポン」に新たにつけ加えられた。一九九〇年頃からのグローバル化以降は、「マンガ」「アニメ」「ゲーム」が日本のクールな文化として国内外で語られ表象されてきた。「オリエンタリズム」の系譜として、今日のオタク文化もある。大人になっても子供の頃の趣味を卒業しないオタクたちは、海外からは典型的な日本人に見えてしまうのだろう。

相町サーガで有名な小説家の阿部和重（二〇一二）に、初めてのノンフィクションで、「成熟拒否」「未成熟性」というタームで議論されがちな現代日本文化の特質を改めて明らかにしようとした。一般に現代日本の「成熟拒否」の傾向というと、マンガやアニメといった「オタク文化」や新たなオリエンタリズムとしての「クール・ジャパン」という文化現象の議論で言われることが多いのに対して、阿部が取り上げるのは、美容や医療におけるアンチエイジング、精密機械産業の小型化技術、デコトラ（デコレーショントラック）文化など、意外な角度から見出される「幼少の帝国」の姿である。

成熟拒否の傾向は、戦後ずっと日本人論の紋切り型の一つであった。その起源をたどると、終戦直後撮られた、ラフな軍服姿で両手を腰に当てて胸を張るマッカーサーと、モーニングを着用した小柄な昭和天皇のツーショット写真に行き着く。そして、日本人は一二歳の少年のようだとするマッカーサーの発言も、当時の日本人に屈辱感を与えたとされる。そのような屈辱感や憤慨とともに、戦後日本の「ものづくり」は、「小ささ＝善」という規範のもとに、飽くなき小型化（未熟化）へと邁進し、日本古来の美意識も相まって、ついには積極的な「成熟拒否」の現象に結実したのではないかと阿部はいう。

阿部も自覚しているように、これもあやしげな「日本文化論」である。「日本」の「サブカルチャー」も、そのようなあやしげな「日本文化論」と共犯的な関係を取り結びながら、今後も展開していくことだろう。

参考文献

- 押野武志「はじめに――日本サブカルチャーを読むための史的展望」（押野武志編著『日本サブカルチャーを読む――銀河鉄道の夜からＡＫＢ４８まで』北海道大学出版会、二〇一五）※本章はこの一部を再構成して加筆訂正したものである。
- 尾崎秀樹『大衆文学』（紀伊国屋新書、一九六四）／『大衆文学論』（勁草書房、一九六五）
- 鶴見俊輔『限界芸術論』（勁草書房、一九六七）
- 石子順三『俗悪の思想――日本的庶民の美意識』（太平出版社、一九七一）／『キッチュの聖と俗――続・日本的庶民の美意識』（太平出版社、一九七四）
- 斎藤美奈子「村上春樹――ゲーム批評にあけくれて」（『文壇アイドル論』文春文庫、二〇〇六）
- 大塚英志「村上春樹はなぜ「謎本」を誘発するのか」（『サブカルチャー文学論』朝日文庫、二〇〇七）
- 田中康夫『ファディッシュ考現学』（新潮文庫、一九八八）
- 村上隆『SUPERFLAT』（マドラ出版、二〇〇〇）
- 押野武志「ジャポニスムの現在」（中山昭彦編『ヴィジュアル・クリティシズム――表象と映画＝機械の臨界点』玉川大学出版部、二〇〇八）
- 阿部和重『幼少の帝国――成熟を拒否する日本人』（新潮社、二〇一二）

3章　個人の時代の生きづらさと社会

―泉谷瞬

「疑似家族」という拠りどころ／屹立する身体

一九八九年は、昭和天皇の死、天安門事件の発生、そしてベルリンの壁崩壊という「大事件」が次々と起こり、日本と世界における戦後体制が揺れ動く政治的な転換点とも言える年となった。さらに翌年からは日経平均株価が下落し、バブル景気の破綻が見え始め、日本社会は暗い世相へ徐々に進んでいくこととなる。

もちろん、「平成」という元号が九〇年代の開始とほぼ重なったことは偶然であるし、「一九九〇年」から突然に何らかの特徴が現れたわけでもない。ここではその予兆とも言える作品の典型として、吉本ばなな『キッチン』（一九八八）を挙げておこう。思想性とは対極的な感情表現を押し出した文体と共に、吉本ばなながが描いたのは、親密な関係性を持った他者の喪失を、別の親密な関係性で回復させるという「癒し」のプロットであった。より具体的に言うならば、『キッチン』で強調された親密な関係性とは、血縁や「性」に依拠した家族ではなく、生活を共にする三人の構成員たち（みかげ・えり子・雄一）が各々対等な立場と意識を持つ、「疑似家族」的な共同体である。この場合、「疑似」というのは、構成員が「父」や「母」といった従来の血縁家族における役割を過剰に担っていない点が大きい。

物質的な豊かさがある程度行き渡った社会（ただし、それは事実というよりはイメージとして偽装されていたに過ぎない可能性は常に存在する）では、その後に何を目的とすべきかが見失われることで、余計に個人の主体性が問われるようになる。自らの人生や夢に責任を持たなければならないこうした状況は自由である反面、その自由がかえって焦燥感を増幅させる。すると、役割から逃れ、何者である必要もなく、親密な他者と穏やかな時間をただ共有するだけという理想的な「物語」が『キッチン』に流れていることは確かだろう。すり減った心はここで「癒し」を得るのである。

この理想的な「物語」を裏面から再構成したかのような作品として、角田光代の「幸福な遊戯」(一九九〇)を見てみたい。語り手の女性サトコは、二人の男性(ハルオ・立人)と共同生活を営んでいる。サトコは三人での生活に、この上ない居心地のよさを覚えている。特定の恋人同士ではなく、表面上は「同居人」という立場を取るものの、サトコはハルオと早々に性的関係を結ぶ。やがてハルオが自分の夢を見つけて家を出たことで、サトコの精神は不安定となり、立人とも性行為をするようになる。最終的には立人も家を出ることで、サトコが家に一人取り残される未来を暗示して本作は閉じられる。

終盤、立人の知人女性に同居を持ちかけているところからも明らかなように、サトコが求めているのは、ハルオや立人という個人との交流ではないし、ましてや男性との自由な性的関係などではない。サトコが固執するのは、性役割を背負うことのない「三人」でずっと暮らしていくことであり、この「疑似家族」的な共同体には目的が存在しないのだ。そのような願望――作品タイトルが意味するように、まさしく「遊戯」でしかないありようを現実からの逃避と呼ぶことはたやすいが、しかし「サラリーマンと専業主婦」のような固定的なジェンダーを基盤とした家族像が理念的にも、そして実態的にも(経済的な背景を理由として)成立しないのであれば、そこで個人が現実を生き抜くための手段は限られていく。たとえ一時をしのぐ手段であったとしても、サトコがこの「遊戯」に懸命となる心理を否定することは誰にもできないだろう(なお、同時期に発表されている江國香織『きらきらひかる』(一九九一)は、より年齢が増した男女「三人」での関係性に意義を求める物語であった)。

以上のように『キッチン』と「幸福な遊戯」には、家族への信頼性が崩壊しつつある時代状況において、単独で放り出された人間がいかにしてその苦痛を回復/回避するかという姿勢が共通している。付言すれば、『キッチン』のみかげも、「幸福な遊戯」のハルオも、自分の「夢」を見出してからは生き生きとした表情を持ち始めるし、それが物語の転機ともなっている。おそらくこの二人にとって、「疑似家族」はもはや絶対に必要な支えではない。だがその好転は、「夢」と無縁な者、あるいは「夢」など持ちようがない地点に立たされた者はどうすればよいのかという問いと裏返しにならざるを得ないのではないか。「生きづらさ」というキーワードが言語化される直前の状況を、ここに見定めてもよいだろう。

現在から振り返ったとき、両作がそれぞれ「海燕」新人文学賞の受賞作であったことは、家族にまつわる困難を同時代の文学作品が見事に看破していた証明だと言える。他にも一九八八年の同賞受賞者・小川洋子は、「幸福な遊戯」と同年に「妊娠カレンダー」(一九九〇)で芥川賞を受賞した。姉の妊娠を冷徹かつ即物的に観察する「妊娠カレンダー」の語り手は、家族の自明性を問い直す視線を備えた存在として同様に見なせるだろう。また、漫画家の内田春菊が著した自伝的小説『ファザーファッカー』(一九九三)では、家庭の絶対的な支配者として君臨する養父からの性的虐待と、それを容認する母親の姿が克明に描かれ、家族という共同体の内部に充満する暴力性が告発されていた。

「大きな物語」が次々と解体される九〇年代にあって、江南亜美子(二〇一七)は「家族」の不可能性があらわになることと、若手女性作家の活躍が同期する必然性を指摘している。この頃、血縁や性に基づく関係性が機能不全を起こしていたことを自覚的に記述していた作家たちに、多和田葉子、松浦理英子、笙野頼子がいる。

多和田葉子の群像新人文学賞受賞作「かかとを失くして」(一九九一)は、直接会ったこともない夫と「書類結婚」をして異国へ赴くという作品である。本作は、そんな未知の場所をさまよう心境が切々と語られているかと思いきや、意外にもそこに不安な様子はさほど感じられない。「かかと」＝重心を置くための箇所が所与のものであるというよりは、まるでそれが失われていることによって、新たな認識の獲得が可能であるかのようだ。「かかとを失くして」の語り手は結局、生きた「夫」と出会うことはないし、多和田は次作の「三人関係」(一九九一)で、夫・妻・第三者の女性という、通俗的なフィルターを通せば「三角関係」に発展しそうな関係性を、四人目の立場である語り手の視点を据えることで異化している（ここでも「三」という数字が前景化していることは注目できる）。次に書かれた「犬婿入り」（一九九二）は、どこから訪れたのか正体不明の女性が開く個人塾を起点として、清潔な性道徳と身体性を無意識下に秘めた郊外都市の住人たちの生活がユーモア混じりに撹乱されていくという小説であり、これが芥川賞受賞作となった。

多和田の作品では言語的な遊戯性とそこから触発される身体感覚の多様性が特徴となっていたが、松浦理英子の『親指Pの修業時代』（一九九三）は、まさしく身体の可能性を過剰なまでに追求してみせた大作である。女子大学生の右足親指が突如「ペニス」の形に変容したことから始まる遍歴は、「性」を通じて他者と交わるということに対する誠実な思考と疑問の連続に他ならない。規範的な異性愛関係や生殖の概念に沿う形で身体の扱い方を修得するマジョリティとしての成長を目指すのではなく、現に存在している身体を使いこなそうとする登場人物たちの振る舞いは、文学という表現だからこそ想像可能な領域を提示した。

しかし、身体のすべてが自らの意思によって制御できると考えることは早計である。笙野頼子の野間文芸新人賞受賞作「なにもしてない」（一九九一）では、作家自身のプロフィールと酷似した経歴を持つ「私」によって、「接触性湿疹」の悪化がひたすらに語られる。オートロックのワンルームに籠もり、小説を書き続ける「私」は、世間からすると「ナニモシテナイ」者と見なされ、本人も「何を訊かれても、ナニモシテナイ自分というものにつながる後ろめたさ」を感じている。「接触性湿疹」を外部社会との摩擦による症状と解釈することは安直に過ぎるが、確実に「ナニカシテイル」はずの「私」が、女性であること、十分な稼ぎを得ていないことなどを根拠として「ナニモシテナイ」と評価されることの不条理性について、本作は身体のままならなさを軸に表出している。そしてそれは、この世に生きる誰かが「ナニモシテナイ」ことなど、そもそもあり得るのだろうかという問いを反射する身体でもある。

以上に挙げた三者の作品は、規範的な慣習に押し込められかねない個の輪郭を、単純な希望や絶望に偏らない態度を以て見極めようとする点で緩やかに重なり合うだろう。すなわち、屹立する身体の実状から出発することで、「生きづらさ」に満ちた現実の捉え方を組み替えようとする試み——「疑似家族」の形成という道とはまた異なる可能性も、九〇年代前半の文学は模索していたのである。

文学の「モラル」／「出口」が〝ない〟ことの自覚

一九九四年、大江健三郎が日本国籍を持つ者で二人目のノーベル文学賞受賞者となった。現代日本の文学史上でとりわけ大きな出来事に数えられるべきであろうこの事実は、しかし翌年に発生した別の二つの出来事（阪神淡路大震災・地下鉄サリン事件）によってかき消された感がある。もしくは、一九九五年とはその二つの出来事だけに象徴されるのではなく、経済・政治・文化の面に渡って様々な影響を及ぼす契機となった重要な年として認識すべきという声も存在する。たとえば雨宮処凛（二〇〇八）は当時に青春を生きた者である視野から、歴史的事実の羅列と共に、「焼け野原にたった一人で放り出されたような気持ち」という実感を吐露し、「生きづらさ」の原点に九五年を見据えている。

無批判に「九五年」を特権化することは危険であるが、八〇年代より密かにその顔を見せていた「生きづらさ」が、一九九五年を通過することでより多くの人々に可視化されるようになった傾向は確かだろう。生の根拠を求めるというよりは、生存そのものの保障が必要とされる時代——その土台の一つとしてかつて信じられていた家族や「性」への問い直しは、九〇年代前半より継続している。

川上弘美「蛇を踏む」（一九九六）は、タイトル通りの民話的な動作を発端とすることで語り手ヒワ子の前に「母」を名乗る蛇が現れ、現実と非現実の混淆する世界が開かれる。柳美里「家族シネマ」（一九九六）は、川上と異なり徹底的なリアリズムを基調としているものの、実は家族こそが「リアル」な共同体ではなく、役割と演技の集積によって浮き出る幻像に過ぎないことが示される。両作はどちらも芥川賞を受賞した。さらに、縮小した「母」に対して、「あ」から「ん」の言葉を駆使することで新たな母親像を作り直していく笙野頼子『母の発達』（一九九六）をここに挟むことで、文学という言語芸術による家族関係の脱構築はより加速していったことが確認できよう。

問い直しという形式ではなく、現に迫りつつある家族の「事実」に悲鳴を上げた作品として、高齢化した両親の世話・介護にまつわる苦難を記した佐江衆一『黄落』（一九九五）がある。六五歳以上人口の割合が一四％を超えた社会は「高齢社会」と呼ばれるが、日本は九四年で既にその域へ到達していた。有吉佐和子の長編小説『恍惚の人』（一九七二）が先鞭をつけていた老親介護の主題について、このように男性作家が反応した例は貴重である。だがそれは、家族のなかで「誰」が介護を担うのかという事態に、これ以上目を背けることが不可能である状況が訪れたため、いわば抑えきれない問題が決壊したのだと捉える方が正確ではないか。介護保険法が開始する時期は、これより五年後の二〇〇〇年である。

「性」についても、九五年以後の文学は果敢な挑戦を見せている。「海燕」文学新人賞作家・藤野千夜は、『少年と少女のポルカ』（一九九六）でセクシュアル・マイノリティの「少年」二人と、精神的に不安定な日常を送る「少女」の姿を織り交ぜ、感傷的な展開を避けた形で「性」の真実性を宙吊りにする。姫野カオルコ『受難』（一九九七）は、女性主人公の性器に「人面瘡」が取りつくという設定から、世間一般で何の疑いもなく流通する男性中心的なジェンダー観を次々と相対化してみせた。

そして、これらの成果と同時期に発表された村上龍『ラブ＆ポップ』（一九九六）は、大きな社会問題としてマスメディアに取り上げられた女子高校生の「援助交際」をめぐる作品である。あらゆる価値観と感覚がフラットに配置され、街中の「声」が無意味な「音」となって拡散される状況を写し取った表現だけを抜き取れば、本作を同時代の風俗に関する記録と読むことは一応可能だろう。しかし、「性」を買う側の男性が結末部で繰り広げる説教めいた自己正当化には批判も寄せられた。作者の村上龍（一九九七）自身は、当事者への取材を経た上で、「ブランド品と援助交際を口実にして、女子高生達は他者との出会いの「可能性」に飢えている」と仮説を立てるが、フラットであるはずの事象に対するこのような強烈な意味づけの欲望は、未成年の「性」が「市場」で売買の対象となる回路へ巧妙に連結される現状を肯定してしまう。「援助交際」とは、自己責任と自己決定による自由な「性」の使い道なのか、あるいは「性」が「市場」でしか価値を持たないと思いこまされる隘路なのか。結果的に『ラブ&ポップ』は当事者たちの「生きづらさ」を分かりやすい心の問題へ滑らせることで、このような「市場」という前提条件の検討を曖昧にする効果をもたらした。

もっとも、「市場」で価値ある主体になることを余儀なくされた者は、他にも存在する。一九九五年は、日本経済団体連合会による「新時代の「日本的経営」」が発表された年でもあり、労働の原理原則が大きな方向転換を迎えた。多くの女性たちは「雇用柔軟型グループ」という名のもとで企業側に都合よく使われ、将来設計の立たない生活に晒される。使い捨てられないためには、「市場」に貢献できるだけの能力と主体性を発揮するしかない。篠田節子『女たちのジハード』（一九九七）は、そうした企業における女性たちが自己実現する努力をポジティブに語る直木賞受賞作であるが、深夜の弁当工場でパート労働に勤しむ主婦たちが破滅へ突き進んでいく桐野夏生『ＯＵＴ』（一九九七）もその同年に発表されていることは、二〇〇〇年代以降にあからさまとなる新自由主義の暴走を辿る上でも重要である。

一九九五年という年で忘れるべきでないのは、一〇月に沖縄県宜野湾市海浜公園で八万五千人の沖縄県民が集まり、「総決起大会」が開かれたことだ。同年九月において発生した米軍兵士による少女暴行事件への弾劾と日米地位協定見直しを目的としたこの集会は、沖縄という場所がいかに日本の「周縁」として差別的な境遇に留め置かれているかを改めて意識させた。九〇年代における「沖縄文学」は、池上永一の日本ファンタジーノベル大賞受賞作『バガージマヌパナス』（一九九四）や、又吉栄喜の芥川賞受賞作「豚の報い」（一九九五）など、沖縄地域の習俗や文化的側面に焦点を当てる作品が目立っていたが、目取真俊は「水滴」(一九九七)で超現実的な手法を用いつつ、現在時点まで尾を引く戦争体験に基づく加害/被害の重層性を摘出し、芥川賞を受けることとなった。目取真の小説は、九五年を「戦後五〇年」と称することで戦争の記憶を単一の「過去」に固定化しようとして憚らない「本土」の姿勢を鋭く撃つものであり、かねてから根本的な意味においての「生きづらさ」を強いられていた沖縄の姿を、「日本文学」という制度の眼前に突きつけたのである。

ここまで、九〇年代の文学作品に胚胎した複数の「生きづらさ」を概観してきた。本章最後に紹介する村上春樹は、阪神淡路大震災と地下鉄サリン事件を機に自らの立場を「デタッチメント」から「コミットメント」に移すことを選び、九〇年代の最終年に「かえるくん、東京を救う」(一九九九)を執筆した。巨大な「かえるくん」と東京の地底に潜む「みみずくん」との闘いを、想像力の世界で応援する人間・片桐という構図は、多義的に解釈可能なものだろう。本作が収録された単行本『神の子どもたちはみな踊る』(二〇〇〇)を解説した文章で村上春樹(二〇〇三)は、戦後の神話が崩壊していくなかで、「我々は自分たちの物語を語り続けなくてはならないし、そこには我々を温め励ます「モラル」のようなものがなくてはならない」と述べている。

作家自身が唱える倫理観と良心は明快だ。「生きづらさ」がこの社会に散在して大勢の人間を苦しめている以上、完全な解消には至らずとも、そこに伴う不条理性や暴力性は軽減することが目指される。その過程に文学の言葉が活用されることもあるかもしれない。

だが、ここで村上の小説と対置すべきは、「我々を温め励ます「モラル」」以前の次元において、各々の身体が発する「声」を知覚し、意味づけできないままに曝け出すような作品ではないか。やはり九〇年代最後の年に発表された山本文緒「プラナリア」(一九九九)は、乳がんの手術を受けたことで右胸を失った語り手・春香が、自身を取り巻くあらゆる環境、そして自身の「生」へ何の興味も持てなくなるという梗概を持つ。医者からはぞんざいな診療をされ、恋人からは執拗に性的欲求を向けられ、知人からは「元乳がん患者」としての物語を生きるよう暗に求められる春香は、誰からも注目されず、ただ何も考えず生き、切断されても再生可能な「プラナリア」への生まれ変わりを切望すると飲み会で放言するが、そんな出来事が絶対にあり得ないことも冷静に自覚している。結末で春香は泥酔した挙句、店員に「出口はどっちですか?」と問う――ここでの「出口」が何を示唆しているのかは自明である。

文学の言葉は「生きづらさ」を軽減するための「モラル」と物語を追求する一方で、その「出口」が本当は〝ない〟のだということを告げる残酷な機能も抱え込んでいる。九〇年代という時代がかろうじて露出させたこれら両面の性質は、果たして次の世紀にどの程度引き継がれることになったのだろうか。

参考文献

- 江南亜美子「九〇年代に花開いた作家たち」（大澤聡編『1990年代論』河出書房新社、二〇一七）
- 雨宮処凛「はじめに　ようこそ！「バブル崩壊後の焼け野原」へ」（中西新太郎編『1995年　未了の問題圏』大月書店、二〇〇八）
- 村上龍『ラブ&ポップ――トパーズII』（幻冬舎文庫、一九九七）
- 村上春樹『村上春樹全作品1990~2000③　短篇集II』（講談社、二〇〇三）
- 浦田憲治『未完の平成文学史――文芸記者が見た文壇30年』（早川書房、二〇一五）
- 日本文藝家協会編『現代小説クロニクル　1990~1994』（講談社文芸文庫、二〇一五）
- 日本文藝家協会編『現代小説クロニクル　1995~1999』（講談社文芸文庫、二〇一五）
- 佐久間文子『「文藝」戦後文学史』（河出書房新社、二〇一六）
- 斎藤美奈子『日本の同時代小説』（岩波新書、二〇一八）
- 重里徹也、助川幸逸郎『平成の文学とはなんだったのか――激流と無情を超えて』（はるかぜ書房、二〇一九）

作品紹介

いとうせいこう「ノーライフキング」

＊初出：『ノーライフキング』新潮社、一九八八（昭和六三）年八月

「もう本当にラッキーだよ。まことくん、僕はね、君たちに注目してたんだよ。子供のデマが社会を揺るがすなんてさ、すごいじゃない」

次第に水田はまことを無視し、自分に言い聞かせるようにしゃべり出した。

「きっとどこかにすごい子供がいる、と思う。そいつが日本中の子供を情報で操ってさ、僕らマスコミの人間に、つまり大人に勝負を挑《いど》んでる気がするんだよ。わかる？　子供の王様みたいなやつがいるんだよ、どこかに。僕は彼に会いたいんだ。話をしてみたいんですよ」

「はあ」

「ね、君もそう思うだろ？」

「いや、別に」

「あはは、そうかそうか」

まことは本当に会いたいとは思わなかった。まるで興味がわかなかった。噂だのデマだの言うけれど、まことにとってそれらはすべて現実的な問題だったからだ。最初は嘘だと思っていても、話をするうちにそれは必ず本当になる。頭の隅でどんなにバカにしていても、ヒソヒソ声の中でそれらは真実になっていくのだ。

（裏メディア　ＶＩＳＩＯＮⅢ－１）

【概要】

小学四年のまことはディスク付きコンピュータ（ディス・コン）のゲーム「ライフキング」にはまっていた。ゲームの主人公は指が半分機械と化し触れるだけでコンピュータと会話できるライフキングである。コンピュータを通じて世界を探求するライフキングは悲惨な外の世界を見る。悪の王マジックブラックが呪いの力で世界を毒の海に変えていた。これを倒すのが使命である。各エリアで敵と戦い、呪いを解いて回る。攻撃を受けると体の一部は「ハーフライフ」となり、ライフキングは体をバラバラにして暗黒迷宮を進む。ゲームにはⅠ～Ⅳのヴァージョンがあること、様々な裏技があることを、子供たちは情報交換する「オープンな社交界」で知っていた。電話、学校や塾での会話、塾の通信などの口コミ情報網ができていた。そこにミスをすると終わる新しいヴァージョンⅤがあるとの噂がたつ。そしてⅤを解いて変死した子の呪いを帯びた「ノーライフキング」というソフトが噂される。この噂が立った頃、校長が集会で「問題はディス・コン・ゲームだ」と言った途端急死する。これを皮切りに、子供たちはゲームの呪いを恐れて行動し、テレビ番組視聴率の急激な低下、コミック誌・グッズの売り上げ激減など社会現象に発展する。まことのもとに「社会を揺るがすデマの研究」をする水田が現れる。国会も巻き込んでゲームの悪影響を批難する論調が強まり「ライフキング」狩りが始まる。学校では次々と悪い噂が蔓延し、皆が標的になることを恐れて逼塞《ひっそく》する。しかし、まことたちはゲームをクリアできなければ死んでしまうと固く信じて挑む。ゲームの世界が現実へ反転し、子供たちはゲームと同じように町に石やゴミを並べ始める。無機の王《ノーライフキング》が戦う暗黒迷宮がリアルとなった世界がそこにあった。

〘読みどころ〙

五五年体制の下での高度成長を経て、標準化された家族に照準した消費社会の中で規格化されたライフスタイルが定着した。まことは決まった通り役割演技的に学校と塾へ通うが、とくに将来の望みをもっているのではない。その代わりに熱中するのがゲームである。一九八〇年代後半に普及したロール・プレイング・ゲーム（ＲＰＧ）の流行をモデルとする。コンピュータ・ゲームは一九七〇年代から現れ、七八年に「スペース・インベーダー」が大流行、八三年に任天堂ファミコンが発売、八六年にＲＰＧ「ゼルダの伝説」「ドラゴンクエスト」が発売されパソコン版も登場した。本作はゲームの流行という同時代の社会風俗をいち早く題材として取り入れた。だが、描かれたゲームは古びて現在性を失っている。にもかかわらずこの小説が読むに耐えうるとすれば、社会の地盤変化を凝縮した二〇世紀末の民話のような性質にある。本作は「報道」から「デマ」「噂」にいたるまで巷間に広がる不確かな情報をめぐって起こる出来事を描いた。小学生たちの間でゲーム内の要素をめぐって広まる「噂」や「デマ」が、大人たちの「報道」や経済効果をねらった宣伝や仕掛けに拮抗する局面を描く。それによって二〇世紀末における社会変容を捉えているように読める。

小学生の間でゲームに関する全国的情報網ができ、話題を共有する口コミ共同体を形成する。この共同体は大人たちの社会と似ていて差異を含んだ鏡像である。まことの母まみ子の仕事は「小さな商店から電話回線で送られてくるデータを解析して、メインコンピュータとつなぎ、全国的な売り上げレベルとの比較や、仕入れ商品等のアドバイスをするというものだった」。「売り上げ」に結びつく「アドバイス」はゲームの攻略法に相当する。大企業も「時代の流れを敏感に予測する」「トレンディ・キー・パーソン」を必要とした。まみ子は子供たちの噂を取材する水田を嬉しそうにまことへ取り次ぐが、それは「まみ子の仕事の世界での第一人者」森井明幸という「トレンディ・キーパーソンの一人」と水田がつながりを持っていたからだった。水田が構想した本は「社会を揺るがすデマの研究」で、まことが際立った才を持たない「普通の子」だからこそ取材対象にしたと断りながら抜粋部のように語った。「すごい子供」が「日本中の子供を情報で操って」「大人に勝負を挑んでる気がする」。その「子供の王様みたいなやつ」に会いたいという。しかし、まことはそのように考えても感じてもいない。まことにとっては「噂だのデマだの」と違い「話をするうちにそれは必ず本当になる」「真実になっていく」「現実的な問題」だった。

森井は、トレンディ・キー・パーソンは「データの量」から予測する「へぼ予言者」ではなく、「世界を絶えず更新するクリエイターであるべき存在」だと考える人物だった。子供たちの動向に対して世論とも水田とも異なった見方をした。マスコミでは「ライフキング」狩りの論調が高まり、それを強硬に主張する「TVタレント」に森井は襲われ行方不明になる。森井は「最後の言葉」として「新しいリアルと戦う史上最年少の人たちに、精一杯手を振りた」いと言った。まことは「新しい試煉。新しいリアル。」という言葉を「ディス・コンに打ち込むパスワード」のように復唱する。そして「暗黒迷宮」と化したリアルの実感をもつ。

子供たちの口コミ共同体で信じられた「呪い」という「現実的な問題」が、大人たちの社会、マスコミ・市場、学校・家庭と拮抗し攪乱《かくらん》する「新しいリアル」「真実」として描かれる。しかし注意したいのは、子供たちの共同体と攪乱されて狂騒する大人たちの社会は単純に対立しているのではないことである。大人たちの社会が情報に翻弄されているのと同様に、ゲームをクリアできなければみんな死ぬという黙示録的な「呪い」を信じる子供たちの「真実」もまた根拠の確かめようのない「噂」、流言蜚語の域を出ない。ただ、大人たちが交わす情報の外部に真実が隠されていたり、情報を操っている「子供の王様」がいたりするのではなく、報道や噂が混在する「暗黒迷宮」のような社会こそが「新しいリアル」だとの認識がある。

小野厚夫（二〇一六）によれば、「情報」という言葉は軍事用語の訳語として用いられ始めたという。一般に知られるようになるのは日清戦争の戦地報道以後だった。第一次世界大戦の頃から「情報」の重要性が認識され、陸海軍や外務省に情報部局ができる。二・二六事件の直後、一九三六年六月には官制によって内閣に直属する情報委員会が設置される。その後曲折を経て一九四〇年には情報局が設けられるが内閣との直接的関係は失われ、陸海軍および内外務省の出先機関に変貌した。こうした歴史的経緯から「情報」という言葉は一九六〇年代には未だ戦争の時代を想起させるものだったという。しかしこの頃からテレビを加えたマス・メディアやコンピュータの発達にともなって「情報」は新たな時代の基盤を指すようになった。

　ゲームの流行し始めた七〇年代以降は工業社会から脱工業社会・情報社会への移行期である。一九六〇年代の高度成長期を牽引したのは家電や自動車をはじめとする製造業、交通や都市の基盤を形成する産業だった。これと平行してあらゆるモノ・コトの情報が社会空間に浸透し、一九八〇年代には脱工業化、情報化が進み、情報の過多や偏りが世論を形成して、社会の姿を決めまた歪ませる枢要な役割を担うようになった。「暗黒迷宮」のような「新しいリアル」はそのような情報社会のありようを言い当てている。こうした社会変容の感触は細部に描かれた。まことが「ライフキング」を買い直し、暗黒迷宮がリアルとなった世界にいると確信したあと、「ノーライフキングの徴し」は町にあふれ「まこととたちの〝リアル〟が混乱をきたしていた」。その時、まことが向かったのは「半ば廃墟と化したコンクリート工場」「過去の機械王国」「人間らしい機械の墓場」だった。「まことに親しいものではなかった」が、「だからこそまことは、そこをノーライフキングから身を隠す一時の休息の地に選んだのかも知れない」と描かれる。それに対して、ゲーム世界を示現する石やゴミを並べる子供たちの振る舞いには、「過去の機械王国」ではない、未来の社会環境への危機意識が張り付いている。工業社会が生み出した、標準化され規格化された枠組みの中で役割演技《ロール・プレイング》するだけの世界は過去のものとなり、「無機の王《ノーライフキング》」とともに戦うほかない暗黒迷宮のような世界の始まりを告げたところに本作の読みどころがある。

（山崎義光）

＊引用は『ノーライフキング』（新潮文庫、一九九一）。

参考文献

・多根清史『教養としてのゲーム史』（ちくま新書、二〇一一）
・佐藤健二『流言蜚語』（有信社、一九九五）
・小野厚夫『情報ということば　その来歴と意味内容』（冨山房インターナショナル、二〇一六）

作品紹介

松浦理英子『親指Pの修業時代』

＊初出：『文藝』一九九一（平成三）年五月－一九九三（平成五）年十一月

裸になると、私たちは真先に抱き締め合う。抱き締めかたも実に春志らしく、半ばいとおしみ半ば縋りつくようで全く圧迫感がない。春志と性交渉を持つ前に最も恐れていたのは、正夫との行為に全く感じなくなっていた私が春志相手に感じるか、という点だったが、抱き締められた途端に安心感に満たされ抵抗なく横たわることができた。

春志は私の体に片手を絡ませたまま、接吻し頬ずりし愛撫する。決して性急にはならず、頭を私に載せて頸を休めたりもする。子供が手持ち無沙汰に手近にある物をいじるように、休みながら私の肌の上に指先を遊ばせることもある。彼にまるで気負いがないので、私も気楽に彼の体に触れる。身を任せるのでもなく相手を思いのままにするのでもない、静かな遊戯である。私たちは長い間静かな遊戯を続ける。時には性行為をしているのを忘れてしまう。

【概要】

親友の彩沢遙子を失った後、真野一実の右足親指は男性の「ペニス」に似た形状へ突如変化した。この器官は、射精機能は無いものの、物理的な刺激によって快楽を得ることが可能である。物語は、一実の体験を聞いた「小説家M」によって小説の体裁で記される。

親指ペニスの出現によって、一実は恋人の正夫との関係が悪くなり、とうとう正夫が親指ペニスを切断しようとすることで破局が訪れる。一実は視覚障害を持つ作曲家・犬童春志に助けられるが、無垢とも呼べる彼の人格や性表現に惹かれ、やがて関係を結ぶようになる。一方で、春志の従姉であるチサトからの嫉妬を受け、親指ペニスを「準強姦」されてしまう。

「性にまつわる器官に普通の人と大きく違った特徴」を抱える人々による〈フラワー・ショー〉というパフォーマンス集団の存在を知った一実は、彼らと接触し、行動を共にすることを決めた。様々な特徴と個性が備わったメンバーのなかでも、一実は児玉保と水尾映子のカップルと多くの時間を過ごす。保は結合双生児として生まれ、「弟」である慎の性器が自らの身体に存在している。映子は保の幼なじみであり、彼のセクシュアリティを受け止める恋人のような役割を担っている。

同じ頃、春志は過去に関係のあった生沼という男の口車に乗せられ、一実の元を去ってしまう。失意する一実は次に映子と親密になり、二人で「駆け落ち」を行うものの、保が春志を連れて戻ってきたため、四人の関係性はいっそう複雑となる。

そんな私生活が繰り広げられるなか、〈フラワー・ショー〉は、宇多川謹也というアングラ演劇の作家から依頼を受け、大阪で最後の興行に取り組み始める。保はこの芝居の結末で慎のペニスを切り取ることを狙うが、一実の咄嗟の判断によって筋書きは変更されることとなった。激怒した宇多川は一実と春志に暴力を振るい、その物理的な衝撃で春志の目は見えるようになる。宇多川の手から逃れたメンバーはそれぞれの人生に戻っていき、一実も春志との生活を再び選んで、東京へ帰る。

〔読みどころ〕

本作以前にも既に松浦理英子は「性」という領域について飽くなき思考を続けてきたが、『親指Ｐの修業時代』は現代文学における松浦の位置づけが広く知られるきっかけとなる小説であり、大きな衝撃として世に登場した。概要にも記したように、読者の意表を突く特徴や個性を持つ登場人物が次々と現れ、それらの関係性も二転三転し、上下巻のボリュームであるにもかかわらず一気に読ませる力が含まれている。しかしそれは、決して奇抜な設定に依拠しているからではない。女子大学生の右足親指が「ペニス」になってしまったという出発点だけにとらわれてしまうような理解は、本作の魅力を大きく削ぐこととなるだろう。まずは、作者である松浦理英子が次のように自己解説していることを踏まえておきたい。

そして、この親指ペニスについては、男根的なペニスを書く気は、わたしにはまったくありませんでした。男根主義という見方で、なにかと昨今悪者にされがちなペニスを、本来無垢な器官としてそなわっていたはずの生まれたままのものにもどしてやる、という気持ちがあったわけです。ですから、この小説のなかでは、親指ペニスは非常に受動的なもので、主人公が他人に対して使うようなことはほとんどないわけです。そして、ペニスであるかもしれないし、ペニスでないかもしれない。こういうふうに考えると、これは女性器のクリトリスを思わせるわけですね。じつは、この親指ペニスは、作中にペニス、ペニスといっぱい出てきま

すが、クリトリスのことでもあるわけです。　（松浦理英子「文学とセクシュアリティー」『早稲田文学』一九九四・三）

親指ペニスとは、社会通念によって染み込んでいる「色」を落とすために必要とされた表象だった。一実の親指ペニスが、快楽の絶頂で射精を伴わないのは、生殖という機能（それは、生物学的な現象であると同時に、この社会において様々な意味＝ジェンダーを付与された機能である）を削ぎ落とすためだからだ。誤解を恐れずに言えば、〝純粋〟に物理的な身体器官が出現した際、人はその器官をどのように扱うことが可能であるのか。そして、この出来事によって、私たちのセクシュアリティ――性にまつわるあらゆる感覚・欲望・規範は、どのような変化を被るのか。『親指Ｐの修業時代』は、こうした問いを全編通じて真摯に「思考」することを試みた作品なのである。

この姿勢は、本作の物語構造とも関連している。主人公が様々な経験をくぐり抜け、一人前の人間として成熟し、「真実」の獲得へ近づいていく、いわゆる「教養小説」の枠組みを表面的には採用しながら、一実の進む道はどこにもたどり着かない。唯一の真実＝正解の提示を保留することで、親指ペニスが持つ変革の可能性を維持することが目指されている。一実のセクシュアリティに関わる「相手」が特定の人物に落ち着かず、次々と交代していくこと（正夫→春志→映子→春志）の意義も、そこから汲み取れよう。

さらに注意深く小説を振り返ると、本作は真野一実が一応の「主人公」格の人物として配置されてはいるが、それ以外にも多数の人物が、それぞれの人生において独自の経験を得ている姿が書き込まれていることに気づく。たとえば春志は、一実にとって未知の性関係をもたらす役割を担う存在というだけではない。彼自身も常にその意識・信念を変化させており、結末に至っては偶然にも視覚を得るのである（もちろん、この展開を指して「視覚障害から健常の状態へ好転した」などと解釈するのも不正確である。そうした解釈の基準自体に、既に一つの偏りが含まれている）。すなわち、変化を遂げた春志が一実と送る生活とは、作中に書かれたこれまでの交渉とは異なるものが予感されるのであり、その具体的な情景が記述されないことによって正解の保留は達成されていると言えよう。こうした巧みな構成意識を基盤に、本作は「性」にまつわる常套的な社会通念を問い直したのである。

ところで一九七〇年代のフェミニズム批評をその端緒の一つと見なす際、セクシュアリティやジェンダーという概念が日本文学研究の世界においても大きな関心を持たれ、大きなうねりとなったのは、八〇年代末から九〇年代にかけてのことである。そうした同時代的な文脈と並走させる読解も重要だが、現在においては、逸脱化しながら権力や資本と結びつく「性」の様相を批評的に予見していた作品として、『親指Pの修業時代』を位置づけることも同時に期待されるだろう。物語のなかでは確かに〝純粋〟な器官を想像することは可能なのだが、それを決して〝純粋〟に留めようとしない暴力性との相克も、小説には明確に刻み込まれているからである。規範を破壊する力には、当然ながら悪用される恐れも潜在しているということだ（だが、それは誰にとっての「悪」となるか？）。ならば、その被傷性《ヴァルネラビリティ》に焦点を当てる必要性は今こそ訪れているのかもしれない。

（泉谷瞬）

＊『親指Pの修業時代』（上下巻、河出書房新社、一九九三）、『親指Pの修業時代』（上下巻、河出文庫、一九九五）。本章の引用は単行本に拠る。

参考文献

・中川成美「何がセクシュアリティに起こったか?」（『語りかける記憶　文学とジェンダー・スタディーズ』（小沢書店、一九九九）
・小平麻衣子「松浦理英子『親指Pの修業時代』上演される〈性〉」（紅野謙介、内藤千珠子、成田龍一編『〈戦後文学〉の現在形』平凡社、二〇二〇）

コラム13

宮沢賢治とサブカルチャー

人口に膾炙した宮沢賢治の「雨ニモマケズ」は、元々は公表を前提としたものではなく、ふと手帳に記した賢治のつぶやき／ツイートであった。そのつぶやき／ツイートが、戦時中は日本帝国主義のプロパガンダとなり、戦後は復興のスローガンともなった。その後、「雨ニモマケズ」論争をひとつの契機として、「雨ニモマケズ」が批判的に検討され、これまでのように単純に賛美することはなくなる。しかし、「雨ニモマケズ」が読まれなくなったわけではなくて、芸術性をめぐる論争とは無縁なところで、今日においてもさまざまな形で引用されている。また「雨ニモマケズ」自体が、パロディや文体模写を誘発する文体になっている。東西南北になりたいもの、やりたいことを配列し、最後に「ソウイウ〇〇ニワタシハナリタイ」と〇〇に好きな言葉を代入すれば、パロディ詩や替え歌ができてしまう。さらに、「雨ニモマケズ」の構成は、「サウイフモノニ／ワタシハナリタイ」と、最後に主語が明かされる仕掛けになっている。つまり、「…サウイフモノニ／ワタシハナリタクナイ」と最後の一行を変えてしまうだけでも、容易にパロディ詩はつくれる。

そもそも、賢治自身が、オリジナリティを求めてはいなかったともいえる。生前未発表の「竜と詩人」は、ヴァルター・ベンヤミンの「複製技術時代の芸術」（一九三六）に先駆けて、オリジナルとコピーとの錯綜した関係を寓意的に語っている。若い詩人スールダッタは、〈誌賦の競いの会〉に詩を発表し、優勝するが、海の洞窟に居る竜チャーナタのつぶやきを聞きそれを知らず知らずのうちに盗作したのではないかと悔いて、チャーナタに詫びようとする。チャーナタは、「あのうたこそはわたしのうたでひとしくおまへのうたである。」という禅問答のような返答をする。この寓話を通して、芸術作品においてオリジナリティとは何かという問題を提起している。

童話集『注文の多い料理店』序を見てみよう。賢治が創作したものに間違いないのだが、賢治の感覚としては、「これらのわたくしのおはなしは、みんな林や野はらや鉄道線路やらで、虹や月あかりからもらつてきたのです。」というわけである。作品の所有者は、作家ではないという感覚は、ほかの賢治作品からもうかがえる傾向である。賢治は、物語を一から作り出すのではなく、自然や他者の声を聴き取り、あるいは「風の又三郎」のように、民間説話からもらってくるというように、賢治も、今日の言葉でいえば、「二次創作」を実践したといえる。テレビドラマ「月光仮面」（一九五八）の主題歌の一節「どこの誰かは知らないけれど、誰もがみんな知っている」も「雨ニモマケズ」のパロディ歌の一種である。今日のネット社会においては、なおさら賢治のつぶやき／ツイートが拡散している。賢治が理想としたデクノボーも、このような作家の姿が消え匿名の存在、つまりは現代版の「詠みびと知らず」になることではなかったろうか。

賢治は、当時新しく登場してきたさまざまなメディアやテクノロジー（映画・写真・ラジオ・蓄音機・飛行機…）に多大な関心を示した。彼の表現行為は、活字メディアに留まることなく、朗読・音楽・演劇・絵画・広告や花壇のデザインとさまざまなメディアを活用していた。賢治は、映画的な文法を自らの詩の手法として取り入れてもいる。

賢治をはじめ一九二〇年代のモダニストたちは、従来の印刷メディア、あるいは意味の伝達の道具としての文字に飽きたらず、文字の記号性や視覚的効果を利用したり、声の身体性を導入したりした。賢治も印刷メディアの特徴と限界を意識していた。詩集『春と修羅』に複数の手入れ本が存在しているように、賢治にとって、活字になった作品は最終形態ではなく、改変の可能性を備えている。また、印刷メディアは、ページの初めから終わりのページへと線条的に読まなければならないが、括弧なし・一重括弧・二重括弧と複数の視点や声によって構成された賢治の詩は、それぞれの層を非線条的に拾い読みができる。そもそも、賢治の作品のほとんどが、生前活字になることなく、手書きのまま残された。しかも、複数のヴァリアント（異文）を、同一の原稿の上で筆記用具の差異によって、同時に読むこともできる。「銀河鉄道の夜」には、初期形・後期形という、全く異なる二つの結末の原稿が残されていた。読者には、そのいずれか、あるいは両方を読む自由が与えられている。

そうした意味で、マルチメディアとしての賢治やそれに連なるモダニストたちと、今日の聴覚文化・活字文化・視覚文化が錯綜している文化状況との参照が可能となる。メディアミックス・二次創作・データベース消費・ハイパーテクストといった特質で語られもする、ポピュラーカルチャー、サブカルチャーまでも含めた現代文化の特質との親和性と歴史性がいっそう明瞭になるだろう。

（**押野武志**）

コラム 14 ――戦後批評から現代批評へ

　戦後の批評を牽引したのは、一九四六年一月に創刊準備号が出された文芸誌『新日本文学』(一九四六－二〇〇四)と、同月に創刊された『近代文学』(一九四六－六四)であった。この二誌は戦後の文学の二大潮流でもあったが、特に批評においては『近代文学』の同人、平野謙、荒正人、本多秋五らの活躍がめざましかった。

　戦後批評の大きな論点の一つとして「政治と文学」があった。『近代文学』派の「政治と文学」に対する考えは、例えば平野の「ひとつの反措定」(『新生活』一九四六・四)の「小林多喜二と火野葦平とを表裏一体と眺め得るやうな成熟した文学的肉眼こそ、混沌たる現在の文学界には必要なのだ」という主張に示されているように、「政治」から「文学の自律」を担保するものであった。また、日本の近代、あるいは近代文学に対する検証も戦後批評における重要な論点であった。この点に関しては、中村光夫が『風俗小説論』(一九五〇)において、日本の私小説リアリズムを批判的に検討した。伊藤整も『小説の方法』(一九四八)で、ヨーロッパの近代文学と日本の近代文学を比較しながら、日本の近代文学の特徴を明らかにした。

　こうした流れのなかで、新しい指標を示したのが服部達だった。服部は「メタフィジック批評」を提唱し、作品の内的構造を解析することを目指した。その後、吉本隆明と江藤淳は部分的に服部の提唱を受け継ぎつつ、戦後批評の中心であった『近代文学』、『新日本文学』のマルクス主義的な批評を打破し、新たな批評を展開した。一九六〇年代後半までに、吉本は『共同幻想論』(一九六八)などで、江藤は『成熟と喪失』(一九六八)などで戦後批評の中心的な存在となっていく。この間、一九六四年にはついに『近代文学』が終刊し、『近代文学』派が示した「政治と文学」理論は終焉する。これは六〇年安保以降の状況への文学の不信を表す事態でもあった。

　一九五八年に創設された『群像』新人賞評論部門からは、六〇年代に活躍する批評家として、秋山駿、上田三四二らが登場し、一九六九年には柄谷行人が「〈意識〉と〈自然〉――漱石論」で登場した。状況的には一九六八年以降、公害問題やオイル・ショック、大学紛争から連合赤軍事件などがあり、近代の再検討がはかられることになる時期であった。柄谷は、こうした七〇年代の批評の中心にいた。一九七二年に最初の評論集『畏怖する人間』を出した翌年、連合赤軍事件を受けて書かれた「マクベス論——悲劇を病む人間」(『文芸』一九七三・三)を発表する。ここで「マクベス」を論じながら、柄谷は主観的に意味づけようのない人間の「外部」に「現実」があることを示した。多かれ少なかれ人間主義的であった戦後批評に対して切断をはかるものであり、構造主義からポスト構造主義へ通底する批評の地平を切り開いたものだった。柄谷の『日本近代文学の起源』(一九八〇)は、自明なものとしてあるかのように思われていた「内面」や「自然」が文学のなかで、どのように発見されていったのかを検討する試みであった。

一九八三年に浅田彰『構造と力』が刊行されると、ニュー・アカデミズムブームが起こる。時代は、批評や思想さえもが流行ファッションなどと同様に消費対象となるような消費社会に移行していた。一方、国文学研究者の前田愛は『都市空間のなかの文学』(一九八二)を刊行し、翌年には磯田光一が『戦後史の空間』(一九八三)を出し、都市論を基盤とした批評が流行した。

しかし、一九九〇年の湾岸戦争の勃発を契機として、「文学者の反戦声明」(一九九一)に端的に現れていたように、文学は再び「政治」へと接近する。柄谷はその中心にいた。柄谷と浅田は反戦声明の翌月、季刊誌『批評空間』(一九九一—二〇〇二)を創刊する。九〇年代の批評は、この『批評空間』によって牽引された。すでに七〇年代から表層批評や記号の戯れを戦略的な批評として展開していた蓮實重彦や、渡部直己、絓秀実といった批評家たちの活躍が見られた。一方、『批評空間』と一線を画した立場から加藤典洋は『敗戦後論』(一九九七)で戦後の再検討を行った。『批評空間』から登場した批評家としては、東浩紀がいる。ジャック・デリダの後期テクストに「幽霊」や「誤配」を見出した『存在論的、郵便的——ジャック・デリダについて』(一九九八)では、デリダのコミュニケーションが絶えず誤配可能性を含むものとして論じられた。東は『動物化するポストモダン——オタクから見た日本社会』(二〇〇一)で、誤配の可能性のない「データベース消費」モデルを示し、オタクの消費行動を「動物化」と呼んだ。これ以降、東はゼロ年代を代表する批評家となっていく。

(**塩谷昌弘**)

参考文献　柄谷行人[編]『近代日本の批評II　昭和篇[下]』(講談社文芸文庫、一九九七)、東浩紀監修『現代日本の批評1975-2001』(講談社、二〇一七)

2000~2020

第8部

21世紀の文化状況

グローバリズム　新自由主義　9・11　対テロ戦争　セカイ系　ぼくときみ　小さな関係性への収縮と大問題への拡張　家庭・学校・社会・国家　中間領域の欠落　**20世紀社会システムの失効**　例外状態　主体性と全体性　戦闘　世界の終わり　ライトノベル　ジュブナイル小説　アニメ　マンガ　ゲーム　メディア・ミックス　ゲーム的リアリズム　『新世紀エヴァンゲリオン』『最終兵器彼女』『ほしのこえ』　携帯電話　スマホ　ネット社会　村上春樹『羊をめぐる冒険』『世界の終りとハードボイルド・ワンダーランド』　片山恭一『世界の中心で、愛をさけぶ』　理想　虚構　ロマン主義　宮沢賢治　民俗学　世間　ミステリ　京極夏彦　電子メディア　フラット社会　東日本大震災　原発事故　イメージの支配　女性　個人　身体　自由　妊娠　出産　再生産　産む機械　世界　人口　リプロダクティブ・ライツ　人工受精　代理母出産　優生保護法　人口抑止政策　少子化対策　**テクノロジー　管理システム　妊娠小説　フェミニズム　SF的想像力**　村田沙耶香『地球星人』　川上未映子『夏物語』　桐野夏生『燕は戻ってこない』　李琴峰『生を祝う』　中島京子『赤ちゃん泥棒』　山崎ナオコーラ『父乳の夢』　政治／経済／歴史／哲学／宗教／美術／文学　ジャンルというレッテル　テクスト　分類と編成　文学史

1章　ゼロ年代のセカイ系

―　押野武志

セカイ系と現代ミステリ

「セカイ系」という用語は、オタク系文化を中心に、エンターテインメント作品のある種の傾向を指す言葉として、二〇〇〇（ゼロ）年代の初頭に流行した。前島賢（二〇一四）によれば、初出は、二〇〇二年一〇月三一日に、ぷるにえのウェブサイトの掲示板「セカイ系って結局何なのよ」というスレッドである。当初から、揶揄的ニュアンスがあった。

「セカイ系」とは、主人公（ぼく）とヒロイン（きみ）を中心とした小さな関係性の問題が、家庭・社会・国家といった途中経過を飛ばして、「世界の危機」「この世の終わり」などといった抽象的な大問題に直結するようなジュブナイル小説、あるいはアニメ・マンガ・ゲーム作品群のことを一般には指す。庵野秀明のアニメ『新世紀エヴァンゲリオン』（一九九五）、高橋しんのマンガ『最終兵器彼女』（二〇〇〇）、秋山瑞人のライトノベル『イリヤの空、ＵＦＯの夏』（二〇〇一）、新海誠のアニメ『ほしのこえ』（二〇〇二）、などが代表作である。佐々木敦（二〇〇四）が指摘しているように、「セカイ系」とはアニメ、ゲームの二大人気ジャンルである「学園ラブコメ」と「巨大ロボットＳＦ」を組み合わせたものである。この種の複合ジャンルにおいては、「萌え」の対象となる美少女キャラクターのとめどもない増殖が加速していくのと並行して、もう一方では、「萌え」のフォーカシングと「物語＝ゲーム＝世界（セカイ）」の「小さな関係性」への収縮と「大問題」への拡張が同時に起こっていった。佐々木によれば、「セカイ系」の最大の主題は、コミュニケーションを一切欠いた「世界」の構築はいかにして可能か、というものであり、社会性と触れ合うことのない「誰か」との出会いという虚構が、こうして起動するという。

このように、「セカイ」とは、『『セカイ』っていう言葉がある。私は中学の頃まで、『セカイ』っていうのは、携帯の電波が届く場所なんだって、漠然と思っていた。でも、どうしてだろう。私の携帯は誰にも届かない」（『ほしのこえ』）という限定された、いわば主人公の声＝自意識が及ぶ世界のことである。だから、セカイ系文学とは、今日的な自意識の文学ともいえる。そのような傾向のセカイ系文学と言えば、雑誌『メフィスト』から登場してきた舞城王太郎、佐藤友哉、西尾維新らのミステリが一般に該当する。こういった「自意識」＝「世界」のような図式を辿れば、村上春樹に行き着くだろう。メフィスト賞からデビューした上述の作家たちは、村上春樹チルドレンと呼ばれているように、彼らが参照している作家の一人は、村上春樹（やサリンジャー）である。

大塚英志（二〇〇四）は、清涼院流水と同じ世代で、同じメフィスト賞からデビューしたにもかかわらず、舞城に対しては単なる二次創作（パクリ）の作家というかなり低い評価である。しかしながら、舞城の小説は、現代の文学の臨界と限界を指し示す、バロメーターとして分析に値する。

舞城の「ドリルホール・イン・マイ・ブレイン」（『ファウスト Vol.1』、二〇〇三）は、「セカイ系」の典型例である。福井県西暁町に住む「俺」（加藤秀昭）は、父親とやり直そうと決意した母親にキレた不倫相手から、プラスドライバーを頭に突き立てられる。それ以来「俺」は幻覚を見るようになり、「俺」は三年前の調布市にやってきて、世界を救う少年、「村木誠」になる。人称も「僕」になり、「僕」の頭にも四歳の時、何者かに穴を空けられる。この「村木誠」の住む調布には、調布タワーと呼ばれる巨大な金属の斜塔があるのだが、それは「俺」の頭に突き刺さったプラスドライバーで、要するに「俺」の頭の内部が「僕」の世界になっている。「僕」の内部にもう一人の「村木誠」、さらにその内部に別の「村木誠」が……という無限の入れ子の連鎖が示唆されているが、「俺」は少なくとも「僕」との二つの世界を同時に認識している。そして「僕」は調布市内では全能性を発揮し、空を飛びながら、宇宙人や「小学生の霊を二十三人分も背負った日本語を喋る象」といった荒唐無稽な敵との戦いに明け暮れる。1937番目の敵は、「僕」の恋人でもある、ユニコーンの鞘木あかなで、最初は彼女にこの世界を滅ぼして欲しいと願うものの、穴に入れられた偽物のあかなの角で身悶えする「僕」は、あかなを殺し、次に西暁町に戻り、加藤秀昭を殺すことで、「俺」は、村木誠の外側にいながら、内側に取り込まれてしまう。「俺」と村木誠を同時に消滅させるか、同一のものとして統合するために、「俺」は、いろんなものを頭に刺せと、連呼して、物語は閉じられる。

村上春樹の『羊をめぐる冒険』(一九八二)や『世界の終りとハードボイルド・ワンダーランド』(一九八五)のパロディと思わせてしまう短編ではある。とりわけ、『世界の終りとハードボイルド・ワンダーランド』の「計算士」の「私」が暮らす、現実の「ハードボイルド・ワンダーランド」と「夢読み」の「僕」が暮らす、虚構の「世界の終り」が、実は「計算士」の脳内世界だという二つの世界設定は基本的に同じである。ただし、「僕」は分身である影と別れ、一角獣の暮らす町で地図を作りながら、夢を読み続けるという虚構の世界を選択したのに対して、「ドリルホール・イン・マイ・ブレイン」では、現実と虚構の対立は自明ではないし、現実か虚構かといった排他的な選択肢にはなっていない。この短編で戯画的に描かれている性欲は、自分の欲望でありながら、制御することが困難な他者でもある。それが、「俺」と「僕」の分裂と矛盾に示されている。そうした個人的な欲望と、世界と戦う、あるいは世界を終わらせるという物語内容がストレートに結びついている点において、「セカイ系」である。

芥川賞候補作になった『好き好き大好き超愛してる。』(二〇〇四)は、同様に村上春樹の『ノルウェイの森』(一九八七)のパロディとみなしうる。「智依子」「柿緒Ⅰ」「佐々木妙子」「柿緒Ⅱ」「ニオモ」「柿緒Ⅲ」という女性の名前によって章分けされ、その関係は錯綜している。「智依子」では、肺にASMAという名前の虫が入り込み、病気になった女性のエピソードが語られる。これは、のちに出てくる癌に冒された柿緒のエピソードに似ており、柿緒の恋人である小説家「僕」の創作、小説内小説という性格が強い。その意味では、「佐々木妙子」も「オモニ」も「僕」の小説内小説といえる。「佐々木妙子」の章は、十三歳の「僕」が夢の修理屋である「ミスターシスター」と出会い、「僕」の夢のなかから連れ去られた一人の女の子を探す話である。「オモニ」は、男と女がろっ骨融合して、女の方が神と戦うという、アダムとイヴの「セカイ系」の話である。「俺」も十三歳になったばかりのオモニとろっ骨融合する。「俺」は、神との戦闘でオモニを失い動揺するも、また別のイヴである河野ミ気を手に入れ、絶対にミ気と帰ってくると決意し、神との戦いに出て行く。

「僕」は、小説よりも柿緒の方が大切でかけがえのないものと思っている一方、愛情と物語は同じものではないのかと考えている。他者への個別的な愛も、それを言葉にすると、一つの物語になる。書くということは、書く対象に没入すると同時に、それを対象化するメタレベルも要請される。矛盾する二つの方向性を同時に記述することの困難さを、純愛小説への志向と同時に「僕」による自己言及的な小説論の展開を通して示そうとした。こうして、素朴に抒情する自意識や過剰に増殖するメタ的な自意識に陥ることなく、その牢獄から一歩自由になっている。

セカイ系の起源

確かに、今日では、「セカイ系」は使い古された言葉として、あまり使われなくなったが、「セカイ系」作品やその想像力が無くなったわけではなく、オタク系文化以外の市場全体に拡散・定着し、ループものや平行世界ものへと引き継がれている。西島大介のマンガ『凹村戦争』（早川書房、二〇〇四）のように、セカイ系をパロディにするほどのジャンル性を獲得している。戦争表象にしても、米ソが対立していた冷戦下の戦争イメージをセカイ系は引きずっていたが、九・一一以降は、対テロ戦争へと変容しながらも、セカイ系のフォーマットは失われていないし、一枚岩とはいいがたい、多様なセカイ系作品が登場している。

そのようなセカイ系の特質と歴史性は、ある一時期のサブカルチャーに固有のものではなく、その起源を遡れば、村上春樹よりもはるか以前の一九二〇年代から三〇年代初頭のモダニズム期の文化と共通する特徴を見出すこともできよう。笠井潔（二〇〇九）は、セカイ系的想像力は、現在のグローバリズムと新自由主義的な社会状況――終身雇用制や福祉国家的な政策など戦後日本を支えてきた社会システムの失効（＝社会領域の欠如）――に対応したものであることを、モダニズム期のカール・シュミットの例外状態論に依拠しながら論じている。「大きな物語」が崩壊したとされる八〇年代以降のポストモダン状況が二〇年代から三〇年代の大戦間モダニズムの反復であるという時代認識である。

渡邉大輔（二〇〇五）も別の観点ながら、セカイ系小説を「実存小説」と捉え、その起源を保田與重郎らの「日本浪曼派」や「近代の超克」論に代表される、ロマン主義的な主体性と全体性への憧憬が同時に志向された三〇年代に遡ることが出来ると指摘している。

東浩紀（二〇〇一、二〇一三）は、時代区分としてのポストモダンは、一九七〇年代以降であり、八〇年代は、ポストモダニズムが提唱された時代であったと述べ、笠井の時代区分とはややずれている。そして、想像力と現実が切り離されているというセカイ系の特質を「セカイ系の困難」と呼び、政治の季節が終わった一九七〇年代以降の日本文化全体の条件（＝ポストモダン状況／虚構の時代）を集約している問題であるという。

この東の時代区分に即して一例を挙げれば、宮沢賢治は、吉本隆明や天沢退二郎らの一九六八年の思想家や詩人たちに再評価された。革命が可能だと信じられた理想の時代に見出されたわけだが、賢治は七〇年代以降は、カルチャー／サブカルチャーの中で引用されていく。賢治は死後に、理想の時代と虚構の時代のはざまで再評価されたと見なすべきだろう。賢治の生きた一九二〇年代から三〇年代もまた、ユートピア思想が実践され、そして挫折していった時代だったのである。その意味で、セカイ系文学は、賢治から始まるといっても過言ではない。「セカイ」がまだ「世界」であった賢治の時代、しかし、ジョバンニとカムパネルラは宇宙の中心で皆の幸いを叫けび、賢治は「セカイ」を準備していたのである。

セカイ系文学の射程

世界は見通せないという想像力と世界を見通したいという想像力が拮抗したところにセカイ系的な想像力の出自がある。「癒し」や「感動」といった言葉が時代のキーワードとなるのもそうした文脈であり、賢治の作品が受容されているという側面は否定できない。片山恭一の小説『世界の中心で、愛をさけぶ』(二〇〇一)や韓国ドラマ「冬のソナタ」(二〇〇二)のヒットに代表されるような、二人だけの純愛という自閉的な物語世界への志向も高まっている。要するに、趣味や感動の共同体が無自覚のうちに立ち上がっているのである。セカイ系の作品は、そのような素朴な純愛ものに比べれば、世界設定はもっと重層的ではある。今日のネット社会においては、むしろ中間領域を欠いたまま遠隔地の者同士が遭遇することにセカイ系がある種のリアリティを与えていることも確かである。しかし、いずれにせよ、自己と他者とのコミュニケーションが異性愛的な恋愛でしか語られず、二人だけの世界がすべてであるという世界の私化を志向していることには変わりない。

もちろん、自閉的なセカイの外へ出て行くことは、そう容易なことではない。「大きな物語」崩壊後の現代では、そのような外部や生の現実などどこにもないという、東浩紀のいうような感覚がリアリティを得ているのも事実である。虚構と現実がもはや対立しないということでもあり、近年とみに虚構と現実の境界が曖昧になっている。

九・一一以降、テロを戦争とみなしたとき、日本をはじめ戦争をしていない国などない。私たちは、セカイ系作品をはじめさまざまな戦争表象を娯楽として消費しながら、戦時下を生きている。また、三・一一以降の一向に収束しない原発事故という「終わりなき非日常」を生きている者が、セカイ系的な設定をばかばかしいと笑うことはできない。現実がセカイ系的な虚構に取って代わられたというべきか。

あるいは、セカイ系的な想像力とは、社会的な中間項が消え、個人と社会という対立項が成立しないようにみえるが、自意識だけが肥大化していった先には、むしろ社会をも内在化させてしまうのではないか。

繰り返すが、個人と対立するわかりやすい社会や共同体が見通せない状況とセカイ系の社会領域の欠如は対応している。正確にいえば、社会領域は欠如しているのではなく、複数化しているために見通せなくなっているともいえる。現代の社会はあまりにも複雑でその全体を俯瞰することができない。またさまざまな価値観の異なる他者と向き合い、たやすく共存することもできない。社会や世界が複数化しているということは、個人も複数化している。斎藤環（二〇〇四）や東浩紀（二〇〇一）のいう「解離」的な人間観や文化論が説得力を持ちうるのもそのような時代認識があるからだ。多重人格のように虚構と現実を等価に渡り歩くオタクの心性に近い。一貫したアイデンティティを維持するための記憶や時間、空間の連続性を前提としない、あるいは記憶の切断が常態の多重人格的心性は、セカイ系的想像力と共鳴し、作中の少年少女たちは、一向に成長しない。

「セカイ」から「世間」へ

「私」と「世界」が無媒介的に結びついているという感覚は、明らかに今日の電子メディア社会のリアリティの一つだろうし、そのようなリアリティを文学に持ち込んだのが、先に紹介したメフィスト賞から輩出し、ゼロ年代に活躍した清涼院流水、舞城王太郎、佐藤友哉、西尾維新らである。これらの文学作品の特徴を「ゲーム的リアリズム」と命名したのが東浩紀（二〇〇七）である。井口時男（二〇〇六）は、舞城や佐藤作品に横溢する暴力表現が、幼児的な無力感と全能感に支えられていると指摘している。宇野常寛（二〇〇八）は、セカイ系レイプ・ファンタジーなどにみられる成熟忌避的な想像力を「母性のディストピア」と呼び、母性的存在から承認を求める現実逃避の古い想像力であると批判した。宇野は、九〇年代の「引きこもり／心理主義」の態度は、ゼロ年代以降

「決断主義」へと移行せざるを得ないことも指摘し、さらに無根拠であることを承知で、「あえて」各人が信じたいものを信じるという決断主義的態度にも、思考停止に導き排他的な暴力性を帯びる危険性があるという。そして、共同体における自分とはあくまで特定の共同体の中で与えられた、書き換え(入れ替え)可能なものにすぎないことを理解し、その中で相対的な位置を獲得するというメタ的な態度を取るべきであるとする。そのようなポスト決断主義的態度を顕著に描いたものとして、宇野は宮藤官九郎、木皿泉のドラマやよしながふみのマンガなどを挙げ、彼らの作品こそが九・一一以降の動員ゲーム=バトルロワイヤル的状況を回避し、流動的な共同体モデルを提示したと評価する。

仲俣暁生も、個人の内部で完結した論理や心理が、中間領域を欠落させたまま一気に世界の運命に直結してしまうセカイ系的な物語構造が流行している現状を批判しつつ、そうした流行に批評的に関わっている阿部和重の長編小説『シンセミア』(二〇〇三)を高く評価する。なぜなら、おびただしい登場人物を配した群集劇『シンセミア』は、自己と世界との間に広がる複雑で豊かなディテールを描いているからだ。もちろん、雑多で猥雑な中間領域を描けばいいというものではないだろう。そのような中間領域が「私」と「世界」との間にどのように配置され、どのように重層的・錯綜的に関わっているのかを見る必要がある。

「世間」は、同一平面上に複数あるということ、それをミステリの手法で描いたのが、京極夏彦『邪魅の雫』(二〇〇六)である。一九五三(昭和二八)年夏、江戸川、大磯、平塚で相次いだ毒殺事件は、連続しているようで連続せず、誰かが操っているようで誰も操っていない。殺意があるから殺人が実行されるのではなく、毒薬の「雫」があるから殺人がアクシデントとして起こるという転倒性を描いている。

大塚英志(二〇〇七)は、柳田民俗学が目指したのは、田山花袋とは異なる自然主義で、公共的な言葉を作ろうとしたという。確かに大塚も触れている柳田國男「世間話の研究」(一九三一)においては、「内証話」に堕したジャーナリズムの言葉を公共化する必要性を説いている。その柳田の「世間話」観を作中で引用したのが、ほかならぬ『邪魅の雫』である。要するにこのミステリは、同一の平面に居ながらも、それぞれの犯人の世間が他の犯人の世間と交錯せずに自己完結していたがために起った連続殺人事件（無自覚な「決断主義」の暴力の連鎖）を、探偵役の京極堂がそのてんでばらばらの世間を公共化することで、解決したのである。犯人の内面は描いてはいけないというミステリのコードを無視し、個人の世界の内／外を読者に意識させつつ、被害者たちの共通項が見つからない連続殺人事件を不連続につないでみせた。犯人たちは、毒という「魅」があったから「邪魅」という妖怪になってしまった物語としても読むことができる。京極が繰り返し語っているように妖怪というのは、キャラクターである。

この連作は「妖怪」を構成する要素を作品全体にちりばめることで、作品自体を「妖怪」に仕立て上げている。犯人たちは自分が世界＝世間の中心にいて、何かとダイレクトにシンクロして世界を動かしているかのように錯覚している。個人的な行為が世界を一変させたり、崩壊させたりしてしまうというセカイ系的認識があるから、殺害に至るのである。しかし、自分以外には何の影響力をもたない。世界は個人とは関係なくあり続ける。犯人たちの世界は、彼らを取り巻くきわめて狭い世間でしかなく、それぞれの世間もぴったりと重なることはない。かといって島宇宙的に林立しているわけでもなく、フラットな面に亀裂や襞を残しながら共存／闘争している。戦後を舞台にしていながらも、今日の電子メディア／フラット社会の繋がっているようで繋がっていない、平坦な異場所性ともいうべき問題領域を開示している。京極作品には、セカイ系的・無媒介的なものの暴力性を乗り越える可能性が示唆されている。

参考文献

・前島賢『セカイ系とは何か』（星海社文庫、二〇一四）
・佐々木敦「『きみ』と『ぼく』の壊れた『世界／セカイ』は『密室』でできている？――西尾維新ＶＳ舞城王

太郎」(『ユリイカ』二〇〇四・九臨時増刊号)
・笠井潔「セカイ系と例外状態」(限界小説研究会編『社会は存在しない――セカイ系文化論』南雲堂、二〇〇九)/『例外社会――神的暴力と階級/文化/群衆』(朝日新聞出版、二〇〇九)
・渡邉大輔「セカイ系小説の臨界点――戦後〈セカイ系〉文学史批判序説」(『Natural Color Majestic-12』parallel loop、二〇〇五)
・東浩紀『動物化するポストモダン――オタクから見た日本社会』(講談社現代新書、二〇〇一)
・東浩紀『ゲーム的リアリズムの誕生――動物化するポストモダン2』(講談社現代新書、二〇〇七)
・東浩紀『セカイからもっと近くに――現実から切り離された文学の諸問題』(東京創元社、二〇一三)
・井口時男『暴力的な現在』(作品社、二〇〇六)
・宇野常寛『ゼロ年代の想像力』(早川書房、二〇〇八)
・大塚英志「文学自動制作機械――舞城王太郎を例として」(『群像』二〇〇三・九)/同「世界がもし、舞城王太郎な村だったら。」(『早稲田文学』二〇〇四・一)
・大塚英志「『世間話』の改良」(『怪談前後――柳田民俗学と自然主義』角川学芸出版、二〇〇七)
・押野武志「〈純粋小説〉としての現代ミステリ」(『社会文学』第二二号、二〇〇五)
・押野武志「フラット文学論序説」(『日本近代文学』第八〇集、二〇〇九・五)
・押野武志「セカイ系文学の系譜――宮沢賢治からゼロ年代へ」(押野武志編著『日本サブカルチャーを読む――銀河鉄道の夜からＡＫＢ４８まで』北海道大学出版会、二〇一五)
・斎藤環『解離のポップ・スキル』(勁草書房、二〇〇四)

2章　女性作家と身体

―遠藤郁子

妊娠・出産をめぐる小説の系譜

齋藤美奈子『妊娠小説』（筑摩書房、一九九四）は、日本近現代の妊娠を題材とした小説を概観し、森鷗外『舞姫』（彩雲閣、一九〇七）や島崎藤村『新生』（春陽堂、一九一九）から九〇年代に至るまで、多くの男性作家たちが、主に若いシングル女性の婚姻外の妊娠をモチーフとして描いてきたことを指摘した。彼らの多くは、母性本能に目覚めて「生みたがる」女性たちを自明のように描く一方で、相手男性の「生ませぬパワー」が強力に作用する物語の類型を採用した。この類型では、望まぬ妊娠に直面した男性たちの精神的な危機が主題となり、妊娠の当事者である女性たちはほとんど顧みられずに終わる。さらに、多くの場合、その結末において、妊娠した女性たちはその代償であるかのように物語から退場していくのに対し、もう一方の当事者であるはずの男性の安泰は確保されている。

　このような小説の枠組みは、結婚しなければ子供をもつことは許されないという社会通念に基本的に合致する。そのことによって、性と生殖と結婚を三位一体と捉えるロマンティック・ラブ・イデオロギーに基づくセクシュアリティ体制を基盤とする近代家父長制の性規範を強化、再生産するメッセージを内包している。

　当事者である女性を疎外した〈妊娠小説〉が、このようにまかり通る一方で、六〇年代以降、性の解放を主張するフェミニズム思想の潮流と相俟って、女性自身による妊娠・出産の捉え直しが始められた。この動きの中で、近代家父長制の男性中心的な支配体制に都合よく利用されてきた母性本能の神話と、〈産む性〉という生殖機能を本質化して女性の自由を抑圧する性規範からの解放を描く、女性作家による妊娠・出産をめぐる小説が登場した。

多くの男達が馬鹿らしくも信じている、「女は男とは本質的に異って、一人の男に献身的な愛情を注ぎ、一人の男の子供を生み育てたがる本能がある」などということは絶対に嘘である。（中略）サキに言わせれば、女は男と同様気が多くて、出来ることなら様々の男の子供を生んでみたいのである。

大庭みな子『構図のない絵』（『三匹の蟹』講談社、一九六八）は、近代の性規範を逸脱するこのような女性の語りによって、ロマンティック・ラブ・イデオロギーと良妻賢母主義を都合よく理想化し、女性の身体を〈産む性〉として規定し、搾取してきた男性たちの欺瞞を告発した。サキが使用する「男と同様」という言葉には、男女非対称な性規範を女性に押し付ける母性神話を拒絶し、男性と同等の自由を女性の性愛や妊娠・出産においても実現する意志が込められている。

八〇年代に入ると、日本初の体外受精児（試験管ベビー）の誕生（一九八三）など、生殖テクノロジーが〈革命〉と呼ばれるほどに発達を遂げた。この技術革新を背景とし、人工子宮によって女性が〈産む性〉から解放された世界を描いたのが、倉橋由美子『アマノン国往還記』（新潮社、一九八六）である。アマノン国では、男性は人工授精用の精子提供者となる一部を除いて基本的に排除され、国家の成員（人間）は女性に限定される。この小説は、近代家父長制における男性支配を裏返して踏襲したアマノン国という鏡像によって、生殖テクノロジーが、女性の、そして人間のあり方そのものを変容させる可能性を、皮肉を込めて示唆している。

さらに、九〇年代の小川洋子『妊娠カレンダー』（文芸春秋、一九九一）は、いわゆる〈妊娠小説〉の典型とされた婚姻外の妊娠、「生みたがる」女、「生ませぬ」男という構図を、婚姻内の妊娠、「生みたくない」女、「生ませたがる」男という構図へと反転させた。また、〈妊娠小説〉で追及された男性の精神的危機に代わり、女性の身体的危機として妊娠を捉える姿勢において、母性神話の解体と〈産む性〉の否定の流れを引き継いでいる。

しかし、身体機能の一部として備わる〈産む性〉としての可能性を女性が自ら否定することは、自身の身体を自身で抑圧することでもある。それでは女性の性が本当の意味で解放されることにはならないだろう。二〇〇〇年代以降、〈産む性〉であることも含めた女性身体のありのままを女性自身が肯定していくことが、妊娠・出産をめぐる小説の課題のひとつとして、改めて浮上する。

角田光代『予定日はジミー・ペイジ』（白水社、二〇〇七）には、『妊娠カレンダー』と同様に、「生みたくない」女、「生ませたがる」男を配置し、その課題を追求している。マキは「母性、もしくは母性に含まれる母的やる気というのは、妊娠直後、自然発生的に我が身に宿るものではないのだろうか。腹がきちんと大きくなって、マイクロ写真でその姿まで見たというのに、私はなんでこんなに後ろ向きなんだろう」と、世間に流布する母性神話と相反する自身の身体感覚に悩む。世間の妊娠・出産にまつわるイメージは「美化されすぎ」ているとは思っていても、そのイメージとの齟齬を超然と受け入れることはそれほど簡単ではない。

坂井順子『負け犬の遠吠え』（講談社、二〇〇三）のベストセラー化や、〈婚活〉〈妊活〉という言葉の流行などにも象徴的なように、二〇〇〇年代に至っても、女性を縛る旧来の性規範は依然として女性の内にも深く内面化されている。そのような価値観の古さを自覚しながらも簡単にはその価値観を脱却しきれない現実が、女性たちをアンビバレントに引き裂く要因となっている。逡巡しながら自身の妊娠と向き合い、折り合いをつけようとして必死に藻掻くマキの姿は、他者にお仕着せられた母性神話へと無理に同化するのでも、反発してニヒリズムに陥るのでもなく、妊娠という自身の経験を、自分自身との対話の中で受け入れ、肯定する方法を模索する過程と言えるだろう。

リプロダクティブ・ヘルス／ライツと生殖テクノロジー

ところで、一九九四年、第三回国際人口・開発会議（カイロ会議）において、リプロダクティブ・ヘルス／ライツ（性と生殖に関する健康／権利）という概念が国際的に定義された。リプロダクティブ・ライツとは、すべてのカップルと個人が、自分たちの子供の数、出産間隔、出産する時期を自由に決定でき、そのための情報と手段を得ることができる権利、最高水準の性に関する健康とリプロダクティブ・ヘルスを享受する権利、差別、強制、暴力を受けることなく、生殖に関する決定を行える権利を言う。

しかし、日本の実情を見れば、第二次世界大戦中の「産めよ殖やせよ」の政策から、敗戦後の「優生保護法」（一九四八）成立をきっかけとした人口抑止政策への方向転換、そして、実際に人口が激減した現在では少子化対策が国家の喫緊の課題とされるなど、性と生殖をめぐる国家の干渉と管理は、暗黙の了解として存在し続けている。少子化が深刻な社会問題となる中で、「女性は子供を産む機械」という政治家の発言（二〇〇七）にも顕著なように、女性の身体が、男性中心的な価値観によって支配・管理され、搾取される状況は未だに続いている。

このように個人の身体の自由を侵害する支配体制の問題が小説化されているのが、村田沙耶香『地球星人』（新潮社、二〇一八）である。

ここは巣の羅列であり、人間を作る工場でもある。私はこの街で、二種類の意味で道具だ。
一つは、お勉強を頑張って、働く道具になること。
一つは、女の子を頑張って、この街のための生殖器になること。

小学五年生の奈月は、社会の仕組みをすでにこのように理解し、生き延びるには「工場」に「洗脳」される必要があると考える。「この街のための生殖器」という感覚は、まさに私たちの性が個人のものではなく、社会体制を維持するための性規範に服従、奉仕することを強制されている現実に重なっている。

そんな奈月が「洗脳」されそびれたまま大人になったのに対し、「子供時代、うまく世間に馴染めなかった姉は、工場の道具になることで救済され、熱狂的な「工場」信者へと成長」した。そして、奈月に対して規範への服従、奉仕を「さりげなく、しかし強制的に誘導」する「使者」のひとりとなる。小説は、こうした姉妹の対比により、規範への服従による「救済」の欺瞞と、規範を内面化した「使者」を生み出し、逸脱を厳しく監視する暴力的な規範の再生産システムの実態を浮き彫りにする。

さらに、このような暴力的な管理システムに絡め取られた今日のリプロダクティブ・ライツの問題について考えるとき、もう一つの重要な視点は、人工授精や代理母出産など、高度に発達しつつある生殖テクノロジーとの現実的な関わりだろう。

川上未映子『夏物語』（文芸春秋、二〇一九）に、妊娠・出産を欲する三八歳の女性、夏子を描く。夏子は男性との性交を望まず、パートナーも欲していない。しかし、子供は欲しい。夏子のこの願望において重要なのは、それが現代の生殖テクノロジーの水準ですでに実現可能であるということだ。「子どもをつくるのに男の性欲にかかわる必要なんかない」「必要なのはわたしらの意志だけ。女の意志だけだ」という友人の遊佐の後押しを受け、夏子は精子提供（ＡＩＤ）を受けて人工授精によって妊娠する方法を模索することになる。

しかし、日本において、人工授精は男女の婚姻関係に基づく不妊治療を基本としており、パートナーすらいない夏子はその対象にはなり得ない。小説は、夏子の苦闘を通じて「医療」という囲い込みによって、日本社会の生殖テクノロジーの運用が、依然として近代家父長制の枠内に女性の身体を縫い留める抑圧装置として機能していることを明らかにする。

また、桐野夏生『燕は戻ってこない』(集英社、二〇二二)は、代理母出産を主題とし、生殖テクノロジーにおける利己的発想と商業主義的搾取の問題を追及する。小説では、長年の不妊治療の甲斐なく子宮性不妊となってしまった悠子と、自身の遺伝子を残すことに拘泥する基の夫婦が、代理母出産を選択する。夫婦で協議して代理母出産を決めたものの、子宮だけでなく卵子も提供できない悠子の疎外感は強い。「自分の夫は、よい卵子を選んで、よい子宮をあてがって産ませるのか。そのことに、何の痛痒も感じないのか」「同性である女の体を、金で切り刻むことにならないか」という葛藤が、悠子の中で深まっていく。

一方で、彼らの代理母となるリキは、経済的な事情から代理母出産を引き受けたものの、それを「プロジェクト」と呼ぶ基によって「ただの子産み機械」として扱われていることを敏感に察知し、不快感に苛立つ。「ビジネス」「人助け」「取引」と、自身の気持ちに折り合いのつく言葉を探すリキだが、どうしても見つけられずに気持ちが揺れ動く。

小説では、悠子が生殖テクノロジーの発達に思いを馳せながら「テクノロジーに追いつかないのは、人間の感情と法律だけなのではないか」と考える場面がある。実際に、日本では非配偶者間の体外受精や代理母出産に関し、法制度も社会的なサポート体制も未整備のまま、倫理的な観点によって日本産科婦人科学会が実施を認めないという不透明な状況が続いている。しかし、海外には、性的指向やパートナーの有無に関わらず人工授精や代理母出産が可能な国家もある。日本でも外国で代理母出産を試みて子を儲けた著名人の事例(二〇〇三、二〇一八)は広く知られているが、時間の経過とともに、その報道に対する世間の反応にも変容が見られる。

人工授精や代理母出産はさまざまな葛藤を孕みつつも、日本においても、もはや現実のものと言える。出生前診断、子宮移植、遺伝子操作など、ますます発展する生殖テクノロジーは、妊娠・出産をめぐる人々の欲望を加速させ、その認識をさらに変容させていくだろう。このような生殖テクノロジーと現実との相克が、これらの小説では追及されている。

そうした流れにおいて、市川沙央『ハンチバック』（文藝春秋、二〇二三）は、「障害者」である井沢という女性の立場から、生殖テクノロジーと優生思想との接近が危惧される現実とともに、井沢のような存在を捨象して展開されるリプロダクティブ・ライツを巡る言説の欺瞞を暴く独自の批評的視座を有している。小説の中で井沢がSNSに書き込んだ「普通の人間の女のように子どもを宿して中絶するのが私の夢です」というツイートは、立場の異なるさまざまな個人のリプロダクティブ・ライツが軋み合い、不協和音を奏でる現代日本社会の実相を反映した切実な問題提起でもある。

SF的想像力の行方

ところで人間の感情や法律が「テクノロジーに追いつかない」現状において、その現実の制約を超えて、テクノロジーの問題を超えたテーマを突き詰める試みを可能にするのが、SF的想像力と言えるだろう。前述の倉橋はそのためにアマノン国という異世界を創造したが、近年、日本を舞台とし、妊娠・出産の未来を忌避するような小説が登場している。

まず、李琴峰『生を祝う』（朝日新聞出版、二〇二一）は、同性カップルでも、互いの遺伝子情報を結合させる遺伝子操作によって「接合卵」を作り、子を儲けることができるようになった世界を描く。この世界では死の自己決定権（安楽死の合法化）とともに、生の自己決定権（生まれてこない権利）が保障されている。胎児に備わる「普遍文法」を利用し、出生前に胎児に誕生の意思を確認する「合意出生制度」が法制化されており、出生を拒んだ胎児を出産すると、その親は「出生強制」の罪に問われる。

彩華は、自身が「合意出生制度」のある時代に誕生したことを幸いと考え、制度の正当性をまったく疑うことなく過ごしてきた。彩花の考えでは「殺意も産意もつまるところ、他者を意のままに操りたいという人間の最も根本的な願望の発露にほかならない」のであり、産む側のエゴは否定されるべきものだった。しかし、同性パートナーの佳織との「接合卵」によって妊娠し、自身が実際に「出生意思確認検査」を受けることと前後し、この検査で胎児に出生を「拒否」された人々の苦痛に触れ、その確信は揺らいでいく。

前掲の『夏物語』においても、ＡＩＤによって生を受けた子供たちの苦しみに触れた夏子が、出産とは生まれる側の希望を無視して生む側の欲望を一方的に押し付けることなのではないか、という問いを突きつけられた。生殖テクノロジーと結託したリプロダクティブ・ライツの利己的な行使をめぐり、私たちが権利と暴力の関係性をこれまでとは異なるかたちで捉え直す必要性に迫られていることを、これらの小説は示唆している。

とくに、『生を祝う』で問われた「殺意」と「産意」とのつながりは、村田沙耶香『殺人出産』（講談社、二〇一四）において「殺人出産制度」というかたちで追及された問題でもある。快楽と生殖の分離が進み、生殖技術とともに避妊技術も発達し、人口が激減した日本で、恋愛や結婚とは別に「命を生み出すシステム」として導入されたのが、一〇人産んだら一人殺してもいいという「殺人出産制度」である。この制度に則って殺人を行う人は「産み人」と呼ばれ、その殺人は命を生み出す行為として称賛の対象となる。

小説の語り手である育子は「産み人」となった姉を持つ。長い苦労の末に、姉はついに一〇人目の出産を間近に控えている。そんな姉を複雑な思いで見守る育子の前に、「殺人出産制度」を否定し、「狂ってしまった『正義』を改め、この世界を再び正しい世界にする」と主張する早紀子が現れる。育子は「世界を妄信してるという意味では、早紀子さんも同じじゃないですか？　過去の世界を信じきっているか、今、目の前に広がっている世界を信じきっているか、というだけで、世界を疑わずに思考停止しているという意味では変わらないと思いますけど」という問いを投げかける。

妊娠・出産をめぐり、「合意出生制度」や「殺人出産制度」という、現在とは異なる社会の規範が導入された世界を描くこれらの小説は、「今、目の前に広がっている世界」や「正しい」と信じたいものを、疑うことなくただ信じる「思考停止」に陥っているかもしれない私たち自身の現実に、揺さぶりをかける。「正義」を「妄信」した「思考停止」は、容易に暴力と結びつく。『生を祝う』の彩華や『殺人出産』の育子は、そうした暴力の発動と抗うために思考し続け、「正義」の正当性を問い続けることの重要性を体現している。

これまでにあげた小説では、主に妊娠・出産をめぐる女性たちの葛藤が焦点化されていた。最後に、テクノロジーの進化によって、〈産む性〉が女性身体に限定されるものでなくなったなら、妊娠・出産をめぐる男女の関係性はどう変化し得るかを問う、男性の変化を描いた小説を見ておこう。

中島京子『赤ちゃん泥棒』(『キッドの運命』集英社、二〇一九)は、「そもそもぼくとビーユンの離婚の原因の一端は、ビーユンの妊娠にあった」という書き出しで始まる。ビーユンは予期せぬ妊娠に戸惑い、「妊娠なんて人生の予定に入っていない」と「ぼく」を責め立て、長い妊娠期間を自分だけが経験することに対しても「不公平だ」と主張する。互いの感情はもつれ、二人は離婚し、ビーユンは「ぼく」の反対を無視してとうとう勝手に中絶をしてしまった。それを知った「ぼく」は、「人工子宮移植手術」を受け、ビーユンの凍結卵子を勝手に使い、自身で妊娠することを思い立つ。

ビーユンは、結婚→妊娠→出産というステレオ・タイプ化した女性のライフコースを拒否し、結婚→妊娠→中絶を選んだ。そして、そのことは「ぼく」に離婚→妊娠→出産という新たなライフコースを選択させる。妊娠・出産をめぐる彼らのライフコースの転換は、男女の生殖機能の単なる逆転劇ではなく、妊娠・出産が、女性だけでなく男性にとっても、自身の身体とライフコースを徹底的に変容する経験として引き受けられる必要性を表現している。

また、山崎ナオコーラ『父乳の夢』(『肉体のジェンダーを笑うな』集英社、二〇二〇)は、ホルモン剤の注射や服薬によって乳房を発達させ、男性も授乳が可能になった世界を描く。その「治療」を受けることにした哲夫は、妊娠者に自治体から交付される「母子手帳」について、「妊娠も出産も育児も、父親も関わることなのに、なぜ「親子」ではなく「母子」なのだろうか」という違和感を抱く。そして、抱っこ紐をしたまま着られるママコートやおむつなどを収納する機能的なマザーズバッグに対しても、「どうして父親を疎外するのか。もっと僕を子育て商品の対象にしてくれ」と憤慨する。このような哲夫の主張はユーモラスな響きを持つが、妊娠・出産と育児をめぐって女性を主体化してきた性規範が、女性とは異なるかたちで、男性もまた疎外する仕組みを持っていることを明らかにしている。

身体に備わった生殖機能の雌雄の差異も含め、私たちの身体は、政治的、社会的、文化的な支配、管理の中にある。そうした現実の中で「思考停止」に陥ることなく、それぞれの差異も含めて尊重し合える未来の到来が、これらの小説において希求されている。

参考文献

- 荻野美穂『女のからだ　フェミニズム以後』（岩波書店、二〇一四）
- 橋迫瑞穂「反出生主義と女性」（『現代思想』二〇一九・一一）
- マーゴ・デメッロ『ボディ・スタディーズ』（晃洋書房、二〇一七）
- 与那覇恵子『後期20世紀女性文学論』（晶文社、二〇一四）

コラム
15 「ジャンル」と文学史を考える

文学史の流れを前提に私たちが文学テクストと向き合う際、意識すべき概念の一つとして「ジャンル」が存在する。「ジャンル」は、きわめて便利な用語である。根本的な形式の違い（小説、詩、戯曲…）から、物語内容の特徴（リアリズム、SF、歴史小説…）、さらには作家の来歴・活動・思想・派閥性を含めた説明項（「自然主義の作家」など）にまで拡張することができる。乱暴に言うならば、文学史を編むこととはそれら「ジャンル」の精緻な体系化を目指す手続きであるのかもしれない。

だが、仮に「SF」や「ファンタジー」といった言葉でテクストの分類を試みたとして、本当にそんなことが可能なのか。大まかな傾向を素描することはできても、その統一的な定義を決定する権利が誰にもないことは明らかである。

すると、「ジャンル」というレッテルを剥ぎ取って、個々のテクストを精読することに私たちは専心すべきなのだろうか。確かに、権威化された既存の「ジャンル」を反復する分析から新たな考察が生まれる可能性は低く、文学史の定説をなぞっていくだけの作業に陥りやすい。そのように転倒した状況は避けねばならないだろう。

ただしこれは、単独のテクスト分析に集中することで、「ジャンル」化の問題、そして文学史の構築過程について考えることをひとまず保留するという態度であるのは覚えておく必要がある。いや、実は保留というのも正確ではないことを、次の文章は示唆している。

私の前にさし出されたひとつの活字のテクストを「詩」として同定し分類した瞬間に、すでに私は文学史の枠の内に立ってしまっているのである。私はこのテクストを、政治や経済や歴史、哲学や宗教や美術に属するものではなく、文学に属するものと判断している。その判断の根拠が形式にあるにせよ、内容にあるにせよ（中略）この活字テクストを文学作品と判定させるのは、まさしく文学／文学史という制度なのである。文学史を構成するのは文学作品かもしれないが、しかし作品が文学史を作るのではなくて、逆に文学史の方が不定形のテクストを文学作品という枠組みの中に囲い込んでゆくことになるのである。（富山太佳夫「文学史が崩壊する」『文化と精読』名古屋大学出版会、二〇〇三）

この指摘を誠実に受け止めたとき、新たに取り組むべきなのは、私たちはいかなる基準を用いてテクストを分類する（していた）のかという問いではないだろうか。様々なテクストを「ジャンル」化し、文学史に編成していく過程には、他ならぬ私たちがその対象をどのように読もうとしたのかという欲望の履歴が刻み込まれている。

そうした問いを念頭に置くことで、暗記事項として上滑りしていくだけだった文学史の用語をより具体的に、実感を伴って捉え直す機会が訪れるだろう。欲望の履歴をたどるということは、数々のテクストがそのように位置づけられた歴史的必然性を検討することに他ならない。

あるテクストを固定的な「ジャンル」に留め置くことは解釈の自由を狭める行為であるが、しかし同時に、「ジャンル」化によって大きな力を発揮するテクストの例もあったはずだ。現在を生きる私たちは、「ジャンル」とテクスト群が拮抗してきた文学史の延長線上に立たざるを得ないのであり、その意味で〝自由〟な読みなどそもそも存在しない。文学史から逃れることはできない。だが、そのことを承知しておくのは重要である。

現代において文学の「ジャンル」を考えるとはいかなる意味を持つのか、最後に参考となる一つのケースを挙げておこう。二〇一六年に韓国の作家チョ・ナムジュが発表した『82年生まれ、キム・ジヨン』という小説がある。日本でも二〇一八年に翻訳・発売され、間もなくベストセラーとなったこのテクストは、「韓国フェミニズム小説」という「ジャンル」と共に人気を得た。

さてこの現象を、これまで私たちが見てきた日本近現代文学史と無縁の出来事と片づけてよいのだろうか。『82年生まれ、キム・ジヨン』が日本で迎え入れられた理由の一つには、二〇〇〇年代以降も根本的な部分では解消されていないジェンダーの不均衡という背景があると想定できる。すなわち、個別のテクストがただ翻訳されたという即物的な理解ではなく、同時代における日本社会の素地が、この小説を積極的に呼び込み、輪郭を整えたのだと捉えてみよう。こうした視点を持つことで、『82年生まれ、キム・ジヨン』と日本近現代文学史は無縁どころか、強く共鳴し合う関係性を帯び出すのである。

テクストが特定の「ジャンル」として受容されていくありようを漫然と見過ごさず、作家・出版関係者・そして読者たちが抱える意図や文脈、欲望がどのように錯綜しているのかを考えるとき、私たちの身近な地点から文学史をたどる第一歩は、既に始まっている。（**泉谷瞬**）

年表　日本近現代文学の主な作品と社会の動き

凡例

・「主な作品」には、各部の章、作品紹介、コラムの中で言及されたものを中心に、関連して読んでおきたいテクストを掲載した。また、下段には同時代の状況をおおまかに捉えるために「社会の動き」を併記した。

・原則として新聞・雑誌・単行本での初出初回発表年月を基準として配列した。ただし、発表や改稿に複雑な経緯があるものは定本とみなす単行本刊行年月に配した。

・新聞・雑誌等に掲載されたテクストの題名は「」を、出版された書物名は『』を使用した。左記のように記載し、その後に必要に応じて注記を付した。

作者名「作品名」（『掲載誌』初出の発表年月・期間／発行所、発行年月）

・作者名・題名等は適宜新字体に改めた。

主な作品

〜1900

・スマイルス、中村正直訳『西国立志編　原名自助論』（一八七〇―七一）
・仮名垣魯文『万国航海　西洋道中膝栗毛』（万笈閣、一八七〇・九―七六・三）
・仮名垣魯文『牛店雑談　安愚楽鍋』（誠至堂、一八七一―七二）
・福沢諭吉『学問のすゝめ』（一八七二・二―七六・一一）
・条野採菊『近世紀聞』（第二編以降は染崎延房、金松堂、一八七四・三―八二・一）
・高畠藍泉「岩田八十八の話」（『平仮名絵入新聞』一八七五・一二・二八―三〇）
・「鳥追ひお松の伝」（『仮名読新聞』一八七七・一二・一〇―七八・一・一〇）
加筆修正のうえ、久保田彦作『鳥追阿松海上新話』（錦栄堂、一八七八・一）
・「金之助の話説」（『東京絵入新聞』一八七八・八・二一―九・一二）
・リットン、丹羽純一郎訳『欧洲奇事　花柳春話』（一八七八・一〇―七九・四）
・仮名垣魯文『高橋阿伝夜叉譚』（金松堂、一八七九・二―四）
・岡本勘造『其名も高橋毒婦の小伝　東京奇聞』（島鮮堂、一八七九・二―四）
・井上勤『民権　国家破裂論』（二友書楼、一八八〇・一）
・ヴェルヌ、井上勤訳『九十七時二十分間　月世界旅行』（一八八〇・三―八一・三）
・戸田欽堂『民権演義　情海波瀾』（聚星館、一八八〇・六）
・リットン、井上勤訳『開巻驚奇　龍動鬼談』（一八八〇・一一）
・外山正一・矢田部良吉・井上哲次郎『新体詩抄』（丸屋善七、初編一八八二・八、第二編八二・一二）
・矢野龍渓『斉武名士　経国美談』（報知新聞社、前編一八八三・三、後編一八八四・二）
・シェイクスピア、坪内雄蔵訳『自由太刀余波鋭鋒』（東洋館、一八八四・五）

社会の動き

・アヘン戦争（一八四〇―四二）、南京条約（一八四二）
・黒船来航（一八五三）
・ダーウィン『種の起源』（一八五九）
・下岡蓮杖が横浜に写真館を開業（一八六一）
・アメリカで南北戦争（一八六一―六五）
・前島密「漢字御廃止之議」（一八六六）
・大政奉還（一八六七）
・戊辰戦争（一八六八―六九）
・王政復古の大号令、五箇条の御誓文発布（一八六八）
・元号が慶応から明治へ改元（一八六八）
・版籍奉還（一八六九）
・開拓使設置（一八六九）
・出版条例公布（一八六九）改正（一八七五）
・『横浜毎日新聞』創刊（一八七〇）
・戸籍法（一八七一）
・廃藩置県の詔書（一八七一）
・教部省、三条の教則を定める（一八七二）仮名垣魯文、条野採菊「著作道書キ上ゲ」を提出。
・鉄道の開業（一八七二）
・地租改正（一八七三）
・民撰議員設立建白書（一八七四）

・三遊亭円朝、若林玵蔵筆記『怪談　牡丹灯籠』（東京稗史出版社、一八八四・七－一二）
・ステプニャク、宮崎夢柳訳「虚無党実伝記　鬼啾啾」（『自由燈』一八八四・一二・一〇－八五・四・三）
・坪内逍遙『一読三歎　当世書生気質』（晩青堂、一八八五・六－八六・一）
・坪内逍遙『小説神髄』（松月堂、一八八五・九－八六・四）
・東海散士『佳人之奇遇』（博文堂、一八八五・一〇－九七・一〇）
・リットン、藤田茂吉・尾崎庸夫訳『諷世嘲俗　繫思談』（報知社、初編一八八五・一二、中編八八・五）
・末広鉄腸『政治小説　雪中梅』（博文堂、上編一八八六・八、下編八六・一一）、『政治小説　花間鶯』（金港堂、一八八八・三）
・徳富蘇峰『新日本之青年』（集成社書店、一八八七・四）
・二葉亭四迷『新編　浮雲』（金港堂、第一篇一八八七・六、第二篇一八八八・二、第三編『都の花』一八八九・七・七－八・一八）
・三宅花圃『藪の鶯』（金港堂、一八八八・六）
・ツルゲーネフ、二葉亭四迷訳「あひびき」（『国民之友』一八八八・七・六、八・二）
・山田美妙『夏木立』（金港堂、一八八八・八）
・徳富蘇峰「新日本の詩人」（『国民之友』一八八八・八・一七）
・嵯峨の屋おむろ「薄命のすゞ子」（『大和錦』一八八八・一二－一八八九・三）
・ユゴー、森田思軒訳「探偵ユーベル」（『国民之友』一八八九・一・一－三・二）
・北村透谷『楚囚之詩』（春祥堂、一八八九・四）
・幸田露伴「風流仏」（『新著百種　第五号』吉岡書籍店、一八八九・九）
・広津柳浪「残菊」（『新著百種　第六号』吉岡書籍店、一八八九・一〇）
・森鷗外「「しがらみ草紙」の本領を論ず」（『しがらみ草紙』一八八九・一〇）

・台湾出兵（一八七四）
・北海道屯田兵制度（一八七四）
・雑誌『明六雑誌』創刊（一八七四）
『読売新聞』創刊（一八七四）
・千島樺太交換条約（一八七五）
『平仮名絵入新聞』『仮名読新聞』創刊（一八七五）
・讒謗律及び新聞紙条例公布（一八七五）
・日朝修好条規（一八七六）
・西南戦争（一八七七）戦況報道、雑報記事連載が盛ん
・電話機、蓄音機が輸入（一八七七）
・琉球処分（一八七九）
・開拓使官有物払下げ事件（一八八一）
・大蔵卿に松方正義が就任しデフレーション政策を行う（一八八一）生糸・米・農産物等の価格が下落し経済的困窮者が急増。
・自由党結成（一八八一）、板垣退助暗殺未遂事件、福島事件（一八八二）
・明治生命保険会社設立（一八八一）日本で初めての生命保険会社
・田鎖式速記発表（一八八二）
・鹿鳴館落成（一八八三）
・秩父事件（一八八四）
・雑誌『女学雑誌』創刊（一八八五）
・文学的及び美術的著作物の保護に関するベルヌ条約

・森鷗外「舞姫」（『国民之友』一八九〇・一・三）
・矢野龍渓『報知異聞　浮城物語』（報知社、一八九〇・四）
・宮崎湖処子『帰省』（民友社、一八九〇・六）
・北村透谷「人生に相渉るとは何の謂ぞ」（『文学界』一八九三・二・二八）
・松原岩五郎『最暗黒の東京』（民友社、一八九三・一一）
・樋口一葉「たけくらべ」（『文学界』一八九五・一－九六・一）
・泉鏡花「夜行巡査」（『文芸倶楽部』一八九五・四）
・広津柳浪「今戸心中」（『文芸倶楽部』一八九六・七）
・尾崎紅葉「金色夜叉」（一八九七－一九〇五）
・島崎藤村『若菜集』（春陽堂、一八九七・八）
・国木田独歩「今の武蔵野」（『国民之友』一八九八・一－二）のちに「武蔵野」と改題
・正岡子規「歌よみに与ふる書」（『日本』一八九八・二・一二－三・四）
・国木田独歩「忘れえぬ人々」（『国民之友』一八九八・四・一〇）
・徳冨蘆花「不如帰」（『国民新聞』一八九八・一一・二九－三一・五・二四）
　➡（第2部）作品紹介
・横山源之助『日本之下層社会』（教文館、一八九九・五）
・泉鏡花「高野聖」（『新小説』一九〇〇・二）**➡（第2部）作品紹介**
・徳冨蘆花『自然と人生』（民友社、一九〇〇・八）

（一八八六）　日本の条約締結（一八九九）
・『読売新聞』に日本新聞史上初めて小説欄が設けられた（一八八六）
・帝国大学令、師範学校令、中学校令、小学校令公布（一八八六）
・雑誌『国民之友』（民友社）創刊（一八八七）
・雑誌『日本人』（政教社）創刊（一八八八）
・大日本帝国憲法発布（一八八九・二）
・教育勅語発布（一八九〇・一〇）
・第一回帝国議会（一八九〇・一一）
・京都市に日本で初めての路面電車が開業（一八九〇）
・没理想論争（一八九一）
・東学党の乱（一八九四）
・日清戦争開戦（一八九四・八）、日清講和条約（一八九五・四）
・台湾総督府設置（一八九五・五）
・雑誌『太陽』『文芸倶楽部』（博文館）、『帝国文学』創刊（一八九五）
・大橋乙羽編『一葉全集』（博文館、一八九七・一）個人全集の先駆
・神戸でキネトスコープが上映（一八九六）、京都でシネマトグラフのスクリーン上映（一八九七）映画の普及開始。
・足尾銅山鉱毒事件請願運動（一八九七）

・朝鮮、清からの独立を示し大韓帝国と称する（一八九七）
・雑誌『ほととぎす』創刊（一八九七）
・旧民法施行（一八九八）
・旧著作権法公布（一八九九）
・高等女学校令（一八九九）

1900〜1920

・幸徳秋水『廿世紀之怪物　帝国主義』（警醒社、一九〇一・四）
・与謝野晶子『みだれ髪』（東京新詩社、一九〇一・八）
・永井荷風『地獄の花』（金港堂、一九〇二・七）
・小杉天外「魔風恋風」（『読売新聞』一九〇三・二・二五－九・一六）
・木下尚江「火の柱」（『毎日新聞』一九〇四・一・一－三・二〇）
・与謝野晶子「君死にたまふこと勿れ」（『明星』一九〇四・九）
・上田敏訳『海潮音』（本郷書院、一九〇五・一〇）
・伊藤左千夫「野菊之墓」（『ホトトギス』一九〇六・一）
・島崎藤村『破戒』（一九〇六・七）
・川路柳虹「塵溜」（『詩人』一九〇七・九）
・田山花袋「蒲団」（『新小説』一九〇七・九、〇八・三）
・相馬御風「詩界の根本的革新」（『早稲田文学』一九〇八・三）
・田山花袋「生」（『読売新聞』一九〇八・四・一三－七・一九）
・永井荷風『あめりか物語』（博文館、一九〇八・八）
・北原白秋『邪宗門』（易風社、一九〇九・三）
・夏目漱石「それから」（『朝日新聞』一九〇九・六・二七－一〇・一四）
・島崎藤村「家」（上巻『読売新聞』一九一〇・一・一－五・四、下巻「犠牲」『中央公

・川上音二郎・貞奴一座、パリ万博で公演（一九〇〇）
・中国、義和団事件（一九〇〇－一九〇一）
・日本女子大学校創立（一九〇一）
・日本で最初の常設映画館、電気館開場（一九〇三）
・日露戦争開戦（一九〇四・二）、日露講和条約（一九〇五・九）、日比谷焼き討ち事件（一九〇五・一〇）
・煙草専売法が施行（一九〇四）
・南満州鉄道株式会社設立（一九〇五）
・鉄道国有法公布（一九〇六）
・伊藤博文、ハルピンで暗殺（一九〇九）
・幸徳事件（一九一〇）大逆事件
・石川啄木「時代閉塞の現状」（一九一〇・八稿）が、魚住折蘆「自己主義の思想としての自然主義」（『東京朝日新聞』一九一〇・八・二二－二三）への反論として書かれたが不掲載。
・日韓併合（一九一〇）
・徳冨蘆花、第一高等学校で「謀叛論」の題で講演

論』一九一一・一、一一・四）
・夏目漱石「門」（『朝日新聞』一九一〇・三・一－六・一二）
・森鷗外「青年」（『スバル』一九一〇・三－一一・八）
・近松秋江「別れたる妻に送る手紙」（『早稲田文学』一九一〇・四－七）
⬇（第3部）作品紹介
・柳田國男『遠野物語』（聚精堂、一九一〇・六）
・谷崎潤一郎「刺青」（『新思潮』一九一〇・一一）
・石川啄木『一握の砂』（東雲堂書店、一九一〇・一二）
・有島武郎「或る女」（『白樺』一九一一－一九一九）⬇（第3部）作品紹介
・武者小路実篤「お目出たき人」（洛陽堂、一九一一・二）
・北原白秋『抒情小曲集　思ひ出』（東雲堂書店、一九一一・六）
・平塚雷鳥「元始女性は太陽であつた。　青鞜発刊に際して」（『青鞜』一九一一・九）
・谷崎潤一郎「秘密」（『中央公論』一九一一・一一）
・高村光太郎「或る宵」（『朱欒』一九一二・一一）
・大杉栄「生の拡充」（『近代思想』一九一三・七）
・夏目漱石「こころ」（『朝日新聞』一九一四・四・二〇－八・一一）
・福士幸次郎『太陽の子』（洛陽堂、一九一四・四）
・徳田秋声「あらくれ」（『読売新聞』一九一五・一・一二－七・二四）
・高村光太郎『道程』（抒情詩社、一九一五・二）
・芥川龍之介「羅生門」（『帝国文学』一九一五・一〇）
・宮嶋資夫『坑夫』（近代思想社、一九一六・一）
・吉野作造「憲政の本義を説いて其有終の美を済すの途を論ず」（『中央公論』一九一六・一）
・赤木桁平「「遊蕩文学」の撲滅」（『読売新聞』一九一六・八・六、八）

（一九一一）
・日米通商航海条約（一九一一）関税自主権の回復。
・辛亥革命（一九一一）清に代わり中華民国建国。
・帝国劇場の開業（一九一一）三越がプログラムに広告を出稿、キャッチコピー「今日は帝劇、明日は三越」
・雑誌『青鞜』創刊（一九一一）
・立川文庫が刊行開始（一九一一）
・映画「ジゴマ」の大流行（一九一一）
・元号が明治から大正へ改元（一九一二）
・日本、オリンピックに初参加（一九一二）
・吉本興業創業（一九一二）
・労働組合の前身となる友愛会設立（一九一二）のち大日本労働総同盟友愛会（一九一九）、日本労働総同盟へと改称（一九二一）
・第一次世界大戦（一九一四－一八）、パリ講和会議（一九一九）
・島村抱月・松井須磨子等の劇団芸術座の公演「復活」の劇中歌「カチューシャの唄」が流行しレコードで発売、映画「カチューシャ」とともに流行（一九一四）
・宝塚歌劇団初公演（一九一四）
・ロシア革命（一九一七）

・萩原朔太郎『月に吠える』（感情詩社・白日社出版部、一九一七・二）
・広津和郎「神経病時代」（『中央公論』一九一七・一〇）
・クロポトキン、大杉栄訳『相互扶助論　進化の一要素』（春陽堂、一九一七・一〇）
・志賀直哉「和解」（『黒潮』一九一七・一〇、『夜の光』新潮社、一九一八・一）
・室生犀星『愛の詩集』（感情詩社、一九一八・一）
・大杉栄「僕は精神が好きだ」（『文明批評』一九一八・二）
・宇野浩二「屋根裏の法学士」（『中学世界』一九一八・一〇）
・佐藤春夫「病める薔薇　或は田園の憂鬱」（『病める薔薇』天佑社、一九一八・一一）
・山村暮鳥『風は草木にささやいた』（白日社、一九一八・一一）
・浜田広介「むくどりのゆめ」（『良友』一九一九・一）

・米騒動（一九一八）
・スペイン風邪の流行（一九一八）
・雑誌『赤い鳥』創刊（一九一八）
・雑誌『民衆』創刊（一九一八）
・共産主義インターナショナル（コミンテルン、第三インターナショナル）設立（一九一九）

1920〜1940

・賀川豊彦『死線を越えて』（改造社、一九二〇・一〇）
・有島武郎「宣言一つ」（『改造』一九二二・一）
・萩原朔太郎『青猫』（新潮社、一九二三・一）
・稲垣足穂『一千一秒物語』（金星堂、一九二三・一）
・高橋新吉『ダダイスト新吉の詩』（中央美術社、一九二三・二）
・横光利一「蠅」（『文芸春秋』一九二三・五）
・千葉亀雄「新感覚派の誕生」（『世紀』一九二四・一一）
・宮沢賢治『注文の多い料理店』（社陵出版部・光原社、一九二四・一二）
・梶井基次郎「檸檬」（『青空』一九二五・一）
・谷崎潤一郎『痴人の愛』（改造社、一九二五・七）
・江戸川乱歩「屋根裏の散歩者」（『新青年』一九二五・八）
・萩原恭次郎『死刑宣告』（長隆舎書店、一九二五・一〇）

・日本で初めてのメーデー開催（一九二〇）
・国際連盟設立（一九二〇）
・『種蒔く人』、秋田土崎港町で創刊（一九二一）
・安田善次郎、原敬首相暗殺される（一九二一）
・水平社創立（一九二二）
・ソヴィエト社会主義共和国連邦成立（一九二二）
・『文芸春秋』創刊（一九二三）
・関東大震災、朝鮮人大虐殺（一九二三）
・築地小劇場設立（一九二四）
・『文芸戦線』『文芸時代』創刊（一九二四）
・『キング』創刊、ラジオ放送開始（一九二五）

・葉山嘉樹「セメント樽の中の手紙」（『文芸戦線』一九二六・一）
・平林たい子「施療室にて」（『文芸戦線』一九二七・九）
・芥川龍之介「歯車」（『文芸春秋』一九二七・一〇）
・佐多稲子「キャラメル工場から」（『プロレタリア芸術』一九二八・二）
・蔵原惟人「プロレタリア・レアリズムへの道」（『戦旗』一九二八・五）
・安西冬衛『軍艦茉莉』（厚生閣書店、一九二九・四）
・小林多喜二「蟹工船」（『戦旗』一九二九・五－六）⬇（第4部）作品紹介
・小林秀雄「様々なる意匠」（『改造』一九二九・九）
・徳永直『太陽のない街』（戦旗社、一九二九・一一）
・林芙美子『放浪記』（改造社、一九三〇・七）
・横光利一「機械」（『改造』一九三〇・九）
・三好達治『測量船』（第一書房、一九三〇・一二）
・川端康成「水晶幻想」（『改造』一九三一・一、七）
・尾崎翠「第七官界彷徨」（『文学党員』一九三一・二－三、『新興芸術研究』一九三一・六）
・島崎藤村『夜明け前』（新潮社、一九三二・一、三五・一一）
・新美南吉「ごん狐」（『赤い鳥』一九三二・一）
・横光利一『上海』（改造社、一九三二・七）
・小林多喜二「党生活者」（『中央公論』一九三三・四－五）
・谷崎潤一郎「春琴抄」（『中央公論』一九三三・六）
・島木健作「癩」（『文学評論』一九三四・四）
・萩原朔太郎『氷島』（第一書房、一九三四・六）
・中原中也『山羊の歌』（文圃堂、一九三四・一二）
・夢野久作『ドグラ・マグラ』（松柏館書店、一九三五・一）

・治安維持法公布（一九二五）
・日本プロレタリア文芸連盟結成（一九二五）
・円本ブーム起こる（一九二六）
・菊池寛の提唱により小説家協会、劇作家協会を合併し文芸家協会を創立（一九二六）
・元号が大正から昭和へ改元（一九二六）
・芥川龍之介自殺（一九二七）
・東京地下鉄道が上野－浅草間に開業（一九二七）
・資生堂パーラー創業（一九二八）
・第一回普通選挙（一九二八）
・全日本無産者芸術連盟［ナップ］結成（一九二八）
・張作霖爆殺事件（一九二八）
・カジノ・フォーリー（一九二九－一九三三）
・世界恐慌（一九二九）
・新興芸術派倶楽部結成（一九三〇）
・浜口雄幸首相狙撃事件（一九三〇）
・満洲事変（一九三一）
・日本プロレタリア文化連盟［コップ］結成（一九三一）
・上海事変（一九三二）
・五・一五事件（一九三二）
・唯物論研究会結成（一九三二）
・日本、国連脱退（一九三三）
・小林多喜二虐殺される（一九三三）
・佐野学・鍋山貞親獄中転向（一九三三）

・石川達三「蒼氓」（『星座』一九三五・四）
・湯浅克衛「カンナニ」（『文学評論』一九三五・四）
・中野重治「村の家」（『経済往来』一九三五・五）
・小熊秀雄『飛ぶ橇』（前奏社、一九三五・六）
・吉川英治「宮本武蔵」（『朝日新聞』一九三五・八－一九三九・七）
・高見順『故旧忘れ得べき』（人民社、一九三六・一〇）
・永井荷風「濹東綺譚」（『朝日新聞』一九三七・四－六）
・立原道造『萱草に寄す』（風信子叢書刊行所、一九三七・五）
・川端康成『雪国』（創元社、一九三七・六）
・火野葦平「糞尿譚」（『文学会議』一九三七・一一）
・萩原朔太郎『日本への回帰』（白水社、一九三八・三）
・石川達三「生きてゐる兵隊」（『中央公論』一九三八・三）
・堀辰雄『風立ちぬ』（野田書房、一九三八・四）
・岡本かの子「鮨」（『文芸』一九三九・二）⬇（第4部）作品紹介
・太宰治「富嶽百景」（『文体』一九三九・二－三）

・日本工房設立（一九三三）
・『文学界』創刊（一九三三）
・シェストフ的不安の流行（一九三四）
・芥川賞・直木賞創設（一九三五）
・大本教事件（一九三五）
・二・二六事件（一九三六）
・ベルリン・オリンピック（一九三六）
・国会議事堂落成（一九三六）
・日中戦争始まる、南京大虐殺事件（一九三七）
・第一次人民戦線事件（一九三七）
・国家総動員法（一九三八）
・第二次世界大戦始まる（一九三九）

1940～1960

・織田作之助「夫婦善哉」（『海風』一九四〇・四）
・太宰治「走れメロス」（『新潮』一九四〇・五）
・徳田秋声「縮図」（『都新聞』一九四一・六・二八－九・一五）（未完）
・中島敦「古譚」（「山月記」「文字禍」）（『文学界』一九四二・二）
・小林秀雄・林房雄・亀井勝一郎ほか座談会「近代の超克」（『文学界』一九四二・一〇）
・堀辰雄「大和路・信濃路」（『婦人公論』一九四三・一－八）

・日独伊三国同盟（一九四〇）
・新協劇団・新築地劇団に解散命令（一九四〇）
・大政翼賛会結成（一九四〇）
・津田左右吉の複数の著書が発禁処分を受ける（一九四〇）
・大政翼賛会発足（一九四〇）

・亀井勝一郎『大和古寺風物誌』(天理時報社、一九四三・四)
・谷崎潤一郎「細雪」(一九四三－四八) ⬇(第5部)作品紹介
・太宰治『津軽』(小山書店、一九四四・一一)
・宮本百合子「歌声よ、おこれ」(『新日本文学』一九四五・一二)
・志賀直哉「灰色の月」(『世界』一九四六・一)
・坂口安吾「堕落論」(『新潮』一九四六・四)
・太宰治『パンドラの匣』(河北新報社、一九四六・六)
・桑原武夫「第二芸術　現代俳句について」(『世界』一九四六・一一)
・織田作之助「可能性の文学」(『改造』一九四六・一二)
・丹羽文雄「厭がらせの年齢」(『改造』一九四七・二)
・原民喜「夏の花」(『三田文学』一九四七・六)
・木下順二「夕鶴」(『婦人公論』一九四九・一)
・川端康成「千羽鶴」(『時事読物別冊』他一九四九・五－五一・一〇)
・大岡昇平「野火」(『展望』一九五一・一－八) ⬇(第5部)作品紹介
・安部公房「壁――S・カルマ氏の犯罪」(『近代文学』一九五一・二)
・林芙美子『浮雲』(六興出版、一九五一・四)
・堀田善衛「広場の孤独」(『中央公論』一九五一・九)
・無着成恭編『山びこ学校　山形県山元村中学校生徒の生活記録』(青銅社、一九五一・一二)
・竹内好『日本イデオロギイ』(筑摩書房、一九五二・一)
・武田泰淳「風媒花」(『群像』一九五二・一－一二)
・谷川俊太郎『二十億光年の孤独』(東京創元社、一九五二・六)
・松本清張「或る「小倉日記」伝」(『三田文学』一九五二・九)
・民主主義科学者協会・芸術部会編『国民文学論』(厚文社、一九五三・四)

・日米開戦(一九四一)
・日本文学報国会結成(一九四二)
・大東亜文学者決戦会議開催(一九四三)
・横浜事件(『中央公論』等の編集者が検挙)(一九四四)
・広島・長崎に原爆投下、終戦の詔書玉音放送(一九四五)
・GHQ、軍国主義者等の公職追放(一九四六)
・『近代文学』、『展望』、『世界』など創刊ラッシュ(一九四六)
・日本国憲法公布(一九四七)
・田村隆一、鮎川信夫ら詩誌『荒地』創刊(一九四七)
・優生保護法公布(一九四八)
・東京裁判(一九四八)
・下山事件、三鷹事件、松川事件(一九四九)
・朝鮮戦争勃発(一九五〇)
・チャタレイ裁判(一九五一－五七)
・サンフランシスコ講和条約、日米安全保障条約調印(一九五一)
・破壊活動防止法成立(一九五二)
・広津和郎、宇野浩二ら松川事件の公正判決要求書を裁判長に提出(一九五三)
・テレビ放送開始(一九五三)
・第五福竜丸事件(一九五四)
・アジア＝アフリカ会議(バンドン会議)(一九五五)

・武田泰淳「ひかりごけ」（『新潮』一九五四・三）
・三島由紀夫「金閣寺」（『新潮』一九五六・一－一〇）
・松本清張「点と線」（『旅』一九五七・二－五八・一）
・大江健三郎「奇妙な仕事」（『東京大学新聞』一九五七・五）
・開高健「パニック」（『新日本文学』一九五七・八）
・大江健三郎「飼育」（『文学界』一九五八・一）
・広津和郎『松川裁判』（中央公論社、一九五八・一一）
・吉本隆明「転向論」（『現代批評』一九五八・一二）
・谷崎潤一郎「夢の浮橋」（『中央公論』一九五九・一〇）

1960〜1980

・倉橋由美子「パルタイ」（『文学界』一九六〇・三）
・石井桃子他『子どもと文学』（中央公論社、一九六〇・四）
・島尾敏雄『死の棘』（一九六〇・四－七六・六）
・水上勉「雁の寺」（『別冊文芸春秋』一九六一・三）
・森崎和江『まっくら　女坑夫からの聞き書き』（理論社、一九六一・六）
・三島由紀夫「美しい星」（『新潮』一九六二・一－一一）⬇（第6部）作品紹介
・北杜夫「楡家の人びと」（『新潮』一九六二・一－六四・四）
・平野謙「再説・純文学変質」（『群像』一九六二・三）
・安部公房『砂の女』（新潮社、一九六二・六）
・井上光晴「地の群れ」（『文芸』一九六三・七）
・いいだもも「アメリカの英雄」（『新日本文学』一九六四・一－六五・一）
・井伏鱒二「黒い雨」（『新潮』一九六五・一－九）
・森崎和江『第三の性――はるかなるエロス』（三一書房、一九六五・二）

・第一回原水爆禁止世界大会広島大会（一九五五）
・『週刊新潮』創刊（一九五六）
・『女性自身』創刊（一九五八）
・大江健三郎・江藤淳・谷川俊太郎・石原慎太郎・寺山修司・浅利慶太ら「若い日本の会」結成（一九五八）
・皇太子明仁結婚、ミッチーブーム（一九五九）
・在日朝鮮人の帰国事業が本格化（一九五九）

・安保闘争（一九六〇）
・浅沼稲次郎暗殺事件（一九六〇）
・嶋中事件（深沢七郎「風流夢譚」に抗議の右翼青年が中央公論社社長宅を襲撃）（一九六一）
・キューバ危機（一九六二）
・日米安全保障条約改定が発効（一九六二）
・観光基本法公布（一九六三）
・東京オリンピック開催（一九六四）
・海外渡航自由化（一九六四）
・マンガ雑誌『ガロ』創刊（一九六四）
・ベトナムで米軍による北爆（一九六五）
・鶴見俊輔、小田実らによりベ平連結成（一九六五）

・津村節子「玩具」（『文学界』一九六五・五）
・大江健三郎『ヒロシマ・ノート』（岩波書店、一九六五・六）
・小島信夫「抱擁家族」（『群像』一九六五・七）
・遠藤周作『沈黙』（新潮社、一九六六・三）
・丸谷才一『笹まくら』（河出書房新社、一九六六・七）
・有吉佐和子「華岡青洲の妻」（『新潮』一九六六・一一）
・大江健三郎「万延元年のフットボール」（『群像』一九六七・一－七）
・江藤淳『成熟と喪失――〝母〟の崩壊』（河出書房新社、一九六七・六）
・河野多恵子「不意の声」（『群像』一九六八・二）
・開高健『輝ける闇』（新潮社、一九六八・四）
・司馬遼太郎「坂の上の雲」（『産経新聞』一九六八・四－七二・八）
・大庭みな子「三匹の蟹」（『群像』一九六八・八）
・吉本隆明『共同幻想論』（河出書房新社、一九六八・一二）
・石牟礼道子『苦海浄土　わが水俣病』（講談社、一九六九・一）
・黒井千次「時間」（『文芸』一九六九・二）
・古井由吉「杳子」（『文芸』一九七〇・八）
・佐多稲子「樹影」（『群像』一九七〇・八－一九七二・四）
・李恢成「砧をうつ女」（『季刊芸術』一九七一・六）
・柄谷行人『畏怖する人間』（冬樹社、一九七二・五）
・金井美恵子「兎」（『すばる』一九七二・六）
・小松左京『日本沈没』（光文社、一九七三・三）
・安部公房『箱男』（新潮社、一九七三・三）
・井上ひさし「吉里吉里人」（一九七三・六－八〇・九）⬇**（第6部）作品紹介**
・後藤明生『挟み撃ち』（河出書房新社、一九七三・一〇）

・成田空港反対運動起こる（一九六六）
・中国で文化大革命起こる（一九六六－七六）、川端康成・石川淳・安部公房・三島由紀夫が抗議声明（一九六七）
・マンガ雑誌『ＣＯＭ』創刊（一九六七）
・マンガ評論雑誌『漫画主義』創刊（一九六七）
・学生闘争の激化（一九六八）
・川端康成、ノーベル文学賞受賞（一九六八）
・アポロ一一号月面着陸（一九六九）
・ファッション誌『ａｎａｎ』創刊（一九七〇）
・大阪で日本万国博覧会開催（一九七〇）
・日本国有鉄道が「ディスカバー・ジャパン」キャンペーン（一九七〇）
・三島由紀夫、割腹自殺（一九七〇）
・マクドナルド、第一号店銀座に開店（一九七一）
・多摩ニュータウン入居始まる（一九七一）
・公害が社会問題化、環境庁発足（一九七一）
・沖縄返還（一九七二）
・日中国交正常化（一九七二）
・連合赤軍赤間山荘事件（一九七二）
・第一次オイルショック（一九七三）
・変動相場制へ移行（一九七三）
・五島勉『ノストラダムスの大予言』祥伝社刊（一九七三）

・林京子「祭りの場」（『群像』一九七五・六）
・金石範「火山島」（『文学界』一九七六・二-九五・九）
・村上龍「限りなく透明に近いブルー」（『群像』一九七六・六）
・中上健次「枯木灘」（『文芸』一九七六・一〇-七七・三）
・竹西寛子「管絃祭」（『波』一九七七・四-七八・四）
・津島佑子『寵児』（河出書房新社、一九七八・六）
・村上春樹「風の歌を聴け」（『群像』一九七九・六）

・キャラクター「ハローキティ」誕生（一九七四）
・アニメ『宇宙戦艦ヤマト』テレビ放送（一九七四-七五）、劇場版（一九七七）アニメブーム
・ロッキード事件（一九七六）
・「スペース・インベーダー」流行（一九七八）
・ウォークマン発売（一九七九）
・アニメ『機動戦士ガンダム』テレビ放送（一九七九-八〇）、プラモデル発売（一九八〇）ガンプラブーム

1980〜2000

・柄谷行人『日本近代文学の起源』（講談社、一九八〇・八）
・田中康夫「なんとなく、クリスタル」（『文芸』一九八〇・一二）
・高橋源一郎『さようなら、ギャングたち』（『群像』一九八一・一二）
・前田愛『都市空間のなかの文学』（筑摩書房、一九八二・一二）
・磯田光一『戦後史の空間』（新潮社、一九八三・三）
・島田雅彦「優しいサヨクのための嬉遊曲」（『海燕』一九八三・六）
・浅田彰『構造と力』（勁草書房、一九八三・九）
・井上ひさし『頭痛肩こり樋口一葉』（集英社、一九八四・四）
・蓮實重彦『物語批判序説』（中央公論社、一九八五・二）
・加藤典洋『アメリカの影』（河出書房新社、一九八五・四）
・山田詠美「ベッドタイムアイズ」（『文芸』一九八五・一二）
・倉橋由美子『アマノン国往還記』（新潮社、一九八六・八）
・磯田光一『左翼がサヨクになるとき　ある時代の精神史』（集英社、一九八六・一一）
・村上春樹『ノルウェイの森』（講談社、一九八七・九）

・音楽CD発売（一九八二）
・東京ディズニーランド開園（一九八三）
・日本初の体外受精児（試験管ベビー）の誕生（一九八三）
・任天堂ファミコン発売（一九八三）
・アニメ映画『風の谷のナウシカ』公開（一九八四）
・日本電信電話公社民営化（一九八五）
・プラザ合意（一九八五）
・チェルノブイリ（チョルノービリ）原子力発電所事故（一九八六）
・さくらももこ「ちびまる子ちゃん」が『りぼん』で連載開始（一九八九）
・「ゼルダの伝説」「ドラゴンクエスト」発売（一九八六）
・日本国有鉄道の民営化（一九八七）

・筒井康隆「文学部唯野教授」（『へるめす』一九八七・九－八九・九）
・澁澤龍彦『高丘親王航海記』（文芸春秋、一九八七・一〇）
・吉本ばなな『キッチン』（『海燕』一九八七・一一）
・いとうせいこう『ノーライフキング』（新潮社、一九八八・八）
➡（第7部）作品紹介
・小川洋子『妊娠カレンダー』（『文学界』一九九〇・九）
・水村美苗『続明暗』（筑摩書房、一九九〇・九）
・河野多恵子『みいら採り猟奇譚』（新潮社、一九九〇・一一）
・角田光代「幸福な遊戯」（『海燕』一九九〇・一一）
・江國香織『きらきらひかる』（新潮社、一九九一・五）
・松浦理英子「親指Pの修業時代」（『文芸』一九九一・五－九三・一一）
➡（第7部）作品紹介
・多和田葉子「かかとを失くして」（『群像』一九九一・六）
・内田春菊『ファザーファッカー』（文芸春秋、一九九三・九）
・奥泉光「石の来歴」（『文学界』一九九三・一二）
・絓秀美『「超」言葉狩り宣言』（太田出版、一九九四・八）
・梁石日『夜を賭けて』（日本放送出版協会、一九九四・一二）
・佐江衆一『黄落』（新潮社、一九九五・五）
・又吉栄喜「豚の報い」（『文学界』一九九五・一一）
・藤野千夜『少年と少女のポルカ』（ベネッセコーポレーション、一九九六・三）
・川上弘美「蛇を踏む」（『文学界』一九九六・三）
・笙野頼子『母の発達』（河出書房新社、一九九六・三）
・町田康「くっすん大黒」（『文学界』一九九六・七）
・村上龍『ラブ&ポップ　トパーズII』（幻冬舎、一九九六・一一）

・ブラック・マンデー（一九八七）世界的株価暴落
・映画『私をスキーに連れてって』公開（一九八七）
・イラン・イラク戦争（一九八八）
・元号が昭和から平成へ改元（一九八九）
・天安門事件（一九八九）
・東欧革命（一九八九）
・東西ドイツ統一（一九九〇）
・日本の株価暴落が始まる（一九九〇）バブル崩壊、景気低迷
・大学入試センター試験開始（一九九〇）
・湾岸戦争（一九九一）、湾岸戦争に反対する文学者声明（一九九一）
・評論雑誌『批評空間』創刊（一九九一）
・ソ連崩壊（一九九一）
・EU（欧州連合）発足（一九九三）
・大江健三郎、ノーベル文学賞受賞（一九九四）
・第三回国際人口・開発会議（カイロ会議）で、リプロダクティブ・ヘルス／ライツの概念が国際的に定義される（一九九四）
・阪神・淡路大震災（一九九五）
・地下鉄サリン事件（一九九五）
・Windows95発売（一九九五）パソコン、インターネット空間の活用普及
・アニメ『新世紀エヴァンゲリオン』テレビ放送

・柳美里「家族シネマ」（『群像』一九九六・一二）
・篠田節子『女たちのジハード』（集英社、一九九七・一）
・阿部和重「インディヴィジュアル・プロジェクション」（『新潮』一九九七・三）
・目取真俊「水滴」（『文学界』一九九七・四）
・姫野カオルコ『受難』（文芸春秋、一九九七・四）
・桐野夏生『ＯＵＴ』（講談社、一九九七・七）
・山本文緒「プラナリア」（『小説現代』一九九七・七）
・加藤典洋『敗戦後論』（講談社、一九九七・八）
・大塚英志「サブ・カルチャー文学論」（『文学界』一九九八・四－一九九〇・八）
・茨木のり子『倚りかからず』（筑摩書房、一九九九・一〇）

2000～

・松浦寿輝「花腐し」（『群像』二〇〇〇・五）
・田口ランディ「コンセント」（幻冬舎、二〇〇〇・六）
・東浩紀『動物化するポストモダン　オタクから見た日本社会』（講談社、二〇〇一・一一）
・舞城王太郎「ドリルホール・イン・マイ・ブレイン」『ファウスト　Vol.1』（二〇〇三・九）
・阿部和重『シンセミア』（朝日新聞社、二〇〇三・一〇）
・酒井順子『負け犬の遠吠え』（講談社、二〇〇三・一〇）
・金原ひとみ『蛇にピアス』（集英社、二〇〇四・一）
・京極夏彦『邪魅の雫』（講談社、二〇〇六・九）
・伊藤計劃『虐殺器官』（早川書房、二〇〇七・六）
・角田光代『予定日はジミー・ペイジ』（白水社、二〇〇七・九）

（一九九五－九六）
・らい予防法廃止（一九九六）
・優生保護法改正、母体保護法成立（一九九六）
・都市計画法に高層住居誘導地区の条項導入（一九九七）超高層マンション増
・香港返還（一九九七）
・2ちゃんねる開設（一九九九）
・通貨ユーロの導入（一九九九）

・大店立地法施行（二〇〇〇）郊外ロードサイドに大規模店舗が増える
・携帯電話が固定電話の台数を超える（二〇〇〇）
・アメリカ同時多発テロ（九・一一事件）（二〇〇一）
・新海誠制作アニメ『ほしのこえ』（二〇〇二）
・「セカイ系」の語用が現れる（二〇〇二）
・イラク戦争（二〇〇三）
・健康増進法施行（二〇〇三）
・韓国ドラマ『冬のソナタ』が日本で放送（二〇〇三－〇四）韓国ドラマ大流行
・Facebook運営開始（二〇〇三）
・本屋大賞第一回（二〇〇四）
・twitter運営開始（二〇〇六）ＳＮＳの普及

- 斎藤環『文学の断層　セカイ・震災・キャラクター』（朝日新聞出版、二〇〇八・七）
- 平野啓一郎『ドーン』（講談社、二〇〇九・七）
- 川上弘美『神様2011』（講談社、二〇一一・九）
- 阿部和重『幼少の帝国　成熟を拒否する日本人』（新潮社、二〇一二・五）
- いとうせいこう『想像ラジオ』（河出書房新社、二〇一三・三）
- 村田沙耶香『殺人出産』（講談社、二〇一四・七）
- 多和田葉子『献灯使』（講談社、二〇一四・一〇）
- 村田沙耶香「コンビニ人間」（『文学界』二〇一六・六）
- 川上未映子『夏物語』（文芸春秋、二〇一九・七）
- 中島京子「赤ちゃん泥棒」『キッドの運命』（集英社、二〇一九・一二）
- 山崎ナオコーラ「父乳の夢」（『肉体のジェンダーを笑うな』集英社、二〇二〇・一一）
- 李琴峰『生を祝う』（朝日新聞出版、二〇二一・一二）
- 温又柔『私のものではない国で』（中央公論新社、二〇二三・二）

- 『初音ミク』発売（二〇〇七）
- 『蟹工船』ブーム（二〇〇八）格差社会の現状との類似
- iphone3G発売（二〇〇八）スマートフォンの普及開始
- 日本の人口一億二八〇八万人をピークに減少に転じる（二〇〇八）
- リーマン・ショック（二〇〇八）
- バラク・オバマが黒人で初めてアメリカ合衆国大統領に就任（二〇〇九－一七）
- 東日本大震災（二〇一一）
- 原子力規制委員会設置（二〇一二）
- 持続可能な開発のための二〇三〇アジェンダ（二〇一五）SDGsの取り組み広がる
- マイナンバー・カードの交付開始（二〇一六）
- 天皇陛下生前退位のお気持ち表明（二〇一六）
- ドナルド・トランプがアメリカ合衆国大統領に就任（二〇一七－二一）
- 元号が平成から令和へ改元（二〇一九）
- イギリスがEUを離脱（二〇二〇）
- 新型コロナウィルスの世界的流行（二〇二〇）
- ロシアによるウクライナ侵攻（二〇二二）
- 芥川賞候補が初めて全て女性（二〇二二）
- 生成AIのChatGPTが公開（二〇二二）
- こども家庭庁発足（二〇二三）

高橋由貴　（たかはし　ゆき）
福島大学人間発達文化学類准教授
「村上春樹の『地獄の黙示録』受容とヴェトナム戦争」（『問題としての「アメリカ」――比較文学・比較文化の視点から』晃洋書房、2020）、「裸形の文学――冷戦下の大江小説と動物的存在」（『ユリイカ』、2023年7月）

友田義行　（ともだ　よしゆき）
甲南大学文学部教授
『戦後前衛映画と文学――安部公房×勅使河原宏』（人文書院、2012）、『フィルムメーカーズ㉒勅使河原宏』（責任編集、宮帯出版社、2021）

仁平政人　（にへい　まさと）＊
東北大学大学院文学研究科准教授
『川端康成の方法――二〇世紀モダニズムと「日本」言説の構成』（東北大学出版会、2011）、『〈転生〉する川端康成』Ⅰ・Ⅱ（共編著、文学通信、2022・2024）

野口哲也　（のぐち　てつや）＊
都留文科大学文学部教授
『鏡花人形 文豪 泉鏡花＋球体関節人形』（共編著、河出書房新社、2018）、「鏡花と人形――『神鑿』論」（『論集泉鏡花 第七集』和泉書院、2022）

原佑介　（はら　ゆうすけ）
金沢大学人間社会研究域准教授
『禁じられた郷愁――小林勝の戦後文学と朝鮮』（新幹社、2019）、『帝国のはざまを生きる――交錯する国境、人の移動、アイデンティティ』（共編著、みずき書林、2022）

村田裕和　（むらた　ひろかず）＊
北海道教育大学旭川校教授
『革命芸術プロレタリア文化運動』（共編著、森話社、2019）、「転形期のサウンドスケープ――プロレタリア文学における〈騒音の階級性〉」（『昭和文学研究』88、2024）

森岡卓司　（もりおか　たかし）＊
山形大学人文社会科学部教授
『一九四〇年代の〈東北〉表象――文学・文化運動・地方雑誌』（共編著、東北大学出版会、2018）、『大正・昭和期における東北の写真文化』（共編著、山形大学人文社会科学部附属映像文化研究所、2021）

山﨑義光　（やまざき　よしみつ）＊
山形大学地域教育文化学部教授
「報道の時代のなかの島木健作『満洲紀行』」（『大正・昭和期における東北の写真文化』山形大学人文社会科学部附属映像文化研究所、2021）、「三島由紀夫の方法としての写真と映画」（『三島由紀夫研究』22、2022）

執筆者紹介（五十音順、*編者）

泉谷瞬（いずたに　しゅん）
近畿大学文芸学部准教授
『結婚の結節点——現代女性文学と中途的ジェンダー分析』（和泉書院、2021）、「非資本主義的恋愛——雪舟えま『凍土二人行黒スープ付き』の二者関係」（『文学・語学』239、2023）

遠藤郁子（えんどう　いくこ）
石巻専修大学人間学部教授
「耳鳴りの耳が聴く声——正田篠枝の原爆短歌」（『昭和後期女性文学論』翰林書房、2020）、「ゾンビ表象と原発——恩田陸『錆びた太陽』を読む」（『〈パンデミック〉とフェミニズム』翰林書房、2022）

岡英里奈（おか　えりな）
秋田大学教育文化学部講師
「水上勉『鳥たちの夜』論——原発問題をめぐる〈ディスカッション小説〉の試み」（『米沢国語国文』49、2020）、「「私」と「場所」を繋ぐ——「ローカル・カラー」の時代の中の『千曲川のスケッチ』」（『島崎藤村研究』50、2023）

尾崎名津子（おざき　なつこ）*
立教大学文学部准教授
『織田作之助論　〈大阪〉表象という戦略』（和泉書院、2016）、『サンリオ出版大全　教養・メルヘン・SF文庫』（共編著、慶應義塾大学出版会、2024）

押野武志（おしの　たけし）
北海道大学大学院文学研究院教授
『童貞としての宮沢賢治』（筑摩書房、2003）、『文学の権能——漱石・賢治・安吾の系譜』（翰林書房、2009）

菊池庸介（きくち　ようすけ）
福岡教育大学教育学部教授
『近世実録の研究——成長と展開』（汲古書院、2008）、「速水春暁斎画作「実録種」絵本読本の種本利用態度——敵討ちを題材とする作品を例に」（『国語と国文学』100（11）、2023）

佐藤伸宏（さとう　のぶひろ）
東北大学名誉教授
『日本近代象徴詩の研究』（翰林書房、2005）、『詩の在りか——口語自由詩をめぐる問い』（笠間書院、2011）

塩谷昌弘（しおや　まさひろ）
盛岡大学文学部准教授
「江藤淳（江頭敦夫）「長谷川潔論」と岳父・三浦直彦」（『日本近代文学会北海道支部会報』13、2010）、「江藤淳「一族再会・第二部」とその周辺」（『近代文学資料研究』2、2017）

高橋秀太郎（たかはし　しゅうたろう）
東北工業大学総合教育センター教授
「信と歓喜——昭和15年の善蔵とメロス」（『iichiko』107、2010）、「太宰治とチェーホフ」（『チェーホフの短篇小説はいかに読まれてきたか』世界思想社、2013）

日本近現代文学史への招待

An Invitation to Modern Japanese Literature from 19th to 21st Centuries

Edited by Yamazaki Yoshimitsu, Ozaki Natsuko, Nihei Masato, Noguchi Tetsuya, Murata Hirokazu, and Morioka Takashi

発行　2024 年 10 月 25 日　初版 1 刷
定価　2400 円＋税

発行者　松本功
ブックデザイン　村上真里奈
印刷・製本所　株式会社 シナノ
発行所　株式会社 ひつじ書房
〒 112-0011 東京都文京区千石 2-1-2 大和ビル 2 階
Tel.03-5319-4916 Fax.03-5319-4917
郵便振替 00120-8-142852
toiawase@hituzi.co.jp　https://www.hituzi.co.jp/

ISBN978-4-8234-1240-0